天是爹来地是娘

阎雪君◎著

中国金融出版社

责任编辑：张黎黎　仲　垣
封面题字：张铜彦
责任校对：刘　明
责任印制：丁淮宾

图书在版编目（CIP）数据

天是爹来地是娘（Tian shi Die lai Di shi Niang）/阎雪君著．—北京：
中国金融出版社，2017.5
　ISBN 978 - 7 - 5049 - 8912 - 3

　Ⅰ．①天…　Ⅱ．①阎…　Ⅲ．①长篇小说—中国—当代　Ⅳ．①I247.5

　中国版本图书馆 CIP 数据核字（2017）第 036858 号

出版
发行　中国金融出版社

社址　北京市丰台区益泽路 2 号
市场开发部　（010）63266347，63805472，63439533（传真）
网 上 书 店　http：//www.chinafph.com
　　　　　　（010）63286832，63365686（传真）
读者服务部　（010）66070833，62568380
邮编　100071
经销　新华书店
印刷　保利达印刷有限公司
尺寸　169 毫米 ×239 毫米
印张　22.25
字数　352 千
版次　2017 年 5 月第 1 版
印次　2017 年 5 月第 1 次印刷
定价　48.00 元
ISBN 978 - 7 - 5049 - 8912 - 3
如出现印装错误本社负责调换　联系电话（010）63263947

目　录

（一）玉米地奇案

时间是公平的。普通的日子时常像微风一样消散，难以留下什么痕迹。特别的日子不是因为时间特殊，而是有奇特的事情发生。

春季的阳光很暖，静静地照着。清河县挂职副县长金炜明一行前往香水沟村，还没进村，就遇到了让他们惊跌眼珠子的奇闻怪事。

一个年轻貌美的村妇在村外随风起伏的玉米地里，被歹徒打蒙后，歹徒们既没劫财，也没劫色，却做了一件吓死人也羞死人的事情，那就是把女人生孩子的地方儿密密麻麻缝了起来，连尿液都流不出来，真是伤天害理啊！

金炜明是从京城来的金融干部，按理说也见过大世面，可他听了这个离奇骇人的事件，也不由得有点呼吸困难了。随行的人体贴地解释说，金副县长也许是高原缺氧吧。

有人问："这里算高原吗？"

有人答："黄土高原、黄土高原，当然是高原了，要不怎么不叫黄土平原呢？呵呵。"

金炜明从首都来，在清河县挂职副县长，专门负责金融扶贫工作。

据他的养父一次酒醉后说，金炜明其实就出生在清河县当地的一个乡村，就是不知道他的亲生父母是谁。随着年龄的增长，他越来越想搞清自己身世这个谜团。这次听说单位扶贫在他家乡，就自告奋勇地来了。反正这种远离首都、离妻别子、深入基层、一走就是几年的营生，别人也不跟他争。单位也是考虑到他人熟地熟、水亲土亲，工作起来方便，就准了。

这次随他一起到扶贫试点香水沟村的，有县扶贫办主任、县农行行长、人民银行县支行行长、县银监办主任，还有县里邮政储蓄银行、村镇银行等单位的负责人，县农村信用联社主任陆正没来，请假说有急事，也没说具体啥事，有点神秘。

起伏的黄土丘陵，铺满了绿绿黄黄的庄稼，远望就像一个个戴着黄绿色乳罩饱满挺拔的乳房，肥沃甘甜的乳汁滋润着一辈又一辈的农民。空气极好，伸手撸一把，使劲儿一攥，贴到鼻前一嗅，竟湿漉漉的，香。

面包车在黄土路上颠簸。路边山坡上飘过一群白云似的绵羊，羊倌那沙哑得直掉土渣的山曲曲便顺着沟壑拐弯抹角地悠了过来：

> 一朵朵白云天上飘，
> 一群群肥绵羊青草湾湾里跑，
> 青草湾湾杨柳叶叶摆，
> 红丹丹阳婆桃杏花花开，
> 画眉眉羊羔虎头头，
> 柔款款绒毛绵溜溜，
> 一颗颗羊铃叮叮响，
> 青山那个绿水好地方……

"唱得不赖。"县扶贫办主任贾恩啧啧称好。

金炜明很舒心地笑了，也禁不住拍着腿随着车身的摇晃哼唱起来。走到山路狭窄处，前面走着一辆小毛驴车，路窄不能超，只好跟在驴车后慢慢走。那小毛驴浑身黑得油亮，白白的眼圈嵌着双大眼珠，宽宽的额头前迎风飘着缕缕红线线，脖子底下的小铃铛响个不停。驴车厢中间铺着块大花被，中间圈了三个顽童，像一窝小鸟，叽叽喳喳。这个把着车沿刚想站起来，就被那个盘腿坐在车后厢的女人拽下去，那个手指着后面汽车刚想挣扎着喊什么，又被女人按下去，坐在车辕上的男人对后面的"动乱"视而不见，仿佛分工很明确，他只管赶车，长鞭一甩，竟还唱上啦：

> 绿格铮铮清油炒鸡蛋，
>
> 笑格嘻嘻干妹子你硷畔上站，
>
> 你要拉俺的手，俺要亲你的口，
>
> 拉手手、亲口口，
>
> 咱们到那旮旯里走，
>
> 花凤凰比不上灰草鸡，
>
> 好伙计顶不住赖婆姨……

车后的女人大概嫌男人唱得不雅，红着脸扭头看看后面的汽车，就转过头指使车厢里的几个孩子攻击他，几个孩子正憋得难受，接令后便一窝蜂跌跌撞撞冲向男人后背，揪头发的，用小拳捶的，直折腾得男人不小心抱头跌到了路边的土坑，满脸土灰，大骂："小兔崽子们，想造反啊？"女人在车后喊了一嗓："诈呼啥？丢人，快走！"男人再不敢言语，头一咧一咧地顺势坐上了车辕，并甩了个响鞭。

汽车上的人都笑得前仰后合，笑得都流出了眼泪，大家都是本地人，多少年都没看见过当地村民的驴车子拉人走亲戚了。一伙人在苦笑之余，免不了感慨当地农民的穷困。尤其是金炜明心里沉甸甸的，越发觉得自己这次精准扶贫的责任不轻，便突然觉得浑身燥热起来。

"停车！"金炜明喊了声，便钻出车外。其他人也趁机下了车，背对着车方便起来，直冲冲的尿柱冲得黄土扬起一尘小雾，随即旋出一拇指深的小洞。方便完毕，站在高处远远望去，吐出几口长长的闷气，呼吸着山野清新的空气，抖抖手脚，又钻进车继续朝前走。

突然，在山路的拐弯处冲出来一辆手扶拖拉机，车斗里挤满了手拿白色小旗的村民，车辆上方拉了条横幅——"农业银行和信用社还我血汗钱！"这些人虽然打着白色条幅，可一群人挤挤搡搡、有说有笑的样子，好像去赶集，图的就是新鲜热闹。

特别奇怪的是，拖拉机后面还一直跟着一辆黑色名车大悍马，开车的肥头大耳，嘴里还叼着雪茄。在乡土小路上，竟然颠簸着世界名车，确实让人感觉不协调，但当地人都习惯了。当地的煤老板们大都喜欢悍马和宾利，觉得有面子、有派头。旁边的人悄悄说那个开悍马的胖子就是当地的富豪郝利仁。

郝利仁看见对面来车，也不避让，仍然横冲直撞，把金炜明他们的车子逼出主路，然后眼皮都不撩，扬尘而去，只留下一股股尘土烟雾，呛得一伙人直咳嗽。

金炜明看着，心里不免有点愤怒，便想下车去问个究竟。县银监办杜主任及时拉住了他，说这伙人就是去县政府上访的，已经闹腾好几次了，现在连县长都怕他们，就不要招惹他们了。接着杜主任抱怨说如今的银行工作越来越不好搞了，简直就是世风日下，人们的信用观念几乎丧失殆尽，没钱就要贷款，贷不上款就骂银行、信用社嫌贫爱富，贷上款又根本不打算还，好像银行、信用社的贷款就是国家白给的钱，不花白不花似的。还有就是最近个别村民说他们以前的贷款也是"被贷款"了，要求减免，闹得沸反盈天的，哎哟哟。

人民银行县支行高自强行长也说，最近听说全县的人们几乎疯了似的，一窝蜂儿地吵闹着钱的事儿，憋着劲儿地到处借钱、取钱，甚至借高利贷，大有全民搞金融的架势。许多农民把自家的钱款老底儿都翻出来了，也有的从银行和信用社取存款、贷款，还有的专门从地下钱庄借高利贷，也不知道拿着钱都干什么去了，都显得兴奋，神神道道的。这些天信用社的干部们都反映说，就怕出现挤兑风波啊。据说县里的几个小贷公司、二龙沟煤矿的集资入股都快疯了，利息高得惊人。还有的人专门鼓动农民用土地使用证和山林证作抵押贷款，套取农民的土地证和山林证，来剥夺农民的土地和山林的使用权，牟取暴利。许多人谣言蛊惑，暗流涌动，潜伏的风险让这些金融监管部门的工作人员们感觉时刻都坐在了随时喷发的火山口上啊。

金炜明听了，眉头不由紧皱起来。没想到现在的基层金融环境如此之差，已经到了触目惊心的程度。自己又偏偏是金融扶贫，这样的信用环境和信贷关系，如何才能把工作做好啊。众人见金炜明闷闷不乐，便都不再言语，只听得车轮摩擦山路的沙沙声。

"叭——"随着一声悠长的声响，太阳被牧鞭甩到了山那边。香水沟村唯一一辆往返于县城的破中巴正摇晃在坑坑洼洼的山路上，车轱辘碾起了一股股黄土尘，想把它甩在身后，却又跑不过它，又被黄尘追上来，缠住车身往它眼里揉沙子。

山路狭窄，车辆错不开，金炜明他们的面包车就只能跟在后面慢慢爬。在一个停车处，金炜明突然下车，转身就上了这辆破中巴车，在后面找了个快破了皮的座位坐下。

车上的人叫骂司机："狗栓，慢着点，你看这尘灰荡了一身，跑那么快，急着给你妈上坟去呀？"

车内一阵哄笑。对于这刻薄的咒骂，狗栓不但不恼，反而乐呵呵地说，"你就别给俺妈长寿了，她老人家活得早不耐烦了，不如你妈有福，早舒舒服服躺在地下吃你的供品哩。"

忽然，狗栓看见路边有一人招手，急忙一刹车说："前面又有五块钱，快拿下。"说着，学着戏文里当官的模样，好像招呼衙役们拿下罪犯一样。趁停车工夫，他又拿起小酒壶对着嘴呷了几口，待"五块钱"上车后，手一抹嘴巴，惬意地唱了句戏文："衙役们，鸣锣开道，起轿——"

上了车的村民见没座位，不免嘟囔："这破车，连个破座也没有。"

"破车？"狗栓不高兴了，"你有本事，当个头等人，坐小轿车去呀。"

"俺不是头等人，你是头等人？"来客不服气。

"那你是哪一种人啊？"有人故意问。

"俺哪种人也不是。"

"噢，原来你不是人啊。"

"哈哈哈……"众人更笑得直不起腰。

金炜明也忍不住笑了。

正想着，只见狗栓对一身破衣烂衫的老头说："刘告状，唱段信天游吧。"后来金炜明才知道，刘告状真名叫刘浩壮，后因儿子刘卫红突然亡故，儿媳妇韩翠莲却又跟仇人混在了一起，就一年四季上访、状告村支书贾英才，成了令地方官员头疼的上访专业户，人们就顺嘴叫成了刘告状。

"哗哗哗……"车厢里还真响起了掌声。

刘告状一时兴起，真就扯开了嗓子：

> 高打土墙养恶狗，
> 管不住你老娘为朋友。
> 蓝蓝的天来清清的水，
> 想爱谁来就爱谁。
> 妹妹十八你十九，
> 正好跟哥哥为朋友。
> 你骑上红马踏拉拉走，
> 真魂魂跟在你马后头。

唱着，唱着，刘告状竟然泣不成声了。车上的人都默不作声，大伙心里都明白，他一定是又想起了死去的儿子，想起了因思儿想儿病亡的老婆。

"叔，给。"一个中年男子站起来递给他一片卫生纸。

刘告状用手背揉揉眼，抬头一看，竟愣住了，"你，陆占春？"

"你怎想回来了？"刘告状幽幽地问。

"咱们村里今年不是要唱戏吗？伙伴们叫我回来排练。你知道，我扮演的二花脸，那可是有板有眼、像模像样的啊。听说池连泉他们也回来了，这次回来，我们就是准备唱一出大戏，呵呵。"

这时，金炜明从后面站起来，走过来拍拍陆占春的肩膀问："今年村里要唱哪一出大戏？"

"你是……"陆占春站起身来问。

"我是主管金融扶贫的副县长金炜明。"说着，他伸出手跟陆占春握了握。

"好啊，终于有人又来扶贫了，"陆占春笑笑说，"不过，要扶可得真扶哇，以前的扶贫可大都是做做表面文章，耍耍花架子哪，哈哈哈。"

"谢谢你的直言，"金炜明一下子就喜欢上了这个心直口快的年轻汉子，"说说吧，有啥好戏？"

"肯定是出好戏，人常说好戏在后头嘛，呵呵，"陆占春说着，还微微一笑，"金县长，你这次扶贫，真的要帮助咱们穷人一把哇！"

"那是肯定的，"金炜明抬头望望车外的景色，"就是还不知道咋帮哇。"

　　"这个好说，只要你们真心实意帮，"陆占春拍拍胸脯说，"咱们信用社的石头主任就有好点子，准能帮助我们拔掉穷根子，唱一出好戏！"说着，两人低头聊了起来……

　　"唱一出好戏？"刘告状在旁边听了隐隐觉得，过去革命样板戏里有句台词，鸡汤里面有文章，他觉得大戏里面才有文章，估摸着，今年村里要出大事了……

（二）"癞蛤蟆"竟吃上"天鹅肉"

　　快到村口时，金炜明下了中巴车，其他一行人也赶了上来。香水沟乡政府的乡长吴志、村支书贾英才、村长闫福也在村外边的路口等候。几个人见面，握握手，便一起向村里走去。

　　这时，停在路旁庄稼地田埂上的一辆自行车引起了一群人的注意。只见这辆车还是过去那种老式红旗牌的，明显有了年头。特别引人注目的是车把子前面托着一幅毛主席的大幅照片，照片上的毛主席正微笑着向人们挥手。车把子上面左右各插着一面不大不小的红旗，迎风招展。车把子中间还有一个小喇叭，正在播放着"大海航行靠舵手"的旋律。自行车的大梁等架构全部用红色塑料条布缠绕，两个车轮分别在辐丝上缠挂着两个五颜六色的毛茸茸的彩条。

　　自行车旁边的田埂上，挺立着一个五十多岁的男人。他头戴过去的绿色军帽，红五星熠熠闪光。一身绿色军装，胸前挂满了各种式样的毛主席像章。只见他独自挥舞着佩戴着红袖章的手臂，正在对着一片摇头晃脑的庄稼地讲演着什么。

村支书贾英才显得有点尴尬，想上前阻拦。乡长吴志却摆摆手，说让领导们见识一下我们香水沟的一宝李胜利的风采，蛮有意思的，权当乐呵一下。

众人走近跟前，李胜利扫了众人一眼，也没搭理，继续一手叉腰、一手挥舞，对着那大片的玉米地训话："该治理整顿了！你们这些个玉米，当然也包括你们那些瘪玉米，回答我，土地是啥？告诉你们，土地就是你的妈，就是你的爹。大家都知道，粮食是土地种出来的。可是你们知道吗，人也是土地种出来的。鼓掌！"说着，他自己带头鼓掌，啪啪啪。

李胜利比较满意。他目光炯炯巡视了一下，发现有几棵玉米有点东倒西歪的样子，便跳下田埂，把几棵玉米扶正，说，"这就对了，就得站有站相坐有坐相，懂得立正稍息的规矩。"

接着他跳上田埂继续训话："你们这些玉米，渴了给你们浇水，饿了给你们送肥料，营养不良了还有化肥，身上长草了给你们松皮肤挠痒痒，有虫子吃你们还得用药给你们看病，哎呀，不说那么多了。你们应该也好好待人吧？但是你们没有做到，你们肯定是出了问题，不然的话，昨天怎么偏偏在你们的地里，把一个好端端的女人给缝了呢？她有错吗？她思想有错，就用思想教育来解决，何必要动手呢？看来就得整顿，你们就是欠整顿。凡是反动的，就得进行整顿！等到秋收时，要是你们还没有整顿好，我就亲自挥舞锋利的镰刀，革你们的命，唰唰唰，一扫一大片，哈哈哈。"

乡长吴志见状赶紧跟金炜明他们解释说，就是刚才说过的那件奇事，那个被缝的小媳妇叫田改兰。就是在前面这片玉米地里被发现的。所以，李胜利就来这里整顿了。他是我们当地有名的"整顿专家"，不管是人物、动物还是植物，只要他觉得有问题，一定要进行整顿，呵呵。

众人觉得非常惊诧，人群中有人忍不住说，"为什么这个小媳妇偏偏那个地方被缝了？"

乡长还想说什么，支书贾英才实在忍不住了，也许是村丑不外扬吧，赶紧说："她丈夫何耿红非常愤怒，说凶手太欺负人了，缝哪里不行非得缝这里，让自己还怎么用？被他爹何百世听了狠狠打了几巴掌，骂他是个败家子，也不嫌丢人现眼。何百世不让家里人报案，也不让追查，把派出所所长徐建国都搞糊涂了，搞不清这对父子究竟唱的哪出戏。就是李胜利狗拿耗子多管闲事，竟然还来整顿玉米，难道还是玉米把人家女人给缝上的？笑话，简直就是神经病嘛！"

"那不行吧？"人群中有人提出反驳，"这是刑事案件了吧？怎么就随随便便撤案了呢？这事儿也太离奇、太蹊跷了吧？"

村长闫福倒是嘟囔了一句耐人寻味的话："你们可不知道，田改兰被缝的那个地方有多值钱啊……"

支书贾英才马上狠狠用眼色警告了村长，闫福立刻闭了嘴。他主动上去小心翼翼地劝说李胜利不要再整顿了，回家去吧。

李胜利虽说有点不情愿，但还是给了村长面子。不过他警告村长，如果他也不作为，或者腐败了，照旧一样儿地治理整顿他。

村长说保证有作为、不腐败，李胜利才朝众人挥挥手，骑上自行车，一路红旗招展，歌声飘荡，渐渐远去。

金炜明禁不住问，"这是个什么样的人？有点意思啊。"

"仅仅是有意思？"村长撇撇嘴说，"有意思的还吓人呢！"

在路上，众人又饶有兴趣地聊起了李胜利的奇闻轶事。县城的干部们虽然也听说过一些，但毕竟李胜利是在村里，自然就了解得少一点，就更加好奇。

特别是乡长吴志还提到李胜利原来还是乡信用社的一个村级信用站的代办员，曾经因成绩出众，出席过省级农村信用社表彰大会，后来还差一点就转成信用社的正式员工了。其中原因挺复杂，据说这里面还有一段曲折故事呢。看到大伙儿都感兴趣，村长闫福就又跟大伙儿拉呱起李胜利的奇闻轶事来。

据说清朝时，李胜利的祖辈曾在县衙里当差。他父亲李亮从小识文断字，曾在一个县级单位做事，后来县里发生一起骚乱，李亮在混战中被人用闷棍击中了脑袋。奇怪的是，李亮被这一棍差点打死，昏迷了近一个月后，竟然奇迹般地起死回生了，更令人难以想象的是，这一棍打瞎了眼睛，亮子变成了瞎子，只得回家做了农民，却有了一种类似于特异功能的本事——算命。并且据人们说，极准。李胜利母亲是位缠着小脚的旧时妇女，家有几亩薄地，李胜利有兄妹八个，人多嘴多，让这个家庭陷入困苦难熬的境地。村里人都知道，李胜利一家是方圆几里最穷的，全家人躺在一铺炕上，头脚上下交叉，几口人盖一床被。土屋里，窗户破烂裂缝，风刮一夜之后，只有人躺的地方还干净着。

革命时代的降临改变了这个家庭的命运。20 世纪 50 年代初，在喧嚣的锣鼓声中，儿时的李胜利目睹着父辈们烧掉了旧的土地契约，换回了新的土地证。李胜利得以读完小学，并在逐渐成熟后担起一家重任。人民公社化运动在村里展开后，李胜利进入了生产队干活儿，聪明好学的李胜利被领导选为队里的会计，负责计算工分，全家人总算是能够凑凑乎乎填饱肚子了，年轻的李胜利就有点莫名的兴奋，非常感谢共产党。那年的一天，李胜利跟村里一些年轻人参加了县城组织的万人庆祝游行，第一次看见了满天的焰火。望着火光映红的天空，李胜利跟大伙儿一遍又一遍高喊着"共产党万岁！毛主席万岁！"直到喉咙沙哑。

参加完庆祝活动回村后，李胜利的积极性空前高涨。每晚收工后，小队里六十多个年轻劳动力都要聚集在村头龙王庙街的一间小屋里开会。煤油灯下，人们面对着墙壁上贴着的毛主席画像，在队长的带领下学习中央精神和毛主席语录。这就是李胜利人生最为漫长且充实的学习阶段。谁也没想到，就是这个阶段的学习，竟然影响了他的一生。那时候庄稼汉有的因不识字而觉得学习麻烦，在练习唱歌时竟趴在炕上睡觉，李胜利却始终是最严肃、最认真的一个，毛主席语录背得滚瓜烂熟。邻居到他家串门，也会发觉四面墙壁都挂着或大或小的毛主席画像和语录。也是从那时起，他的胸前一直佩戴着毛主席像章。

后来，兄弟姐妹们结了婚，分了家，母亲去世，李胜利就一直单身，村里人叫打光棍。自打年轻时起，李胜利就坚持做好事，特别是每天义务扫大街，一直到现在。村里还有一个姐姐叫李梅俏，虽说一母同胞，性格却是天壤之别，跟李胜利不大来往，在村里也算是个名人。只剩下李胜利与父亲李亮二人相依为命，但他对毛主席的热烈崇拜，仍然沉浸在自足而稳定的快乐中，并一直保持至今。记得在他年轻时，邻居给他介绍了个对象，没想到李胜利连面都不见就把婚事推掉了。旁边的人劝他早结婚、早生小孩，可以养老，他笑着说："毛主席说了，不管工人、农民，60 岁就退休，有国家管着。"私下里，李胜利偷偷对村里的朋友说："以后生活好了，还可以娶个知青嘛。隔壁生产队有好几个人就娶了城里来的知青，知青有文化。"

原来，在李胜利心里一直有段他自己的爱情秘密。

那是二十几年前的一天傍晚，相距八里地的邻村唱大戏，村里的年轻人领着插队的知青步行去看大戏，当时在村里放羊的李胜利和知青上官云也在其中。等他们赶到戏场，场内早已挤满了三里五村的人，李胜利他们便把上官云等知青扶上戏场的墙上，骑在墙上看，几个女的买了包瓜子很仔细地嗑，李胜利他们用报纸卷起喇叭筒，放上自制的香烟丝，轮着抽，夜色中，远远望去，便只见有一个亮点在墙上传来游去。

县剧团虽说级别不高，在村里人心目中却是最高水平，戏演到半截，忽然舞台一阵骚乱，戏暂停了，原来是剧团拉手风琴的人得急病晕倒了。那可了不得，整个剧团就靠个手风琴撑着，这下可冷场了。消息传到墙上，只见上官云略一犹豫，就从墙上跳下来，朝舞台后场挤去，不一会儿，只听台上手风琴又响了起来，戏也接着往下演，原来是上官云自告奋勇替那手风琴手补台了。一起来的村里人和知青一顿狂热地鼓掌，佩服得不得了，李胜利远远望着台上优雅的上官云，一股从未有过的冲动在体内升腾起来。

半夜时分，戏演完了，上官云跑下台来，有个中年男子送了又送，后来才知那是剧团团长，再后来一段时期成了上官云的男人。

散戏后，在回村路上，天下起了大雨。上官云受了冷，肚子疼得厉害、李胜利主动背起她，一直背回村，感动得上官云泪水涟涟。一路上，天上的雨水，李胜利的汗水与上官云的泪水交织融化在一起，紧贴着的年轻身体一步一颠，两人同时感觉到对方的心跳，如夜空中的雷电震颤着从各自的心里滚过。当时，人们可不大敢太接近她，因为她父亲是"走资派"，那年头她被人称做"狗崽子"。就是那个雨夜，上官云改变了自己的命运，后被县剧团挑中调进了县城，先跟剧团团长结了婚，后来因性格不合分手，又成了陆正的红颜知己。李胜利也就只能把爱的火种埋在了心里，并且这一埋就是一辈子。

上官云有双灵巧的手，从小弹得一手好钢琴，手风琴、小提琴都样样精通。下乡到村里，巧手没处用，便就操起了剃头刀。那时，李胜利已高中毕业正在村里放羊。有一天，当带着满身羊腥气的李胜利走进理发屋时，别的女理发员都嫌他脏，捂着鼻子躲着他。上官云一看，正是那天在雨夜里背她回家的小伙子，心里便蓦地涌起一股股热浪和柔情。李胜利也看见了她，想想自己身上难闻的气味，正准备转身离去，他不想在上官云面前留下邋遢的印象，上官云却上前一把拉住了他，并把他轻轻地按在了椅子上，给他披上了一块白白的大理发布。洗头时，她的纤指轻柔地抓挠着他的头皮，一阵麻酥酥的感觉便在他浑身弥漫开来，每个毛孔都舒服地敞开了眼儿。她手拿剃头刀，小拇指头微微翘起，很是耐看，刀在他的脸上滑过，细细的汗毛被连根砍掉，多锋利的刀，可他觉得这刀片比海绵还软和，他的心开始骚动不安起来，他真想说：你再用点劲，深深地刺俺一刀，俺也情愿呀。可她全没有这个意思，只是专心一意地刮呀、摸呀，生怕胡子没刮净，凑到他眼前瞅，他猛然发现自己已经在她眼睛里了，他觉得很幸福，紧闭了双眼想把她的形象牢牢锁在心里。当她的手指摸到他嘴唇边时，他真想马上张嘴把手指吮进嘴里，牢牢地咬住不放。忽然他觉得她俯下身来，脸贴得他很近，他只觉得一股温热而略带香味的气息迎面扑来，啊，是她呼出的气，他一下子想起了初春，他在山坡上放羊，春风拂过脸庞的感觉，他使劲吸住这股春风，喉头一抖，便把它咽进了肚里，他还想再吸一口，却发现这股春风已吟唱着旋到了另一个山岗上，他一急，猛地睁开了眼，展现在他眼前的却是怎样的一幅图画呀：鼓鼓隆起的两个山丘，像两个洁白芳芬的馒头，中间一条细沟，却流淌出足以熏醉一个大男人的幽香，他的眼像长了舌头，在这个白馒头上舔来舔去，涎水不知不觉流了一下巴，他忍不住想直起身来咬一口，吞进肚里，眼皮却被人一抹，便不觉地回到了黑咕隆咚的世界，他只觉得浑身发软，世上什么东西也没有了。

当上官云用小扫帚扫理发布上面的头发渣时，却扫到了理发布下面竖起来的一个硬邦邦的东西。李胜利一下子惊醒了，他意识到了自己的失态，一下子脸红脖子粗，越着急越软不下来，一时不知道该怎么办，羞得恨不得钻到地缝里去。上官云却愣了一下，红着脸，不动声色地把头发渣打扫干净，顺便巧妙地把李胜利硬邦邦竖起来的地方，用手把理发布随便往上提了提，别人看上去就成了一个自然的布仄子，巧妙地帮他解了围。李胜利在椅子上一动也不敢动，乖乖地待着，直到那个硬邦邦的东西逐渐软化变小，才匆匆起身逃离，羞愧地连个招呼都没打。

　　从此，他就更爱这个比他大六七岁的女人，有人称上官云是"冷美人"，他却有事没事爱往上官云那儿跑，上官云也常借书给他看，也喜欢上了这个小她几岁的年轻人。

　　一个除夕的夜晚，知青们都回城过年了，剩下上官云一人在孤独地拉琴，李胜利给她送去了香喷喷的羊肉馅饺子。隆冬的夜，朔风凛冽。上官云把门往紧里掩了掩，又捅了捅土炉，便和李胜利面对面地坐在炉前的一张小书桌前，两人相让着吃着饺子。生活的清苦、理想的失落，使上官云心绪低落，一边喝着闷酒，一边向李胜利倾诉着心中的忧愤。不知不觉，两人都喝得有了醉意，李胜利猛地伸手拉住了上官云的手，久久凝视着她那俊美的面容，上官云被他盯得脸上沁出了微汗，却又被他那青春滚烫的目光融化了。

　　上官云站起来，解开上衣，从里面贴身的衬衣上摘下一枚毛主席像章，双手捧着送给李胜利。李胜利激动地说，"我一定一辈子保护好它，它在我在，它不在我就死。"上官云赶紧捂住了李胜利的嘴。忽地，上官云把李胜利紧紧搂住了，李胜利一下子就懵了，身体僵硬得不听使唤，而上官云却像一片白云飘散在挺拔的峰峦间……

　　后来，听说就是那么一次，上官云的腰身逐渐变粗了。未婚当然不能育子，据说，是个男孩儿，孩子一生下来就被送人了。还有知情人说，是通过知青魏仁介绍的，送到北京去了。

（三）葫芦里到底卖的什么"药"

到了村里，县里一行人住香水沟乡政府。

乡政府坐落在香水沟村里最繁华的一条街上，村民们戏称其为村里的"王府井大街"。信用社、农行营业所、邮电所、邮政储蓄银行、供销社、派出所、医院、粮站、理发店、肉铺、豆腐店、天主教堂、花圈寿衣店，几乎都集中在这里。特别是响当当的富豪煤老板郝利仁的小洋楼，矗立在老街的中央，显得鹤立鸡群。

金炜明自己没有住在乡政府，而是专门住在了乡政府旁边的一个比较古老的大院。因为金炜明记得董时进有句话：要知道村里的秘密和农民的隐情，唯有到乡下去居住，并且最好是到自己的本乡本土去居住。依着表格到乡下从事调查，只能得到正式答案，而多半不是真切的答案，要自然而然地认识乡下。

这个老院子可是有了年头，据说始建于明代，古砖古瓦，飞檐翘壁。高高大大的城堡墙面虽然历经风雨沧桑，斑驳不堪，有的地方坍塌残垣，但古风威严仍在。特别是高大的门楼上依稀可见的几个大字——明登天府，使人仍感受到当年的繁荣与富贵。这座深宅大院以前拥有两进两出的规模，院里的房屋雕梁画柱，富丽堂皇，足以见证当年宅院主人的富庶与高贵。宅院的主人几经更换，已经说不清是哪个地主或是富商了。后来宅院归公，成了村委会、大集体时期的铁匠铺、木匠铺、榨油坊、村会议室。后来又分给了几户贫下中农，实行生产承包责任制后，宅院里的一些村民嫌弃院子里的房间阴暗破旧，特别是有人说这里还经常闹鬼，就陆续搬离或变卖了。直到现在，有的房间已经白给都没人愿意住了，只剩下几户光棍、五保户及残疾人在此蜗居。村里人就说，绝大多数以前的豪宅后来全是穷人住了。这也许是规律。

可是谁也没想到，就是这座古老的大院与村外明代历经风雨沧桑的古长城，还有弯弯曲曲的黄河，后来却成了小有名气的旅游风景了。

宅院里现在主要有田守义一家、老知青魏仁、李亮和李胜利父子光棍俩、佛教徒陈仙、死了儿子的刘告状、贫困户燕百合、大学生村官何晓娜，今天又加上了金炜明。

在这个大院里，住着田守义的老婆刘樱花、妹妹田春燕，以及大女儿田改梅、二女儿田改兰、三女儿田改竹、儿子田耿义。

这条大街上还有村支书贾英才、二弟贾英虎、三弟贾英龙、四弟贾英华。

还有在外面靠包工发财的池连泉、池连海兄弟，以及妹妹池莲花，等等。

这条破破烂烂的老街上形形色色的人物，有的喜欢"种地"、"种菜"，有的喜欢"种钱"，还有的喜欢"种思想"，更有的喜欢"种人"，在乡村这片大舞台上，演出了一代又一代的大戏，幕幕惊险、场场精彩……

信用社和农业银行营业所坐落在乡政府西北角，一溜的老房、斑驳的墙面像老太太的脸，门前几棵小柳，摇晃着绿里带黄的枝条，倒是那两块信用社和营业所黄里嵌绿的金色招牌，在砖墙的灰色和柳树的绿意中点缀出一点醒目的光亮。一股山溪潺潺流过，极平静、极自然，溪边几块石头凸起，混浊的浪花便泛起了古老的话题……

信用社是由社员入股、社员民主管理，主要为社员服务的合作金融组织，当时，与人民公社、供销合作社并称"三社"。营业所是农业银行的基层机构，信用社是集体所有制金融组织，过去在农业银行的领导下，独立经营，独立核算，自负盈亏。营业所的服务范围主要是国营企事业单位、供销合作社、乡镇企业的信贷业务，信用社以农民家庭承包户、社队集体经济联合体、乡以下集体和个体工商户贷款为主。

建社初期，营业所设在区，信用社设在乡，营业所直接领导管理信用社，后来，撤区并社，营业所下伸到公社与信用社并列存在。随着市场经济的发展、家庭联产承包责任制的实行、个体工商户的发展，两种所有制的金融界限逐渐模糊，实际上，信用社已跃居为农村信贷业务的主要经营者。后来农村金融体制改革，信用社与农业银行正式脱离行政隶属关系，成为两个平等互补的农村金融组织。

陆正领着金炜明一行人来到了信用社的院子。听到声响，信用社主任石头早从门里蹦了出来，老远就招呼："头儿们来了，咱就开饭，去叫乡里巩书记、吴乡长和农行营业所钱主任一块来。"老习惯了，一个大院儿，各部门来人都这样。

午饭也简单，当桌一大盆猪排炖山药蛋，外加一盘咸萝卜，炒菜不多，却叫不上名。

石主任介绍说："这是温室大棚里的新品种，叫芥兰、生菜。"烧酒是二锅头。

酒过三巡。吴乡长放下骨头，抹抹嘴唇说："今儿个趁各级财神爷都在，咱跟你们通通气，就是关于乡属煤窑转制和贷款的事。"

"那不成，"石头一听就叫嚷，"你都转制了，那五百万贷款谁给？转制也行，但所得款项必须先还信用社贷款，这也是《商业银行法》里规定的。"

"拉倒吧，转制的钱全给了信用社，咱还不如不转哩。"吴乡长酒也喝多了。

"看看，绕来绕去就是为逃避信用社贷款。"

"你们大财神，还在乎那几个小钱儿？"

"屁话，信用社存的也全是老百姓的血汗钱。"

"喝酒莫谈国是。"扶贫办贾主任见快要吵起来，忙出面调停。

众人又轮杯换盏，满屋子啃骨头声。过了一会儿，营业所钱主任小声问石头："听说，你们信用社准备给供销社养猪厂贷款？可不能贷给他们。"钱主任又往近凑了凑。

"为啥？人家可是有抵押的呀。"石头问。

"抵押也不要贷给他们。你知道，过去咱农行一直支持供销社，可他们如今连利息也不给打，这次他们养猪厂又购进一批仔猪，缺饲料想贷款让俺给卡了，俺让他们先打点利息才贷给他们。你们信用社要是一贷给他们，那俺们的计划可就全泡汤了，咱两家可得齐心协力卡住才对呀，咱们可不能窝里斗哈。"

"屁话，卡住了，仔猪也饿死了，贷款就更没指望要了，你的良心哪里去了？"石头气呼呼地说。

"良心让狗叼了，该治理整顿了！"吴乡长一句话逗得大家笑了。钱主任无可奈何地一仰脖吞下一口苦酒。

"真麻烦，连顿饭也吃不好，"吴乡长转换了话题，"米请咱香水沟民歌大演唱家石主任献支山歌好不好？"说着，带头鼓掌。

大家便都敲盆打碗表示欢迎。

"好！"石主任唱歌也不含糊，他双手抱抱拳，清清嗓，吼了起来：

> 锅熬滚滚下上，
>
> 不想旁人光想你，
>
> 端起碗想起你，
>
> 泪蛋蛋跌在饭碗里，
>
> 想你想你实在想你，
>
> 泪蛋蛋好比那连阴雨，
>
> 黄格凌凌小猫钻水道，
>
> 咱两人相好谁知道，
>
> 路上碰见了人咱俩不要笑，
>
> 瞒上个十年八年外人不知道……

"好！唱出了真情实感。"陆主任、吴乡长拍着手，目光对视了一下，意味深长地笑了起来。

吃了饭，又闲聊了一会儿。

"好啦，谈正题吧。"金炜明便向巩书记、吴乡长和盘托出了扶贫的事。

乡政府干部们一听，县联社要在他们乡进行扶贫试点，都高兴地拍起手来。吴乡长哈着酒气，说："他娘的，这下子可靠住财神这棵大树了。"他伸出手掌问金炜明，"说说看，扶贫准备给多少款？"

"一分也没有。"

"啥？不给钱款怎扶贫？我看你们又是来卖片汤的。"

"我们准备选个好项目，农金部门联合投资扶持，但资金我们自己发放，贷款落实到农民个人头上，乡政府只给予政策上的优惠和方便就行了。"

"说了半天，钱不落乡政府手里……"吴乡长还要嚷什么，被巩书记一眼瞥了回去，"老吴，话不能这样说，只要人家是来扶贫的，采取啥方法乡政府都支持，就是不知你们准备上啥项目？"

金炜明一听，便把头扭向了石头："石主任，有啥法宝？亮出来吧。"

"走，俺领你们去考察考察。"说着，石头带头跳下了炕。

众人不知石头壶里卖的啥药，便跟着他出门，沿着黄河岸上的一条土路摇晃着朝前爬去。

望着石头的背影，金炜明不由得想起昨天在县联社讨论扶贫的情景……

狭长的县城只有宽宽的一条街道，长长的马路像一条线，县信用合作联社就恰似线上圆圆的一点。

金炜明站在窗前，望着窗外两种风格不同的风景，心中升腾起一股股柔情，他太爱这里的景色了。信用社和农业银行脱钩分家时，信用社办公楼就盖在这城乡结合的交汇点上，每当闲暇，凭窗眺望，胸间会涌起一种"左手一指太行山，右手一指是吕梁"的豪情。

办公楼是座坐北朝南的单面六层大楼，原本技术人员设计的是双面三层，可让陆正给改了，为的就是高大注目，给企业塑造形象。联社营业部位于一楼正中央，门面全部由大理石和金色不锈钢圆柱构建而成，室内宽敞整洁，防弹玻璃闪烁着坚不可摧的光泽，电子荧屏上流淌出现代化的数据和色彩，特别是大楼顶上四个金色大字——中国信合，在阳光的照射下闪闪发光。

据说为建联社这座大楼，陆正从工程项目的审批，到筹资、施工队招标，每一道工序都是亲自操作、把关，投入了巨大的精力和感情。当大楼平地立起，联社在一片鞭炮鼓乐声中喜迁新居时，当众多的信合员工为从此有了自己的家欢呼雀跃时，一封匿名信却把陆正告到了县纪检委，检举他包工程捞回扣、贪污受贿。有关执法人员来联社调查时，陆正面带微笑坦然应对，他心里清楚，包工头是找过他，但被他拒绝了，虽说后来招标还是那个包工队中标了，但那是因为他们设施先进，技术一流。尽管中标后，包工头又去谢他，还是被他谢绝了。最近，听妻子凌兰讲，纪检委的人又到她单位找她了解情况，望着妻子忧虑重重、游离不定的眼神，陆正安慰她，不做亏心事，莫怕鬼叫门。

联社副主任袁生贵是位老主任，资历比陆正老得多。袁生贵身材瘦小，窄条脸上有着两条细而长的眉毛和一双小而有神的眼睛，平素里不善言谈总喜欢笑眯眯地听别人讲话，但人们对他还是很敬畏，因为他的绰号叫"抓小辫"。据说他专抓领导的小辫子，历任领导都有小辫子在他手里捏着，因此，他总是很能办实事，包括安排子女工作和业务上说了算等。

挂职副主任田晓华是位年轻漂亮的姑娘，高挑的身材，健康的肤色，充满青春活力。袁生贵常戏称她是个肉蛋子嫩水饺，又香又水灵，陆正则说她简直是条活鱼，活蹦乱跳滑不溜秋。田晓华刚从省银行学校毕业不久，分配到基层锻炼，袁生贵不屑地说她是"镀金"来了，因为她父亲就是市农村信用合作管理处的副处长。

几个人正说笑着，房门被推开，城关信用社主任凌志和香水沟信用社主任石头相继走了进来。昨天接到联社办公室电话，让他们来参加扶贫工作会议。石头身材中等微胖，满脸的络腮胡，着一身微旧带土的中山装，与西装革履、满头油香的凌志对比鲜明。

这时，又进来几位信用社主任，陆正见人到齐了，就说明了会议的主题：如何扶贫？具体扶什么项目？接着他传达了中央及县委精准扶贫会议的精神，还让袁生贵副主任通读了县长的讲话。

众人听完扶贫精神，纷纷议嚷了半天，也没理出个头绪。姜还是老的辣，后来袁生贵讲了几句："扶贫嘛，这个是新任务却也是老话题了，县里年年搞，年年搞不出啥名堂，我看还是应付几下就行了，不要太认真了，现在关键是抓自身业务，发展壮大自己。"袁副主任一副老家长语重心长、老有主见的模样。

“对，高见，”凌志一听，马上附和，“现在啥年月了，还搞那一套，扶贫是政府的事，对咱没啥好处，咱要干就干几件大买卖，捞他一把，跟那些泥腿子们混，何时才能打出江山来……”

“胡说八道！”陆正一拍桌子，“怪了，我说你们想不出好点子，原来都是脑子有毛病，思想认识不到位，我告诉你们，今年的扶贫可要真扶，要扶出成绩来，大家想，咱信用社是干啥的？说到底是支农的，扶贫支农、富民兴社这不是正道吗？一举两得嘛！多少年了，我们有些同志的认识总是在错位，总是认为信用社贷款给农民是种恩赐，其实那是大错特错。咱们得扪住心窝想一想，如果没有农村这块皮，哪来信用社的肉，没有农民这潭水，哪有信用社这条鱼，说实话，从始到终，是农村和农民养育了咱信用社。农民不富裕、农村经济不发展，那我们信用社可真的就成了无源之水、无本之木了。要是我们还要去应付政府、糊弄农民，咱们信合人的良心何在？前途何在？所以，现在不是讨论扶不扶的问题，而是如何扶的问题。”

“一把手”一锤定音，别人也不好再说什么，只是一时又想不出办法，全场又陷入了沉寂，只有众人的咳嗽声和满屋子飘忽的烟雾。针对陆正含沙射影的批评，凌志撇撇嘴不再言语什么，虽然他觉得陆正老爱跟他过不去、看不起他，但他公众场合还是忍了，谁让他是小舅子呢。

袁生贵心想，到底是年轻人，又加上新官上任，出点风头，捞点政绩，也是正常。虽说陆正的话有点让他难以下台，但他还是笑笑对大家说：“是呀，陆主任说得在理，大伙就多想想法子，众人拾柴火焰高嘛，啊，哈哈……”

“我看每家给几个贷款，让他们自己搞项目，也算是咱扶贫成绩，既方便又省事。”田晓华忽然冒了出来。

金炜明听后却坚决地摇了摇头，否决了。因为“天女散花”、“点羊窝”式的扶贫在金炜明心里可装着一段教训……

那是十九年前，当时金炜明还是县农行管辖下信用社的一名普通职员，农行扶贫出台了一个庞大的扶贫计划，发放二百万元专项低息扶贫贷款，按人分配，人均三十元，由农行基层营业所和信用社发放到农民手中，思谋着通过直接注入资金脱贫致富，要求每个贫困户养猪三头，养牛三头，养羊五只，称为“三三五”工程，犹如天女散花般的资金确实让农民高兴称赞了一阵儿，有位农民拿着三十元上了市场，看到猪头肉实在馋得忍不住，就割了几斤回去，与家人美餐了一顿，摸摸满嘴的油花，一个劲地说："还是党的政策好。"大多数农民买了些牛羊，但由于缺乏技术，形不成规模，大都自生自灭了。时隔十多年这部分贷款仍沉淀一百五十多万元，使农民穷上加债，雪上加霜。

为了启发众人，金炜明讲了一个再也简单不过的儿童故事：一只老山羊养了黑白两只小山羊，黑山羊常跟老山羊要白菜吃却总也不够吃，而白山羊跟老山羊要了白菜籽自己种菜吃，却总也吃不完。这个连小学生都懂的故事，用在扶贫工作上，却有了一番新意，那就是输血不如造血，扶贫就要扶根。众人听了，也都纷纷点头，但一时还是提不出办法，金炜明便又引导大伙："咱这黄土丘陵区，资源贫乏，就有点煤炭，也经不住全民折腾，濒临枯竭，上企业有点不现实，搞农业吧，土地贫瘠，有霜期又长，一年一茬庄稼，农民们只能是半年忙碌半年闲，收入上不去，我看只有搞点什么科技含量高的项目，才能切合实际，扶出成效。"

一席话，众人思路逐渐明晰了，却一时想不出具体项目。

这时凌志忽然提出一个思路，他说："其实如今的扶贫也应跟上当前的形势，这也叫与时俱进嘛。让农民单打独斗闯市场、小打小闹种庄稼，确实很难致富。我看目前的国家煤炭市场火爆，咱们当地煤炭资源又丰富，可以引导村民们大规模地发展煤炭产业。"

"对头，"袁副主任马上赞成，"据说现在许多人，包括县里的公务员们都在积极投资入股煤矿，听说投资回报率非常高，咱们也可以引导农民们积极参与。这样的话，赚钱容易，也来得快啊！"

陆正听了，半天没有吭声。大家沉默了一会儿，陆正才忧心忡忡地说："目前，我们担心的恰恰就是社会一哄而起投资入股煤矿的这股风潮啊！高收益必然伴随着高风险，这是我们搞金融工作的人应该知道的基本常识啊。天上掉馅饼的事情我听说过，但目前我还没有亲眼见过啊。"

金炜明也说："从经济发展规律来看，当一个产业发展到高潮时，它的发展势头和风险就会随之而来。我们不能头脑发热，赶时髦投机取巧，这样的路子走不远。咱们既然是农村金融，就应该踏踏实实扶持'三农'经济，从根本上、长远上支持农民脱贫致富。"

"我说两句，"田晓华也不甘落后，她振振有词，"按理说，无农不稳，无工不富，无商不发。如果在企业和商业上，实实在在为农民寻找到一个合适的产业项目，农民脱贫的步伐会更快。现在国家提倡搞城镇化发展，咱们就统一资金安排，统一规划设计，改善农民的住房条件，让村里的农民全部住进新农村，再把腾出来的土地盖厂房，大力发展城镇小微企业，我想这样的扶贫既符合国家扶持发展的方向，又能加快农民脱贫致富的步伐。"

"我们不是不想支持农民住楼房进城镇，关键还得切合农民的实际，农民可以上楼，但是他们的猪、狗、鸡、鸭、骡子、驴马也能上楼吗？我们也不是不想帮助农民发展煤炭产业和小微企业，也不是不敢冒险，而是不能投机取巧，急功近利，要确确实实帮助农民寻找到一种符合实际、能够扎扎实实走下去的项目。"

意见不统一，一时间大伙儿都不说话了。会场显得有点沉闷。

忽然，石头一拍大腿说："有了。"

"啥？快说。"众人催促。

"暂时保密，嘿嘿，"石头狡黠地眨眨眼，"这是俺的专利。金县长、陆主任，你们明儿个下俺那儿，俺再详详细细跟你们汇报。"

金炜明和陆正一听也好，便宣布散会，明天下乡去考察。

会上，陆正还特意提出了近期信用社经营管理上的一些不正常现象，并且警告说如果发现信用社内部存在"内鬼"，就该治理整顿，一定严惩不贷。话语虽短，但杀伤力极强。尤其是凌志的脸极不自然，面部肌肉抖了抖，又恢复了平静。大伙明显嗅出了有种山雨欲来的味道。

哗哗的流水声把金炜明的思绪拽回来。他抬头望着江面。河水浊浪翻滚，河中有一摆渡的小船，船上的老头正扯着嗓子吼《走西口》的曲调：

> 哥哥你走西口，
>
> 小妹妹我实在难留，
>
> 手拉着那哥哥的手，
>
> 一直送到大路口……

岸边走来一溜驮水的毛驴，巩书记难过地摇了摇头，面对金炜明问询的目光，实在难以启口说："那是从村外八里地的山上驮下的水。紧靠的黄河过去还能驮水，等淤净泥沙后，供人畜喝水，如今黄河水污染严重，特别是郝利仁他们在上游搞的几个小煤窑、造纸厂、化工厂排放的有毒废水，已使黄河浊浪泛白沫了，连牲畜喝了都得病，人还敢喝吗？香水沟人愤愤不平，可又奈何不了人家，只眼巴巴地望着河水从脚下流走，赶上毛驴驮水喝了。"

走着，金炜明忍不住问石头："你先说说，到底是啥项目？"

"那好，俺先说个顺口溜，猜准便知道了，"石头说着摇头晃脑讲起来，"办的是琉璃舞厅，开的是蛤蟆蹦蹦，喂的是尿素大粪，养的是'嫩格生生'，卖的是'水格灵灵'。爱的是大大咧咧的后生，怕的是有皱纹的妇人，哄的是傻不拉叽的儿童。捏的是一张张'工农'，存的是一沓沓'伟人'，最不痛快时就开了酒瓶。上问领导下问群众，你们猜猜咱是干甚的……"

金炜明一听也觉眼前一亮，"你说的是……"

"嘘，让大伙儿猜猜。"石头阻止了金炜明，有点得意。

大家相互看了看，一时间搞不清这个石头葫芦里卖得究竟是什么药。

（四）"豆腐西施"

金炜明上午整理了一下扶贫计划，有点头脑发胀，就走出门来想溜达溜达散心。太阳暖洋洋地照着，村里在阳光的抚慰下，显得安静、祥和。空气极好，金炜明敞开心扉呼吸着，心情也被染上了阳光，浑身显得通气亮堂。初来村里几天，村里除了偶尔传来几声羊叫狗吠，很少有大的噪音困扰。尤其是到了晚上那满天的星斗，密密麻麻，亮亮晶晶，仿佛能把窑洞压塌。自己躺在炕上，仰望着银河里的亮点，他的肺腑好像被清水洗过一般，通体舒畅，想想城市的夜空，总是在昏暗灯光的遮掩下，星空隐隐约约、半明半暗的，让人看不清、摸不透。

金炜明出了房门，就看到了大院里的豆腐房。这里过去曾是一个地主的老宅，一溜的老房，墙体斑斑驳驳，像老太太的脸。屋檐墙角布满了蜘蛛网，一只硕大的蜘蛛不知疲倦地爬上爬下，在编织着捕食美味的梦。几只山雀从屋檐下窜出，抖在枝头上吱吱乱叫。大门院墙上不知猴年马月书写了两个隶体大字——豆腐，虽已部分剥落褪色，模糊不清，但古色韵味犹存。

金炜明来到豆腐房门前，听到里面有叮叮当当地剐锅声，也听见屋里的人声嘈杂。

"砰——砰——"，他敲敲门，里面根本没人应声，也许太吵听不见吧，他又使劲敲了一下，忽听见里面有个女人尖叫："鬼敲门啦！"随即传出笑声一片。

金炜明很尴尬，不知是该继续敲门，还是该直接推门进去。

就在这时，屋里又传出一个男人的骂声："谁他娘的装正经呀，快自个儿端一脚进吧，还等老子给你开呀？你以为你是乡长呀？哈哈。"

没法子，金炜明只好使劲推开了门，撩起破旧肮脏的厚门帘儿，迈进屋里。一进屋，他就发现原来屋里的地下、炕上、小凳上堆满了人，他还想看个究竟，忽地冲来一股热浪，就把他的眼镜给蒙上了一层薄雾，他便雾里看花，迷迷糊糊了。

就在他摘下眼镜擦拭的空当，唐麦穗忙拨开众人迎上前，招呼他说："呀，不知是县长大人驾到，快来坐，快，你们给腾个地儿。"说着，他把众人推了推，又把在一把破椅上坐着的村民拉起来，让金炜明坐下。村民们往往把村长、乡长看成是重要官员，却常常对级别更高的县长、市长不看重，也许是觉得他们太高、太遥远了吧。

众人被唐麦穗推得前仰后合，有个女的就尖叫起来："眼瞎了，谁的蹄子踩了老娘的脚板？哎哟！"

"谁的奶子撞了我的眼儿，都冒金星了。"不知哪个男人在人群也吼了一嗓子，把众人逗乐了，都说："谁的奶子瞎了，撞了你那亮眼儿，太没运气了，哈哈。"

金炜明见状，忙说："不忙，不忙，我不坐了，都快坐一上午了。"

稍停一会儿，金炜明才看清，这一间小屋足足憋了十几个人。一条大土炕上，一边晾着黄豆，一边铺了半张席子，席子上人坐不下，有几个人干脆就坐到了黄豆堆里，嘴里叼着纸烟，眯缝着眼盯着手里的纸牌，耳根上别着几支香烟，输了给人，赢了再夹在耳根上，原本白白的纸烟卷儿成了一根根黑色的接力棒。旁边还围了几个人观战，不时还抢上一支战利品，叼在嘴里消费；几个女人手里忙着针线活儿，挤在另一边炕上，手上一份、嘴上一份忙乎着，不时还推搡几下，笑得胸脯乱颤，手抖得东西一个劲往炕上掉；地上有两村民蹲着，面前小凳上一只小碗，里面放着几片小豆腐干，每人手里端着半杯散白酒，全然不顾他人的吵闹，静静地品尝着酒的清香，嘴里还叨唠着什么好像买卖上的事儿。

本是房子的主人、干活的主角唐麦穗却被人推挤得趔趔趄趄、磕磕绊绊，一手端着瓢豆浆汁，一手呵护着，在人群里钻来钻去，眼盯着豆浆，嘴里吆喝着："让让，让让，热豆汁，不让就烫着屁股了，让让……"

这时，门又被踹开了，一位村妇胳膊夹着小盆钻进屋来，陪伴她的还有一股小旋风儿，呼的一下就把晾在豆腐板上的几块豆腐罩住了，霎时，噼里啪啦，豆腐上就落满了细小的柴草棍儿，还有类似牛羊粪便干透裂迸开来的细碎屑。唐麦穗看着下意识地用手去罩，但似乎不顶用，那些乱七八糟的尘灰还是坚强地、亲热地贴在了豆腐白白嫩嫩的脸蛋上。

唐麦穗忙着舀豆浆入槽，用布包好，拿根木棍压住豆腐包，自己一屁股坐在木棍上压浆水。

"哎，麦穗，你媳妇贺果枝进城快半年了吧，燕百合不是给你帮忙吗？今儿个咋没来？"忽然，炕上一女人抬起头问。

"嗯，今儿个她不来了，明儿个也不来了。"麦穗一边干活一边说。

"那是为啥？"

"她不来帮忙了，咱这小买卖挣不了几个钱。"说着，麦穗用手狠劲拍打着豆浆包，似乎嫌它流出的豆汁少，利润小。

"那她要单干？"

"听她那意思，要干大买卖。"麦穗擦擦头上的汗。

"做大买卖？啥大买卖？她也真敢想。"另一女人插话。

"百合有啥不敢想的？穷得啥也没了，就剩下想了。"

"就怕她心比天高，命比纸薄。"

"别说风凉话了，"麦穗摆摆手说，"百合也确实没法子了，你想想，她妈病重要花钱，她男人那老毛病也得花钱，孩子念书要花钱，将来为她爹配阴婚更得花钱，她再不挣钱，那还有啥活头。"

"就是，"地上一村民接口说，"这就是她的命。"

"啪——"旁边一个给了他一巴掌，"快出牌，啥叫命，你懂个屁？"

"放你娘的屁，看不扯烂你的嘴。"说着，两人滚打到豆堆里，挤得旁边的女人们吱呀乱叫，纷纷跳下炕来，混乱中，连鞋也找不着，急着问谁见她们的鞋了。

"谁知道你们那破鞋跑哪个男人屁股底下去了。"人群中不知谁又逗女人，惹得几个女人一齐挤上去抓他的脸。那人忙起身躲闪，嗨，巧了，女人们的鞋子还真在他屁股底下垫着。气得女人们提起鞋把子朝他身上乱拍，灰尘霎时又弥漫了起来。

唐麦穗一看众人乱了套，忙用勺子敲敲锅边沿说："大伙别闹了，我给大伙唱几句耍孩儿调《猪八戒背媳妇》，怎样？"

"背媳妇好，背媳妇好。"

唐麦穗清清嗓子，手拿勺子敲着铁锅沿作节奏，有板有眼地唱起来：

> 媳妇呀，你——
> 上梳油头黑靛靛，
> 下穿罗裙板正正，
> 猫儿眼睛水灵灵，
> 不搽脂粉香喷喷，
> 不涂胭脂红澄澄，
> 满口银牙白生生，
> 头戴鲜花粉腾腾，
> 哎嗨呀，哎嗨呀，
> 天下美女第一名呀，
> 哎嗨呀……

接着，麦穗把嘴一抿，从牙缝里发出细声细气的女声唱腔：

> 夫妻回到高老庄，
> 高老庄上务农忙。
> 老婆汉子把家挣，
> 恩恩爱爱度光景，
> 甜甜美美过一生，
> 哎嗨呀……

"哎，我总觉得这小子唱的那小娘子怎那么像百合呀，大伙说像不像?"炕上一位村民一边用筷子敲着破碗为麦穗伴奏，一边笑嘻嘻地说："像，像。"

众人附和着："只有百合能扮这个小娘子。"

"那干脆我当猪八戒，背着她好好转几圈儿!"一后生向往地说。

"别在这儿做大头梦了，"一位妇女说，"你敢背百合呀?也不怕百合那两个大奶子把你给麻趴下了，哈哈……"众人一阵哄笑。

"别瞎扯了，"地上那位谈生意经的村民站起来说，"麦穗，百合也不知做啥大买卖，听说了吗?"

"听说，听说要开澡堂子。"麦穗吞吞吐吐地说。

"啥?开澡堂子?真稀罕，哈哈……"大伙都觉得麦穗开玩笑。

"是，是真的，"麦穗说，"她今天就找人借钱去了，她说肯定能挣钱。"

"她爱洗澡，就以为别人也爱洗澡?咱村好多人一辈子都不洗澡，她也不怕赔塌脑哩。"一个女人的声音。

"百合说了，一个人只要洗过一回，就想着洗二回，兴许还真能挣钱。"麦穗一边忙乎一边接嘴说。

"你咋知道?你跟她洗过?你比咱们村里的马叫驴还能耐?"炕上一后生见缝插针。

"哈哈哈……"众人哄笑。

"听说田改兰的那个'发财通道'被人缝了。李胜利可真是爱憎分明哪，以前田改兰靠'种人'发财时他就去治理过，如今她被人祸害了，李胜利连害她的玉米都整顿了，哈哈哈。"

"呵呵，有人说李胜利最近准备去治理整顿郝利仁家了，胆子不小哇，可别让郝利仁的狼狗撕咬给吃了哇。"

"老李才不怕他呢，他有毛主席撑腰，牛鬼蛇神都不怕，还怕条看家狗?"

金炜明听着，心里也不由地莫名跟着担心起来……

（五）神秘的“双面女人”

老知青魏仁跟香水沟村有缘，跟香水沟村的人有情。

他是早年北京的老知青，从踏进香水沟村的第一天起，他的灵魂就被扣留在了村里的山山水水，这里就成了他真正的第二故乡了，他也成了香水沟村里的一员。特别是他返城退休后，每年在香水沟村生活的日子要远远大于在北京的天数，他为这个村子的父老乡亲确实做了不少的好事儿，也可以说在村子里算得上德高望重的“乡绅”。有人说他已经离不开这片黄土地、村里的山山水水，也有人说他是离不开这个村里的那个女人。反正不管别人说什么，他都是微微一笑，不解释，不反驳，不承认，也不否定，好像什么事也难以激起他心头的波澜。但是当他听说田改兰的阴道被人缝住这件事情后，却是惊得眼冒金星，因为他基本可以认定这个所谓的凶手是谁，并且这件事跟自己多年的孽债也脱不了干系，多少年了一直折磨得他良心不得安宁。

其实，魏仁第一次协助孩子家长把村里因饥饿而养不活的孩子介绍送给北京的养父母，心里还蛮有成就感的，觉得自己是做了好事，挽救了一条生命，既帮助孩子找个好人家能够活下去，又成全了城里不能生育的家庭圆了拥有孩子的梦，真是积德行善啊。包括魏仁自己与田守义的妹妹田春燕的私生子华正茂（随他养父姓），当时都是从村里送到京城抚养长大的。他万万没想到，后来村里的人们纷纷把超生的孩子送到城里时，就引起了在村委会担任妇联主任的田春燕的极力反对和愤怒，也弄得魏仁措手不及，使得田春燕对他因爱生恨，恨上加恨。因为他根本没想到这个世界上，有人会因为钱而舍得把自己的孩子送人。这与当时他介绍孩子送人是为了生存的初衷相悖。他知道女人生孩子第一次送人是因为穷养不起，第二次送人是因为超生不敢养，第三次送人是因为赚钱划得来。不管怎么说，这条路径毕竟是由他引发和打通的，特别是当田春燕因亲生儿子华正茂也参与到这个输送链条当中牟利时，她几乎精神崩溃了，母子俩几乎反目成仇。魏仁也已经深深体会到了什么叫后悔莫及和痛心不已，他不知道如何来阻止和处理这类事情。看看金炜明，再看看华正茂，两个同样是从一个村子送出去的孩子，现在一个回来报恩，一个却回来报怨了。尤其是当他得知华正茂不明真相，在城里跟自己的亲妹子魏莉（同父异母）相恋甚至怀孕时，魏仁简直都快要疯了，以前他不太相信报应，现在他深信不疑了。他逼得魏莉把孩子打掉，许多人不解其中原委，都说他这个老头疯了。魏仁不能解释也无法说明，只能把咬碎的牙自己伴着血水默默地往肚里咽。

他还听说金炜明这次回村里是专门扶贫的。但他觉得金炜明除了扶贫，是不是对自己的真实身世也要进行探究？自己也是多年没见到金炜明了，这几天两人在明登天府大院里相见了，也聊了很多。魏仁在聊天时也特意观察金炜明，觉得他长得跟那个人太像了，他担心有人只要留意一点，就会一眼看出来。好在这个秘密只有他知道，别人是不会把那么远、那么大的北京跟这么小、这么偏的香水沟联系在一起的。想到这，他那颗紧张和忧虑的心稍微放松了一些。其实，后来发生的事证明他还真是想错了。

田春燕在村里负责计划生育工作，同时她又是一名义务接生员，还是一名佛教徒，这就非常难办了，但是她做得还是不错，计划生育工作年年完成任务，接生员干得有板有眼儿，佛教徒当得心安理得，这就不易。这里面有个秘密，只有天知、地知、她知。

　　田春燕年轻时跟年轻英俊、有文化的魏仁相爱了，遭到了以哥哥田守义为代表的家里人反对，说这桩婚事不现实。果然，魏仁城里的家人怕他永远被拴在这个穷山沟里，坚决不同意。结果两人未婚先孕，怕村里人知道笑话，又养活不了，孩子只能悄悄送到城里托一个姓华的亲戚代为养育。后来魏仁返城工作，结婚生子，又因性格不合离婚。可田春燕却是终身未嫁，有人说是魏仁害了田春燕，可她却从来都没有埋怨过魏仁一句。尽管魏仁退休后经常回村里居住，无非就是想经常看到田春燕，可田春燕就是不跟他来往，免得别人瞎叨叨。整天忙乎着白天做手术（计划生育割肚皮），同时还帮助女人们接生孩子，晚上再青灯焚香拜佛救赎，修心养性。

　　田春燕一辈子在村里跌打滚爬，对土地和生死、土地和女人积累了丰富的经验，有着自己独特的了解与认识。她觉得土地就像一个母亲，人的生死都跟土地有关，人都是土里生、土里埋。就像香水沟医院，同在一片土地上，东边是产房，西边是太平房，一头是管土地往上的事儿——生；一头是管土地往下的事儿——死，呵呵，有点意思。她觉得，女人的那块"地"和土地一个样，人种什么就产什么，男人对女人如同对土地，对土地如同对女人。有时候她觉得庄稼是土地种出来的，其实人也是土地种出来的。比如人们把自己死后的祖辈们埋到土地里，实际上就如同把人的种子埋进了土地，来年出生的后代，实际上就是祖辈们的种子发芽，轮回。

　　她搞计划生育和接生员工作多年，明白一个人的身体是最复杂、最精致的，许多农民没文化，什么都不懂，有的刚结婚，性生活就在尿道里进行，笑料百出。但是他们生孩子的能力太强大了，简单的动作就能制造出一大堆健康复杂的孩子。还有计划生育就像农业大集体，超生私养就像承包的自留地。有时候她觉得人和动物之间也有一种说不清、道不明的联系，比如村里有个智障女人，生了第一个孩子，吃她自己的奶，结果却遗传了她的智障，生了第二个孩子，没有吃她的奶，喝了羊的奶，反而没有遗传她的智障，成了一个健康正常的孩子。谁也没想到，这个智障母亲生的孩子，就是后来成了大学生村官的何晓娜。

　　在村民心目中，田春燕是一个非常复杂的女人。她是村妇联主任，负责计划生育工作。尽管村里每年都有大肚子的女人们在大街溜达，可就是从来没有超生现象，年年得先进受表扬。这让乡政府主管计划生育的领导非常惊奇，也让其他村里的同行嫉妒得眼里出血。不时地想从她嘴里套出点什么秘诀，可田春燕就是油盐不进，守口如瓶，闹得这些人很是恼火，也更愈发好奇。

田春燕确实是个坚持原则和执行政策的人，村里只要符合计划生育和应该做结扎手术的，她一定会动员甚至拉其到医院做手术；如果只生了女儿没有儿子，还想生的，她一般情况就睁只眼闭只眼。但当生下儿子时，她会动员或者给其出主意，让其把孩子的户口落在村里没有超计划生育的同宗亲戚名下。这样一来，既不违反计划生育指标，又能跟其一个姓，两全其美；要是已经生了孩子或者有了儿子的，她一定会动员或者组织人员强制拉进医院做绝育手术。她认为绝育手术还是可以做的，顶多是堵截了灵魂投胎之门。为此，田春燕也挨了不少的咒骂，说她缺德损阴，断子绝孙。也有人嘲笑她就像阉猪匠。不管别人说什么，田春燕也不追究、不辩解，只是自己该做什么就做什么，做完了，她再到庙里祈祷赎罪。

田春燕还是个很好的义务接生婆。许多人认为这与她负责的计划生育工作很矛盾。其实不然，因为在她心目中，永远把人的生命摆在第一位。她发现哪个女人不孕不育，就会动员她到医院检查，并且到庙里替她拜送子娘娘；只要她发现哪个女人怀孕了，她不会像别的计生员，非得把违反计划生育的女人拉进医院刮宫流产，她是坚决反对人为流产的，因为她是佛教徒，认为这是扼杀灵魂，屠杀生命，罪孽深重。她会在女人们分娩时，悄悄帮助其接生。然后进行罚款或提醒其把孩子的户口寄放在其他亲戚上，甚至送人，反正孩子不能扼杀，她负责的计划生育人数不能超。这就是她的原则和底线。

田春燕懂得，生是一个人最大的道德。传宗接代，人类繁衍，是理所应当的。但生孩子是要吃苦受罪、担负一辈子责任的，所以现在有的人就不愿意生孩子，尤其是城里的那些年轻人，还恬不知耻地叫什么丁克，如果大家都像他们为了自己活得清爽滋润，都不愿意生孩子，那人类的繁衍靠谁去，人类还不得逐渐灭绝？她自己觉得，为了鼓励人们生孩子，老天爷先给点甜头，让人们在进行男女之事时，先给几秒钟的快活，却让人背负一辈子的辛劳与责任。做妇女工作多年，田春燕领悟到作为一个女人应该是生孩子的，其实生孩子越多的女人，身体越好，有的女人生孩子前病病歪歪的，生了孩子后却身体好起来了。村里许多活到九十多岁的女人，都是多子多福的。女人的地就如同农民的田，播种生长符合自然规律，但荒废田地，那就是纯粹的资源浪费了。

　　田春燕觉得也许是自己上了年纪，跟不上形势了，对好多事情越来越看不惯了。特别是近年来村里男人和女人的来来往往，显得那么随便、大胆、泼辣和直接，说句难听的话，简直就是赤裸裸、不要脸，包括自家侄女、侄子和侄媳妇，让她自己都觉得丢人。这就让她这个妇联主任很是恼火，但男女之事又不在她的管辖范围，再说了，就是在范围，也管不了。她觉得世界上其他的事情都好管，唯有男女之间的暧昧之事不好管，因为那两个部件各自长在各人的身上，随走随来，想啥时候做就啥时候做，想在哪里做就在哪里做。但这种伤风败俗的不正之风她必须进行斗争。她已经跟李胜利反映了这个严重的问题，李胜利也答应帮她进行治理整顿，就是一下找不到治理整顿的对象，因为这种事情没有证据抓不到把柄，不太好办，得找机会。

　　还有那个村里的赤脚医生徐建兰，许多人暗地里叫她"虚贱烂"，也真她妈的是个"赤脚"，没素质、缺教养，胆大又贪婪。为了赚钱，她每次给村民们输液，都故意开许多安痛定注射液，噼里啪啦打开一大堆小玻璃瓶，给人的感觉是用了好多的药，结账时费用多就觉得是应该的了。村民们不明究竟，还一个劲地拱手作揖，一副感恩戴德的样子。

　　还有她经常召集一些所谓的各种"民间大师"住在她家里，运用各自的"祖传秘方"给村民们专治各种疑难杂症。比如通过连续几天的输液说可以给人稀释血液，可以治疗高血压、血粘稠。通过放血可以治疗静脉曲张，通过针灸火疗治疗各种类风湿关节炎、腰椎间盘突出等，仿佛就是无所不能。其实有一些人根本就是没有任何行医执照的江湖骗子，有一次胡乱输液稀释血液时，竟然给一个糖尿病村民输葡萄糖，活生生地把人给输死了，还借口说那个村民突发心梗，装模作样地抢救了半天，装出一副慈悲为怀的样子说："看着你们可怜，抢救费就不跟你们收了。"

　　特别是她仗着哥哥徐建国是当地派出所所长，竟然昧了良心，私下里偷偷给想超生的女人们取避孕环。把田春燕来之不易的计划生育成果毁于一旦。甚至可以想象徐建兰在妇女两条大腿之间偷取避孕环时那丑恶的嘴脸。徐建兰还私下里经常跟人嘀咕，说田春燕不让女人们生孩子缺德，自己为女人们解决困难积德。结果徐建兰偷取避孕环后，好多妇女怀了孕，还理直气壮地叫嚷说是计划生育的避孕环不结实、质量差，掉了、丢了，害得自己避孕失败，又怀了孕，遭了罪，应该让计划生育部门负责赔偿，猪八戒倒打一耙啊。哎呀呀，直气得田春燕恨不得每人两个耳光扇死她们，真正是应该叫李胜利治理整顿她们了。

对于自己一辈子的婚姻不顺，她认了。头顶三尺有神明，人无信仰啥坏事都敢做，没有信仰就剩下利益了，就像如今村里许多人眼里也只认一个字，那就是"钱"了。现在的人有时信仰也被功利了，她坚信世事皆有因果。她有个习惯，一边做事一边琢磨，凡事都想弄个明白，有个对应，因是什么果又是啥。可有时看得到果，却怎么也找不到因。有时仿佛找到了因，却预料不到果。

想到这儿，田春燕想起了自己的侄女田改兰阴道被缝的惨剧，现在想一想都觉得丢人和后怕。她知道，田改兰走到今天这一步，起因恰恰还是因为一个穷字，为了一个钱字。说白了就是那一拇子宽的田地纠纷。原来田改兰家和燕百合家的地相邻，那一年因为两家人都认为对方在耕地时多耕占了自己一拇子宽的地盘，两家人为此大吵了一架，都骂对方是穷疯了、贫急了的"穷鬼"，引发了两家人因穷生仇，为富争斗，走上了两条不同的路子。

说到这儿，田春燕就不能不想起侄女田改兰利用女人的"水草地"发财的事情。她的计划生育工作既管得了别人，更应该管得了自己人，可尽管田改兰的"阴道就是致富通道"的故事村里路人皆知，可就是不给她这个姑姑留下把柄，也没有给她制造过麻烦。这一点，她又不得不佩服侄女的聪明、心大。其实田改兰结婚后一直没有怀孕，生孩子比较晚。记得田改兰经过多次折腾才第一次怀孕，兴奋的她跑到门口旁边的黄土沟沿畔，对着深沟喊："我——怀——孕——了！"

深土沟也回响，"我——怀——孕——了！"

村里人听见了，都笑着说："老天爷呀，连山沟都怀孕了！"

还有人忍不住问："天哪，那它生什么?!"

（六）"美人计"

凌志是独苗。

县农行原行长凌致远当了一辈子干部，对谁都能从严要求，唯独对儿子没招数，从小娇生惯养，造就了一副公子派头，平素总是平顶头露青头皮，宽领带、大肥裤，BP机、手机腰中别，抬脚上轿车，下车有人迎，着实风光。他在县城长大，打心眼里瞧不起土眉混眼的乡下人，他觉得自己从事农村金融工作，简直就是洋珍珠掉进了烂泥地，好在他担任城关信用社主任以来，大笔一挥就能批贷款，下巴一指就有人给报费用，还凑乎着能在这土庙里屈就，有时自己也觉得，管他"土财神"还是"洋财神"，在这年月，是"财神"就有人给上香进贡，每想到此，他总是微微晃着头说："还行，凑合着过吧。"

凌志瞧不起信用社传统的信贷模式，贷款金额少，笔数反而太多，除了烦琐和辛苦，哪能挣钱，他决心要干大项目，让所有瞧不起他的人，包括他爸、姐夫等人看看他凌志的胆识和才干。

　　经熟人引见，贺富贵结识了凌志。贺富贵本是香水沟村人，是田守义三女儿田改竹的男人。前些年做小本生意倒也挣了些钱，但近几年在社会上闯荡，结识的人杂，染的恶习也多了，自从成了"瘾君子"，他整天狂嫖豪赌，把过去的积蓄几乎挥霍殆尽。但他还得装出腰缠万贯的派头，否则会让朋友看不起，让村里人笑话。尤其在村里，他可算是远近闻名的农民"企业家"，过着纸醉金迷、声色犬马的生活。他有时也觉得对不起田改竹，但他觉得有能耐的男人一辈子就守着一个女人，实在太亏了，从古至今哪个有本事的男人不是三妻四妾的。现在人不是常讲，不求天长地久，但求曾经拥有嘛。管他哩，人活一世，好活一会儿是一会儿，反正如今这世界也容易混，能混就混，能捞就捞，好也罢，歹也罢，总得把这辈子混完才成。自认识了凌志，他意识到这小子身上可以做文章，他先是跟凌志贷了几笔小款，每笔都按时结息还贷，赢得凌志信任，同时还暗地给凌志塞了几个红包，凌志高兴得拍着富贵肩膀说："讲义气、守信誉，是条干大事业的汉子，咱哥们没得说。"牛刀小试，大获成功。

　　今年，贺富贵又成立了亚龙贸易公司，就全指望凌志支持了，成败在此一举，这不，大清早就把凌志和信贷员上官益接来了，开始了他实施计划的第一步。这里顺便说一下，上官益就是上官云的儿子，具体谁是他的亲生父亲众说不一，有人说是剧团团长，也有人说是陆正，甚至有人还说是李胜利。说归说，但不能因为他傻乎乎的，就啥笑话儿都往人家头上按。

　　"哎哟，大清早喜鹊登枝高唱，我盼望的财神爷终于大驾光临了。"贺富贵见面就握住凌志的双手不放。

　　上午，贺富贵陪同两位财神视察了公司，公司暂设在县政府招待所，租了五间客房作为办公室，每间房还铺了红地毯，安装了内部程控电话，总经理贺富贵的办公室还摆了台豪华电脑，锃光闪亮的写字台摆着面小国旗，名片夹里塞满了花花绿绿的名片，墙上还安置了公司业务网点图，上面到处是标志着有业务往来的红星星和四通八达的辐射线，俨然一个跨国经营的现代型企业。特别是几位衣着高雅华贵的公司工作人员，个个正襟危坐，手指敲打着电脑键盘，脑袋斜夹着话筒，"海南"、"沈阳"地叫个不停，其实她们都是贺富贵在筹办公司时照顾的各关口部门领导的家属子女，她们的办公桌里塞满了毛衣编织针，几本厚厚的账本只写了个题目。等凌志他们一出房间，她们便都个个懒洋洋地靠在椅子上打起了哈欠。

在总经理办公室，上官益翻看了一下营业执照，经营范围有煤炭运销、木材和钢材批发、小杂粮收购，几乎无所不包，注册自有资金为二百万元，他抬头不相信地看了看贺富贵，贺富贵自信地笑了笑。当贺富贵提出要贷一百万元作为流动资金时，上官益当场提出："贵公司还未进行试营运，贷款的可行性还待观察。"他扶扶眼镜儿说："按照《贷款通则》的规定……"

"书呆子，别背书了，"凌志一脸不耐烦，眼神里满是嘲弄，"规定归规定，咱办业务就得具体问题具体对待，对吗？"

"凌主任高见，"贺富贵拍手附和，"上官老弟也是认真负责，精神可嘉，不过，咱公司你们尽管放心，咱们有雄厚的资金实力，经营项目有广阔的市场和前景，不会有啥闪失的。"

正说着，一位衣着艳丽、身材苗条、唇红齿白间浮现出柔情非凡的少妇，气度不凡地推门款款走进。

"来，来，"贺富贵拉住凌志介绍，"这是咱公司新聘的公关部经理吴丽娜小姐，这就是咱公司人人敬仰的财神爷凌大主任。"

"久闻大名！"吴丽娜伸出纤纤小手，紧紧地握了握凌主任和上官益的手。

"经理，都准备好啦，请贵客入席吧。"吴丽娜笑盈盈地拉着凌志的手说。"瞧我这猪脑，跟领导一谈工作就忘了吃饭，请，快请吧。"贺富贵哈哈笑了。

酒菜当然是酒楼最好的。吴丽娜又叫来两个陪酒小姐，一通柔情蜜意地轮番轰炸，凌志已经是醉意朦胧了，上官益本不会喝酒，被吴丽娜几乎是捧住头灌下去的几杯酒，早已使他如坠云里雾里，嘴里一个劲儿地嚷嚷："我没醉，认出你们简直是个皮包公司。"

贺富贵见状，忙示意吴丽娜上烟，吴丽娜从包里抽出三支烟，犹豫了一下，贺富贵见了，一把夺过烟来，同时含在嘴里点着，分别给凌志和上官益敬了一支，陪凌志的酒女一下子就把烟插到了凌志嘴上，上官益不吸，贺富贵劝烟："老弟，吸吧，它会使你成为神仙的。"说着硬把烟卷堵到了上官益嘴里，上官益被呛得直咳嗽。

贺富贵见火候差不多了，就示意吴丽娜趁机提出签订贷款合同的事，上官益掏出《贷款协议书》，放在了凌志面前，凌志瞪着醉眼问："干啥？开会？让我讲话？好，好。"

他拿起协议书，大喊一声："现在，我……宣布……会议第……一项，上菜！"

众人都乐了。

凌志"啊——啊——"叫了几声，像要呕吐的样子，吴丽娜忙扶他进了洗手间，谁知凌志晃进厕所，连裤子也未脱，一屁股就坐在便池马桶上，往后一靠，指着吴丽娜命令道："开车。"原来他以为坐在了轿车座椅上。

吴丽娜一下子笑得止不住，竟笑得趴在水池上也呕吐起来。

趁着酒劲儿，凌志和上官益被贺富贵和吴丽娜用车拉到了名字挺美的"维也纳"歌厅。昏暗的灯光中，吴丽娜领来了两位小姐，三男三女便在舞池里搂抱着摇晃。开始上官益有些别扭，后禁不住伴舞小姐的似水柔情，再加上一屋子人都这样，便也不再害羞，喘着酒气扭动起来。

摇过几支舞曲，贺富贵叫来歌厅老板，示意他开三个单间，几位小姐上前拥住凌志，却被他推开："今天，我谁也不要，就要吴小姐。"

吴丽娜看了看贺富贵，贺富贵忙点头示意，两人就相拥着进了包间。一进门，凌志就迫不及待地抱紧了吴丽娜的蜂腰，两人踏着音乐逗嘴："那么多年轻的小姐，怎就偏看上我了？"

"你有成熟美，她们都是青瓜蛋子，半生不熟的，没味儿。"

"嘻嘻，哈哈。"两人搂作一团。

吴丽娜说："咱唱会儿歌吧，好吗？"说着，讨好地拍拍他的脸。

"不唱这没味的乱歌，"凌志眼里闪烁着火焰反而把她抱得更紧，"听过《十把摸》吗？我给你唱。"说完，他就用手搂住她脖子，趴在耳边哼唱起来……

唱着，凌志猛地抱起吴丽娜，在卡拉OK摇滚乐的超重低音掩盖下，把她放倒在长沙发上……

次日清晨，凌志正在客房梳洗，一夜的折腾，脸上满是倦意，但穿戴整洁，显得文静多了。见了贺富贵招呼，还说了声："早上好。"

"今天，凌主任，你看这贷款合同能不能签……"

"签，现在就签。"

两人来到办公室，凌志说："你就先贷四十万，一下贷多了不好办。"

"好，好，四十万就四十万。"贺富贵喜上眉梢。

"不过，咱信用社贷款权限是十万以下，不然的话，就得上县联社批，那可就难了。"

"那怎办？"贺富贵忙问。

"嗯——"凌志略一思谋，"这样吧，你这里再找三个部门经理，让他们代表公司，一位填一张十万元的借据，分批贷，就能避过联社的审批。"凌志一副老谋深算的得意样，"这叫上有政策，下有对策。"

"真有你的！"贺富贵拍了凌志一把，说着掏出早已准备好的红包，趁无人塞进凌志的内衣口袋，说，"凌主任，这五万块是小意思，请笑纳。"

"怎能这样呢？"凌志佯装推辞了一番，便挥挥手说，"真是见外了，下不为例啊。"

不一会儿，吴丽娜领着信贷员上官益来签字，上官益看了看合同，嗫嚅着提醒凌志："凌主任，总得填个担保单位吧，不然信用贷款是不能放的呀。"

"有担保单位吗？"凌志问贺富贵。

"呀，一下子不好找呀。"

"这样吧，"凌志背着手在地上转了一圈，"担保单位就写你们公司下设的分公司吧。"

"可那是一个法人，行吗？要让陆主任知道了……"上官益还要说什么，凌志已生气了："我说行就行，陆主任、陆主任，提他干什么，他那官是怎当的？还不是凭我爸，怕什么？老提他，他又不是你妈的……"

"提我妈做什么？"上官益被激怒了。

"好啦，好啦。"贺富贵、吴丽娜忙上前打圆场。

"今儿咱高兴，咱们再去哪儿玩玩？"

"啊——欠"凌志打了个喷嚏，揉揉鼻子说："先抽根烟吧，就抽昨晚那牌子的，那是啥牌子烟？挺香的。"

"我也想再抽一支。"上官益也跟着说。

"好，好。"说着贺富贵跟吴丽娜相视一眼，会心地一笑。

"那就使用第二套方案，和维也纳歌厅的小姐去打猎。"贺富贵说着大笑起来。

凌志让贺富贵驾车，自己坐到后排座上，一手拥住吴丽娜，一手搂着歌厅小姐，吉普车便风驰电掣般地向郊外奔去。

车上，贺富贵为活跃气氛，给大家讲笑话。

贺富贵知道凌志玩女人玩腻了，就想出个讨凌志喜欢的馊主意：让吴丽娜和歌厅小姐陪凌志耍反抗游戏。

贺富贵把车停下，两个女人朝山上跑，凌志撒开双腿猛追，不一会儿凌志就追上了吴丽娜，把她从后面抱住掀翻在地上，他刚要跨上去，就被赶来增援的歌厅小姐推倒在地上，两人又跑。

歌厅小姐跑到山顶树林的一间烂草房里，两人正在嬉闹时，草房门被撞开，一位农民模样的人堵在门口，上前一把就把凌志提溜起来，扔出门外，重重摔在草地上。

"大叔，您别……"小姐要解释什么，却被这位农民用手阻止住了，"你啥也甭说了，大叔俺明白，这小子是个强奸犯。"说着又狠狠地踢了凌志两脚，凌志痛得在地上来回打滚。

这时，贺富贵和吴丽娜也喘着粗气赶了上来。贺富贵手里提着猎枪，一见情形，就知道误会了，忙向农民大叔解释。原来这位农民是护林员，听到呼救声赶来救人的，不远处，一头小马驹正撒着欢儿，那是护林员顺便带来遛驹的。

这时，凌志已挣扎着站起来，指着农民大骂："你这臭乡巴佬，叫你狗拿耗子多管闲事。"说着他顺手夺过贺富贵手中的枪，要朝农民开枪，吓得贺富贵忙把枪架向空中，其实，凌志也未必敢真打，只是气没处放，便又朝不远处的小马驹开了一枪，小马驹挣扎了几下应声倒下。

"土匪，你这个土匪！"护林员怒不可遏，喊了一声，"你赔俺的马驹子！"冲上来就跟凌志撕打在一起，贺富贵和两个女人忙拉架，见护林员凶猛异常，忙说："赔，我们赔你还不成吗？"

贺富贵忙点了一千块钱塞给护林员，护林员嫌少，贺富贵忙又点了五百。凌志此时也打累了，坐在地上喊："不行，问问他马肉归谁？归咱就再给五百块，归他就少给五百。"

"对，还是凌主任想得周到，咱怎就想不起来呢？"贺富贵不失时机奉承道。

"哼，咱是干啥吃的？信用社的铁算盘。"凌志还胖了就喘，洋洋得意。

"你们是群恶狼，肉也不归你们。"护林员跑到小马驹尸体旁，还抹了两把眼泪，凌志见了就骂："瞧瞧，比他爹死了还难过。"

折腾了一顿，众人都精疲力尽了，凌志挺兴奋地说："今儿不错，他娘的真够刺激开心的。"

"走，走，喝酒去啰。"凌志和贺富贵嚎叫着往山下窜去。

吃饭时，凌志喝得多了，大骂陆正武断专横，把贷款审批权都拿回了联社，害得他有职无权，又说这也难不倒他，上有政策，下有对策，贺富贵一伙忙附和说："凌志大主任高明。"

忽然，凌志迷瞪着醉眼问贺富贵："我一直不明白，你这公司到底做啥买卖，咋从不见你搞业务，却利润那么多，到底搞的是啥名堂？"

"这是商业秘密，"贺富贵忙半真半假地搪塞，"开玩笑，那业务范围不都在墙上跟名片上写得清清楚楚嘛，来，咱今天不说别的，咱们说大事儿。最近我们还准备筹备成立一家腾飞基金公司。"

"是吗？你小子还挺时尚呵，这就叫与时俱进。有人入股吗？谁做大股东？"凌志拍拍贺富贵的肩膀。

"有，当然有，就是咱们香水沟村里大名鼎鼎的郝利仁。他们的小煤窑现在火得不得了。他要扩大规模，成立二龙沟煤业有限公司，需要大量资金哪。据说许多人都抢着入股，利润肥得放个屁都油一大片裤裆啊。听说除了老百姓准备入股，许多县委、县政府干部都悄悄入股哪，哈哈哈。"

"他奶奶的，好事儿都让他们干了，好钱都让这帮孙子赚了。我们这些管钱的，却只能替他们服务，眼睁睁地看着他们发横财，他奶奶的，真是气人！"说着，凌志一下就把酒杯摔到了地上。

"财神爷息怒！俗话说有钱咱们大家赚，有好事咱们还能落下您，我跟郝利仁正在为煤矿、煤焦厂、房地产增资扩股呢，你是财神爷，可万万不能拿着金盆讨水喝啊。咱们一起搞实业，干大事儿，赚大钱！"

"这还差不多，他奶奶的！"

贺富贵在凌志面前竖起来大拇指。接着一使眼色，吴丽娜忙搂住凌志劝酒……

（七）山雨欲来风满楼

天刚蒙蒙亮，池连泉就草草洗了脸，急匆匆出门，去找陆占春。这也是老习惯了，每当有拿不准或为难的事，他总想听听陆占春的意见。尤其是这次，他要与陆占春商量的可是大事儿。

池家与陆家有一段的路，为了抄近道，池连泉从村外的一条田埂上直奔陆家。望望绿油油的田野，不由得想起了儿时与陆占春、贾英才等小伙伴们在田地里灌田鼠的欢乐事。

当时的小伙伴们大都是十来岁的孩子，最大的乐趣就是灌田鼠。他们常常在中午时分，抬着水桶扛着镢头、铁锹，到事先侦察好的田里用水灌田鼠。田鼠窝分假窝和真窝。假窝有的是专门挖造的比较浅的地道，用以迷惑敌人，有的是曾经住过的真窝，后嫌风水不好，或喜新厌旧抛弃掉另择新居。所以，真假很难分辨。那时陆占春就是分辨真假窝的高手。他首先看洞口有无田鼠出入磨过的痕迹和蹭下的毛，再就是用虚土掩住洞口，次日再看那个洞口的土是否被掏开，以此证明里面有无田鼠。

当时三个人都是小孩头儿，陆占春组织能力强，观察判断，制订作战方案，并给他们分工。贾英才反应灵敏，专候在洞口一线捉田鼠。池连泉有劲，领着一帮小伙伴来回抬水搞后勤。灌田鼠时，有两个技巧：一是水要猛，形成水漫金山之势，使窝里憋气，逼田鼠外逃；二是要迅速往水里撒土末，形成稀泥糊糊迷田鼠眼睛。灌鼠时，还会出现意外情况，有的田鼠反应快，在洞内快速筑起土墙，堵住水往下灌。这时，洞外的小伙伴们就得耐心等待，眼盯着静静的水面，盼着水把洞里的土墙渗塌。过了一会儿，洞里的大堤果然轰然倒塌，水猛地下窜，这时，就得赶紧灌水，势如破竹。这时大伙都憋着一口气，睁大双眼，紧抿住嘴唇，压着心跳，悄悄地等候。突然，水往外倒涌，紧接着，只听得"咕"一声，一只只晕头晕脑的田鼠紧闭着双眼迷迷瞪瞪挣扎着冒出头来。这时，贾英才以迅雷不及掩耳之势，瞅准脖子一把夹住，顺手"通"地摔在地上，小伙伴们冲上去一个个拿下，用树枝条捆了，串成一串儿。有的田鼠狡猾，在洞口听到地面有人声响动，就又哧溜钻进洞里，宁可淹死也不愿当俘虏，于是小伙伴们就操家伙挖洞，直至把它挖出来才罢休。

有一次贾英才失手，手没抓到田鼠脖子，却抓住了脑袋，被田鼠锋利的牙齿死命咬住了手指，痛得他甩都甩不开。贾英才急了，张开嘴就把田鼠脑袋咬进口里，只听得"咔嚓"一声，田鼠头被他咬得脑浆迸裂，才松开了口。贾英才摸摸被咬伤的手指，使劲把田鼠脑汁咽下去，还说："你敢咬俺，俺还吃你哩，看谁厉害。"直看得小伙伴们目瞪口呆。

灌好田鼠后，小伙伴挑几只好看的准备留着玩，其余的就全部摔死，架在枯木枝上，烤熟了，美美地饱餐一顿。

回味着童年的趣事，池连泉嘴角不由得泛起一丝笑意。路过村里的油坊时，他放慢了脚步，趴在早落了锁的大门缝儿往里瞧，看到原先的油坊已是断壁残垣，狼藉一片。就是这个油坊，给了他童年的好奇和启迪，给了他生活的滋味……

当时的油坊是全村唯一飘着香气的地方。禁不住香气的诱惑，陆占春、池连泉、贾英才三个小伙伴决定去油坊偷豆饼。趁大人们不注意，三个人悄悄溜进油坊外间的一个阴暗的角落。躲在黑暗中的三个小伙伴，睁大惊恐的眼睛，望着足足有一人高的两个大石碾，在石槽中轰轰隆隆滚过，又高又大的碾架吱呀作响，给人一种很恐怖的感觉。骡子眼上被蒙了黑布，伴着脖子下铃铛的响声，在机械地转着圈儿，累得不时地放出一连串的响屁，但很快就被湮没在油籽香味之中了。

三个小孩藏了一会儿，也没见大人出来，耳听得里间一声接一声的大喊："嗨——咣——嗨——咣……"好奇地从门缝往里瞧，展现在他们眼前的是一幅怎样的图案哟：作坊里灯光昏暗，弥漫着油气、雾气和香气。村里年轻力壮的大汉们在装满饼的笼圈上摞上油桩，用一根粗大的木杠固定上，再加上木楔子。几个壮汉浑身上下一丝不挂，满身油光闪亮，由于不停地蒸坯、踩坯、上桩、打桩，忙得大汗淋漓。随着一声声呐喊，腰身不住地扭动，锤起锤落，胯下那硕大的男人玩艺儿也随着节奏上下摆动。随着木楔的不断深入，笼圈中的饼坯便一点点地收缩、挤压，油便不情愿地、懒洋洋地、迟迟疑疑地漓进油槽。

三个人看得发呆，被作坊里出来的人无意中发现，便被赶了出来。幸亏陆占春事先偷了几块豆饼在口袋里，不然他们就白忙乎半天了。其实，豆饼就是被挤完油后的饼坯，只不过里面含有大量的菜籽肉和少量的油，便显得又好看又香甜。几个人骑在墙头上津津有味地啃着。池连泉还说："将来咱们长大挣了钱天天买豆饼吃。"忽然，贾英才从怀里掏出一个黑糊糊球状的、油亮亮的东西，他们定睛一看，才看清原来是作坊磨菜籽的石槽内的菜籽泥。不知什么时候，贾英才抓了几把，把它揉成一个圆球，塞进了怀里。他每人给掰了一块，各自带回家给家人炒菜吃，真正香死人了。

想到这儿，池连泉不由得长叹一口气。想当年，三个小伙伴相处得如同兄弟，长大后却各走各的路，各唱各的调。特别是自己和贾英才的矛盾，几乎是水火不容了。

那是陆占春当兵走后没多久。一天晚上，池连泉都躺下睡了，忽听得有人敲门，他开门一看，竟是妹妹池莲花，她喊了一声："哥……俺该怎么办？"就泣不成声了。妹妹的一番哭诉使他知道了他最不愿看到的一幕……

那天晚上，已当了副村长的贾英才在村口遇到池莲花，告诉她陆占春给她来信了，信在他家里放着，让她吃过晚饭去取。单纯而满怀喜悦的池莲花想都没想，就点头答应了。

晚上七点多钟，池莲花来到贾英才家，贾英才并没有马上拿信给她，而是热情地端茶倒水，跟她闲聊。池莲花一个姑娘家也不好意思催要恋人的信，只好耐着性子跟他东一句西一句地闲聊。谁知，聊着聊着池莲花忽然感到有点头晕，不知不觉就趴在桌上昏睡过去。等她醒来时，却吃惊地发现自己竟一丝不挂地躺在被窝里，躺在旁边的贾英才也是赤身裸体。她明白了，是贾英才在茶水里放了药，把自己蒙倒了，趁机占有了她。池莲花愤怒至极，哭着喊着撕打贾英才，贾英才也不还手，只是一边挨着打一边表白自己实在是没办法，因为他太爱她了，不得已才出此下策。

池连泉听了妹妹的哭诉，跳起来拿起斧头要去砍了贾英才，被闻声跑过来的父母紧紧抱住了。他要去告贾英才强奸，爹娘死活不让，说是为了保莲花的名声，就忍了吧。再说，贾英才也挺能干，他要是真心喜欢莲花，就嫁给他算了。可池莲花说啥也不肯，因为她自己知道，当时，她肚里刚怀上了陆占春的孩子，只不过不显肚，别人看不出来罢了。后来池莲花觉得自己失身，再嫁给占春已经对不起他了，干脆就带着一种报复的心理嫁给了贾英才。

陆占春回村后，由于不明真相，对池莲花视而不见，冷若冰霜。池莲花痛苦，池连泉也难受，他几次想向占春讲明原委，但是实在难以启齿。

贾英才后来发现儿子跟他越长越不像，反而有点像占春，就怀疑池莲花婚前跟占春睡过了，但他死爱面子，生怕别人知道自己的媳妇生的是别人的野种，有辱门庭，就打碎了牙往肚里咽，成天在村里找别的女人发泄。他与池莲花的夫妻生活也渐渐地名存实亡了。池家与贾家虽名义上是亲家关系，但两家人很少来往，只是苦了夹在中间的池莲花。

陆占春回村后，贾英才处处设卡，事事为难，一来是报复他与池莲花的关系，二来是怕占春做大，危及自己的地位，乡里几次想提占春当村干部，贾英才都死不同意。好在陆占春也并不计较，很坦然地走自己的路，干自己的事，贾英才也奈何不了他。

池连泉在外面包工回村后，更看不惯贾英才的作派，尤其是贾家兄弟承包了全村的电和水后更加狂妄。记得有一次大旱，村里组织了一班人祈雨，在祈雨式中，贾英才故意在雨神面前放响屁，意在冒犯神灵，希望不要下雨，以保证电价和水价的提高。直气得站在旁边的池连泉紧握双拳，恨不得一拳把他砸碎。

这次听说村里要拍卖机井，贾英才原以为没人敢参与竞争，没想到池连泉参加了竞争，使贾英才原准备内定价格的计划几乎泡汤了。贾英才竟暗中派人找他商量合作。池连泉打心眼不愿意，他实在不愿与贾英才同流合污，但苦于自己实力不足，又无人帮衬，只得赶紧来找占春商量，想得到他的鼎力相助，占春就是他的主心骨，他相信陆占春的头脑与能力。

走进陆占春家的小卖铺，屋里挤满了人，有的在买货，有的在打电话，有的在看书。池连泉挤进里屋，正巧占春也在屋里与陆旺老汉聊天。占春看见池连泉进来赶紧起身让座。

池连泉见屋里人多，说话不方便，便拉着占春的手说："到外面走走去。"

两人出了门，便朝屋后的田野走去。

走了几步，池连泉说："占春，村里机井拍卖的事儿你听说了吧？"

"听说了，这是大事儿，村里没人不知道的。"陆占春望望远处的山峦。

"俺有个想法，想跟你好好聊聊。"池连泉看着占春，很真诚地说。

"啥想法？说说。"

"俺知道这机井管理得有个有能力的人儿。俺要是拍成功，你能不能帮俺一把，帮俺专门管理一下。"

"哟，想聘我呀。"陆占春笑了。

"咋？不想帮俺？"

"帮是想帮，可是你觉得你能竞争过贾家吗？"

"争过争不过，俺都得争一把，是馒头还得蒸（争）口气呢。"

"那就不对了，做事要不就不做，要做就做成，既然没多大把握，还忙乎啥呢？"占春劝他。

"俺是有信心，可俺两个兄弟到现在还拿不定主意，俺心里还真没底。"池连泉实打实地说。

"就是你那两个兄弟同意了，你觉得就能成功吗？"

"那、那怎么……"池连泉不知陆占春指什么。

"这件事可不是那么简单呀。"

"哎，对了，昨天贾老爹找俺娘了，说是贾家要和俺家联合搞。"

"你愿意跟他们合作？"

"你说呢?"池连泉反问。

"不会。"占春笑笑说。

"对了,"池连泉很欣慰地拍拍陆占春的肩膀,"还是你了解俺。"

"依我看,单靠你一个人,这件事很悬。"占春又说。

"悬是悬,俺也得报名,不然的话,要是再没人报名参加,那他们不就更有理由搞内部定价了吗?"

"离报名截止日期还有几天?"占春说。

"今天是初八,"池连泉眨着眼睛算了算,"截止日期是下个月初十,还有一个月。"

"还有时间,你怎知道就没人报名了?"陆占春笑着问。

"俺看,再不会有人报了吧?"池连泉在分析判断,"这可不是小孩玩游戏,报名得交费,得有实力。"

"我看就有。"陆占春说着就笑了。

"谁?"

"陆占春。"占春一字一板地说。

"啥?你?"池连泉有点不相信,以为他在开玩笑。

"对,是我。"占春盯着池连泉,认真地说。

"你、你现在能拿出几十万?"池连泉睁大眼睛问。

"不,拿不出那么多。"

"那不就得了,买机井可不是小数目。"

"我知道不是小数目,可咱们想办法呀。"

"啥办法?拿钱可是硬头营生,不是啥都能想出办法的。"池连泉还是有点不明白,"你、你今天怎么会有这种想法?"

"不,不是今天,是早就有这种想法了。"占春坦诚地告诉他。

"那为啥不早说?"

"早说?早说会遇到更多的阻力,这件事,我不想张扬。"

"那你也应跟俺沟通沟通吧?一来你知道俺参与这件事,二来咱们毕竟是打小的朋友,你是信不过俺吧?"

"不,绝对不是,我还正想找你商量呢。"

"商量个啥?"池连泉气呼呼地问。

"我想让你跟着我干。"陆占春直截了当地说。

"啥？闹了半天，倒让俺帮着你干？"池连泉反问道，"你说，你能拿出多少钱来扛这杆大旗？"说着他转过身就走。

"哎，连泉，你别着急，你听我跟你细说。"陆占春忙追上去扳过池连泉的肩膀，两人在田野里指手画脚谈了很长时间，看样子还挺激烈，具体谋划什么大事儿，只有他俩清楚……

（八）水硬如刀

自金炜明到香水沟村蹲点扶贫后，他发现这里有一大特色，那就是不论男女老少都能哼唱山歌，不论是流传下来的，还是自编现唱的。怪不得人称这里是"民歌的海洋"哩。一件红白喜事就是一幅用山歌唱出的民俗画。一条山沟、一株小树、一脉细流，都是歌唱的素材。特别是有一首民歌，唱得人尖发颤。那是描写一位妻子盼望在外省放羊的丈夫回家过年的情景：

> 听到哥哥的敲门声，
> 支楞起耳朵吊起心；
> 听到哥哥的脚步声，
> 格颤颤闪断七号针；
> 听到哥哥的呼唤声，
> 热身身扑在冷窗台……

通过一段时间与村民们朝夕相处，金炜明渐渐感悟到：古老的黄土地沉淀了深厚的文化底蕴，但这些山泉浪尖上跳荡的音符，却在河底沉淀着它们的源泉——贫穷。绝大部分民歌皆因贫困而出，都随贫困而唱。他就是弄不明白，愈是贫困的地方却愈是生成丰富的民间文化，而如今一些经济发达地区却有时显得缺乏文化，真是怪事。

刚下来扶贫，他听到许多人都说：贫困就是缺钱，扶贫最好、最实惠的方式是给钱和物。银行扶贫，更是专业对口，多放贷款就会大功告成。一些地方干部也觉得摊上了扶贫的"好主雇"，心想背靠着银行这棵大树好乘凉。但金炜明心里明白扶贫不能光靠钱，给座金山、银山也会坐吃山空的。

经过一段时间与农民共同生活，金炜明觉得，扶贫首先要有与农民鱼水相依的感情。出生在农民家庭的他，何曾不知道父辈面朝黄土背朝天、汗珠落地摔八瓣的艰辛。但他在乡下看到有的村子仍不通电，"灯瓜瓜点灯半炕炕明"的古老歌谣仍是活生生的现实。有的村子无井水，小孩无钱上学，得病无钱医……他的心灵在震颤。他要求与农民吃在一起，就是更深地了解农民的困境。

跟香水沟村村民相处了一段时间，金炜明对当地农民有了更进一步的认识。记得有一次，一位同事忽然问了他一个最简单却又最复杂的问题：什么是农民？

金炜明愣怔了好半天，也没把这个问题想明白，回答不出来。忽然，他脑海里闪出他的一个朋友的亲身经历。那个朋友当工人时，把一件新领的工作服遗失在车间里，他以为肯定丢了。次日，他发现工作服未丢，只不过被人换成了件旧衣服。后来，他当了干部，坐了机关，一次把一件外衣遗失在楼道内，他又以为丢了，上班后却发现那衣服原封不动，躺在地上，谁也未动谁也未管。朋友到村里插队后，一次在地里干活，把一件很贵重的毛衣丢在了地里，他以为肯定丢了，一来村里人穷，看见那么好的毛衣谁不爱？二来掉在了旷野上，村民们谁捡到了都是合理的，何况又无人知晓。谁料，次日，一位村民穿着他那件毛衣专门找到了他，并说："听说这是你的毛衣，俺给你送来了，冬天天冷，凉毛衣没法穿，俺给你穿上暖热了。"他边脱下毛衣边说，"给，赶紧趁热穿上吧。"

这，就是农民。

同事们听了，禁不住感慨万千。

　　望着窗外一望无际的黄土高坡，金炜明知道，这里的农业搞不上去，关键是因为缺水。十年九旱，靠天吃饭，水就成了村民们贫困或富裕的根由。

　　今年，香水沟村要拍卖机井，这成了金炜明格外关注的大事。

　　这时住在大院里的大学生村官何晓娜来找金炜明。何晓娜身材修长，眼睛毛茸茸的，却常常流露着忧郁。她就出生在香水沟村里，因为母亲是个智障患者，家里生活一直困难。她大学里学的是农业水利。最近，她正好通过调研，撰写了一篇关于银行支持水利建设的几点构想的文章。听说金炜明是主管金融的副县长，她就从包里拿出打印的文章，请金炜明指导修改一下。

　　金炜明非常高兴，目前他正需要这方面的第一手材料，因为这也跟金融扶贫密切相关。

　　金炜明请何晓娜坐下，给她找了一本金融方面的杂志，让她浏览，他自己认真读何晓娜的文章。

　　水利是社会公益性很强的事业，由于长期以来受计划经济束缚较为严重，水利一直不能满足国民经济和社会发展需要，其中主要原因之一就是资金短缺，而且资金筹集和管理尚未形成一套良性循环体系。水利投资体系的重点是广辟资金渠道，其中金融投资是资金来源的主要渠道之一。

　　支持水利建设的信贷策略：

　　转变水利是单纯的社会公益性事业观念，树立水利产品是商品的市场观念。还水利的商品属性，把水利工程办成水企业，推向商品市场；同时，通过建立水利价格体系，把筹集水利工程建设资金引向生产要素市场——资金市场。

　　克服短期行为和局部利益，树立为长远和整体利益着想的思想。过去，金融部门对水利投资存在一些误区，认为水利投资项目大、投资多、工期长、见效慢、风险多、包袱重等，加上部门领导任期短，怕影响其工作实绩，对水利投资甚微。经过灾后反思，我们更加认识到水利是经济的命脉，农村经济要发展必须发展水利，否则，会极大地影响经济发展，进而影响到与经济发展密切相关的金融业的发展。

　　扭转单一投资渠道，建立多元化投资体系。水利工程规模较大，资金需求量大，只靠社会集资不行，单靠国家财政拨款也不行。资金严重不足，仅靠银行贷款也难以承受。因此，加大水利投入，必须划分事权，按照谁投资、谁受益的原则，分级负责。发动社会上各种力量办水利，建立和完善财政拨款、银行贷款、集体领办、公助民办、合资开发、群众自办、合同承包、股份合作、以水养水等多种投入和筹资办水利的新机制。

信贷支持的具体措施：

为充分发挥信贷资金的作用，取得银行与水利的综合效应，应注重从信贷与水利建设效益结合点上探索加强水利信贷管理办法。

科学评论，抓好水利立项工作。立项前，要派信贷人员广泛调查，进行科学评估论证，搞好可行性研究。

因地制宜，确定资金出贷方式，为确保信贷资金的安全性、流动性、效益性，银行要从实际出发，制定贷款条例，同时采取集体大额贷款由有资产实力的单位担保、小额贷款落实到户的两种方式，最大限度地减少贷款风险，确保投资效益。

加强信贷资金管理，做到专款专用。在具体操作中，银行要派信贷员自始至终参加水利贷款的管理使用，做到用有去向、花有记载、公开收支、工后审计、民主监督、专业稽核，达到专款专用。

支持"三个重点"。在支持水利建设上，要支持解决以下三个重点：科学治水，突出一个"高"字，提高水利建设的科技含量；综观全局，搞好水利工程的配套工程，突出一个"全"字，在扶持水利主体工程的同时，也要十分注意支持主体工程的配套工程建设；加强管理，确保工程质量，突出一个"优"字，保证工程质量。

发展水利建设及维护银行投资效益的建议：

健全水利建设基金，是长期稳定增加水利投入的必由之路，在广泛筹资的基础上，同时应引进市场机制，按照谁受益、谁负担的原则，为水利基金开辟新渠道。

建立水利资产经营管理体系。明确水利资产产权，实现资产保值增值，促进水利走向市场。同时健全水利法制体系，保障水利合法权益，强化水利管理。

完善水利服务体系。以水利为支柱，发展多种经营形式并举的"水利经济"，走出水利游离于经济之外的怪圈。围绕水利建设，抓好水利设施需要的建筑材料、施工、配套服务等一系列建设。

加大水利改革力度。打破传统水利固定的陈旧模式，向改革要效益，向市场经济迈进。水利走向市场仍任重道远，金融支持水利事业的前景灿烂，全社会要强化水患意识，支持水利改革与发展。

金炜明读着，又琢磨着香水沟村水利机井拍卖可是件大事。因为已有很长时间，从国家领导人到平民百姓，都在关注议论"国有资产严重流失"和"保护国有资产"的问题，但很少甚至可以说就几乎没有人能想到农村"集体资产严重流失"的问题。或许是"国有"从来就比"集体"高一层、大一头；或许是集体资产目标小，引不起人们注意；或许是农民天生胆小。所以，"集体资产流失严重"的问题就一直无人问津。偌大的集体资产就被一口口蚕食，被一片片分割，悄无声息地被转化为私有财产，从集体的账目上蒸发了……

金炜明想着，有点烦躁不安，他萌生了一个念头，那就是要为农村集体资产流失的问题振臂一呼，以引起国家决策层以及有关部门的关注，为农民、为集体讨个公道，维护广大农民的根本利益，维护农村的稳定，推动农村经济的发展。

金炜明跟何晓娜谈了自己关于农村集体资产流失问题的看法，正好何晓娜也注意到了这一现象，就是她还没有把这种现象提炼到"农村集体资产流失问题"的理论高度。于是，金炜明和何晓娜一起走访了几个乡村，从集体资产的流失方式、特点及造成的后果入手进行了统计和调查，结果让他俩感觉到触目惊心。经过两人连续几天的整理，调研初稿出来了。

集体资产流失的主要方式：

一是先包后买。自农村实行家庭联产承包责任制后，原村集体的牲畜、车辆、农具大都按户分到了农家。但一部分原村集体投资大、数量少又较昂贵的大件资产，如拖拉机、汽车、果园等，就采取先承包再作价买断的方式，转移到个人名下。当然，作价时肯定就巧立名目，变相压价，以原价值的几十分之一，甚至几百、几千分之一的廉价就据为己有。

二是先租后买。对一些大件资产，如供销社的商店、房屋、柜台、砖厂等，采取先租赁再购买的方式。在租赁过程中，不断地瓜分、蚕食、转移，直至把原资产弄成个空壳，别人也不愿再买时，就折价贱卖，变成私人财产。

三是转移债务。对一些欠银行、信用社的贷款额度大的乡、村办企业，如砖瓦厂、加工厂等集体资产，在承包或租赁过程中，通过更换企业名称、更换法人营业执照、进行所谓的股份制改造等方式，把原企业的债务甩给村集体，把企业资产转到个人名下。

四是侵吞集体耕地的补偿金。国家在征用乡村土地修路建厂时，往往会给村集体部分补偿费用。个别村干部就把这部分款项或挪用，或私吞，或贪污，变相侵吞集体资产。

五是哄抢偷盗。一部分集体资产在出卖前或出卖时，常会被众人哄抢偷窃，却无人追究。胆大的就多抢点，胆小的就少偷点，有的干脆就啥也捞不着。也许是因为集体的财产，无人心疼也无人过问，也许是因为法不责众，抢光偷完也就不了了之。

集体资产流失的特点：

首先是流失早。早在 20 世纪 80 年代初，在全国实行家庭联产承包责任制前后，集体资产就开始流失，比国有资产流失早，因为国企改革、转制等工作是继农村改革之后开展的。农村集体资产流失早，时间长，过程长，损失大。

其次是种类多。农村集体资产种类繁多，从多则几万元的汽车、十几万元的机器，到小推车、手工农具等，不一而足，生产用的、生活用的、企业用的，应有尽有，品种繁多。

再次是分布广。农村是以行政区域划分的，农村集体资产也就相应地分布在各自的乡村，就像天上的繁星，肉眼看上去虽不大，却密密麻麻，星罗棋布，分散在农村的每一寸土地上、每一个角落里。

最后是数量大。农村集体资产因分布广、分散面积大，从一乡一村的表面上看数量少，金额也小，但中国是农业大国，广阔的农村土地、近十亿农民几十年来积累了大量丰富的集体资产。全国两千多个县几十万个乡村的集体资产加起来，数目是庞大的、惊人的。虽然它的单件资产价值较小，但它数量之大、价值之大，实际上并不比国有中小型企业资产少，早就该引起国家有关部门的重视和关注。

集体资产流失的后果：

一是反过来进一步侵吞集体资产，牵制、抗衡集体经济发展。如有人廉价买断村集体的推土机，承揽了村里改造梯田的工程，因是独家买卖，又是自己说了算，狮子大开口，结果村委会欠了他不少债务，又无现金偿还，只能再用集体的机动良田来抵债，还拨部分义务工归他个人支配，造成集体进一步亏空，还得受制于个人。农村先进的生产工具本来就少，一旦这些工具流于他人之手，就会反过来成为盘剥集体的利器，更加削弱了集体经济。

二是盘剥农民。由于部分个人掌握了原属集体的生产资料，便有了进一步盘剥农民的资本。农民的日常生产和生活就受到牵制。如农民们租种他们的土地，除了应缴的提留国税，还得额外进贡，购买化肥、种子、浇地、耕地，都得受制于人。他们往往会干预农民种植，有利就捞一把，无利就撒手不管，增加了农民的种植成本，打击了农民种地的积极性，导致原本较为富裕的农民返贫，原本贫困的农民更加贫困。有的农民不甘受辱，进行反抗，但因方法不当，或受恶势力控制，往往造成家破人亡的后果，致使不少农民只能流落他乡，外出打工，造成大面积田地荒芜。

三是扰乱农村金融秩序。占据了农村集体资产的人，绝大多数都成了农村"先富起来"的一部分人。由于农村信息闭塞，经济落后，农民收入低，资金缺口大，信用社资金不足，这些人就通过发放高利贷的形式来牟取暴利。同时由于信用社贷款利率低，影响了他们的"业务"，他们就限制、威胁农民到信用社存款，还大造谣言，煽动农民挤兑信用社，造成金融隐患，严重扰乱了农村金融秩序。

四是操纵农村政权，加剧农村社会矛盾。实际上，能够占有农村集体资产的人群，往往是乡村干部，或是与乡村干部有密切联系的家族，这样更会导致农村家族恶势力膨胀。同时由于他们财大气粗，常常掌握着村里的大权，为了牟利，他们习惯于以乡政府、村委会的名义发号施令，使农民误解成是乡政府或村委会的意见，造成党群、干群关系紧张，在有的地方这些人还操纵了村民选举，导致有的村里干部不好选，选上了也不敢当或不好当，加剧了社会矛盾，形成了农村社会秩序不稳定隐患……

香水沟村的水利机井是农村集体投资最多的资产，也是实行责任制后除了土地外，唯一没有落入私人手中的集体资产。前几年虽然一些村也把机井承包出去，但毕竟还不属私人所有。多年来，农民们逐渐看到了集体资产流失给他们带来的危害。

世代生活在黄土高原上的农民深知水对他们的重要。这里十年九旱，靠天吃饭，水贵如油。过去，集体力量弱，人们只能靠祈雨来求得雨水。解放后，在共产党的领导下，农民们投资投工，年年打井、修渠，为了掘井挖渠，他们有的落下了终身残疾，有的甚至付出了宝贵的生命。机井使他们在饥渴的黄土地上能够土里刨食，延续一代又一代人的生存，一代又一代的人为之付出艰辛的劳动，倾注了一辈又一辈人的心血。所以，当政府要把机井拍卖时，他们在惊愕之余，意识到他们别无选择，只能投入到这场力量悬殊的搏斗中，因为这不仅仅是水之争，而且也是生存之战。听说准备参加竞争的一方是盘踞在村中几十年的贾英才家族，他们通过剥夺集体资产，成了有原始积累的实权派、实力派，又有多年包井包电的基础和实力；另一方是在外面包工程、搞公司的大款池连泉家族。

金炜明意识到水利机井事关农民的生存发展，也跟金融扶贫工作息息相关，他决定自己要参与进去，因为搞不好是要出大乱子的……

（九）鱼水之乐

金炜明、香水沟乡党委书记巩凡成一行来到村庄的大棚跟前，耳听得女人们嘻嘻哈哈的笑声，发现这里有几个农民都在大棚旁盖了小房，全住到这里来了。

原来，有一次石头从外出门回来，发现外地的农民靠大棚种菜发了财，便也想引导乡亲们走这条致富路，可大多数庄稼人胆小，树上掉下条毛毛虫也怕砸破了头。怕弄不好把小命都赔进去，石头只好先扶持了少数几家，思谋着等这几家成功了，做个"领头羊"，别人也会自动跟着走。

石头领着大家走进一家小房前，猛地推开了门，屋里的妇女们被吓了一跳，见是石主任，便马上笑着说："哎哟，是财神爷驾到，热炕头上请吧。"一位胖乎乎的大嫂早张开双臂向石主任拥来，想招呼他吃口奶，石头赶忙躲闪。

跟着那大嫂，金炜明一行弯腰从小洞进了大棚，瞬时，两眼溢满了绿意，各种蔬菜鲜活翠绿、娇嫩欲滴，绿莹莹的青椒、紫生生的茄子，拐溜把弯的黄瓜、圆溜溜的白菜……令人眼花缭乱。望着眼前的生机盎然，金炜明便不由地想起了自己的一个同学当兵时，在雪山岗哨上缺新鲜菜的困境，有的战士还为这绿菜付出了年轻的生命。那是一个雪天，他和战友们接到电话，说后勤部门派车送来了大白菜，但车被冻在路上，让他们去接应，当他和战友们赶到现场推车的时候，一棵大白菜从车上掉下来，一个战友伸手去抢，却不料脚下一滑，掉进了沟底，战友们眼泪都哭干了。这绿色的菜呀，是多么的诱人呀。

金炜明正在沉思，忽听见胖大嫂在喊："姐妹们，石头上次答应给咱们进城捎买种菜的书没买来，他说酒喝多忘了，你们说，该怎样儿罚他？"

几个妇女便拥进来，边追边笑着说："脱了他这没记性猪脑子的裤子，让他长点记性，看下次他敢不敢忘了。"说着一伙妇女就围住石头吆喝着吓唬要脱他的裤子。

石主任双手护着裤带，连连告饶，说："想看也行，我先去尿一泡，回来给你们看个干净的。"说着，提着裤子跑到一边去了。

不一会儿，只见石主任走过来，手里提着串东西，朝女人们面前一晃说："看，就这样儿。"

大伙定睛一瞧，乐了，原来石主任在两个西红柿中间夹了根稍带弯曲的黄瓜，再用根小棍一串。妇女们在手里传看，都说："真像！真像！"

忽然一个妇女眼珠一转，诡秘地说："咱们把这东西填到合适的地方去。"

一伙女人一下就明白了，哗一下围了上来，七手八脚把石头扳倒在地，唰地就把黄瓜插到了石主任的嘴里，又都笑着说："最像！最像！"

石主任好不容易把黄瓜从嘴里拨出来。一看黄瓜刺擦破了嘴，流出了红红的血。有位妇女惊奇地叫起来："快瞧呀，石头还是个姑娘哩，第一下就见了红。"

众人笑弯了腰。

石主任蹲在地上喘气，顺手把那根黄瓜在衣袖上擦了擦，咔嚓咔嚓吃了起来，还说："香！真香！到底是好东西哩。"

金炜明一伙人也被逗乐了，他被石头与菜农妇女们那种粗犷融洽的友谊，甚至那浓浓的乡情深深地打动了。

过了一会儿石主任说："我们季底要交账，你们再还点贷款利息吧，另外，你们还需要啥？有屁快放。"

大伙又围着石头七嘴八舌拉呱起来。

金炜明环视周围，发现有一男青年在大棚深处忙碌着，仿佛这里的热闹与他无关似的，便问旁边的一个妇女，"那人是谁呀？"

"噢，他呀，是田改竹雇来的一个下岗工人，他原先是县林场的正式工，叫赵壮，可有技术哩，到底是文化人。"那妇女一口气把小伙子说了个底儿掉。

金炜明跟巩书记走到赵壮跟前，看了看赵壮说："听说你很有技术，科学种菜很重要的呀。"

"技术倒不好，也就是爱捣鼓。"赵壮搓着手上的泥土，挺腼腆。

"你来这里也有段时间了，能谈谈你的想法吗？有啥好想法我可以支持你。"

"是吗？"赵壮眼前亮了一下。

"来，坐下，谈谈大棚和日光温室这玩艺……"金炜明拉赵壮坐在土埂上，递了支香烟，边吸边谈起来。

赵壮说："咱西北黄土高原气候寒冷，日夜温差大，无霜期短，所以，利用塑料大棚和日光温室来改变一年只种一茬田、半年忙活半年闲的传统习惯，引导农民脱贫致富，是一条目前最理想、最科学的路子。我们北方的蔬菜大棚和日光温室基本上都是拱圆形。按骨架材料不同可分为竹木骨架、钢筋和钢管骨架等类型。不论哪种骨架大棚都必须进行优型设计。采光、保温性能好，抗风压、雪压能力强，其共同特点是有坚固的骨架和基础，棚面有合理的弧度，采用透光、保温性能好的塑料薄膜等。其中常用的有两种，一种是钢筋桁架大棚……"

金炜明听着，不住地点头，他为能遇到一位有头脑、有知识的技术能手而感到高兴，并对这项扶贫项目充满了信心。

赵壮见金炜明很感兴趣，便又接着介绍说："还有一种短后坡高后墙式日光温室，也是竹木骨架温室。"说着，赵壮又熟练地画出了一个草图……

"那资金使用方面有啥差别呢？"金炜明又问。

"缺资金的就筑大棚，资金充足的最好建日光温室，这就看菜农的经济状况了。"

"好小伙，确实有两下子，好好干，还有啥想法，我支持你。"

"好！好！"赵壮知道遇到了知音，忙向他道出了准备试验立体套种蔬菜、花卉的想法……

谈了半天，赵壮又提出一个种菜中最致命的问题，那就是缺水。说这里种菜全靠小三轮车拉水浇菜，费车费工，成本太高，要想挣钱形成规模，必须解决水的问题。

"是呀，缺水可是个大问题呀，"巩书记不由地长叹一口气，"缺了水，啥都成了死的、灰的。"

"缺水是个大困难，但缺水并不可怕，可怕的是农民缺精神，"金炜明很有信心，"常言说，一枝独秀难为春，仅靠石头支持的少数几家大棚难以形成规模，还得带动大多数农民搞大棚才行呀。"

"对，"巩书记拍拍金炜明的肩膀说，"走，咱们再去听听农民的心里话。"

出了大棚，金炜明和巩书记来到了唐麦穗的豆腐房，唐麦穗在地上忙乎着磨豆浆，地上蹲着几个男人，热炕头上堆满了串门的妇女，正嘻嘻哈哈地家长里短地拉呱。

大伙见领导们来了，便纷纷让出炕头，两人便盘腿坐了上去。

"整天离不开热炕头，冬天蹲旮旯晒太阳，夏天躺树荫荫息凉凉，挺舒服的嘛。"巩书记朝着一个中年男子说，"原来这位还是个村干部。"

村干部也听出了巩书记的弦外音，不好意思地搔搔头说："不闲又怎的？反正是穷啦，就穷日子赖过吧。"

"破罐破摔了？"巩书记散了几支烟说，"除了等、靠、要，就没法子了？人穷不怕，可志气穷了就可怕了。"

"可光有志气顶啥用，想做小买卖连本钱也难凑哇，等着上头扶贫吧。"另一妇女接口说。

"上面的扶贫款是有点，可毕竟太少。再说，扶贫也不是救济，关键还得靠自己呀！"金炜明插话说，"大嫂，说实话儿，手里攒些钱没有？"

那妇女扯了一把麻线，在木棍上转个不停，憋了好一阵儿才说："倒是攒了千把块，可那是从牙缝里抠下来的呀，思谋着给儿子娶媳妇用哩。”

“够用吗？”

“哪够呢？还得攒。”

“怎攒呢？”

“怎攒？怎攒……”妇女答不上来了。

金炜明又开导说：“就算凑合着娶了媳妇，也还是受穷，那不如先把这小钱派上用场，再从信用社贷点款，做点营生挣大钱，媳妇也不误娶，光景也红火了，岂不更好？”

“理儿是这个理儿，可咱这地方穷山恶水能做点啥呢？每年只是夏秋有活儿忙乎，春冬半年只能闲着，闲得心上都长草了。再说了，连水都快喝不上了，没等致富就先渴死了。”地上的男人们你一言我一语地嚷嚷开了。

金炜明与巩书记相视一笑说：“假如有了水，你们准备种大棚菜吗？”

“有了水，咱就敢，再说有信用社给贷款，还怕啥？”

“好，有志气！”两人哈哈大笑起来。

金炜明与巩书记从老乡家出来，回到乡政府匆忙吃了口饭，就来到了巩书记办公室，两人商量了好一会儿，初步确定了扶贫思路……

（十）"神经病"也有爱情

在村里明登天府大院里住了一段时间，金炜明对李亮和李胜利父子有了越来越多的了解，他觉得这是一对极具传奇色彩的人物。

李亮虽说是个瞎子，眼睛害了他，眼光却救了他。许多人都说他的眼睛死了，心里却亮了，看得远了。眼睛亮的人们看到了五色，所以心杂，而盲人只看到一色，因此心静。李亮认为其实人生前死后、地上地下就一色，那就是本色。

李亮是一部村史，村事、人事尽记脑海。他也是一台摄影机，虽说无彩，却是一部清晰的黑白人生传记。村里人都说他与众不同，别人快他慢，别人眼亮他心明。别人看到的"真"为"假"，他看到的"假"为"真"，别人眼里的"美"为"丑"，他眼里的"丑"却是"美"。在村里豆腐坊，他一言不发，静静地听。坐在家里，他静静地想慢慢地说。村庄在别人眼里空，在他心里实。村里在别人眼里人少、神稀、事少，在他心里人多、神多、事杂。别人睁着眼却到处碰壁，他眼睛瞎了却心存正道，从不迷失。别人在他面前毫不设防，像对神父一样，尽情诉说。因为人们都说他眼没了，心大了，想象丰富了，人世神道，阴阳两通。李亮经常在嘴里念叨着，土为命，水为血，人为大，性为本，许多人都听不懂。他经常跟人们念叨的三句话是：不着急，没大事，顺其自然吧。

说起香水沟村，李亮常常叹口气说："咱们中国人一般都按照金、木、水、火、土合成五行，五行齐，运行顺。可我看了咱们香水沟村，现在成了为了金，伐了木、缺了水、失了火、毁了土，风水坏了啊！"就是说，为了金钱，人们砍光了树木，导致水源缺乏，掏空了煤炭（火），毁坏了土地。他的一席话说得众人毛骨悚然。但也有人满不在乎，撇撇嘴说："啥为了金失去了什么木、水、火、土？那些乱七八糟的本来就没啥用，有了金就啥都有了，哈哈哈。"

有一年村里庄稼地遭受了百年不遇的冰雹，把谷子打了一地，许多人急得骂老天爷不睁眼。李亮却说不能这样骂，人是吃不上了，但撒到地里也不会浪费，可以喂百鸟，这本来就是老天爷给鸟类留的食物嘛。有人经常说农民没文化、见识短，李亮却说农民不易，他们的缺点来源于过去生活的灾难和严酷，可以理解。

李亮眼瞎心明，方圆百里人们的婚丧嫁娶、破土动工、乔迁择日，甚至求医问药，都来找他掐算，然后人们屁颠屁颠去认真执行。

李亮生养了一个奇奇怪怪的儿子李胜利，还有一个潇潇洒洒的女儿李梅俏。真是应了那句老话了，一母生九子，子子各不同啊。

李胜利从来不相信父亲那一套，也对父亲李亮的做法治理整顿过。两人虽说在感情上父子情深，但在理想信念上，道不同不相为谋，各行其是。李亮给人占卜或者看病，大多时候都是在儿子李胜利不在家的时候进行。李胜利也是眼不见心不烦，但是据有些人说，李胜利在半路上经常把到他家占卜和看病的人们截住，进行治理整顿，说服教育，所以他父亲李亮的事业越来越冷清了。

有时许多好心人让李亮劝劝李胜利，说他儿子太不正常了。李亮也是淡淡一笑说："一切皆有天命，随它去吧……"

青年时期的李胜利，原以为未来会像花儿一样展开，却猝不及防地一头撞上了时代的剧变与生活的逆转。一个霪雨霏霏的日子，李胜利与数万群众在县城，顶着细雨，为毛主席的逝世痛哭着。

土地下放，生产队将机器售卖后，母亲去世，李胜利分到了两亩田，与父亲李亮过起了相依为命的生活。其实李胜利心里一直渴望过村里大集体式的生活。大家在一起劳动、一起收获，说说笑笑，团团圆圆，有了灾害一起扛，有了困难一起战，有了喜事一起分享，活得有人气、有意思。土地承包责任制后，人们各自为政，零零散散，独来独往，显得冷冷清清，见面都生分了。这就不是李胜利想要的生活。在村里人的眼里，自80年代开始，李胜利就像被斩断了根的树，生命的时钟就永远停滞在记忆中的年代。除了每天坚持义务扫大街，明明白白告诉大家，街道还是集体的、大家的，有人还是要为大家和集体做事的，集体还是存在的。

一次，李胜利到县城的新华书店，问售货员："这里有没有卖《毛主席语录》？"

"什么？""《毛主席语录》？没有。"

他生气地指着书架那些花花绿绿的通俗流行书刊，说："啥？不卖《毛主席语录》？你们怎么能尽卖这些花花绿绿的东西？"

古长城边上的清河县，曾是汉与匈奴、唐与突厥、宋与契丹、明与蒙古相争的军事重镇，也曾有过城墙高耸、哨兵游弋的繁华时代。新中国成立后，这个地方褪去了昔日荣光，成为了国家级贫困地区。然而80年代以来开启的经济浪潮，也席卷了这个偏远的地方。低矮的平房、泥泞的沙石路如蝉蜕一般消失，崭新的商品楼、广告牌、酒店、KTV拔地而起，整个县城周边陷入了狂飙突进的城市化洪流中。

李胜利其实是香水沟村里的一个菜农，仍终日操持着两亩菜田，背诵着毛主席语录，试图如以往一样生活。当他推着小车走进清河县城，却发觉他成了清河县城里不合时宜的守旧者与游荡者。他卖菜羞于与人讲价，遇见孤寡老人还免费赠送，这让他仅能勉强维持温饱；他游走于县城与香水沟村之间的大街小巷，收捡人们丢弃的毛主席像章，最终收集了一两百个像章，装满一个小布袋。

干完农活之余，他穿上了军装，戴上了毛主席像章，成了方圆百里人人皆知的精力充沛、爱管闲事的李胜利。他经常把毛主席的话儿铭记在心：

"要使几亿人中的中国人生活得好，要把我们这个经济落后、文化落后的国家，建设成为富裕的、强盛的、具有高度文化的国家，这是一个很艰巨的任务。我们所以要整风，现在要整风，将来还要整风，要不断把我们身上的错误东西整掉，就是为了使我们能够更好地担负起这项任务……"

于是，人们就记住了他那最有名的一句口头禅："该治理整顿了！"

香水沟村乃至清河县城的人们能轻易地给他画一幅肖像：五短身材，大眼粗眉，大檐帽永远端正，墨绿军衣颜色早褪，全身满缀着几十枚明晃晃的毛主席像章。他总是推着一辆吱呀作响的红旗牌二八自行车，车后贴着三块每日更换着的毛主席语录的纸板，车前挂着一张脸盆大小的毛主席画像，画像被老人当做了车牌。后来他还专门在车把子上面安装了一个电灯，不过，他从不用电灯直接照路，而是用电灯直接照亮毛主席像章，既照亮了毛主席像，还用像章的反光照亮道路。

李胜利身材结实，个子不算很高，但绝对算不得矮。宽厚大脸，赤红如火，粗门大嗓，铿锵有力，讲起话来滔滔不绝，毛主席语录倒背如流。他走到哪哨子就吹到哪，毛主席语录句句会背，大道理一讲一排，不是骂贪官污吏心坏，就是骂如今社会腐败；小红旗迎风直吹，毛主席像当成车牌；走进车站，走上站台，不管是南来的、北往的，都得整顿。政府、县委大院、公检法，哪个敢小看人家李胜利？

他的声音很有特点——洪亮、亢奋。激动时，他会咧开干裂的大嘴，露出两排蛮横而不齐整的黄牙，双手像杨树枝一样摇摆。30年来，李胜利如布道师一般，不厌其烦地寻觅着人群最密集处，开启他激昂而冗长的演讲。演讲的内容只有一个——红色语录。

在政府大院前，他对着来来往往的公务员高呼："只有落后的领导，没有落后的群众！世界是在进步的，前途是光明的，这个历史的总趋势任何人也改变不了。我们应当把世界进步的情况和光明的前途，常常向人民宣传，使人民建立起胜利的信心。"

体育场里，他跑着步，一遍遍地大喊："发展体育运动，增强人民体质！"

田畔地头，他笑着热情鼓励田里的农民："发展经济，自给自足。深挖洞，广集粮，备战备荒为人民！"

在空旷的学校操场上，他骑着自行车，稳稳当当、正气凛然地沿着跑道绕圈。人和车都是全副武装，俨然舞台上扎着护背旗、扬鞭驰骋的武将，又像那个时代游街游村的宣传卡车，此时无声胜有声。

在学校操场红旗下，他高声朗读："世界是你们的，也是我们的，但是归根结底是你们的。你们青年人朝气蓬勃，正在兴旺时期，好像早晨八九点钟的太阳。希望寄托在你们身上。我们大家要学习他（白求恩）毫无自私自利之心的精神。从这点出发，就可以变为大有利于人民的人。一个人能力有大小，但只要有这点精神，就是一个高尚的人、一个纯粹的人、一个有道德的人、一个脱离了低级趣味的人、一个有益于人民的人；一个人做一件好事并不难，难的是一辈子只做好事，不做坏事……"

李胜利的出现就像敲响了村头老槐树下的巨钟，很多学生围拢到他身边。而另一些已经司空见惯的人，依然该干什么就干什么。

更多的时候，人们会看见李胜利站在县政府门口，针砭时弊，指点江山。

在车辆拥堵的马路边上，李胜利对着几个正没收小贩推车的城管，大喊着："你们是要为人民服务的！不是来给人民添乱的！"

看到车辆违章行驶，他立刻掏出口哨，吹着哨子，站在拥堵的车流中，挥舞着手臂，指挥交通。他的旧军帽、旧军装从颜色、质地甚至来历都可能是山寨版的，但这并不妨碍他穿出国庆阅兵式上仪仗兵的风采来，干净整洁得让普通人汗颜。不，他不仅仅是兵，他更像将军。全身、全车琳琅满目、排列有序的毛主席像章，俨然是他的军功章、身份证、介绍信、指挥台。

李胜利拥有出众的气场，就像大号直升飞机，随便在某一处土地上，徐徐升起时，螺旋桨把树叶啊、土尘啊，旋得欢舞。他甚至掌握了不少的演讲技巧——适时停顿，对偶尔一两个调皮听众的打断和刁难，作出得体、成竹在胸、我佛慈悲、慈航普渡式的反应；听众越多，他越激情澎湃；听众里三层外三层的时候，他一定找到了在城楼挥动如椽巨手的感觉——当然，他不会真的这样想，是别人的感觉。

李胜利的理想，大概只是"干一行爱一行，用革命的热情影响更多人"。

他是自己的保安，会对干扰前行的"追随者"善意呵斥。他肚子饿的时候，分明也要回去煮饭果腹；主义固然要紧，家里的一亩三分地还要精心伺弄，如果误了农时那些西北风是喝不得的。

在香水沟村里，以前每次演电影，在电影开演之前，李胜利都要主动进行演讲，演讲的主题往往紧扣电影的主要内容并且结合毛主席语录，进行动员教育。一开始村民们还不乐意，因为急着看电影，许多人就往他身上扔瓜子、黄豆，有的甚至扔土坷垃和石子，有几次他被打得鼻青脸肿，但是李胜利目不斜视，依然岿然不动，滔滔不绝。后来人们发现他的演讲还是非常有意思，语音风趣幽默，有时看不懂的电影、不明白的道理，通过他的演讲，就很容易看懂了。以至于后来人们都习惯他的影前演讲了，如果哪一天他到县城治理整顿没有及时回村里，电影就不开演，都等着他回来演讲完毕才开演。有几次他为了赶回村里发表"影前演讲"，急匆匆赶路，自行车差一点冲到沟里，跌个人仰车翻。

李胜利的口头禅——"该治理整顿了"，有时被人们定位于："狗拿耗子多管闲事，是疯子和神经病"。一天，他到县城一家超市门口，碰到了一个正在喝酒的男子。他如往常一般走过去，劝对方"喝酒适量，好好生活"，却招来了一阵毒打。冲动的年轻人用胳膊长的铁板，一直往他头上啪啪地敲，直到晕倒。最终，可怜的李胜利被缝了二十多针。

还有香水沟村里的村民，有时候吓唬小孩子说："听话！不听话，李胜利来了，修理你！"

有人也经常给他提亲介绍对象，他也不去相亲，有人就怀疑他身体有毛病。但他爹李亮心里明白，其实儿子心里一直装着一个美丽的女人。

（十一）高粱地里的"血色浪漫"

金炜明刚刚来到香水沟村就收到了一封告状信，告状人署名——刘告状。

信里状告信用社主任石头与村妇田改梅通奸、暗害田改梅男人、以贷谋私、贪污腐败等恶劣问题。金炜明找到陆正了解情况，陆正听了笑笑说，他也收到了同样的告状信，并且县纪委和市联社也转来了同样的信件。他们也找到了刘告状落实情况，刘告状根本就不承认是他告的状。他还谩骂那些老是假借他的名字告别人状的恶人，完全是利用他多年爱告状的赖名声，进行冒名告恶状，太缺德了。因为纪委等有关部门对匿名信一般不予调查，对署名的告状信一般都要进行调查。

田改梅是田守义的大女儿。

接着，陆正向金炜明讲述了石头与田改梅曲折的男女情感历程……

桃花（你这）红来杏花（你这）白，

爬山越岭看你来（呀啊个呀呀呆），

　　　　榆树（你这）开花圪节节（你这）多，

　　　　你的心眼比俺多（呀啊个呀呀呆），

　　　　锅儿（你这）开花下不上（你这）米，

　　　　不想旁人单想你（呀啊个呀呀呆）……

　　随着小曲儿声，山梁那边冒出辆摩托车。石头跨在车上，头扬起只顾唱，根本不看脚下的路，这路他可是太熟悉了，闭着眼也走不差。山路难行，摩托车颠得厉害，使他的歌声无形中增添了几分颤音，他自我感觉良好，越发使劲地吼起来。

　　摩托车一路奔跳着，拐弯抹角地上了半山坡。他把摩托车熄了火，朝一处背风的土崖下走去。

　　连蹦带跳，他很快到了崖下的一间小屋跟前。他猫起腰，轻抬脚，双手作出一副抱腰的姿势，猛地推开门，闯了进去。他是想吓田改梅一跳，没想到进门才发现，屋里静悄悄的根本没改梅的影子。一定又到山坡上给果树修枝丫去了，石头想着，环视了一下小屋。小屋分两间，里间是在土崖下的一个窑洞，又在窑洞外用木棍搭了间小屋，屋角用石头砌了个锅台，上面堆满了盆盆碗碗，屋里放着口水缸，墙上挂着各种农具，家具虽杂，却收拾得干净利落。他在窑里的木床上坐下来，点了支香烟抽起来，过了一会儿，觉得有些憋闷，便又走出屋门，在门前大树下的一块青石板上盘腿坐了下来。

　　远望，山坡下黄绿相间的庄稼像块大地毯，油油地铺在地上，中间绿树浓密、屋脊点点的便是村庄。远处的青山被卧山云缠绕得只露出尖尖的山角，近处树木满坡，绿荫匝地，树上小鸟叽叽喳喳响成一片，坡下一脉小溪哗哗淌过，在阳光下像条白白的玉带，闪着银色光亮，一群奶牛正伏在溪边，悠闲地摇着尾巴，啃着青青嫩草。

　　石头望着这美丽的风景，长长地吐出一口烟气，几十天来心中的忧闷也随着烟雾袅袅消散在树叶缝隙中，他抬头眯着眼望望盘绕在头顶的烟雾，竟还在阳光下现出五颜六色的光芒，他的心情渐渐舒畅起来。每当心情不好时，石头就想往这里跑，这里就像与世隔绝的世外桃源，堵住了外界的纷乱繁杂，他抽着烟眼睛不由得望着那条曲曲弯弯的小溪，心想，这曲曲折折的溪流多像人走的路啊……

　　石头、陆正和田改梅三人从小就是形影不离的伙伴。他们一起玩耍，一起念书，后来，陆正父母离婚，陆正随着父亲进了城，就只剩下石头和改梅两人了。那时，他们在离村十里远的乡中学读初中，每天清早两人披着星星往学校赶，晚上又戴着月牙往回返，在那条乡间小路上，他们拉着手在风里行、雨中蹚、雪上滚，随着年龄的增长，两人的感情也如树上的青苹果，酸涩里透出成熟的清香。

　　那是一个星期天的下午，他俩在家过完礼拜天，又忙着往学校赶。当时天阴得厉害，乌云低垂，山风呼号，两人走到半路上，天就下起了大雨，铜钱大的雨点打得人睁不开眼，石头脱下布衫给改梅顶在头上，跑到山崖下躲进一个看田人留下的小土窑洞里。在洞里改梅把挎包挂在头顶的一根木桩上，两人冷得挤在一起，望着迷蒙的雨雾，听着嘈杂的雨声。改梅浑身湿透了，凉凉的衣服紧贴在身上，曲线毕露，特别是两个浑圆结实的乳房像两个芬芳可口的馒头，随着胸脯的起伏，在石头眼前上下晃动。石头看得眼热心跳，忙把目光投向洞外，却又像被磁铁吸住一般，不由自主地回头瞟了又瞟，直咽口水。改梅见他那模样，以为他饿了，就小声说："石头哥，你饿了吗？"

　　石头紧闭着嘴不敢言语，点点头又慌乱地摇摇头。

　　"想吃馒头吗？想吃俺就给你。"改梅水汪汪的眼睛盯住他，说着，踮起脚尖探前身子，想取下挂在头顶上的挎包，她的身子往前倾，两只馒头般的乳房便快要挤在石头的脸上，并随着脚尖的翘动颤微微地蠕动。他只觉得血往头上涌，脑袋嗡嗡地响成一片，他猛地一伸胳膊，拦腰抱住了改梅，把嘴紧紧咬住了改梅的乳房，嘴里还含混地自语："俺就想吃、吃你这馒头。"

　　改梅惊呆了，身子猛地一挺就僵住了，浑身像触了电一般，一阵惊悸传过全身，她下意识地用手推了推石头，不但没推开，反被石头抱得更紧了，石头把脸从改梅胸前移上来，一口就把改梅的嘴唇吸进了嘴里，改梅被吸得麻酥酥的，嘴里叽叽弄弄一片混响，很快，改梅的身子软了，紧紧依在了石头胸前，她的双手不知啥时已搂住了石头的脖子，两人亲得天昏地暗，两人的舌头搅得翻江倒海，头脑里一片空白，外边的风声、雨声仿佛也不存在了……

　　忽然，一声炸雷滚过，把两人吓了一跳，改梅回过神来，使劲推开了石头。石头涨红着脸，喘着粗气说："改梅，长大了俺要娶你当媳妇。"

改梅不由地点点头，忽然又猛地摇摇头，不知是惊吓还是害羞，她的眼里忽地涌满了泪水，冲着石头叫了一句："你这么坏，谁稀罕嫁给你。"说着，一头扎进了风雨里朝学校跑去。石头忙替改梅取下墙上的挎包，冲改梅的背影喊："改梅，小心滑倒，等等我。"也一头冲进了雨里，向前追去……

那是一个闷热的夏天，劳作了一天的村民吃完晚饭，纷纷走出窑洞到打谷场乘凉。女人们围坐在一起家长里短，拍拍打打，嘻嘻哈哈；男人们在太阳熏烤了一天的热地上，横躺竖卧，说笑话、荤话。手抠臭脚丫，嘴里还谈论着所谓的国家大事儿。娃娃们嫌黑灯瞎火的，就以熏蚊子为由，点燃了编成长条状的蒿草，手舞着冒着浓烟的蒿草把，乱叫乱跑，熏得蚊子直咳嗽。忽然，有个孩子跑进人群报告，说粮站里的电视机正演着特别好看的小电影，叫做《霍元甲》。于是，大伙纷纷爬起来，拍拍屁股上的土，一窝蜂涌进粮站去看电视。那时全村只有三台电视机，一台在粮站，一台在供销社，一台在公社。粮站干部没料到一下子涌进这么多村民，也不好再轰出去，都在一个村待着，抬头不见低头见，拉不下那个脸儿，就凑合着让他们看了一晚上，这其中就有混在女人堆里的改梅和石头。

第二天晚上，村民们吃完晚饭，又都早早赶到粮站门口，想进去看武打片。可没料想，粮站的工作人员早早地把大铁门关了。意思很明显，就是不让村民们进去看电视了。乡亲们大怒，他们昨晚已看上了瘾，霍元甲抓住了他们的心，陈真已揪住了他们的肺，不让他们看，还不憋死！于是一伙人上前敲门。

敲了一阵儿，只听里面有人说："粮站是粮仓重地，闲杂人不能进来！"

"闲杂人？"村民们更怒了，"啊，现在我们是闲杂人了，那交粮时我们就不是闲杂人了？没有我们种粮，哪有你们粮站？"

"不跟你们闲扯！再说，你们这帮睁眼瞎，除了看个红火热闹，还能看懂个啥？趁早回家抱枕头去吧。"

这句话又惹恼了村民，他们一见粮站真的不让看了，也就不抱啥希望了，干脆一不做二不休，扳倒葫芦洒了油，不让我们看，你们也看不好。于是，村民们捡起石头，朝大铁门一顿猛砸。

粮站的人提着手电筒和看库用的狼牙棒追出来，村民们就作鸟兽散。石头笑着说，农民就是一点组织性也没有，叫人一冲就冲散了。

头天晚上被冲散了，第二天晚上村民们又来了。反正他们闲得无事可做，只有这猫捉老鼠的游戏，才让他们感到刺激和兴奋，于是战争又开始了。

门外村民们砸门，里面的人冲出来，人们就轰地一下跑个精光。过了一会儿，粮站的人刚回去，村民们又窜出来砸门，里面人又冲出来，村民们又迅速隐蔽起来。就这样，里面电视机演的霍家枪对赵家刀，外面演的是村民智斗粮公所。整个晚上，喊叫声里外响成一片，闹得一片乌烟瘴气。于是，在一片混乱中，有的男人就趁机摸了女人的奶子，有的女人大胆就捏了男人的裤裆。反正黑灯瞎火的，谁也看不清谁，摸就摸了，捏就捏了，有的还想摸，还想抱，就被追来的"敌人"冲散了，只剩下一片心跳和喘气声了。

就在大人和小孩子每天上演着"成人游戏"时，石头和改梅的手趁势握在了一起，稍稍一拽，就拽出了人群，拽进了村边的高粱地里，两人的爱情就随着高粱秆的拔节展叶儿，咯吱吱地成长起来。

在月朗星稀的高粱地里，田改梅偎依在石头的怀里，眼望着亮亮的星星，她幸福地低声哼唱着情歌：

> 想亲亲想得俄手腕腕软，呀胡嗨，
> 拿起个筷子俄端不起个碗，呀儿哟。
> 想亲亲想得俄心花花乱，呀胡嗨，
> 煮饺子俄下了一锅山药蛋，呀儿哟。
> 想亲亲想得俄眼花花茫，呀儿哟，
> 蒸莜面俄坐在了水翁沿，呀胡嗨。
> 想亲亲想得俄迷了窍，呀胡嗨，
> 吹火火吸住了那火苗苗，呀儿哟。

"哎呀！"石头趁机扳过改梅的嘴，说："烧哪儿？让情哥哥看看。"说着，捧住她的嘴就亲了个不透气。

两人叽哩咕噜亲了好一阵儿，改梅实在喘不过气了，才使劲把石头的嘴推开。改梅还不依不饶，说石头欺负她，非要他唱个歌儿来赔偿。

石头想了半天，实在不知唱什么，他知道，在改梅面前唱歌还不是班门弄斧？可改梅不依，石头抬头看见了星星，就想起了村里老人常唱的一首歌：

> 墙头上跑马一搭搭手高，
>
> 人里头挑人呀就数妹妹好。
>
> 路畔上长得一苗灵芝草，
>
> 谁也比不上妹妹好。
>
> 九天的仙女俄不要，
>
> 单爱小妹妹好人才。
>
> 满天星星一颗呀明，
>
> 十万个地方挑中你一人。

唱着唱着，石头的手就悄悄伸进了改梅的胸前，想摸一摸她的小"馍馍"，被改梅一把打掉了："干啥？"

"想，想吃吃你的小馍馍。"石头嬉皮笑脸，一副无赖相。

"吃啥吃，等蒸熟了再吃。"

"哎，熟了就开花了吧？我还得在上面描两个红点点吧，嘻嘻。"

"用你描？嘻嘻。"

两人笑得在高粱地里直打滚，压断好一片高粱秆。

"嘻——"石头想着忽地笑了，是笑他年轻时的勇敢，还是笑他初吻的幸福，他自己也说不清楚。"哎哟！"忽然，他猛地跳了起来，使劲甩着手指，原来，他被快燃尽的烟火烫着了。

"怎的了？"一声轻呼，焦急里充满爱怜。

他一转身，发现改梅正身背一捆树枝，目光柔柔地望着他。改梅上身穿一件已磨得发白的蓝粗布工作服，下身穿一条宽大的蓝裤，脚蹬一双圆口布底鞋，头罩一块花手巾。他望着她忽然想起一句村里人常唱的山歌：

> 白羊肚肚手巾按眉眉罩，
>
> 偷眼眼看哥哥抿嘴嘴笑。

想着，石头就冲上前，想抱住改梅，改梅忙朝后躲闪，嘴里轻声说：

"看你，俺一身的土。"说着，把树枝丢在门口，进屋舀了一瓢水，哗哗洗起脸来。石头愣了愣，也跟着进屋，身子往床上一跌，望着改梅丰满又苗条的背影，心中不由地叹了一口气。

高中毕业后，两人双双回到村里务农。石头在村里当上了民兵连长，那时的基干民兵（孩子们常叫"鸡蛋民兵"）训练热火朝天，石头训练民兵有板有眼，全县大比武中拿了第一名，被公社主任看中，当时的信用社下放给公社管理，民兵训练结束之后，公社主任考虑到信用社是放钱的地方，得派个精干民兵，就把石头安排到信用社上班了，而改梅仍在铁姑娘队劳动。

田改梅家穷，她哥田耿义四十岁了还没找上对象，急得她爹田守义快瞎了眼。一天，改梅急匆匆来信用社找石头，说她娘让她嫁给一个三十大几的男人，收了人家四千块钱，准备给她哥娶媳妇，改梅让他想想法子，石头呆住了。

"有啥法子？"他愣愣怔怔地说，"俺又没钱。"

忽然，石头冲进柜台，抓了几沓钱塞给她，让她先给她哥娶媳妇。改梅咬住牙给了他个耳光，流着泪说："你疯了么？拿公家钱是要坐牢被杀头的。"说完，哭着跑了。

后来，石头找到改梅，商量想一块出逃，改梅哭着说："逃有啥用，俺总不能气死爹娘误了哥哥。"她不同意，只是木木地说，"人有小九九，天有大算盘，人挣不过命，认命吧。"

过了一些日子，他就听村人说改梅订婚了。

石头得知这一消息后，专门从学校跑回村，他把改梅叫出来，一前一后钻进了他们约会的老地方高粱地里。那时分，天已近黄昏。

两人呆立在高粱地里，一时竟相对无语，只有泪珠在悄然滑落。天空中红红的晚霞映得改梅的脸也通红通红，一道道泪痕也被染成红色，犹如一条条血痕。

"你、你怎能定亲呢？"好半天，石头才忿忿开了口。

"我想定亲？谁想？"改梅把脸扭到了一边。

"你想过吗？"石头伸出双手晃着转了一圈儿说，"你往后的日子怎过呀？"

"我早想过了，"改梅叹口气，"我还想过了，我不定亲，那我爹、我娘、我哥这一辈子怎过？"

"不，不行！"石头随手折断了一根高粱，"咱俩跑，跑得远远的。"

"跑？"改梅苦笑着摇摇头，"往哪儿跑？"停了一会儿，她又说，"再说，我跑了，那我娘、我哥还能过吗？"

"你是不敢跑？"

"我不敢跑？跑有啥？我死都敢死，可我不能死呀！我死了，我爹娘、我哥还能活吗？"

"你老想着你爹娘、你哥，你想过你自己吗？想过我吗？"

"想过，都想过，"改梅凄然一笑，"可想过又有啥用呢？"

"你……"石头还想说什么，就让改梅用手捂住了嘴，"石头哥，啥也别说了，没有用，这都是命啊！"

石头一把就紧紧抱住了哭成泪人儿的改梅。

过了好一阵子，改梅忽然用手擦了擦脸上的泪痕，忽眨着毛眼儿努力笑笑说："石头哥，我再给你唱首歌吧。"

"啥？你还有心思唱歌儿？"石头睁大了双眼。

"对呀，这时候才最想唱歌，唱出去才通气敞亮。"说着，她抬头眺望着天上的彩云，轻轻地低声哼起来：

> 甜不过那冰糖辣不过蒜，
> 好好的朋友鬼打呀那散。
> 雹蛋蛋砌墙冰盖呀那房，
> 露水的夫妻不久呀那长。
> 大大的灯盏满满一灯油，
> 长长的火焰子燃不到头。
> 大蓟荠开花花扎呀那根，
> 牵牛花开花一早的晨。
> 穿衣镜照人真又呀那真，
> 花篮篮打水那一场的空。

改梅似乎累了，她软软地靠在石头的身上，喃喃地问："石头哥，你说这世界上最高兴的事是啥？"

"……"石头一时摸不着头脑。

"就是能把自己最宝贵的东西送给自己最爱的人。"改梅绵声细语地说。

"再问你，世上最难过的事儿是啥？"

"……"石头还是想不出来。

"就是没把自己最宝贵的东西送给自己最爱的人。"

啊，石头仿佛一下子明白过来了，但他仍站着未动。

这时，改梅见他还傻愣着，就猛地站起身来，发疯地腿扫、脚踢、胳膊压，很快就扑倒了一片高粱秆。红的穗、绿的叶、紫的秆交织在一起，就像天造地设的一张花床。

改梅边脱衣裳边慢慢躺在了这张大花床上。等石头一转身，惊呆了，他看见一条白玉般的美人鱼，静静地躺在绿水红花之中，洁白的身躯在夕阳的照耀下反射出令人眩目的光泽，两座玉峰挺立着，两颗红星颤动着迷人的红。

"来吧！"改梅的双眸像两汪清泉，流淌着醉人的迷恋与真情，"你不是早想吃小亲圪蛋的小馍馍吗？今天让你吃个够。"

石头腿一软，扑通就跪在了改梅的身边，他慢慢俯下身，用嘴唇轻轻地吻了吻改梅那可爱的小馍馍上的两颗红星。然后闭着眼用舌尖缓缓地舔了舔那两颗红豆。忽然，他张大嘴，猛地把改梅的乳房吸进了嘴里，使劲儿吮吸起来。改梅在他身下扭动着，身猛地一挺，仰起头尖叫一声，就一下子搂住他的腰，双手的指甲尖儿牢牢地扎进了他的皮肤……

不知过了多久，石头从改梅身上爬起来，跪在改梅的两条腿中间，他看到了改梅身下绿叶黄秆上的鲜红。她静静地仰躺在高粱秆上，安详地闭着眼睛仿佛已酣然入梦，嘴角微微一抖，颤出个迷人的笑靥。石头伸出手指在绿叶上蘸了蘸改梅身体下的殷红，慢慢举过头顶，他看到了天上的残阳如血，也看到了地上的血如残阳。蓦地，太阳落山了，改梅横陈着玉体与石头高举着手指仰望着天空的剪影，仿佛变成了两墩黄土的雕塑，随着光线逐渐暗淡，渐渐被淹没在青纱帐的风波浪涌中……

改梅出嫁后，石头一直都忧郁寡欢，胡子也懒得刮，衣衫不整，人也瘦了一圈，这可急坏了一个人，那就是当时公社主任的千金小姐——话务员胖妞。胖妞长得确实胖，白白的，像发了酵的馒头，整天爱咧个大嘴哈哈地大声笑，她性情开朗，却又心气极高，总想找个好女婿却总也找不到，直至成了个令爹娘发愁的老姑娘。

其实，胖妞早就看上了信用社的石头，只是她知道有个改梅挡着，才没有声张。当她得知改梅嫁人后，爱慕石头的心思一下子像暴雨后猛涨的洪水，她爱他的诚实，爱他的倔强，甚至连他很有雄性的络腮胡子也爱得不行，真想让他硬茬茬的黑胡子狠狠地在自己胖脸蛋上扎几下，那才叫痛快，才有滋味。胖妞她爹觉得石头长得壮壮实实，又能掐会算，也就有这个意思，便派公社一位搞妇女工作的女干部去提亲。当时的石头已心灰意冷，觉得好歹是个母的就行，其他的就更没心思穷讲究了。石头一家认为自己是穷人家，能够与公社主任结亲家，便感到荣光得不行，自然喜欢，于是两家准备择日订婚。

一日清晨，石头在爹娘的督促下，进城去买点心、蔬菜准备订婚，破旧的大公共汽车在山路上摇晃了半天才到了县城菜市场。石头家原来在庭院中也种过些小菜，可都当做资本主义尾巴被割掉了，国营菜市场的东西价格贵得惊人，石头摸摸贴身衣袋里的几张钞票，实在舍不得花这几个血汗钱，便又走出市场，到大街小巷里转悠，思谋着能遇上个体卖菜的，那时市场上不允许私人卖菜，一些卖菜的小贩只能从国营菜市场里偷贩点边角料在小巷里偷偷地卖。当石头转悠到一条挨近县医院的小巷时，忽见医院门前围了一伙人，人群里有哭哭啼啼的声音。他听得耳熟，忙冲进人群一看，他惊呆了，只见改梅怀里抱个吃奶的孩子，正蹲在一副担架旁哭泣。担架上改梅的男人脸色苍白，大腿以下鲜血斑斑，改梅猛抬头看见了石头，一下子瘫软在地上。石头忙上前扶住她，焦急地问怎么回事儿。从改梅断断续续地哭诉中得知，改梅婆家为娶改梅，从放高利贷的人手中贷了近两千块，利息高，加上滚雪球，压得全家喘不过气来，改梅男人为还债，下了无人愿下的小煤窑。小煤窑设施简陋，条件落后，人下到井里，就像一条肉虫在四块石头间爬行。前天下午，改梅男人被塌下的一块大煤块砸倒，腰部受伤，大小便失禁，双腿折断，在公社医院住了一天，由于公社医院条件太差，无法治疗，只好又辗转来到县医院，却因为住院费不够，被拒之门外。石头一听，马上从怀里掏出筹备订婚用品的钞票，同改梅家人一起补办了住院手续，改梅男人才及时住进医院进行手术治疗。

石头回到村里，爹娘望着他空空的两手，才知道他把订婚用的钱全垫给了医院，气得老俩口直打哆嗦："你小子蝇头插鸡毛，充啥大头鸟，你订婚用的钱还是跟亲戚们借的，你垫给人家看你拿啥订婚？再说那男人是抢走你媳妇的仇人，你还去救他，真是个没心没肺的东西。"

胖妞听说石头把订婚用的钱全给了改梅，婚订不成了，气得直跺脚，她爹听了也气得脸色铁青，一拍桌子说要好好收拾他。当时的公社主任一句话，石头当下就得滚蛋。可胖妞不让，她想把自己的积蓄拿出来，跟石头成亲。

过了些日子，改梅男人手术后因花不起住院费，就回家疗养了。有几个放高利贷的恶棍到改梅家逼债，搬走了最值钱的一架缝纫机，还打了改梅一顿。石头听说后，紧攥双拳牙咬得格格响，恨不得把那几个放高利贷的坏小子揍扁，但又忽地把拳头松开了，心里想：他凭什么揍人家？他算改梅的什么人呢？

于是，石头又只好连夜进城，找到儿时的伙伴陆正借了些钱回来帮改梅还债。

推开改梅家斑驳的木门，石头看了几眼就不忍再看，凹凸不平的泥地面，几口黑油油的菜缸散发着呛鼻的酸臭气，土窑顶上剥落的泥皮像一幅面目狰狞的老画，几件旧家具散发出呛人的霉味，烧火用的柴草堆了半堂屋，改梅男人躺在炕上，被子还露出一团团棉花，因为窑洞的门窗没有玻璃，全糊着麻纸，所以窑洞内显得十分昏暗。改梅一手抱着哇哇叫的孩子，一手在给男人煎药。当改梅猛转身看见石头站在门口时，眼里涌出欣喜的泪花，但又马上低下眉头淡淡地说："你来做啥？"

改梅男人看见石头，硬要挣扎着坐起身，石头忙按住他头，改梅男人声音哽咽地说："兄弟，这次要不是你，俺这条小命早没了，医生说，俺要再耽误半个时辰，就没治了。兄弟，俺对不起你呀！是俺把你的改梅抢走了呀，如今，俺已是个半死不活的废人了，俺想跟改梅离了，你们好好过日子吧。"

"你、你瞎说啥？"改梅生气了。

"大哥，你别乱想，"石头在炕沿上坐下来，拍拍他的手说，"好好养病吧，好日子在后头哩。"

坐了一会儿，石头起身要回去，改梅就送他出了村外。石头见四下无人，就把借来的钱塞给了改梅，改梅推辞了一下，也就收下了。这些日子，她早已是身无分文，内困外扰，心力交瘁了。在村路口，改梅告诫石头："再不要来了，别让人家胖妞知道了引起误会，早日娶了胖妞成家吧，你也老大不小了。"

"你知道俺为啥一直不成家吗？"石头泪眼闪闪。

"俺知道你心里还惦挂俺，可俺已是残花败柳、别人的老婆了，你就别再糊涂耽搁了自己，快点成家吧。"改梅说不下去了。

"你现在这种处境，俺、俺放心不下呀！"

"你别管这么多了，俺就瞎过一天算一天了。"

"不行，俺决定帮衬着你过一辈子。"终于石头吐出了真心话。

"啥?!"改梅一时惊呆了，她明白了，石头要来给她家拉边套。（拉边套即一架马车里拉外套的牲口，这里是指一个男人帮另一个男人养活一家人。作者注）这种畸形婚姻在这穷乡僻壤里已是见多不怪，日子久了，也就被人认可了。

"不行！这样做对你太不公平了，会毁了你一辈子的。"改梅急得泪流满面。

"好啦，慢慢再说吧。"说着，石头抚了抚改梅骨瘦如柴的肩头，扭头走了。

据说，石头爹娘听说他要给改梅家拉边套，气得晕倒几次，但石头也是个认定死理九牛拉不回头的人，谁都劝不通。

胖妞知道后，气得再也不想理石头了。胖妞爹要报复石头，当时他正管着信用社。公社集体、社员、干部们啥时缺钱了，找到胖妞爹说几句好话，或送点东西，胖妞爹高兴，随手找张纸，大笔一挥写批条，就能到信用社贷款取钱，石头看不惯，眼瞅着信用社资金一天天越来越少，沉淀资金越来越多，亏损加剧，几次顶牛揉了胖妞爹的条子，气得胖妞爹几次要找他算账，都被胖妞拦住了，现在，正好二罪归一收拾他，准备从信用社开除他。没想到，正巧信用社划归了农业银行管理，公社主任再无权干涉信用社的事情，石头才幸而没有被开除。改梅男人起初还不习惯，尽管自己砸坏了腰，变成了废物，但每当他看见石头隔三岔五地来家里，心里就总憋着一肚子气。改梅家有三间窑洞，中间是堂屋，左右各一间睡炕，那是一个月朗星稀的夜晚，石头来到改梅家，改梅便和他进了西屋，当两人百般温存的时候，睡在东屋的男人再也睡不着觉了，他穿衣起炕，到院子里从驴圈里拉出毛驴，用木棒把毛驴打得满院乱蹦，嘴里还不住地骂道："俺打死你这个不要脸的骚驴，打死你这发情的叫驴，拿刀阉了你的胆，看你还串窝不。"

石头和改梅在屋里听见了，就像正在燃烧的烈火被当头浇了一盆冷水，再也提不起兴致，石头从改梅身上滚下来，抽了支香烟就穿衣要走，改梅怎么拉也拉不住，刚出屋门，就被狂奔的毛驴差点撞倒。改梅男人一看石头真的生气要走，却忽地软了，忙跑到大门口抱住石头说软话："兄弟，你可不能真走哇，俺这一家老小可全指望你了。"石头便款款地靠在了门框上，头朝着夜空粗粗地喘气。

后来，乡里学习别的地方拍卖"四荒"（荒山、荒坡、荒沟、荒地）的经验，在全乡掀起了承包"四荒"的热浪。石头和改梅两人商量了一番，为挣钱养家糊口，也为攒钱给改梅男人治病，决定承包荒山五十亩，石头用自己的工资为改梅交了承包费，又自己担保给她贷款五千元，买回了果树苗、仔猪和羊羔，改梅一家就在山坡上搭了两间屋，栽了二十亩果树，养起了二十多只羊，就地挖坑盖膜养了五头猪，一家人忙乎起来。后来，全乡大棚种菜兴起时，还在向阳靠坡的背风处支起一间近八分地的塑料大棚，并在离大棚不远的背洼处挖了个蓄水坑解决了用水难的问题，也种起了蔬菜和花卉，改梅整天忙得不可开交。改梅男人也满怀信心地整日守护在果园边，赶牲畜、撵猪，高兴时还哼几句山曲儿。当年下来竟收入了六千元。改梅还了贷款利息，又为男人抓回些中药，光景一天天好转起来。

几年过去，改梅也生了个儿子，虽说名义上仍姓改梅男人的姓，但改梅心里清楚这是石头的血骨，心里也有了一丝安慰，减轻了几分对石头的愧疚。石头还专门养了只小狗，每当儿子拉屎后，就习惯性地蹶起小屁股，小狗就颠颠地跑过来，用舌头舔干净儿子的小屁眼，石头看在眼里，乐在心头，觉得日子又增添了几分滋润。

农民出身的石头，对种地有着天生的热爱，当了信用社主任后，他也从未放弃过种田。在改梅承包的荒山脚下，就有石头家的一块自留地，每年都要亲自春播、夏锄、秋收、冬浇，他把自留地当做自己的"试验田"也有自己的目的，他可以随时发现庄稼旱了、起虫了，农民们需要贷款时，他也心中有数。石头自己也常常得意地夸奖自己"石头种地有文章哪"。可有一次，他发现自己种的玉米有的被削去了穗头，他断定是有人故意破坏。在一个黄昏，他从改梅的窝棚出来，就蹲到地里隐藏起来，过了一会儿，果然有个人朝这边走来，见四下无人，便挥起镰刀，一边狠狠地削玉米头，一边嘟囔着骂："好你个石头，让你硬，俺把你的头砍掉，让你威风。"石头一听，原来是改梅的男人。当石头猛地站立在他面前时，改梅男人愣住了，尴尬地搓着手指，准备挨石头的臭骂或是挨顿揍，嘴上就一个劲地道歉："真对不起，兄弟，俺知道，是俺拆散了你和改梅。你养活了俺全家，当然，也包括俺，还给俺治病，俺也知道你的好处，可俺有时心里一憋，就想出出气，不过，俺只削秆头，也没砍玉米棒子，俺知道，毁青苗天公雷劈哩，俺、俺……"

"哈哈哈，"石头一听大笑起来，他拍拍改梅男人瘦弱的肩头，"这样也好，你要是砍我的玉米秆头就出了气也好，总比砍我的脑袋出气好。"

改梅男人竟也破涕为笑了。

田改梅的妹妹田改兰的男人何耿红是个好吃懒做的赌徒，有一年因赌钱打伤人被劳教了几年，回来后仍恶习不改。前些日子，他找到石头，想凭着"妹夫"的身份贷款，被石头顶了回去，便记恨在心。一次他趁改梅和石头温存时偷偷拍了照，并扬扬手中的照相机对石头说："你要不贷款给俺，俺就把照片寄给你上级，让你臭名远扬。"

石头却平静地说："随便你，反正俺和改梅的事人都知道，多几个人知道也没啥。"改梅气得冲上去夺下他手中相机，摔在地上。石头拾起一看，笑了，原来照相机是个空壳玩具。

"嗨，又想啥哩?"改梅洗完了脸，走到身边推了推他说，"跟你说个烦心事儿。"

"啥事儿?"

"昨天，郝利仁派人来了，说咱们承包的荒山快到期了，就不让咱们承包了，说下次他们要承包，因为咱们这座山和他们承包的那座山是紧挨着的，他们要什么规模经营，优化什么资源配置啥的，真是霸道!"

"他们凭啥？就凭有几个黑心钱？"石头一听就怒了，"俺还不知道他们那些鬼把戏？名义上是承包荒山，其实就是为了逃避审查，在荒山里私自偷挖小煤窑，乱采滥伐。老子等着他们，早就该治理整顿他们了，他们敢来欺负人，老子就跟他们拼命！"

"好了，消消气儿吧。"田改梅赶紧劝导。

石头一看改梅梳洗后的脸红扑扑的，一双水汪汪的眼睛正含情脉脉地看着他，身上还散发着一股香皂的好闻味道。他再也忍不住了，一把就把改梅抱到木床上，改梅推推他说："大白天的别让人看见。"

木屋里木床的吱吱声，和着树叶的沙沙声，伴着小鸟的鸣叫声，随着溪水的叮咚声，顺着山飘出了好远，好远……

（十二）一夜惊悚

金炜明吃完晚饭，在村里转悠，遇到了刘告状。前些天，金炜明收到了署名刘告状的告状信，状告信用社主任石头为非作歹的恶劣行径。尽管后来陆正跟他解释了其中的原委，但他对刘告状这个人还是充满了好奇和疑惑，也想通过接触，进一步了解了解真实情况。

金炜明到村里的这些日子，刘告状其实也一直在暗中观察。他发现金炜明确实跟过去下来蹲点镀金的干部不一样，便有意识地接近他，想找机会诉说自己的苦衷。他看见金炜明从明登天府出来，便装着偶遇的样子，陪他在村里转转，顺便介绍一下村里的风土人情和奇闻轶事。

两人走着，忽然金炜明看见，这个村里竟然还有个"百合澡堂"和"百合旅店"。刘告状便施展开他的强项，凭借三寸不烂之舌，给金炜明讲述起关于这个澡堂和旅店的"奇闻趣事"……

村里人都知道，燕百合铁了心要致富，其实就是源于几年前跟田改兰两家因为巴掌宽窄的田地之争，田改兰骂燕百合"穷断脊梁骨，急的眼里伸出手了"，戳到了她的痛处，伤了自尊。

当时，信用社为了帮助村民致富，推广大棚种菜项目，石头主任专门动员村民，可是以田守义、燕百合、宋小蝶为代表的一部分村民不愿意，包括田改兰也不参加。田守义觉得农民种地是正经事儿，燕百合觉得农不如商，宋小蝶和田改兰都觉得赚钱得靠巧劲儿。

"百合澡堂"在香水沟村里可是自古以来头一个，过去的地主老财们也没敢这么想。村里的人大都不爱洗澡，有的人甚至一辈子都没洗过澡。就连女人们出嫁时，也大多是在大木盆里沾着水擦一擦。人常言，习惯就成了自然，从不洗澡也就没体验过洗澡的舒服，当然，也就品尝不出不洗澡的不舒坦。其实这里的人连头都很少洗，因为头天在家里洗了，第二天一出门，风大土多，马上就成了"灰头土脸"，尘土反而沾得更多。

其实，在村里开澡堂也简单，修一男一女两个水池，再配个锅炉而已。可这也得几千块钱的开销，这几天，燕百合转了十几户亲戚、朋友，可还是没凑齐这笔钱，不是人家不舍得借，是他们手中实在没几个多余的钱。有一次她在村里遇到了村里的首富郝利仁，郝利仁主动招呼她想借钱给她，她知道郝利仁一直在放高利贷，尽管他一再强调对她绝对低息，甚至不计利息，可她还是拒绝了，因为她太清楚郝利仁心里是咋想的了。郝利仁见她不买账，还挺恼火，说百合迟早都得来求他，还说百合太不开窍了，简直是藏着元宝讨饭吃，有她开窍的那一天。

思来想去，百合觉得以前在信用社还有贷款没有还清，就不好意思再去，还是决定到农行营业所碰碰运气。

百合从家里出来，还专门绕道去了趟供销社，买了两盒较为高级的香烟，就径直向营业所走去。

其实百合想开澡堂并不是一时心血来潮，而是打小就有的一个心愿。村里人知道百合最爱洗澡，这是出了名的，有人还说百合前生一定是个南方人，这辈子投胎转世错了方向，才被发落到尘沙满天的黄土高坡上来。她天生俏眉俊眼，皮肤又好，不爱洗澡才不正常呢。

百合生来爱洗澡。为这个，她没少挨父母的骂，骂她有啥可洗的，就是洗出骨头来也是个穷命。可百合不理这个茬，后来他爹专门叫人给她做了个大木盆，夜里，百合就常在自己的窑洞里洗澡。她有个习惯，一洗澡就觉得浑身欢畅，心里一舒畅就喜欢哼唱，家里人一听她哼唱就知道百合又在洗澡了，俩哥哥就常偷看她洗澡，气得百合就不常在家里洗了。记得有一年夏天，百合发现村外有一小塘雨水，傍晚时分就悄悄来到水塘前，独自下水洗澡。正当她蹲在水里低声吟唱的时候，被水里突然窜出的"人鱼"紧紧抱住，她想喊，但嘴被那个人捂住了，那人的一只手上上下下，像蛇一样缠住她，把她的每个关键部位摸了个遍，然后，猛地松开手，鬼一样地游跑了。百合被吓得哆嗦了半天，清醒过来战战兢兢爬上岸，浑身抖得连裤子都伸不进去。她跑回家，躺在炕上，还惊魂不定了半天。她怎么也想不起那人是谁，还直庆幸那人没把自己那个了，要是那个了，那她还怎做人哟。

从此，百合再也不敢到水塘里去洗澡了，实在痒得不行，便趁赶集或其他机会，到距村几十里的县城澡堂去享受一番。但这种享受是需要花钱的，她便把自己的零花钱一个一个地攒起来，攒够就洗一回，幸好那时的澡票还不贵，几毛钱就洗一次。因此，百合每次洗澡要泡上足够的时辰，尽情享用热水雾气给她带来的幻觉。她就又想唱，可又不能唱，因为洗澡的人多，有几次没有人时，她哼唱了几句，竟发觉声音效果太好了，澡堂简直就是一个扩音器。

不能唱，她就闭着眼睛想，反正在腾腾的热雾中她的梦想更多更美，更有滋味。百合自小爱做梦，儿时她常在睡梦中发出咯咯的笑声。长大了，贫困的生活非但没有减退她爱做梦的喜好，反而越是贫穷，她越爱做梦，生活中缺少的往往在梦里反而会得到。她夜晚做梦能梦见红日高照，白天做梦能看见繁星满天。她不但爱做美梦，更喜欢噩梦，每当她从噩梦中惊醒过来，就会"扑哧"一声大笑不已，家人以为她又做美梦了，她会说："咱不爱美梦，美梦醒来总是失望，噩梦醒来发现是假的，现在才是真，就觉得幸亏不是噩梦里的那样，就觉得幸福和满足。"可惜燕百合的追求都是个梦，读书和爱情更是个噩梦，只是这个噩梦醒来时也是真的。燕百合的哥哥燕忠有点傻，加上穷，岁数挺大了还娶不上媳妇，实在没办法，家里只好让燕百合退学，跟一个村里的宋小蝶换亲，嫁给了她的哥哥宋根红。宋小蝶也成了燕忠的媳妇。那年，燕百合才十七岁，一朵嫩蕾还没有开放就被摘掉了。

快到营业所门口时，百合碰上了村长弟弟带着一帮混小子们骑着破自行车乱转，大老远地看见百合，就相互挤眉弄眼地瞎唱起村人常哼的酸调调：

> 白鞋红花雪打灯，
> 想打伙计趁年轻。
> 红黄绿鞋都穿过，
> 好赖男人都交过。
> 石榴开花火辣辣红，
> 妹妹才是红火人。
> 毛花眼眼红嘴唇，
> 娘生小妹妹惹人亲。
> 红鞋上爬一苗鲜白菜，
> 谁见妹妹谁心爱。

那群小子们吼了半天，见百合头也不回不搭理他们，便高喊："百合，听说你要开澡堂了，进去是不是都得脱衣裳呀？"

"不脱衣裳洗也行，不洗身子就洗衣裳。"百合有心事，不想多跟他们绕舌头。

"那还得有搓澡的吧？要不你给搓搓？"

"我搓也行，可小心搓断你们的嫩脊梁骨。"

"哎哟妈呀，你也太狠啦。"

说着话，百合进了营业所的大门，就把那一片嘈杂挡在了门外。

农行营业所是这一带少有的砖木房子，门前有一条小河道，平日里还有一脉细流，喘着细气，欲断不断。冬日里便裸出一条条干涸的肋骨。

百合刚迈进营业所，正碰上主任钱宽心出来，原来他听到外面那些小子唱的曲曲儿，想出来看个究竟。一见百合，钱主任就明白了，说："噢，怪不得那些小子们跟猫嚎春似地瞎吼呢，看见你，谁能不想乱吼，哈哈……"

百合盯着钱主任看了几眼，也忽然哈哈笑起来。

"你、你笑啥？"钱主任有点不明白，"也笑那些后生？"

"才不呢。"百合忍着笑说，"我是笑你这名字呢，怎起的那么好呢，你姓钱，又管钱，好事都让你一个人占了，不宽心才怪呢，嘻嘻……"

"啊，哈哈，"钱主任自嘲地笑了笑，"俗是俗了点，不过，没办法，姓是爹娘给的，名是老师给起的，由不得自己，怪不得我，哈哈。"

两人说笑着进了办公室。闲聊中，百合很自然地将话题引了出来："这不，为了挣钱我专门先来找你借钱来了，帮帮忙吧。"说着，从口袋里掏出好烟，递给钱主任。

"听说你要开澡堂？"钱主任消息还挺灵通。

"对！"百合肯定地点点头。

"开澡堂？就这穷地儿？就这穷百姓？你听说谁洗过澡？你也不怕赔塌脑？"钱主任连珠炮式的提问企图一下子把百合砸蒙。

"这些问题我早就想过啦，我跟你说说。"百合看来是有备而来，"主任，咱庄户人不洗澡首先是因为没澡堂，就好比不能生娃娃是因为没媳妇一样。再说，全村三百多户一千五百多口人，人人没洗过澡，反过来只要人人只洗一次澡，每人按一次两块钱算，那就有三千块的收入。更何况，这洗澡就跟吸毒一样，只要洗过一次，就会想舒舒服服洗第二次，一年别多，只要过时过节的洗两次，就有六千多块的收入。你说，能赔吗？"

"算数字儿可以这么算，可全村人哪能都去洗呢？"主任又问。

"是不可能全去，可你想想，咱这一片五六个村，也都只有二三里，他们知道了也会有人来。你知道，他们到县城去洗得跑几十里路，连来回路费加上，那可赔大了，到咱村洗那就方便省事多啦。"

"理是这么个理儿，可这种项目，我当了几十年主任了，还真是头一次碰上。"

百合见钱主任有点犹豫，就又接着说："再说了，咱们村墙上的标语写得多好，农业银行是农民自己的银行，你这也是为农民办实事儿的机会呀。有件事儿，你知道吗？"

"啥事？"主任有些好奇了。

"啥事儿？女人的事呗。"百合故意卖关子。

"看你说的，这女人的事我怎知道？"

"你是不知道，可这事儿都跟你们男人有关。"

"到底啥事儿呀？女人、男人还不就是炕头上的那点事儿吗？还能有啥事？"

"差不离儿，就是因为炕头上的事儿，咱村的女人有多少得妇女病的，你知道吗？"百合笑着说。

"得妇女病？那可跟我无关啊，咱可没干那事儿。"主任急得直摆手。

"身正不怕影子歪，你别急啊，我也没说你干的，我是说就因为从来都不洗澡，男的、女的老干那事也不洗洗，全村有一半以上的女人被染上了妇女病，还不是因为不卫生？"百合引导他说。

"噢，绕了半天，你又绕到澡堂子上了，"主任也笑了，"行了，别绕了，我也绕不过你这张嘴，你说贷多少吧。"

"五千！"百合伸出五个指头说，"我已经借了三千多块了，可刚够水池子的费用，那锅炉还没着落呢。"

"可上面规定，超过两千就得有抵押，你有存折抵押吗？"主任挺为难。

"废话！"百合笑着打了一下主任的手说，"有存折还找你贷款呀？"

"那总得找点抵押呀。"

"我给你带了卖绿豆的收条，反正这钱要是来了，也得从银行取，不行，你扣了不就得了。"说着，百合从口袋里掏出一张白条子，递给主任。

钱主任打开一看，是张三千元的绿豆款欠条，就说："可只有三千块呀，抵押应该只多不少呀。"

"钱主任，求你啦，咱就这点值钱的东西啦！"百合开玩笑说，"要不，把我也押上算了，还不了款，我就把自个儿卖了还你钱，总行了吧？"

"那我可不敢，要把你卖了，你那两个男人还不把我给活吃了才怪哪。"钱主任连连告饶。

"你就帮我这个忙，等澡堂开张了，你天天去洗，全免费伺候，怎样？"

"天天洗？还不把我的皮都脱剥了。"钱主任手一摆说，"这个忙我帮，到时候你要能给老哥揉揉背，老哥就心满意足了。"

"没问题，保证手到擒来，哈哈。"百合吓唬他。

"手到擒来？你可别把我抓起来扔进水池子淹死了，嗨嗨……"钱主任也开心地笑起来，"不过，能死在你百合手里，我可是做鬼也风流了，值！"

"行啦，别打哈哈了！"百合催促道，"快办手续拿钱吧。"

钱主任边填单子边忽然问百合："百合，你这次贷款没找郝利仁吧？听说村里好多人都找他借高利贷，据说那利息要比咱银行高五倍呢，简直是吃人不吐骨头哇。"

"没找他，有咱农民自己的银行，找他干嘛?"百合不愿提郝利仁主动借钱给她的事儿。

"唉，咱营业所资金毕竟也有限，规模太小啦，可他那样坑人迟早要遭报应的。"钱主任忿忿地说。

在一片爆竹声中，燕百合的澡堂正式开业了。开业这天，澡堂周围热闹极了。村里人嘛，热闹本来就少，红白喜事、骂人打架都不错过，更何况是开澡堂这种稀罕事儿呢。于是，大人小孩蜂拥而来，有的趴在玻璃上往里瞧，有的在门口你挤我我挤你，谁都想看个稀罕，谁也不肯第一个进去。

百合放出话来，头三天，全村男女老少一律免费。这可让人吃惊不小，都夸百合有气魄，是个做大事的主儿。新开的厕所还三天香呢，何况是洗澡。

有几个村民蹑手蹑脚、探头探脑地进了澡堂，望着热气腾腾、清格粼粼的满池子热水，谁也不肯第一个脱光屁股跳进去，你推我，我推你，挤作一团。这时，石头进来，第一个脱光衣服，光溜溜地钻进水池，在池里一个劲地喊叫："哎哟，舒服，太舒服了。"众人一看，眼红得不行，都三下五去二扒光了衣服，涌进了小池，也都跟着吸溜吸溜地叫。一时间，澡池里大呼小叫，水花飞溅，热闹得快把屋顶给抬起来了。

村里人尝到了澡堂的好处和甜头，全家老小挨着往里挤，一时间男女澡池子满得只能站着洗，池里池外到处是赤条条、白花花的一片。

燕百合的男人宋根红守在澡堂门口，脖子上挂个小挎包，本来是准备收钱的，眼见这么多人进进出出，就等于一张张钞票进进出出，最后连一张钞票也没落进他的腰包，他心里气得直咬牙，一个劲地骂百合：都是这娘们的馊主意，干啥头三天就不收钱呢? 看来这家还真的不能让她当，让她做一次主吧，除了不挣钱还光赔钱。唉，难怪人常说，十个女人九个傻，差远啦!

村里的女人们更有意思，从澡堂子出来，头发湿漉漉的，凉凉的风儿一吹心情就格外愉快，她们三个一伙、五个一群，嘻嘻哈哈，也不管屁股后面还领着她们的小儿子、小女儿，就相互拍肩擦胯地说笑。

贾英才洗完了，走出澡堂一看百合正在给宋根红按摩病腿，就也非要百合给他按一下，百合不愿意，说："我只会给病人按。"

"你就当我有病还不行吗?"贾英才耍赖。

"你……"百合还要说啥，宋根红倒是怕得罪父母官，连忙爬起来，把那硬床让给了村支书，对百合说："支书操心多，辛苦，就按按吧。"说完，宋根红拄了双拐出屋晒太阳去了。

"好，今儿个就给这个病人治治。"百合心里想着，手上就加大了劲儿，直捏得他呲牙咧嘴，不住地叫："百合你跟我有仇怎的？下手这么狠呀，要捏死我呀?"

"你比臭虫还不经捏？不使劲，哪管用呢？那才是应付你哩。"

贾英才再搭不上话，疼得心里直叫苦。

捏着、捏着，贾英才的眼神就不对了，两眼直勾勾地盯着俯下身子的百合，目光在她胸前颤颤悠悠的"馍馍"上舔了又舔，涎水不知不觉流到了脖子上。忽然，他指着自己的下体说："百合，看见了吗?"

"啥?"百合头也没回。

"军用帐篷呀。"贾英才指指自己大腿中间顶起的裤子说，"里面有个将军，想打枪哩。"

"打就打呗。"百合不理他。

"可将军枪里的子弹不知往哪儿射。"贾英才一脸的淫笑。

"射给敌人呗。"

"不，这种子弹可是好子弹，"说着贾英才伸手就摸住了百合圆乎乎的屁股，"这种子弹只能给最亲的人。"

"那就献给你妈吧，她可是你最亲的人。"说着百合狠狠打掉了贾英才的手。

贾英才正要恼，忽听门外宋根红喊："支书，村会计找你有急事!"

贾英才忙坐起来，滑溜下床，却发现腿间的"军用帐篷"还在支楞着，一下子还软不下去，就忙把手插进裤子的衣袋里，在里面用手把"将军"摁倒，压向一侧，才趔趔趄趄走出门外，骂："早不来，晚不来，偏老子洗个澡来，啥屁事?"

"吴乡长让你去趟乡里，说汇报啥致富典型的事儿!"会计说。

"行啦，知道啦。"贾英才转身对百合说，"你挺能，行，等着，我迟早也得把子弹给你。"说完一歪头一撅一撅地走了。

"啥子弹?"宋根红不明白。

"臭子弹!"百合也没好气地说,一摔门回屋去了。

就在澡堂开业的同时,百合还在紧挨澡堂的窑洞里开了个小卖铺,摊子上的小货也不全,也就为来洗澡的人拿个烟呀火的方便。同时还安了部公用电话,这可是村里除了公家单位外的第一部私人电话。

在村里开个小卖铺最要命的是赊账,历来是谁赊谁塌。为了避免赊账,百合还写了个纸条——概不赊账,贴在了小柜台上显眼的地方。可村民们不知怎的,偏就看不见,大部分人都是照赊不误,百合也不好意思不让赊。一来乡里乡亲的,二来她也知道村民们确实没钱。

燕百合喜欢热闹,经常找几个人,拿出家什,要唱一唱,乐呵乐呵。她就有这种本事,要想乐就能乐,一是唱歌,二是做梦。

百合还把鼓匠摊上用的小喇叭拧开,让大半个村子的人都能听见。霎时间,拉的拉,弹的弹,就折腾开来,百合对着小麦克又唱起了她喜欢的《再也不能这样活》:

> 春夏秋冬,忙忙活活,
> 急急匆匆,赶路搭车,
> 一路上的好景色没仔细琢磨,
> 回到家里还照样推碾子拉磨,
> 闭上眼睛就睡呀,
> 张开嘴巴就唱,
> 迷迷瞪瞪上山,
> 稀里糊涂过河,
> 再也不能这样活,
> 再也不能那样过!
> 生活就得前思后想,想好了你再做。
> 生活就像爬大山,
> 生活就像趟大河,
> 一步一个深深的脚窝,

一个脚窝一支歌……

这时，村委会的高音大喇叭忽然也放出了晋剧《打金枝》选段：

皇儿，驸马他犯下欺君罪，

咱皇家焉能将头低，

父王与你消消这口气，

上殿去将郭爱立斩首级……

百合一听这词就乐了，因为她知道这是支书贾英才向她示威，要她明白，在他这一亩三分地上，他就是君，百合就是臣。臣不听君的话，就算大逆不道。就说这安扩音器一事，因为百合家安了公用电话，全村人在外读书的、当兵的、打工的、经商的都通过这部电话与家里人联系，这本是方便全村的好事，百合安小喇叭，就是接到外面的电话时，向村里广播谁谁谁快来接电话，不然的话，她就是跑断腿也跑不过来。可贾英才曾当面对她警告过：这喇叭只有一级政府才有资格安，不能谁想安就安，那除了扰民不讲，还是对抗村委会的表现，必须坚决撤掉，否则，后果自负。

其实，这并不是小喇叭的错，而是那台电话惹的祸，说起来，这里面还有一个很精彩的笑话。

那是一天下午，百合接到本村在外地打工的一个后生的电话，说是要让他新婚不久的媳妇接电话。百合一听，心想人家小两口刚结婚就分开了，肯定有好多知心的悄悄话要甜蜜一下，就赶紧打开小喇叭，通知那小媳妇马上来接电话。百合刚通知完，澡堂那边有人喊她，她就急忙跑到澡堂忙乎去了，她万万没想到她竟忘了关小喇叭，而这小喇叭又恰巧放在电话机旁边，于是，一段应该在被窝里咬耳朵的话却回荡在了小村的上空：

"喂，死鬼，咋才来电话呀？"

"这还晚呀？我这不知道百合家的电话号码才一天就打过来了嘛。"

"你应知道号码马上就打才对，你还是不想我。"

"哎哟，亲圪蛋，我都快想死你了！"

"胡嚼！咋想的？说说。"

"我、我想你想得都快憋死了！"

"哎，我还真听人讲过，男人们那儿憋得厉害能憋出前列腺病。"

"那咋办?"

"那，你得自个儿解决一下呀。"

"我靠! ……"后生还学着城里人的感叹词儿。

这时，百合正从澡堂里出来，忽听见空气里传来的对话声，先是奇怪，这是谁? 在哪儿说话呢? 声音这么大? 等她明白过来时，慌了神，忙向放电话的窑洞跑去，没想到，由于慌乱，被横在门前的宋根红的拐杖绊了个四脚朝天，摔得她疼痛难忍，躺在地上干着急就是爬不起来，耳朵里还不情愿地听着小两口的对话:

"喂，你说这肉麻的话，也不怕叫人家百合听着?"

"不会，她出去了，不在跟前。"

"你可得跟人家百合学着点，人好，又能干。"

"我能跟人家比? 人家每天有男人伺候着，多滋润，哪像我，每天守空房，受活寡，难受死了。"

"哎，说实话，村里有没有男人格捣你?"

"人家谁像你那样见了女人眼都发绿光。"

"那可不一定，哪个男人不吃腥? 依我看，那贾英才就不是啥好鸟，我听人说，他见个母猪都想趴……"

"砰!"百合跑着冲进屋，一把就把小喇叭关了。

可这件事已无可挽回地成了十里八村的大笑话，大人小孩传得都快会背了。贾英才气得直跺脚，发誓等打工那小子回来后往死里收拾他。那后生得到家人的传话后，吓得好长时间都没敢回村。贾英才有火没处发，就又把罪责算到了百合头上，原想百合要低个头认个错，顺了自己的心思，也算不枉破鼓担个烂名声。可碰巧百合像朵带刺的沙棘，果没吃着，反而被扎出了血。他怎能咽下这口恶气，他正加紧琢磨着，怎样才能治治这棵沙棘……

香水沟乡政府坐落在香水沟村的东南部，是座三进三出的四合大院。据说这里过去是个当地财主的私产，土改时分给了二十多户农民居住，后又被收回做了乡政府。宅院一溜的碎石通道，三道廊门，两旁的房屋呈轴对称图形，虽历经风雨沧桑，但古韵犹存，威严尚在。如今的乡政府事情也不多，好多干部平素也少来上班，村民们无事更不进来转悠，整个大院就显得有些冷清。

村支书贾英才这几天已跑了几趟，主要是吴乡长派给他的任务一直没有完成，他正在努力完成，有了新情况就赶紧来汇报。其实任务也不大，就是吴乡长要在每村树立一个致富典型，并且最好是"一村一户一策"，不要重复雷同。贾英才汇报的典型是村里的郝利仁。本来郝利仁够富了，可吴乡长并不满意，因为他听说郝利仁致富的方式不明确，也就是说富得有点不明不白。再往白了说，就是致富的途径不太正，不具有典型代表意义。后来，又报了一养羊专业户，可别的村早报了养羊致富的典型，而且人家的养羊数量比他村的还多，又被乡长挡了回来。今天他又来汇报一个大棚养猪致富的典型。

进了乡政府，贾英才把摩托车靠在墙角停好。吴乡长已把乡政府办公室秘书也喊过来，准备一起听他汇报，以便秘书进行先进材料加工整理。

贾英才坐下从口袋里掏出个小本子，开始汇报。可他没汇报几句，吴乡长就又皱起了眉头，一是嫌这个致富项目老化，二是他觉得这个项目收入不是很高，就这个项目，别的村子好多户都比他村这户强。

贾英才一看乡长又不满意了，心里又急又烦，就越讲越没心气儿了。吴乡长也听不下去了，对他摆摆手说："好啦，好啦，你挖掘的这户虽然也不错，但还是不够典型。你也别急，再慢慢想想，最好能再找一个比较独特的典型。行了，今儿个咱就不聊这个了，来，抽支烟，咱们随便拉呱拉呱。"说着，三个人各点了支烟，云山雾罩地抽起来。

几个人正东一句西一句地扯着，忽然贾英才提出个问题："乡长，你见多识广，你说这私自安装广播喇叭违不违法？"

"怎么个私自安装法儿？"

"就是她自己在屋顶的木杆儿上安个喇叭，还时不时地通知找人啦，乱放戏段子啦。"说着，他发起狠来，"有一次竟敢在喇叭里嘲笑村干部。"

"谁呀？这么大胆！"

"就是我们村里那个叫燕百合的女人。"

"噢，听说过，听说过，这个女人据说长得挺喜人的，就是没见过人。"

"还喜人呢，整个儿狐狸精，听说了吧，光男人就好几个哩。"

"几个男人咱管不着。"乡长一摆手说，"她私装广播干啥呀？有钱没地儿花怎的？"

"嗨，你可不知道，啧啧，"贾英才吧唧几下嘴巴，"这娘们最能瞎折腾了。"

"怎个瞎折腾法儿？"

"她啥都敢想，也敢干。自己在家里安个狗屁公用电话，一来电话就扯开嗓子在喇叭里满村子找人。我也警告过她几次，可她根本就把我的话当耳旁风儿。"

"她还有啥瞎折腾的？"乡长似乎对这种闲话倒挺感兴趣。

"她还开了个小卖铺，据说货物大都是假冒伪劣，还自己乱定价，想卖多少卖多少，简直是无法无天。"

"是挺能瞎折腾的。"乡长点点头，贾英才一见乡长聊性挺浓，就索性敞开了话匣子狠狠地告她一状。

"乡长，这倒不算啥，还有更能瞎折腾的呢。"

"真的？还有啥？"

"你想都想不到，她娘的，她竟然在村里开了个破澡堂。"

"开澡堂？新鲜！"

"对呀！"贾英才一见乡长顺着自己的思路，感觉就站在了一条线上，嗓门不由地提高了许多，"你说，在咱这穷山沟里，你想挣钱做啥不好，非要开啥澡堂？这不成了盲人嫖媳妇，瞎闹嘛，哈哈。"

"那能挣钱吗？"秘书也插嘴问。

"还行。嗨，那还不是靠按摩呀啥乱七八糟的吸引人？听说许多人成天往她那里跑，人又不是泥捏的，每天哪来那么多的灰尘？哼！"

"哎哟！"乡长一拍大腿，"太好了，咱就缺少这样的典型，你怎就不报她呢？"

"啥?!"贾英才一下傻眼儿了，"报她？"

"对！"乡长站起身来，兴奋地在地上转了几圈，"你们想想，这样的典型才独特，有代表性。"

"那她有啥好的？"贾英才还是一头雾水。

"你看，她这户典型，不光是致富，而且还是思想观念的解放。她的想法大胆、务实，代表着一种文明和进步。"

"这跟文明、进步怎扯一块去了？"贾英才还是不明白。

"这安电话就是加强与外界的信息沟通，建立与外面世界联系的渠道；广播找人呢，又是提高办事效率的好办法；开澡堂就更是了不起的想法了。"

"这有啥了不起的？"贾英才沉不住气了。

"自古到今，谁想起在这穷山沟里开澡堂？有几个人一辈子洗过澡？这是啥精神？这就是第一个吃螃蟹的精神。这是改变农村卫生陋习的改革之举，这难道不是文明与进步？太好了，秘书，就定她为典型。"

"哎哟！"贾英才心里连声叫苦，本来他是想告百合一状的，没想到反而帮她成了致富的典型，这才是鬼使神差、阴差阳错，自己搬起石头砸自己的脚。活该！他恨不得猛抽自己两个耳光，后悔得真想咬掉自己的舌头。

这时，吴乡长接了个电话，放下电话后兴奋地说："县里精神文明办和扶贫办打来的，他们已把香水沟乡的这个活动报到了市里，市里也很重视，这一段时间要来实地考察，作为典型向全市推广。过几天，县里先派人下来打个前站。这样吧，其他村的已基本准备好了，明天咱们去一趟，重点了解一下燕百合这户典型，再把材料整理好，作为重中之重加以推广。好，今儿个就到这儿，我出去办点事先走，咱明天村里见。"说完，乡长推门坐上吉普车走了。

贾英才像遭霜打了的茄子，哭丧着脸待了一会儿。走出门，神情恍惚地走到墙角下，推出摩托车，狠踩了几下发动机杆，拧拧油门，就一颠一颠地回村里去了。

次日清早，贾英才早早地来到百合家，一进大门，就高声嚷嚷："百合，百合在家吗？"

"哟，支书大人驾到，"百合笑吟吟地迎出来，"我说咋大清早的树上的喜鹊在叫哩，原来有贵人到。"

"少来这一套！"贾英才也堆着笑说，"今儿个还真有好事儿。"说着，他不往下说，先进屋坐下。

"咱还能有好事？"百合不信。

"是这样，前几天，我在你这洗澡，村会计找我说吴乡长找我，你还记得这事儿吧？"

"记得，记得。"百合心里还说，你自己的丑事我也记得哩。

"后来，我就去了一趟乡里，原来乡里要树立一批致富的典型，咱们村我就推荐了你。要是真能选上，据说乡里要给优惠政策，能给你好多好处哩。"贾英才一下又把功劳全揽到了自己头上。

"哟，那还真得谢谢你。"

"怎么谢？就嘴上说？"贾英才意味深长地问。

百合一转身从货架上取下一盒好烟，拆开了抽出一支敬上。

"就这？"贾英才坏笑着问。

"那还要啥？"百合问。

贾英才还想说啥，忽听门外有汽车喇叭声，就知道吴乡长到了，忙跑出屋子迎接乡长。

吴乡长、乡秘书还有几个随行的乡政府人员一行进了大院，就在贾英才、百合的陪同下，仔细地视察了澡堂、锅炉、小卖铺，还有电话及小喇叭。

乡长边看边听百合介绍，很像电视里大领导们视察的派头。

视察完毕后，乡长还做了一番总结性的现场讲话，同时还提了一些改进的意见。总之，他很高兴能发现这个具有向文明和进步迈进的致富典型。

最后，乡长望着那一池清粼粼的水说："在咱们这里，能洗上这么一个澡，还真赶上神仙了。"

百合见乡长这么一说，马上说："乡长要是不嫌弃，我就马上添火加炭，请乡长亲自洗上一回。"

"哈哈！"众人大笑，说，"百合真幽默，那洗澡还不得亲自洗，别人还能替代？"

"好是好，只是就几个人洗也挺浪费的。"乡长说。

"哪里话，乡长，你要是真赏个脸下水，我今后也能有了跟人夸耀的资本了。乡长这条真龙都在这儿下水了，别人还不赶快来沾点福气？"

"那好，今儿个咱真就在这洗上一个好澡了。"乡长一见百合长得水灵嘴又甜，心里一高兴，当下就决定了。不过，他要求这费用让贾英才出。百合说："啥费不费用的？自家的澡堂，不用讲究。"

脸上堆满笑的贾英才在心里磨着刀地骂百合："这个狐狸精，多啥嘴呢？不说乡长洗澡，这一洗澡还不得管午饭？那管午饭还不得花我的钱？"

贾英才心里骂归骂，但一见事情既成这样，不如主动表现一下，还能捞个人情。想到这儿，他马上对百合说："打开小喇叭，通知马五六他们几个鼓匠班的人快来这里，咱们得给乡长大人表演几段，让乡长开开心。"

吴乡长一听还能唱歌，心里也挺高兴，拍拍巴掌说行，咱就快乐快乐。

贾英才还想在喇叭上通知养羊户选只嫩羊来，但又觉得不妥，那样做太没政治头脑了。于是他就喊来百合隔壁的村民，叫他马上去拉只好羊来，现杀现吃。

乡长推让了一番，也就半推半就了。

不一会儿，村里几个能拉会吹的人到齐了，不一会儿就红火起来了。吴乡长一见又忽发灵感，说这也是丰富农民文化的一个好项目，建议贾英才加进百合致富当中去。贾英才忙点头称赞乡长高明，一眼就能发现真经，他们这些土鳖就不行。

几个人边拉边唱起了信天游：

> 上坡坡那个下梁梁，
> 俄看妹妹哎嗨走一回。
> 上一道道坡坡哎哟哟，下一道道梁哎，
> 想起了小妹妹好喜欢。
> 你不去那个壕菜，哎哟哟，崖畔畔上站，
> 把俄们那个年轻轻的人儿哟，心扰乱。
> 你在你那山上，哎哟哟，哥哥在那个沟，
> 拉不上的话话儿，哎哟哟，招一招手。

这时，村民已拉来了一只肥羊，贾英才在那边指挥安排宰羊后，忙跑过来，亲自给乡长献歌一首：

> 羊肚肚手巾三道道个蓝，
> 咱们见个面面容易，哎呀，拉话话儿难。
> 一个在那山上哟一个在那沟，

咱们拉不上个话话儿招一招那手。

俄瞭见了村村哟瞭不见个人，

俄那泪格蛋蛋抛在沙蒿蒿林。

亲圪蛋下河洗衣裳，

双膝膝跪在石头上呀，

小亲圪蛋！

小手儿红来小手儿白，

搓一搓衣裳把头辫甩呀，

小亲圪蛋！

小亲亲呀小爱爱，

把你那小脸扭过来，

小亲圪蛋！

你说扭过来就扭过来，

好脸要配好小伙，

小亲圪蛋……

最后，吴乡长也被感染了，清清嗓子，跟百合、贾英才三个合唱了一段晋剧《沙家浜》里的"智斗"一折，赢得满院子人喝彩。

中午，吴乡长一行唱得尽兴，喝得也高兴，几个人乘着酒劲脱光衣服跳进了水池，晕乎乎的身子被热乎乎的澡水一泡，就更加云里雾里飘飘欲仙了。贾英才也喝高了，他傻乎乎地坐在水里，笑嘻嘻地说："乡长，原来你脱光衣服也跟我们一样，嘿嘿。"

"本来就一样嘛。"

"哎，不一样，你是乡长嘛。"

"乡长也是人，而且是男人。"

"哎，不一样，我原来以为你们当领导都长着两个鸡巴，要不工作起来咋那么硬气呢？嘿嘿……"

"嘿嘿……"澡堂的人都笑了。

"贾英才，你再胡说，把你脑袋摁水池里喝几口，洗洗你的嘴。"乡长吓唬他。

"别，别，我自己来。"没想到贾英才还真自个儿一缩脑袋就钻进水里了，还吹出一串串小泡泡，众人被他逗乐了。

过了几天，县里组织精神文明办、扶贫办、广播电视台等部门一行十几人来到香水沟乡，对乡政府的"一村一户一策"致富典型进行实地考察，吴乡长第一户就领到了百合家。

就在众人对百合的"物质文明和精神文明"致富模式进行考察时，忽听门外传来汽车的马达声，吴乡长一行回头一看，只见县工商局、物价局、卫生局一行人员鱼贯进院。

吴乡长不知他们来干啥，忙上去招呼。

"吴乡长，听说你发现和培养了一个既物质又文明的致富典型，我们也赶来看看，帮你们一起培养培养。"

"那太好了，太好了！"吴乡长喜出望外，一个劲儿地跟人家握手。

可谁也没想到，等人家一行人检查完后，却忽然宣布：燕百合开的澡堂、小卖铺均无营业执照，属无照非法经营，而且澡堂水无消毒设施，小卖铺商品一半以上属伪劣产品，必须停业整顿，接受处理，并当场提出罚款三千元的决定。

一下子，全院的人都愣了。

只有贾英才心里猛地乐开了花，他嘴上一个劲地说："这怎么可能？这怎么可能？"心里却不住地问自己，这是谁他妈干的好事儿呢？怎这么巧妙地借公家的刀子，不费自己一兵一卒就把她收拾了呢？

开澡堂子失败后，燕百合又开办了车马大店。

大店开业那天，百合专门请村里领导来剪了个彩，以示隆重和尊敬。其实剪彩也简单，也就是在墙上挂了个小木牌，上面写着"车马大店"几个字，再蒙上块红布，表示吉利兴隆之意。支书、村长在鞭炮声中把那块红布往上一撩，就撩在了木牌上，仪式就算完成了。

这一段时间，百合经受的磨难和压力挺大的。澡堂开业不久就被查封，小卖铺也被罚款，小喇叭被拆除，就是电话幸免于难。百合简直就是心力交瘁。办澡堂、小卖铺投进去的贷款，除了没挣钱，手里只多了把村民的赊账条。电话不挣钱还常赔钱，为筹备车马大店开业的钱，她只好去找郝利仁借高利贷。

那天在郝利仁的院子里，百合找到了他。当百合说明来意后，他就得意洋洋地说："百合呀百合，你也有求我的时候？"

"啥叫求你？"

"哎，你找我贷款可不就是求我？"

"这话就不对了。"百合不紧不慢地说，"找你贷款那也是看得起你，这也是帮你做生意，我们都不来贷，那你还不得喝西北风去？"

"嗨！你这种话我还是头一次听说，新鲜！求人贷款还说成是帮我，哈哈……"

百合一听转身就走，郝利仁忙拦住她说："哪儿去？"

"这你管不着，反正放贷款的又不是你一家。"

"你是说信用社、营业所、邮储行？"郝利仁托着下巴乜斜着百合，"那你怎没去？"

"实话告诉你，我去过了，只不过我生意赔了钱，没能还清上次的贷款，不好意思再去，才来借你的高利贷。"

"啥高利不高利的，咱们好说，只要……"郝利仁又是一脸坏笑。

"只要啥？"百合抿抿嘴唇，用白眼盯住他。

"只要……那啥……咱就不高利了，低息也成。"

"只要啥？"百合追问。

"只要……那啥……咱不利息了，借也行"。

"你到底要啥？"

"只要……那啥……咱不借了，给你也行。"

"放你娘的臭屁，谁要你的臭钱。"百合知道他肚里耍的啥花花肠子，气得一扭头又要走，郝利仁忙拦住她说，"开个玩笑，开个玩笑，你来找哥贷款，说明你真的看得起哥，来来，你打个条，咱立马办。"

从郝利仁那里借上高利贷，百合把窑洞改建成客房，又统一购买了被褥；把南窑改成牲口棚，院子拓宽成了停车场，原来的小卖铺改成了伙房。百合为节约开支，自己亲自操勺，反正这里的来人大都就吃个大烩菜、黄米糕、莜面卷卷，好一点的无非也就是炖羊肉、羊杂、猪排骨，点几种家常小炒菜，这些百合都是手到擒来。另外，百合还动员邻居的女人们上山拾点地

皮菜、野菜之类，一来能做几样山野特色菜，二来也能增加邻居女人们的
收入。

百合的车马大店开张后，生意一直红红火火，忙得百合手脚不着地。因
为国道修路，大大小小的车辆就绕道香水沟，一时间车马大店里来来往往的
人三教九流都有，天天客满。百合店里主要的客人是拉煤车的司机，这些司
机绝大多数是宋小蝶介绍来的。其实不用介绍，店里的客房也不够住。因为
这一带的村民信息闭塞，根本就不知道国道修路，车辆绕行桃花峪一带，百
合无非就是提前得到了这一信息。当大队车马开进百合家的大店时，其他村
民们才知道修道绕路的事儿，有几家开始打地基修房也想做生意，可已经晚
了。也许等他们盖好房子时，人家路已修好就不绕道了。

常来百合车马大店的司机有好几十个。百合就每天给他们留下两间客
房，其余的两间客房就接待拉煤的马车车主、做生意的小贩，甚至还有打把
式卖艺的艺人。

那帮拉煤的司机每次到店里，把煤车停好在院里，就跳下车吆五喝六地
安排吃喝。百合发现这帮司机干活不要命，享受起来也有一套儿，变着法子
地享受生活。就说吃吧，每次大都是炖羊肉、炖猪排，再调几个山野菜，往
桌上蹾一瓶白酒，就开始大口吃肉、大碗喝酒。反正晚上一般不出车，十次
有九次醉，醉了就唱歌、讲笑话，有的还打牌贴纸条，打麻将的也赢钱。

这伙司机们吃饱喝足了，没事干，就生着法子找乐。

渐渐地，百合跟这些司机们也熟了，熟了有些话也就好讲了。一日，百
合悄悄问一个司机："师傅，你们开车经常在路上跑，有没听说过有那种
女人？"

"哪种女人？"司机们一听睁大了双眼，"嘻嘻，你打听那种女人干啥？
要打听也应该是我们男人来打听，你打听有啥用呢？哈哈。"

"不，不是你们想的那种女人，"百合知道他们想歪了，忙纠正说，"我
是说，那种被轧死的女人。"百合说着，脸不由得红了，因为她不想说这种
不吉利的话儿。

"啥？你打听那种女人干啥？"司机们不理解。

"干啥你们就别问了，你就说有没有吧。"

司机见百合有点急了，就说："那种女人多了去啦，老的、少的、丑的、

俊的，啥样都有。"

"真的？"百合好像不信，"哪有那么多？那可是一条条人命哪。"

"哎，你不做啥就不知道啥。你知道公路上每天出多少交通事故吗？"司机一副见多识广的样子，"事故多，撞死的人就不少，那除了男的，剩下的可不就是女的。"

"嗯，也是。"百合沉吟了一下又说，"将来，我要有用着你的地方儿，你们可得多帮忙。"

"行，太行了。"司机们高兴得直拍掌。

这时，其中一个司机很神秘地对百合招招手说："老板娘，你说你将来用我们办事，我们可是现在就需你帮我们办点事。"

"行，这没说的，有事尽管讲。"百合也很爽快。

"好痛快！"那司机一拍手说，"你要我给你找死的女人，我们可是倒过来，想让你给我们找活着的女人，怎样？"

"找活女人？干啥？"百合一时未明白过来。

"你是真傻呀，还是装不懂。"司机们阴阳怪气地说，"你说那活男人找活女人还能干啥，嘻嘻。"

"噢，"百合一下子反应过来了，她有些不好意思地说，"只是那种女人城里才有，我们这穷山沟，可没有那种女人。"

"不，不但有，而且还是绿色的。"司机们肯定地说。

"真的没有，不信你们自己去找。"说着，百合就忙着干活，她不想跟司机们纠缠这个问题。

百合出去后，不知哪个司机忽然低声说："那还用找？远在天边近在眼前，你们看那老板娘，还能有比她更漂亮、更绿色的吗？"

"哈哈……"司机们笑成一片。

"对，她要不给咱们找，咱们就找她。"

过了几天，有三个年轻女人来到香水沟村，经问寻打听径直到了百合的车马大店。百合一见三个女子，穿着打扮都很新潮，描眉画唇，样子有点妖艳，以为她们是来住店的，就让她们登记交费。

那三个女子一看百合要跟她们收费登记，一时傻眼了，因为她们"做生意"从不交住宿费的，就忙向百合交代说是矿区的燕百合的小姑子（换亲）

宋小蝶让她们过来的，要长住一段时间。

百合不知是怎么回事儿，忙给她的小姑子（两家换亲，燕百合也是宋小蝶的小姑子）宋小蝶拨打电话。电话那边宋小蝶说，前几天，有几个司机跟宋小蝶说百合的车马大店没女人，他们不想住了，宋小蝶就派了几个女人过去伺候他们。

"那也不能长住在我这儿呀！"百合有点生气，"那要让村人知道了，还不骂我这店是'黄米店'了嘛。"

"你不知道，"宋小蝶还在劝百合，"那些拉煤的司机挣钱多，路上又寂寞，十个有九个要玩女人，没女人的店他们怎住下去呢？"

"那我不管，他们爱住不住。"百合很生气，"反正那三个女人我是不要。"

"百合，你怎么那么不开窍呢？"宋小蝶不甘心，耐着性子跟百合解释，"那些女人除了能帮你干活，还给你交提成，那钱挣得哗哗的。"

"别说提成，就是全给我也不要。"说着，百合就把电话挂断了。

傍晚，那几个汽车司机急匆匆赶到大店，一下车就兴奋地四下里找人，百合见他们像狗一样嗅着转着，就说："别找了，人都让我给撵走了。"

"你……"司机们气得七窍生烟。

"你啥呀你，想让我在店里养那种女人，没门。"

司机们无精打采地坐在地上抽烟，其中一个把烟头扔在脚下，用脚狠狠拧灭，问："老板娘，你说你不管那事，那也行，我们自己领来你可别干涉。"

"那行。"百合一时找不出反对人家的理由，那种事，人家爹娘、媳妇都管不了，咱凭啥管人家？

第二天傍晚，几个司机忽然从驾驶车里抱出几个女子，搂搂抱抱走进窑里折腾去了。这些人也真好意思，啥也不避讳，打闹声、呻吟声不时传出窗外，弄得百合一家人听也不是，不听也不是。

世上没有不透风的墙，百合的车马大店有漂亮姑娘的消息很快传了出去。村里的一些光棍汉、小赖皮都跑来打探情况，想痛快痛快，都被百合喝斥出去了。

那些人被赶出门外，对百合很不服气，都说："百合是饱汉不知饿汉饥，她男人多受活，就不知咱们这些打光棍的苦。咱又不弄她，弄别人她也管，啥意思嘛！"其中有个光棍，心里实在气不过，就找了只破鞋偷偷地挂在了百合车马大店门口的灯笼上，后被百合发现了，气得她浑身乱颤。

更可气的是村里的暴发户郝利仁，不知从哪得来的消息，竟然也悄悄溜进了百合的车马大店。那天郝利仁喝了点酒，端着酒气缠着百合，非要让百合给他找个漂亮的、水嫩的、套儿多的女子，还说要是能找个处女，另给开苞费。

百合告诉他店里没有那种女人，那些女人是人家司机们自己带来，的确跟她没关系。

可郝利仁死活不信，最后还耍赖说百合要不给他找女人，他就找百合本人。百合知道他心里那点花花肠子，就绷着脸忙着干活，不再理会他。郝利仁见自己的热脸贴在了冷屁股上，觉得很没面子，就摆出一副功臣的样子，说："百合，人说吃水还不忘那挖井人哩，你这生意挺火的，可用的大都是我的资金哪！"

"啥是你的资金？"百合没好气地说，"我跟你借的是高利贷，每月本钱、利息一分不少，咱可不欠你那份人情，我欠不起！"

郝利仁一看说不过百合，就凑过来说："百合，你怎那么死心眼呢？你要心眼儿活泛点，何必这么吃苦受累挣这几个辛苦钱呢？"

"辛苦钱，我挣得光明，花得踏实，不像别人老挣昧良心的钱。"

"啥？你说说，谁挣昧良心的钱了？啊？"

"我又没说你，你着哪门子急？"

"不，不行！"郝利仁借着酒劲，走近百合说，"今儿个你得把话讲清楚，谁挣昧良心的钱了？"说着，他趁百合不注意，用膀子顶了一下百合的肩头。

百合转过身，正言厉色地说："郝利仁，看你喝了酒，我也不与你计较，可你敢再耍流氓，我可是敢让你脸上开花！"说着，她使劲推他出门。

郝利仁知道百合是个说得出做得出的主儿，也就就势下坡，不情愿地被百合推出了大门外。

出了大门，他一边摇晃着一边嘴里嘟囔："百合这个小娘们，也真她妈怪，有那么好的本钱她不用，岂不是端着金碗讨饭吃？再说了，她也不止一个男人，那一个男人是过生活，两个男人也是过生活，再多一个男人又有啥不妥？人常说，一只羊是赶，那一群羊也是赶，怎就那么死心眼呢？唉，真她妈死心眼儿死到家啦。哼，你敢瞧不起我郝利仁？咱就骑驴看唱本走着瞧……"

夜深了。夏日的夜晚，清凉而寂静。

劳累了半宿的百合刚刚入睡。今天一趟就来了八辆煤车，看来这趟煤车司机们的生意不错，还带了四个小姐回来过夜，又是吃喝，又是闹腾，把百合折腾得够呛。忙乎完后，百合一看已快半夜了，就回窑洞休息了。

忽然，大门外响起了隆隆的汽车声，随着又传来了砰砰的砸门声。百合忙穿衣起炕，匆匆走出窑外，就看见大门外红光闪闪，好像是警车上面的警灯。她刚要去开门，就见院墙上已跳下五六个人，手拿手电筒径直朝司机们住的窑洞扑去。

不一会儿，窑洞里就传出了扑腾声、喊叫声。随即，七个司机和三个小姐被带出门来，排成两小排，手抱着头，蹲在了院里。其中一个小姐还猛地跳起来朝大门跑去，被早已埋伏在门外的公安捉个正着，像拎小鸡一样又把她拎回院当中，喝令她老实点，蹲下。

几个警察清点了一下人数，发现少了两人。就低声嘀咕："怎少了两个人？据报案的人说应该是八个男的四个女的，跑哪儿去了？"

这时，一个警察朝百合走来，厉声问她："你是店主吗？"

"是，是的。"百合禁不住打了个冷颤。

"今天总共来了几个住店的？"

"十二个，八个男的，四个女的。"百合很痛快地回答。

那个警察听百合的痛快答复反倒愣了一下，随即又问："那两个跑哪儿去了？"

"两个？不知道哇。"百合还真不知道。

过了一会儿，几个警察头头走到一边商量了一下，就走过来宣布他们的罚款决定：司机、小姐每人各罚三千块。当场交清当场放人，当场不交就先带回派出所，啥时交清啥时放人。另外，对店主燕百合罚款两千块。

百合急了："凭啥？我一不卖淫，二没让别人做，别人做是别人的事儿，跟我有啥关系？"

"哎，有啥关系？我告诉你，你为他们提供卖淫场所，这就该重罚。"

"啥叫提供场所？"百合不服气，"人家花钱住店，我能不提供场所？……"

"少废话！"百合还要争辩什么，就被警察不耐烦地打断了，"你交还是不交？"

"我哪有那么多钱？不交。"

"好，你还挺硬是吧？"警察对其他人挥挥手，"把她的大店窑洞先封上，啥时交钱啥时拆封条。"

这时，蹲在院中的司机和小姐们也吵作一团。

就在这时，停在院子里的煤车厢上忽地站起两个黑乎乎的人影，连警察也被他们吓了一跳，忙用手电照上去，竟发现是一男一女，只不过两人脸上涂满了煤尘，黑胡画脸地挺吓人的。原来这正是失踪的一个司机和小姐。他们嫌窑洞里人多，不方便，又闷热，就悄悄跑到了空车厢里。在车厢里铺了块装完化肥的蛇皮袋，清风凉爽地折腾，后来折腾累了，就迷糊睡着了。是后来的吵闹声把他俩惊醒了，迷里马虎地爬起来，就正好被警察抓个正着。两人心里懊悔得直挠头，心想咱就不往外爬藏着多好，这一爬不要紧，六千块钱就打了水漂。其他司机和小姐幸灾乐祸地嘿嘿直笑，心里骂：这俩浪货，再让你们吃独食，再让你们躲清闲，再让你们在月亮下做好事，我们不管你们，神仙也得罚你们，活该！

警察走后，百合头脑乱糟糟的，她心里明白，这肯定是有人举报警察才来的，而且情报那么准确，连几个人都清楚。可她一时实在想不出是谁告的密。一个个嫌疑人在她脑海里跳出来，又一个个被她否决掉。她总觉得每个人是有缺点和毛病，可她又总觉得那些人也没那么坏，在百合的心目中，天下就没个坏人了。后来，村人们议论纷纷。有的怀疑是郝利仁告的密，因为他老想占百合的便宜，老占不上，加上百合又不给他联系小姐，因此怀恨在心；也有人怀疑宋小蝶。反正说啥的都有。但有一条是不争的事实：那就是百合的车马大店被封了。

百合的车马大店被封后，经济一下子又陷入了困顿。本来司机们的吃住就是先记账后付钱，店被封了，司机们被罚后再也见不着面了。百合手里光捏了一把欠账的白纸，几乎有一半的账目没结，可算是赔彻底了。再加上罚款，百合真的是一点办法也想不出来了，整日呆呆地坐在院子里，望着窑门上的封条发愣，美丽的眼睛里流露出深深的忧伤。

她的冤家对头田改兰已经富了，可自己却还在贫困的泥潭里挣扎，这就让燕百合急火攻心，却又很不服气。自己虽穷，也看不上田改兰的下三滥做派。宋小蝶想来帮她忙，没想到，却帮了个倒忙，出了大乱子……

（十三）饥饿时期的爱恨情仇

　　香水沟村女人和男人之间的情事在这一带比较有名。

　　金炜明来到香水沟村，特别想了解这方面的情况。不是猎奇，这与村民贫困或是富裕有着特殊的联系。同时据说金炜明的亲生父母就在这个村里，这就不能不引起许多人的好奇。

　　村里的智者李亮说过，性命性命，有性，才有命，古人说性命攸关，说明天底下最重要的就是性命啊。其实男女的关系及人的生死跟土地有着极大的关系——土地少，养不起就少生，土地多，养得起就多生，以地养人；孩子多，利大，以人养地。人们的死与土地也有很大的关系——无地活不了，地少活不好，地多活得累，无地死不了，死了也无葬身之地。他还总结了男女的性生活与土地的关系——地多，男女在家，性生活多；地少，男女外出，性生活少；无地，留守女人多，村里男人少，偷情多。当年为解决生存与婚姻问题，有情人难成眷属，许多村民采取换亲、拉边套及跟人贩子买卖外地女人，有的村民死后还配阴魂。当今村里，一部分男女外出打工，另一部分男女留守种地，具体到每个家庭，一般情况都是一个外出、一个留守，唯一不同的是，这个家庭男出女留，那个家庭男留女出，也有少数男女同时外出的。这样的男女结构就给复杂的两性关系及形形色色的性生活埋下了机会和伏笔。

村里提起男女性事，就不能不提到徐建兰和马户在粮仓男欢女爱的经典。

那是20世纪60年代秋末冬初的一个夜晚，徐建兰男人因偷庄稼被公安局抓走，她独自带着一家五口凑合着喝了面缸里仅剩的一把玉米糊糊，想着赶快睡着了就不知道饿了，没想到越饿越睡不着，越睡不着越饿。特别是两个儿子两手捂着肚皮，嘴里喃喃地说："要是能吃个烧山药，那有多好哇，那有多好哇。"徐建兰在被窝里偷偷抹着泪，她忽然想到了偷，可又怕她一旦被抓走，那两个儿子还不得饿死呀。可不去偷，怕是俩孩子撑不到天明就饿得再也爬不起来了。

辗转反侧到了半夜时分，徐建兰实在不忍心俩孩子饿得发昏喃喃乱语，她一咬牙，穿上衣裳，顺手抓了个柳条筐，就悄悄向大队山药窖摸去。她蹲在山药窖附近的玉米秆堆里，悄悄观察了一下，发现看窖人住的窑洞黑了灯，就判断人已睡了。她窜到山药窖口，很快扒开了窖口，先把筐扔进窖里，然后摸索着用双腿叉住窖壁，哆哆嗦嗦往下爬。不料想她一脚踩空，整个人忽隆一声就掉进了窖里。幸亏窖不深，加上她正好跌到了山药堆上，才没有摔昏过去。她挣扎着爬起来，摸黑瞎抓，很快就拾了半筐山药，然后她赶紧摸索着往上爬。因为双手和双脚都必须贴着窖壁和窖台阶，她只好用牙叼着筐提手，然后把筐贴到窖壁上，一下一下往上挪。就在快到窖口的时候，忽然，一个黑影猛地立在了窖口，一道刺眼的手电光唰地劈头射来，徐建兰连惊带吓，再加上精疲力竭，眼一黑，腿一软，连人带筐忽通通就直直掉了下去，什么也不知道了。

不知过了多久，徐建兰才醒过来，她抬手一摸，却抓到一个黑乎乎、软溜溜的东西，她吓得尖叫一声就挺直了上身。这时那黑影打开了手电，电光后边传来黑影的声音："呀，建兰，你醒来了，别怕，是我，马户。"

徐建兰这才看清原来是大队看山药窖的光棍儿马户，村里人为了方便，都把马户两个字合成一个字，叫他驴，据传说那男人的家伙什硕大无比，女人们见了既喜欢又害怕。

这时，马户又开口说："刚才，我真怕把你摔坏了，想把你弄上去，可怎也抱不上去，就只好守着等你醒来。"

"扑通"，徐建兰猛地跪在了马户的面前，因窖内狭小，她的头也抵住了他的胸口："马户大哥，我求求你了，千万别把我这丑事抖落出去，不然的话，我被抓、被罚都不怕，就怕两个孩子成了没爹没娘的孤儿。"说着，她就使劲给他磕头，地方小，她把头全磕在了马户的胸口上了，几下就把他撞倒在山药堆上了。

就在马户挣扎着要爬起来的时候，徐建兰一抬腿就跨在了他的身上。两人在山药堆上缠绕撞击，个个饱满硕壮的山药蛋被他们四只脚蹬得满窖乱滚。这时，四周安静极了，只有窖口上呼呼刮过的风声和沙沙作响的玉米叶声。窖外寒风凛凛，窖内却显得暖烘烘的。两人拥抱着躺了好一会儿，才慢慢从山药堆里爬出来。

喘息了一阵儿后，两人身上热血慢慢消退。马户随着脑子清醒，一阵不安和担忧袭上心来，他说："建兰，其实我打小就喜欢你，可我一个废人没福娶你。今儿个黑夜，我可圆了几十年的念想。就是，就是，这事儿千万不能让你男人知晓，他那倔驴脾气，人都敢杀。"

"你就把心放进肚里，这事儿呀，天知地知，你知我知，人不知鬼不觉，就算神仙知道也没啥，他们不会说话。"

"嘻嘻。"马户竟被徐建兰逗笑了。

马户帮她拾掇了一筐山药蛋，看着她消失在茫茫夜色中。

两人尝到了甜头，从此就一发不可收拾。两人白天碰面也装出不冷不热的面孔，夜里却滚在一起，做尽了人间美妙之事。自此，徐建兰的两个儿子常有了烧山药吃，她也浇溉了自己久旱的土地，滋润的红晕开始绽放在她的脸上。

然而，世上毕竟没有不透风的墙，后来徐建兰男人从监狱出来了，他们两人的秘密渐渐地被村人察觉了，于是，人们的舌头舔到了新鲜的调料，脑海里也绽放出了联想的画面，两人便把亲热的地点转移到了粮仓里。

白日的粮仓十分地安静，墙厚、门坚、窗户高，特别安全。马户和徐建兰每次偷偷溜进粮仓，便肆无忌惮地脱光衣服，滚作一团。两人经常先玩捉迷藏，马户闭眼儿，徐建兰躲藏在粮食堆里，马户着实得找一阵子，找不到就心急火燎的，找到了，两人便手脚缠在一起，从粮堆尖上往下滚，很是舒服和痛快，徐建兰快乐得嗷嗷直叫，惊得墙角下的老鼠们躲之唯恐不及。有时，马户让徐建兰横躺在粮食堆上，自己爬上去，使劲顶一下，她的身子就往粮仓里陷一点，顶一下陷一点，一直把她顶进粮堆里看不见人。马户便不由开心地笑，觉得自己力气太大，竟能把女人干没了，便就自豪得不行。徐建兰也看着粮食在自己身体下波澜起伏，米粒儿在身体上如泉水般流淌，又痒又凉爽，很是舒服。她把自己埋在粮食下面，闭着眼，嗅着粮食的清香味道，嘴里嚼着米粒儿，脑海里想象着一望无际的田野上蓝天白云，麦浪翻滚，小鸟鸣唱。把米粒嚼得精细，再喂给对方，便觉得浑身有劲儿。有时他又觉得徐建兰身下的粮食太软乎了，觉得有劲使不上，就找来一块木板，垫在她身下，这样徐建兰身下就硬实起来，马户就有一种一插到底、一泻千里的痛快。有一次，两人正在激战，忽然粮仓的副保管员听到动静闯了进来，两人敏捷地钻进粮食堆里，那人观察了一会儿，看见两只老鼠在房梁上打架，嗫嚅了一句，原来是老鼠在偷吃，就退出去了。

从此，两个男女在堆放各种粮食的库房里疯狂做爱，在玉米堆里、高粱堆里、小米堆里、黍子堆里、黄豆堆里、红豆堆里、绿豆堆里，各种粮食的颗粒大小、形状、软硬不一样，给人的感觉也不同，但无论在哪种粮食堆里波翻浪涌，他们都能感受到海一样的漂荡，都能仿佛看到各种颜色的青纱帐随风起伏，似乎听到微风拂过庄稼叶子的飒飒喘息……

多少年后，两人回忆起来都有一个共同的感觉（这个感受也许没有这种经历的人无法感觉到），那就是，在人们饥寒交迫时，能够在粮食堆里，也只有在粮食堆里做爱，才是最安全、最踏实、最有乐趣、最有激情、最有精神、最富有幻想的。

每次两人在粮食堆里"搏斗"完了，徐建兰就把裤子的下摆用麻绳扎紧，上衣用裤腰带扎紧，里面都填满粮食。因为在那个到处都是饿死人的年代，谁也不敢明目张胆地用粮袋子偷粮食，那被人发现了可是要命的啊。利用衣服装点，方法巧妙也不容易被人发现，就是万一被人抓住了，也不至于要命。为了尽可能地多装一点，她甚至不惜把自己的阴道里都塞满了粮食。就是在李胜利看守粮库时，他那么认真、那么负责，也愣是没有发现她的伪装。

渐渐地，徐建兰男人得知了这一秘密。一天夜里，他想跟老婆亲热，伸手一摸她的"水草地"，却摸出几粒圆鼓鼓的东西，他用手指搓捻着，举到灯下一看，才看清是几颗谷籽，就酸不拉叽地讽刺说："你的水地真够肥的，竟她娘的还自己长出了粮食。"

"不是我这块肥地，你爹妈和你两儿子早他妈的成饿死鬼了。"徐建兰一句话顶在了男人的嗓子眼，上不得上，下不得下，憋了半天，他才从嗓子里吼出口臭痰狠狠地吐在了地上。

后来，徐建兰生下的孩子，眼睛都像小豌豆儿，仿佛是人和粮食的杂交基因呵。

这几年，村里的男人们绝大多数到城里打工去了，留守后方的只有"386199 部队"，也就是社会上人们流传的"38 妇女"、"61 儿童"、"99 老人"。其实，智者李亮认为，农民真正的前线是在村里，而不是城里。所以人们都搞错了，让"386199 部队"驻扎在了前线，而让村里的"精锐部队"留守在了后方。

村里有个马叫驴，其实他的大名叫马腾飞，是个残疾人，从小得了小儿麻痹症，成了罗锅，两只手的中指和食指自然弯曲。以前总是害羞，每当见到村里的小媳妇们，他总是主动地把两只手挡在眼前，并且不住地说："我可啥也没看见，我可啥也没看见。"其实，他的两只手由于食指和中指自然弯曲，两只手往中间一拼，很自然地就用手指组成了一副天然的"口"形"聚焦镜头"，反而看得更清楚了，直到把那些模样俊俏的小媳妇们"照"得落荒而逃。但当时不管他怎么"照"，这些小媳妇们当然是瞧不上这个有点坏坏的残疾人。

后来，他跟信用社贷了三千块钱，从内蒙古买了匹种马，就连配种带阉种一块干了起来。每天骑个高头大马，因为他个子矮小又罗锅，人们也总是多见马头少见人，都取笑他说叫驴惊了。时间长了，他的真名人们反而淡忘了，只叫他马叫驴了。马叫驴还挺牛，常对人说他是正儿八经的"兽医"。人们也感觉他好像应该划入"兽医"行列，他的劳作不就是给这些牲畜动外科手术吗？那么就叫他"兽医"吧。但细琢磨又不对，兽医应该就像人类的医生一样，最起码应该会给牲口诊断治疗一些简单的疾病，才不枉叫"兽医"。可他什么病都不会治亦不敢治，也没有任何人去请他给牲口治病。他一不懂望闻问切，二不懂病源病理，三不会开药配方，四不会打针除病……你说怎好把他归入兽医行当？他会的就只是从自己师傅那里学来的单一手艺——阉猪、阉牛、阉马和驴配种。假如你给他一只公鸡或一只蛤蟆，定会将他难倒，因为他的师傅没有教他如何阉这些动物。于是乎，他争取了半天，也没有挤入"兽医"的行列。

于是，村人照常叫他马叫驴，但他更喜欢有人称他"兽医"。实际上，不管别人怎么称呼，他勤勤快快耍手艺，每逢有人抱着猪仔让他阉，只要有村里的女人们在，他就会格外大显身手一番。他把只有几个月大的小公猪平放着压在膝盖底下，小猪如同被杀一般声嘶力竭地大哭，"吱哇——吱哇——"，只见他右手拿起一把一头呈菱形的锋利割刀，左手将小猪的睾丸用食指与大拇指使劲向外一捏，便见两只鼓鼓囊囊、明晃晃的小猪睾丸隔着皮囊凸显眼前。也就一眨眼的工夫，一条白里带血的小猪睾丸便被摘掉，甩在了一边，冷不防被一下钻出人群的小花狗们"吞吞"两口给叼起跑了，跑到远离人群的地方，卧在那里有滋有味地专心享用可口的美餐。这边马叫驴腿一抬，小猪被放开，可怜的小猪，便会忍着疼痛，血淋呼啦地跑向一边。不用着急，要不了三五天，小猪便会完好如初，像什么事也没发生过一样。但这头可怜的小生命，从此就失去了应有的生儿育女的繁殖能力，一步步走上催肥自己、成为人们盘中美餐的绝路。用马叫驴自己的话说这是做"绝育手术"，发展良猪养殖事业。

今儿个，他按约好的程序，先给马阉蛋，再给驴配种。村里人大都知道了，便都不约而同地陆续聚在了村中央大树下石碾周围的空地上。

这个石碾可有了年头，村里老辈人都不知道是猴年马月留下的，反正，石碾的石棱都快磨平了。碾米时，将谷子均匀地倒在碾盘上，被蒙了眼睛的毛驴拉着拨夹上所安装的碾橡转动，碾轱辘便会以立柱为圆心旋转滚动，周而复始地转着圆圈。如今有了电磨，这石磨也就成了村里一景了。这里也成了村里的新闻发布台，大人小孩有事没事都喜欢往这儿聚，一些大的活动也往往在这里展开。每逢有这种场面，全村人都相互通告，男女老少一起来观战。

每次上演前，马叫驴都要让两头牲口热热身。只见他牵着叫驴嘎吱嘎吱地绕场几周，目的是先熟悉一下场地，然后他从地上捏起一撮细土，高高举过叫驴头顶，叫驴便立起前蹄翕动着鼻孔儿去嗅，随着细土在阳光下飘散成飞尘，叫驴也被刺激得抽歪了嘴巴直"扑扑"地打响鼻，孩子们便在场外拍着手喊："叫驴烧香了，烧香了。"

这时，马叫驴牵着草驴靠近叫驴，叫驴见了，就马上直起脖子"嘎咕、嘎咕"地吼叫着要扑过去，被他一勒缰绳，就前蹄腾空站立起来，众人便都叫好，那边草驴也被叫驴的激情所感染，"咳咳"地叫应个不停，还把四条腿扒叉开，四蹄牢牢地钉在地上，后腔中间的阴户不住地蠕动翻红，等待叫驴来大显身手。这边的叫驴急不可耐地用蹄子刨得尘土乱飞，他就以自己为中心支点，一手牵着叫驴，一手使劲啪啪地拍着叫驴屁股，嘴里喊着："好舵舵，下！好舵舵，下！"转着，拍着，叫驴的阳具就像一只小孩胳膊粗细的蟒蛇探出洞穴，他见时机成熟，便松了松缰绳，就被叫驴拽着朝草驴奔去，草驴早已撅起屁股恭候多时，到了跟前，只见叫驴后腿一较劲，前腿便腾空而起，一扭身，就稳稳骑在了草驴背上，前腿牢牢地夹紧了草驴身子。

这时，场外的男女老少都拍着巴掌大声叫好，"进去了！""痛快！""真他娘痛快！""加油！加油！"一位老太太刚捉住自家的鸡，手攥着鸡脖子，站在粪堆上也跟着喊，不一会儿，低头一看，她双脚陷进了粪堆，鸡也被她掐死了。

场内，草驴被叫驴猛烈的抽动顶得不住地往前倾，有几次被连压带顶差点趴下，马叫驴就用肩膀扛着驴脖子，帮着使劲往后仰，他也站立不稳，就随着叫驴抽动的节奏不住地用腿点地晃动着，有人就喊："老马，你要是熬不住，也上去啊。"

众人就大笑，他扭过头咧开嘴笑骂："乖儿子，有本事上来试试。"

人们看得激动，人群中就发生了骚乱，不知谁的手拧了人家姑娘的屁股，捏了人家少妇的奶子，摸了人家嫂子的大腿，她们就咋咋呼呼地尖叫起来，人群中你推我拥，小孩子乱窜，乱成一锅粥。

场内的马叫驴对场外的骚乱视而不见，只顾满头大汗地伺候叫驴。忽然，叫驴屁股一阵剧烈抖动，老马知道它的任务完成了，把手中的缰绳朝叫驴一晃，叫驴就腾空翻下身来，继续跟草驴嗅嘴咬脖子亲热一番。

马叫驴就端过事先准备好的一盆水给叫驴洗阳具，来回晃动的阳具溅了他一脸水珠。

有人说："洗啥呀？怕啥？"

他笑笑说："他一个叫驴配那么多草驴，不卫生，怕它得性病哩。"众人就开心地笑。

这时，草驴的主人掏出钞票和一包玉米、黄豆，作为老马的报酬和叫驴补身子的料豆。人群中就有人喊："人家这营生不赖，既好活又挣钱。"

"去，去，别起哄了，你想挣也来挣。"马叫驴对大伙说，"今天的节目到此为止。走吧、走吧，还没看够？还没看够？明天再看，散场，散场。"

人们一听，许多人就都用两手挡住眼睛，同时故意把两对食指和中指弯曲，模仿着马叫驴当年手制"口"形"聚焦镜头"的模样说："我可啥也没看见，我可啥也没看见。"

"没良心的，过够了眼瘾还假装，看我抽你们！"老马假装怒了，扬起了马鞭。

大伙儿笑笑，一哄而散了。

如今的马叫驴，别看是个残疾人，但也是村里为数不多的男人了，物以稀为贵，这个当年被所有女人们嫌弃的光棍汉，加上他的能说会道，风趣幽默，逐渐深得女人们的喜爱了。

马叫驴一次醉酒后显摆自己的本事大，亲口讲述了一个离奇的男女情爱的故事。那是几年前，走村串户的马叫驴无意中发现，村里的女人们都喜欢在院子里种萝卜，还有的种黄瓜和长茄子。一次，他在一个邻村的黄土畔上，亲眼看见一处低洼院子里，一个叫张桂花的村妇在院子里拔萝卜时，正巧家里的两只狗在菜园子里追逐着想交配。张桂花看得眼热心跳，禁不住拿起手中的萝卜在自己的那个地方来回磨蹭。

马叫驴一看机会来了，就借口讨水喝，走进了那个张桂花家里。喝水时，他的眼珠子咕噜噜一转，果然发现家里只有她一个人。闲聊中得知张桂花有个亲戚在香水沟村，小时候还在香水沟村里念过书，当时跟马叫驴一个学校，只不过马叫驴年龄比她大，不在一个年级，两个人就又回忆起学校当年的一些人和事儿。这一下，两个人的距离一下子就拉近了许多。她说老公常年在外面打工，她在家里伺候瘫痪的婆婆和小孩子。

　　闲聊中，张桂花红着脸说："你是这方面的行家，这院子里有一只小宠物母狗、一只大狼狗，同时发情了烦躁得不吃不喝，就地打转，还老嗷嗷叫，烦死人了。村子小，又没有同类品种交配，难受得很。这一大一小不同品种的狗能不能交配？"

　　马叫驴说："当然可以，大小也是狗类，又没让它们跟猫、跟驴交配。该交配就得交配，不然的话，可能就憋坏了。"

　　"是啊，看着它们发情又交配不了，可怜得很哪。"张桂花低声说道。

　　"狗可怜？人更可怜！谁管？"马叫驴半开玩笑感叹着。

　　于是，张桂花和马叫驴两人来到院子里，把公的大狼狗和小宠物母狗放开，两只体型差异悬殊的同类很快就纠缠到一起了。看着那只小母狗被大狼狗顶得有点吃不消，吱哇乱叫，张桂花有点心疼说："可怜啊。"

　　马叫驴笑着说："人家才不感觉难受呢，那是舒服地叫唤呢。"

　　张桂花脸红了，说："你个叫驴，人家狗舒不舒服，你咋知道？你也是狗？哈哈哈！"

　　马叫驴也哈哈大笑，"我不是狗，但人跟狗是一个道理，做好事儿，不舒服谁做？！"

　　忽然张桂花发现两只狗的动作变了，原先公狗在母狗的背上，现在成了两只狗背对背，屁股连屁股了。她问："这是咋回事？"

　　马叫驴就得意洋洋地给她普及动物性功能方面的知识。他说："狗跟其他动物不一样，公狗的鸡巴是螺旋形的，必须得绕一下转过身来，才能稳妥地、结结实实地连接在一起。现在你就是用棒槌都打不开，棒只能打鸳鸯，打不了狗。"

　　"那它们啥时才能断开呢？"

　　"只能等公狗射了那股坏水，鸡巴软了，变小了，才能拔出来。"

　　"老娘晓得，只不过逗你玩儿。"想到这儿，张桂花抿着嘴笑了。

　　两个人聊得很投缘，话题敏感，身体也都出现了变化。但马叫驴感觉到直接上手火候还不到，还装模作样正人君子一般地说声拜拜，回去了。

　　过了几天，马叫驴又假装路过喝水。悄悄塞给张桂花一个小礼物，说是权当喝水费。张桂花不知道是啥东西，不想要，两人推来推去的，却又怕婆婆看见，也就半推半就塞到床下了。

　　夜里没人时，张桂花独自打开时，一下子羞得不知所措，原来那个马叫驴送给她的竟然是一副电动的男人生殖器模具。她仿佛被人窥探到了自己的内心世界，慌乱中，像烫了手一样，就把那个模具扔到了床上。心里骂道：这个死罗锅，真是个叫驴！

　　心里骂着，想等再见到那个叫驴就还给他。手却像着了魔，伸出去又缩回来又伸出去，摩挲着那个器具，心里好奇不知道这个玩意儿咋个用法。心里想着，身体就不由得像触了电，浑身就滋生出了麻酥酥的期盼……

　　又过了一段时间，马叫驴又来村里搞配种活动。活动前，他还特意通知张桂花出来观看。配种后，马叫驴找借口到了张桂花家里，借机问张桂花那个玩意儿好用不好用。

　　张桂花红着脸点点头，又忙摇摇头，不知道该说什么好。

　　忽然，她从床下面取出来交给他说，"你拿走吧。"

　　马叫驴接过来，趁她不注意，偷偷地把模具的电线给扯断了。然后又丢给她，匆匆走了。张桂花心里还夸他真是个好人哪。

　　当马叫驴再次来到张桂花家里，时间已过去了几个月。她家里大小不同品种的两条狗生下来一条模样难看的狗仔，狗头像大狼狗，狗身却像低矮的宠物狗，不伦不类，有点变态，让人看着别扭害怕。她怕让村里人看见，一直不敢放出来，看到马叫驴来了，就问他该怎么办。

　　马叫驴明白张桂花的心思，上前逮住小狗仔，捂住狗鼻子，很快就断气了，把它扔到了院子里的树林里。

　　马叫驴笑着问起那个玩意儿还好用吗，张桂花难为情地笑笑说，早就坏了。

　　马叫驴说，坏了就坏了吧，毕竟它就是一个不会说话的硬塑料疙瘩，它再好使也不如有血有肉会体贴的人好使。说着，他就把早已浑身发软的张桂花搂住了，抱进了菜园子旁边的高粱地里。

　　就在马叫驴和张桂花在高粱地里翻滚时，张桂花家里的那两只狗已经在菜园子里找到了刚刚被捂死的小丑狗，它们在小狗尸体上嗅来嗅去，发出仇恨的低鸣。

　　马叫驴虽然没文化，但他明白过去村里女人们找男人是因为缺粮，据说当时许多妇女病得厉害，老中医就开出药方，说其中缺乏一味药，那就是粮食；如今给生病女人开出的药方也是缺乏一味药，那就是男人。马叫驴经常给女人们哼唱当地的耍猴剧《扇坟》，讲的是一个女人死了丈夫，按照当地的习俗，必须在丈夫的坟土干了之后，女人才能嫁人。女人为了早日嫁人，每天到丈夫坟头用扇子扇坟，祈盼坟土快干，她好提前嫁人。他嗓子柔柔亮亮，入戏动情，引诱得女人们喜欢得不得了，恨不得也帮助那个戏里的女子一起扇坟，早日男欢女爱。

过去村里好男人多，女人们哪个也瞧不上这个残疾人。如今可不一样了，物以稀为贵，这个残疾男人也是村里女人们的宝贝了。他依然喜欢用过去那副天然的"口"形"聚焦镜头"，只不过以前谦卑的口头禅"我可啥也没看见"变成了"我可啥都看见了"。

特别是经过张桂花在村里几个留守"闺蜜"的秘传——马叫驴的男人家伙什真的跟他拉的叫驴一样好使，女人们纷纷忍不住找他尝试品尝一把。马叫驴成了香水沟附近一带男人中的"极品"。马叫驴在女人们的追捧下，逐渐有了一种救世英雄的自豪感，觉得村里那么多的男人把女人们留在村里，甩给自己，责任好大，负担好重呵。有时候他还自鸣得意地想，其实村里那些俊男们过去都瞧不起他这个残疾人，如今外出打工就无非是为了赚钱养家，可现在他们赚的钱好多都被他们的女人们拿来供养自己了，好比是女人们献给马叫驴的"料豆钱"。有的女人在跟他温存时，总会有意无意地说自己的男人这方面越来越差劲儿了，原来都挺棒的，在城里待久了，按理说应该是积蓄了大量的"弹药"，有时回村过节，却软溜溜得不行了。有的还跑去看医生，医生说是长期性压抑造成了性无能，要慢慢恢复，也许还有希望，希望渺茫哪。而自己这个曾经的残废现在却成了"男神"，变成了香饽饽。过去年轻时，看着一个个如花似玉的小媳妇们跟自己的男人们亲亲热热的，他就非常气愤，甚至梦想着这个世界所有男人的鸡巴都不行了，就剩下他马叫驴的行，那所有的女人还不得都跑来求他？奇怪的是，今天的情形居然真的跟他当年的梦境相似了。哈哈哈，怪不得人们常说十年河东十年河西啊，太他妈的有道理了。

后来许多城里打工的男人们发现，自己家的土炕上，总有一块土炕砖是微微下陷的，有的明显呈"凹"形，有知情人就说，那就是马叫驴的罗锅给磨的。

殊不知，老天爷要让一个人灭亡，首先要让他疯狂。马叫驴做梦也想不到，就当他在高粱地与张桂花随着高粱穗子肆意起起伏伏时，被他杀死狗崽子的那对狗夫妻，已经发出仇恨的嗥叫……

田守义的儿子田耿义是妹妹田改梅用自己的彩礼钱给他娶的媳妇，媳妇叫郝月娥。在村里种地，现金收入少，田耿义就得跟村里人一起外出打工，郝月娥留在村里种地；唐麦穗在村里做豆腐，媳妇贺果枝就跟村里人一起外出打工，在一个城市的建筑工地上做饭。由于两人是同村人，经常相互关心照顾。他经常给她买一些小衣服，她时常给他洗洗衣服。特别是一次雨夜贺果枝生急病，田耿义半夜里拦车把她送到医院急救，并连续几天陪同她在病房，甚至她的屎尿都是田耿义倒的，同房病友以为他们两个是夫妻呢。时间长了，两个人的情感越来越深了。

一次，阴雨天，工地上停工，田耿义和邻村的几个男人们上街喝酒闲逛。晚上几个人没有回来，却来了几个派出所的人，通知工地的包工头到派出所交罚款领人。原来田耿义一伙人喝酒喝多了，在一家洗发店嫖娼，被派出所逮个正着。据后来田耿义他们几个回忆，是被人钓鱼了。但不管怎么说，他们也是去了人家的地盘儿了，哑巴吃黄连有苦说不清啊。

这件事对工地上的贺果枝震动挺大的。她对田耿义的做法又气愤又心疼。气愤的是他没皮没脸竟然去找野鸡，心疼的是他确实半年没回家了，沾不上女人气儿哇。想想自己又何尝不是呢？夜夜睡不着，做梦都在男人身上撒娇。羞人！

贺果枝觉得田耿义太不值当了，为了个野鸡，花钱不说，还得担惊受怕，再加上万一传染上性病，那可怎么得了啊。想一想自己闲着也是闲着，再说也需要一个男人的抚慰，何不两人凑合在一起，既省钱儿又安全，相互还有个关心照应。

有了这样既人性又实惠的想法，贺果枝和田耿义两人很自然就有了做法，两人过起了工棚"临时夫妻"生活。

在一起打工的同村人，很快就把消息传到了村里，当然就传入了田耿义的媳妇郝月娥和贺果枝的男人唐麦穗的耳朵里。

一天，郝月娥到唐麦穗豆腐坊端豆腐。当时豆腐坊里没人，唐麦穗有意无意地指着家里墙角的腌菜缸，说："腌菜缸里又有白沫扑出来了，我忙得顾不上，你帮我用那个高粱刷子好好搅一搅，不然的话，时间一长就臭了！"

郝月娥红着脸替他搅动着腌菜缸，心里明白唐麦穗的暗示，他的意思是说，女人就像这个腌菜缸，男人不搅，就会发臭生病。想着，郝月娥就不由得失笑。

唐麦穗发现郝月娥明白了他的想法，就进一步开导她说："我有水，你有地。水不放憋得难受，地不浇旱得焦渴。我放放水，你也浇浇地，一举两得，多好。"

"就瞎说哇。"郝月娥轻轻打了唐麦穗一把。

"不瞎说，"唐麦穗笑笑说，"全是真心话。你看哈，我又不少一块皮，你又不少一块肉，权当咱俩在野地里尿一泡，哈哈哈！"

"可是，咱俩还有点远亲，合适吗？"郝月娥有点不好意思。

"啥八杆打不着的亲戚！"唐麦穗循循善诱，"再说，亲戚也不怕，有避孕套的橡胶隔着呢，又不挨着肉，怕啥？嗨嗨！"

"让人知道了还咋做人呢？"郝月娥还是有顾虑。

"你看你，前怕狼后怕虎的，还能做成个事儿？"唐麦穗说着，扔掉了手里的豆腐勺子，一把就把郝月娥抱进了里面的豆料库房，扔进了黄豆堆里，狠狠地说，"别人都做了，咱俩也不能亏了，今天咱俩也来个当年徐建兰跟驴子的粮仓浪漫！"

郝月娥当时就晕了。尤其是唐麦穗的"别人都做了，咱俩也不能亏了"这句话，一下子就让她下定了决心，干！

于是，当天的豆腐就有了不同的味道。

后来郝月娥的公公田守义听说了，还专门对郝月娥进行了一次旁敲侧击。

没想到郝月娥一句话当时就把他顶回去了："腌菜缸就缺根棍搅搅，不然就臭了。我就是缺这根棍了，你儿子不搅，也不让别人替他搅搅？"

"你、你……"田守义没想到儿媳妇这么放肆，一时竟说不出话来。

"你什么你？"郝月娥索性放开了说，"你儿子在外面抖毛没毛，抖腰没腰，还跟别人打伙计呢，凭啥就让我亏着？"

"不像话！"田守义语调有点低了。

"你儿子本来就是个麻雀嘴儿，给他颗大豆，他含不住、咽不下，硬吞下去，就憋死了！"郝月娥得理不饶人，"我配得起他，对得起他。"

"不说了，不说了！"田守义摆摆手，完全崩溃了。

"是你要说的！"郝月娥也摆摆手，"别人睁一只眼闭一只眼，你就把两只眼窟窿全闭上，权当你啥也没看见、没发生，就过去了。"

说完，郝月娥扭身走了。

事后，这件事传到了在城里打工的田耿义和贺果枝耳朵里，两人都觉得很欣慰，都说："就该这样儿，早该这样儿。"

后来田耿义和贺果枝过年回村里，各回各家，各搂各的人儿，各过各的日子，就像清风拂过，不带起一丝丝灰尘。

（十四）戏里戏外有"文章"

村里人都知道，田守义老汉一辈子就爱做两件事儿：种地和唱戏。

傍晚时分，田守义老汉抱了捆玉米秸塞进火炕洞里，划根火柴点了锅旱烟，又顺手把剩余的火苗扔进炕洞里，炕洞里便噼噼啪啪响起来。虽说是夏天，守义老汉也隔三岔五地把土炕用火熏熏，不至于炕凉腰疼。过了一会儿，他把火铲伸进炕洞里，把火苗往自己睡的那面炕洞里堆了堆，自己那半拉子炕就更热乎了，王艺睡的那半拉子也温温的了，王艺不喜欢太烫。

为了排演大戏，去县里参加文艺汇演，村委会把县里文化馆的导演王艺请到村里指导。正好文化馆也有送文化下乡的任务，一举两得。

金炜明住进大院后，跟守义老汉接触多了，对老汉表现出相当的佩服。听说金炜明还是一个文艺爱好者，特别是在剧本创作上有一手，就想请他来指导一下，金炜明也高兴地答应了。其实金炜明也是想多跟乡亲们打成一片，有利于扶贫工作的开展。

王艺住到大院守义老汉家。他第一次睡炕，有点不习惯，后来习惯了反倒爱上这热炕头，怪不得人常讲"三十亩地一头牛，老婆孩子热炕头"是人生一大境界。他问守义这炕是怎么做的。守义就告诉他：火炕是由炕基、土坯和炕坯盘成的，先砌好炕厢基座儿，垫上一尺多厚的干黄土，然后用几块结实的土坯作支撑，把很结实的炕坯在上面塌实坐稳，再用麦芽泥平平整整地覆盖一层，就可以通火了。

王艺赞叹说："这东西比城里的铁火炉呀、电褥子呀强多了，既暖和又不上火。"

想到这，田守义老汉把手伸到王艺褥子底下试了试，觉得火还未上来，等他回来肯定就热了。他知道，王艺又跑到李梅俏家里去了。他是个老脑筋，对年轻人的好多事都看不惯，但他对王艺和李梅俏的事还是能看得开的。

王艺原是县歌剧团的团长，一肚子才气，连打个喷嚏冒出来的都是曲谱。这几年，人们的生活水平比过去高了，经济也发展了，可文艺却几乎没了，剧团生存不下去解散了。王艺也搞不清啥原因，好几次酒后发牢骚骂娘。为了养家糊口，王艺拉了原剧团的几个演员，搭起了一个小型文艺演出班，专为人们的红白喜事服务，但他老婆还是觉得他没出息，经常跟一个包工头鬼混。

李梅俏是李胜利的姐姐，姐弟俩虽说一母同胞，但性格差异很大。听人说李胜利对姐姐的人生态度不满意，虽然没有治理整顿过，也曾经进行过说服教育，但被姐姐用扫帚赶出来了。她男人在外做生意，常年不在家，只是偶尔往村里寄几个钱，李梅俏也懒得理他，自己也不缺钱花，每天打扮得漂漂亮亮、花枝招展的在村里晃。她长得俏，特别是留了一头长长的乌发，多年来舍不得剪掉，披在身后直扫屁股。她爱唱，嗓子也好，自从王艺来指导排戏，两人就像干柴烈火一样，燃到一块去了。这不，好长时间了王艺也不回城，反正回去也是进门人一个、出门锁一把。

王艺进村后，村里就安排他与田守义老汉一块住，一来方便，二来两个戏迷随时可以切磋，时间长了，两人相处得很好，什么话都能讲，就连王艺跟女人睡觉的事也敢跟老汉说。

不过，自打王艺进村排戏以来，守义老汉就觉得如今的人们跟过去不大一样了，尤其是在对待文艺节目上。过去那辈人每天虽然吃个半饱，跳起舞来肚子里面稀汤汤咣咣直响，但他们排演节目都很认真，是在用心去歌唱。如今的人就不同了，富了的农民感到无聊，抱住话筒使劲吼，图的是放酒气、寻开心；穷点的村民更能瞎吼，连他们自己都明白这是在穷开心，在发泄着一种不满或失望的情绪。所以，连王艺都觉得这些人不听话、不好管，不知道这节目排什么、怎么排。守义是个老戏迷，打小就爱唱，年轻时就是村里演节目挑大梁的，是个"角儿"。如今老了，却又重新收拾起几十年不用的家伙，敲打操练起来，但已明显感到力不从心了。

守义老汉躺在炕上，等着炕火来抚慰自己僵硬的背，他闭着眼，听着炕火噼噼啪啪的燃烧声，又仿佛听到了自己年轻时钉碗盘的声音……

田守义年轻时学了一门手艺，就是在每年农闲时，外出钉碗盘。白天推着独轮小车，走村串户，每到一村，便大声吆喝："箍搂盆瓮、补锅、钉碗、钉碟子、钉盘、钉茶壶哩——"声音自然，气韵平滑而明丽，极富穿透力，让人听着是那么得舒心与滋润，然后一换气，紧接着喊出了"钉各种大小、粗细铁器、瓷器、家具哩——"字字清晰，句句清楚，该紧的紧，该缓的缓，字正腔圆。每一个"哩"字后还带着一个长长的十分婉转悠扬的明亮而又悦耳的拖音彩腔。

经过守义这么三吆喝两吆喝，便会呼啦啦引来村子里一帮老汉、老婆、小媳妇、大姑娘扛来或拿来家中饮牛的大水缸、做饭用的老黑锅，以及粗细、精美程度不等的日常所用的瓷碗、瓷壶、瓷盘子、瓷碟，还有大小不一、贵贱不等的铁器、瓷器等家具器皿。

有的村大人多，有人家中有破盆、破瓮、破缸、破锅、破碗、破盘子、破碟等急用。在早年间，人们家中穷，就连一只小碟不小心失手打碎，都舍不得扔掉，都要悉心收拾残片，等着补锅钉碗的来了钉好后继续使用，更不必说大锅、大瓮等大家伙了！

人常说："没有金刚钻，就不敢揽这瓷器活！"田守义可谓是"艺高人胆大"。他用两种金刚钻子，铁的是那种又大又粗的钻子。操作时，钻子顶部顶在一块如同骨头关节那样灵活的旋窝木板上，而且用腹部弯腰倾全身力气压住抽钻旋转，顺着裂纹两边，钻出对称的两个等距离的大小合适的小孔。钻瓷器的则是那种小巧的小手金刚钻。钻杆与弓子分开，弓子上端带有一个类似于旧式飞机头上的螺旋桨样的装置。绷两条细弦，下端系在一块小木片两头。他用螺旋桨卡住钻杆顶，线弦在钻杆上趁势一拧缠，趁着猛一松手，启动螺旋桨，就会随着他手压弦下木片的上下节奏，飞快地左右旋转起来，这时就会听到"嗞嗞"的钻头进入瓷器的声音。

田守义一干起活来，村民们就会一围一大圈，特别是那些孩子们，有时候竟然看得、听得都忘了吃饭。村中平常寂寞冷清，文艺生活少得可怜，钉盘碗就成了热闹。特别是操作打箍搂盆瓮与补锅钉碗时，发出阵阵不同音质、音量的声响，非常悦耳动听！并且又很具奇特节奏感，如同有位造诣深厚，功底扎实的音乐专家专门谱曲并随着守义打击乐器一样，只听得"丁丁锵！丁丁锵！丁锵丁锵丁丁锵！""丁丁丁！铃铃铃！丁丁铃铃丁丁铃！丁铃铃丁铃丁，铃丁丁丁丁铃！"，声音清脆悦耳，给人的感觉好像古人静坐山林，焚香、听松、观鹤起舞，或一边悠闲地弹琴抚弦，一边吟诵古诗。四周静静的，除音乐演奏声外，纯净地没有一点杂音，甚至不少人已微闭双目，如同进入气功状态的静场效果一样！只等一曲终了，便会爆出雷鸣般的掌声。但村民们一般不会鼓掌。听完一段了，他们会不由自主地发出："嗯，确实好！真是三辈没儿——绝了！嗯，确确实实好！"

人们就是在这种如同欣赏诗一般的音乐声中，亲眼目睹一个个精细的瓷器修整完毕，大功告成。有的简直就可以说比原先还要好看，还要完美。例如壶、碗边沿的伤处，因修理而镶有黄亮亮铜页子的镶边，一个个如蝉、蝴蝶、云彩状等，花样繁多，很好看，装饰性很强。如果不是亲眼目睹，还会以为这瓷器一开始时就是这样，原来就是如此好看呢。

守义就是凭着自己的心灵手巧，赢得了邻村姑娘刘樱花的芳心。刘樱花家处村中央，门前一棵大柳树，下面一片开阔地，正为他提供了施展本领的舞台，刘樱花也趁机名正言顺地尽地主之谊。守义渴了，她端碗水，毛巾干了，拧把水，一来二去两人便萌发了爱意。有一次，刘樱花趁爹娘不在家，便把他带回家，给他打了点汤面，更把守义吸引得魂不守舍。

只见她端盆、挖面、舀水、和面，揉匀了面擀成片，叠成几层儿，随着手起刀落手指后移，一条条又薄又匀的面条便如柳条一样在他心里随着春风飘荡。在下锅煮面的同时，刘樱花又取出个大海碗，在里面下了咸菜丝、黄花、肉丝等底菜，把面捞进碗里，再把白菜心、葱丝、鸡蛋、油泼辣子等放进去，然后再倒上香油、清油、陈醋、花椒。筷头一拌，橙、红、绿、白各色小菜就转成了一个旋涡、一朵花，那酸、辣、麻、香的汤味便随着腾腾热气四处飘散，叫人垂涎欲滴。守义情不自禁地握住了刘樱花的一双巧手。

随着时间的推移，刘樱花渐渐感觉到守义不仅有一手好技术，更有一副好嗓音，每年村里唱戏演节目，他都是挑大梁的，吸引得三里五村的人前来观看。香水沟自古缺水，特别是天旱时，人们喝水都困难，于是，挑水便成了人们的难题和话题。守义根据担水的故事，男扮女装，塑造了一个可爱的挑水姑娘，一边扭一边唱：

> 日出东海也归落了西山，
>
> 二八佳人去把水来担，
>
> 担呀不上去嗨呦呀，
>
> 歇歇儿喘喘，歇歇儿喘喘。
>
> 你叫我担来我就给你们担，
>
> 你家男人种地在高山。
>
> 要是看见了呀，
>
> 把你错埋怨。
>
> 我叫你担来你就给我们担，
>
> 我家男人也种地在高山。
>
> 要是望见了呀，
>
> 他不会把我嫌。
>
> ……

每当守义他们唱戏，刘樱花总是想方设法来看，挤在人群中替他鼓掌，向他丢几个媚眼，守义就更加起劲地唱。后来，因为天旱缺雨，几个村子的人就组织起祈雨的队伍，先举行祈雨仪式，紧接着就唱戏，守义就更成红人了。

祈雨仪式一般在旱情严重的时候举行。几名"取水"的长者背着敬神用的香裱纸蜡、盛水的瓦罐，守义一班人背上响器小鼓、小铜锣、小铙钹、小甩子，在炎炎烈日下，每人戴着顶用树枝编的环状凉帽，一路谁也不准说话。来到距村十多里的河边龙王庙，一拨人进庙秉烛烧香向龙王磕头叩拜，向龙王汇报着人间旱情灾难；一拨人下河取水。两拨人汇齐，就敲响小鼓、铜铙钹、铜锣、铜甩子，三磕头求雨。这时，守义便粉墨登场，亮起嗓子高唱祈雨歌：

> 龙王爷，你坐着，
> 听我把黎民百姓的苦楚对你说。
> 天不下雨为什么？
> 龙王爷，你坐着，
> 你把百姓也看着。
> 人间有恶你想除，
> 五黄六月天无雨，
> 天干火燎地枯焦，
> 你叫我黎民百姓怎么活？
> 龙王爷你发慈悲，
> 天降大雨劝人心。
> 龙王爷你发善心，
> 弟子塑你黄金身。
> 你降大雨救黎民，
> 百姓敬你万万岁。
> ……

事毕，守义等人稍微歇息一会儿，吃几口自带的干粮，喝几口冷水，就连夜赶回，一路上照样不说话，只敲响器，直达村子附近的神庙里。按习俗，庙里早已有老年妇女接应。将清油炸好的供品与取来的水一起供奉在庙里的神灵前，并且将早已做好的饭菜端来，招待守义这些不辞劳苦地为黎民百姓辛劳取水归来的使者。按规定，从取水一回到神庙以后，他们除去庙后厕所解手之外，不能离开庙一步，黑天白日都吃住在庙里，一个个苦行僧似的眼睁睁盼着天降甘霖。一天不降等一天，直到七天期满，就这么忧心如焚地一直干等干盼。那种久旱盼甘霖的特殊使者心情，真有"愿舍生捐身，以求神灵降雨"的精神境界。

但结果往往天不遂人愿，有时也许感动上苍，施舍些毛毛细雨，有时则连丝凉意都不给。于是，香水沟人年年失望年年望，导致村人有的外出逃荒，有的举家搬迁，虽说大部分人热土难离，在这块黄土地上存活下来，但穷家薄业，女娃大都外嫁，男娃们娶妻生子就成了难题。

田守义和刘樱花虽暗中相恋，但刘樱花的爹死不应承，一来嫌香水沟太穷，穷得连水都喝不上，二来刘樱花的大哥快三十四五了还未娶上媳妇，打算让她换亲。于是，刘樱花的爹请来一个算卦先生当着守义和樱花的面给他们占卦。

只见那个算卦先生先伸出左手，展开五指，用大拇指在各个关节上边点边转，同时双目紧闭，口中念念有词：

> 鼠见羊一旦休，
>
> 自古白马怕青牛，
>
> 蛇见猛虎刀斩断，
>
> 老龙与兔不安然，
>
> 猴遇猪不到头，
>
> 惊鸡遇犬泪长流……

说到这，他猛睁开双眼，装出难过的样子，"你们一鸡一犬，不大相合呀，就是结婚，也定会经常吵闹，互相碰撞，怄气伤情，轻者会人财相伤，祸事横生，重者会危及自家性命。"

"别说了，你这是胡扯。"田守义气冲冲地说。

"啥？谁在胡搅蛮缠？"刘樱花的爹一字一板地逼问守义，"撒泡尿，照照你那一脸锅底黑，你一拿不出聘礼，二没水让俺闺女喝，你这是毁她一辈子呀，你要是真喜欢她，就得为她想想，千万别往火坑里拉她呀……"

"你，你……"守义一气之下，冲出了刘家门。

守义心里难过，有时外出钉盘碗走在田野路上，心里想得难受，就对着天吼几句老辈人常唱的山曲曲儿：

> 黄瓢瓢西瓜绿皮皮，
>
> 心里想你不能提。
>
> 斜三颗星宿顺三颗星，

尘世上数不过这人想人。

前半夜想你扇不熄灯，

后半夜想你翻不过身。

想亲亲得了场费心痨，

满嘴嘴胡说尽鬼嚼。

想你想你实在想你，

三天吃不了半碗米。

三春期的黄风天天刮，

想亲亲想得我天天哭。

半崖崖上来半沟沟云，

扣心心想你活不成个人。

想亲亲想得我得了一场病，

什么医生也审不清。

长长的豆面软软的糕，

一辈子也忘不了咱俩的好。

切开一颗西瓜两钵钵水，

一辈子也忘不了你。

山沟里流水一条条线，

想死也没见上你的面。

太阳落在山沟底，

不想别人就想着你。

葵花花开在顶顶上，

操心就操在你身上。

心难活喽我只有一觉睡，

你身上把我的心操碎。

莜面窝窝堆满笼，

心焦不过人想人。

……

后来，为了这活命的水，村民们在毛主席"人定胜天"思想的鼓舞下，依靠村集体的力量，大力发展水利事业，村民们自己打井，当时用的是"大锅锥"，十几个人围成圈，一圈十几根杆，每杆三四个人，隆起结实的胸肌，一步一步地推，一米两米地往下钻。尤其是在寒风刺骨的隆冬里，村民们穿着破衣烂衫，里面是渗透的汗水，外面是滴水成冰的寒气，不少人为打井落下了一辈子的病根，有的腰疼，有的腿疼，有的哮喘，还有摔断腿造成终身残疾的。

就是这全村十几眼机井结束了香水沟人祖祖辈辈靠天吃饭的历史，滋润的小日子有了甘甜，有了盼头。守义老汉也靠着几亩地赚钱，硬是把刘樱花娶到了家里，生了一堆儿女。

那天晚上，村里排戏的活动室里又堆满了人。村里人过年，除了喝点烧酒，吃点猪头肉，玩玩扑克，也就再没什么好的娱乐活动了。所以村民们吃了晚饭，就纷纷挤进这间大屋子，烤火，喝水，打打闹闹，看演员们排练。

李梅俏是这次活动的具体负责人，每天负责村民演员的出勤记录。在演员们的名字下画一杠就等于一个义务工，于是好多人就免不了巴结她，希望她能给自己多画个杠，梅俏也就有些得意。可晚上，梅俏的情绪有点不好，拉着个脸坐在一把吱扭作响的老太师椅上，眼睛盯着糊在屋子顶棚上花花绿绿的烂报纸发呆。

王艺也不便搭理她，就招呼排练的人准备排练，可招呼了半天，却发现乐队吹唢呐的鼓匠脸冯文等人都不见了踪影。于是，他决定等等他们，就先把带来的卡拉OK机拧开，让村民们自娱自乐。村民们开始还有点忸怩，一个推一个背，都说："你先唱，你们先唱。"可后来，他们的胆子放开了，热乎劲也上来了，就开始抢话筒了，尽管唱得五音不全，有的调子都跑得捉不住了，但仍兴致不减。特别是平日开句玩笑都脸红的几个小媳妇们，今天倒像换了个人似的，抱住话筒亮开嗓子使劲地唱。点歌的人唱不上，就气得直翻白眼，混在人群里捣乱，喝倒彩起哄报复。更让人吃惊的是残疾人马叫驴竟也拄着拐杖挤进了活动室。人们就想捉弄他，拍响巴掌让他唱，没想到，马叫驴也不推让，大大方方点了首《辘轳、女人和井》的插曲《再也不能这样活》。

起先，人们是带着种嘲弄的态度想让他出丑，好让大伙乐呵乐呵。可渐渐地，村民们被马叫驴那极富苍凉的声音和真情实意的吐露所感染，都说怪不得老人们说叫驴是天生的好嗓子。

唱着唱着，屋子里的人们都禁不住跟着唱起来。先是低声和，后来干脆全扯开嗓子吼，整个成了大合唱。李梅俏也被感染了，从椅子上站起来，要组织人马进行排练。当她听王艺说几个乐队的人没来时，大声问他们去哪里了。

人群中不知谁说了句，他们几个人去邻村一户娶媳妇的人家唱喜，挣钱去了。梅俏生气了："就知道挣钱，钻他妈的钱眼里了，这戏还排不排了，这义务工他们还挣不挣了？就该让李胜利治理整顿一下他们！"

这时，田守义老汉领着金炜明推门进来。原来田守义是去村委会贾英才那里借戏服去了。戏都排得差不多了，可戏服还没着落。本来，村里过去唱大戏，买了许多戏服，可后来搞承包责任制，好多年不唱戏，戏服也不知弄到哪里去了。李梅俏问了问村里的老保管员，他也支支吾吾说不清。不过，他说贾英虎跟县剧团的人熟，可以请他到县里去租。

"租？"李梅俏问，"那得多少钱？"

这时金炜明走过来说："租就租吧，钱我赞助。"

"好……"屋子里的人便鼓掌叫好。

"来，今天咱们请金县长来指导指导，下面先对台词《碾糕面》。"王艺说。

于是扮演《碾糕面》中角色的两个青年男女便走到当中，一问一答唱起台词来：

> 太阳上来照西山，
> 今日里给我老母亲过寿诞。
> 适才秀莲妹妹将我唤，
> 不知唤我为哪般。
> 哥哥担起一担桶，
> 妹妹我拿上吊水绳。
> 哥哥拿上斗子吊，
> 小妹妹给你往桶里倒。

你帮我来我帮你，

担回那水来就淘黄米。

哥哥我把黄米倒，

小妹妹拿起舀水瓢。

哥哥拿起棍子搅，

小妹妹我把黄米捞。

我扛上黄米你拿上刀，

快到那小碾碾上去压糕。

有说有笑走得快，

碾道不远就走将来。

"停，停。"导演王艺走上前指导，"《碾糕面》是我们传统的二人台，主要是表达了两个青年男女借碾糕面这个活，来传达爱意。所以，你们表演的时候，不能太呆板，要活跃，动作要夸张，要有喜色，男女间的动作要亲昵，不能害羞。来，再走一遍。"说着，他还亲自甩了几个媚眼，翘起兰花指示范了几个动作，把众人都逗笑了。

两演员接着唱：

左三遭来右三遭，

四六八遍就压下了。

哥哥这里把面扫，

小妹妹拿起箩箩摇。

说说笑笑天不早，

眼看那日头晌午了。

二人进门笑盈盈，

小妹妹我把那火来生。

哥哥我把糕面撒，

小妹妹我把这风箱拉。

软溜溜的黄糕蒸满笼，

一对对笑脸脸是咱二人。

哥哥踩糕不嫌烧，

小妹妹巧手捏软糕。

哥哥包上个糖角角，

小妹妹捏上个喜鹊鹊。

哥哥捏了个白灵灵，

小妹妹捏上一个张生戏莺莺。

哥哥捏上个黄牛耕，

今年地里就五谷丰登。

捏一对蝴蝶绕花蕊，

绕来绕去是咱二人。

捏一个龙来配一个凤……

这时候，贾英虎裹着一身冷气推门进来，后面跟了两个村民，抬着一只大木箱。他一进门就嚷嚷："哎哟，俺的天爷爷，总算把衣服借到手了，真是费尽了口舌。"

众人忙围上来，七手八脚翻找自己要穿的戏服。

王艺随手拿起一件衣服，闻到衣服上竟有股霉味，皱皱鼻子说："咋这么破旧？"

贾英虎乜斜他一眼说："你就别嫌好赖了，有本事你去借借看。哎，正好，俺跟你大导演讲明白，人家县剧团可是每天每件要十块租钱的。"

"什么——"王艺还要说什么，不知谁在人群中说："行啦，别挑三拣四的啦，咱就有啥穿啥，有啥吃啥吧。"

"哈哈，嗬嗬——"众人哄堂大笑。

原来，这"有啥吃啥"是王艺的一个笑话。那是去年夏天王艺在香水沟村下乡，搞普法教育活动，村里安排他到各家各户轮流吃配饭。一天，他在李梅俏家吃饭，李梅俏为让下乡干部吃好，就特意用家里仅有的几个鸡蛋炒了一盘菜。谁料想，她光顾忙着做饭，放在桌上的炒鸡蛋被趴在桌边的孩子偷吃了个精光，李梅俏猛抬头发现后急得大骂："你个馋死鬼，你把炒鸡蛋都吃光了，那人家下乡干部吃啥？就等着吃你妈的奶子了。"

李梅俏光顾骂孩子，没注意王艺正好进门，接口说："行，行，咱就有啥吃啥吧。"

一句话，把李梅俏闹了个大红脸。

那天，王艺穿了个新衬衣，屋里有点热，他想脱掉又怕放在炕上被小孩弄脏了，就转悠着想找个挂的地方。忽然，他发现一个大黑钉，就把新衬衣挂了上去。谁知，刚挂上去，黑钉子突然飞了，他的衬衣一下子就掉进了下面的泔水缸里。原来，那不是铁钉，而是只黑头苍蝇，只不过，王艺是个高度近视眼，没看清罢了，可把王艺气坏了。

吃完饭，王艺拎着被弄湿的新衬衣走了，李梅俏心里越想越不是滋味，忙叫男人找个黑铁钉钉在了墙上，等着晚上王艺来吃饭时好挂衣服。

傍晚，王艺进了门，眼睛不由得往中午黑头苍蝇那地方瞅了瞅，猛地发现那家伙竟然还趴在那儿，就不由得手下生恨，骂了句"王八蛋，你还敢在这儿"，就高举着手掌猛地拍了下去，"嗷"的一声就被黑钉钉在了墙上。

后来，不知谁听说了这件事，就越传越广，越传越有趣，被演绎成了一段动听的笑话儿了。

就在众人讲述和回味王艺笑话的时候，守义老汉拿起一件戏服，他觉得非常眼熟，便下意识地往衣服的肩部一摸，竟呆住了。他愣了片刻，忙把那件衣服用双手撑开举到眼前一看，双手竟不由得颤动起来，他看到的分明是一朵手绣的云彩呀，他的双眼湿润了……

田守义年轻时在村里唱戏，扮演《打金枝》中的唐王。那是一个大年初五的晚上，他在台上刚唱完戏，就迫不及待地跑下舞台，连戏服也未来得及脱，他拉起躲在黑暗处的刘樱花，两人跑到距戏台不远处的一个小树林里，靠在树干上，搂作一团，亲得昏天黑地。忽然，两人听得"吱"的一声响，才发现守义的戏服被树枝扯破了。这可把两人吓坏了，一来戏服很贵，二来怕被村干部发现批评，最后还是樱花心灵手巧，连夜把戏服拿回家里，在撕破处用丝线绣了一朵云彩。因为龙袍除了龙图就是祥云，这样一来，谁都看不出来。后来，每当守义穿起这身戏服，都禁不住要抚摸许久。它就像一缕春风，时时刻刻拂揉着守义的心，又似一片伤痕，深深地烙在了守义的心上。

守义心想："这明明是村里过去的戏服，贾英虎为啥要说是县剧团的？难道就连这样的钱他都要挣？这些戏服是何时落在了他手里的？"想着，他的目光就不由得定在了贾英虎身上。

贾英虎见守义定定地盯着自己，就开玩笑说："看啥呢？没见过美男咋的？"

众人便又大笑。

田守义轻轻摇了摇头，双手抱着戏服坐在了椅子上。不知谁又开玩笑说："看，老田又在做皇帝梦了。"

这时，吴乡长、贾英才等乡、村干部也推门进屋，来商量拿啥节目代表乡里到县里演出。众人纷纷让座，把金炜明周围的椅子让给他们坐。

贾英才使劲搓搓手，首先发言："俺看还是上咱们自编自演的节目，夸夸咱乡的农网改造啦、水利化啦，等等。因为毛主席还说过，文艺是为政治服务的嘛。咱们就是要通过文艺的形式，来反映乡政府作出的成绩，怎样？"

好半天，众人没吭声。

吴乡长见状就说："大伙也别着急，咱们今天就是商量，啥好咱上啥。"说着，他抬头看了看贾英才问："你说上《农网改造》节目，词编好了吗？"

"编好了。"

"那行，念给大家听听，让大伙感觉一下。"

贾英才从口袋里掏出几张纸，清清嗓子念起来：

> 东方升起红太阳，
> 新年新春喜洋洋，
> 欢欢喜喜出村庄，
> 喜看城乡新气象。
> 前面有个白铁架，
> 又高又大是啥塔，
> 移动电话全靠它，
> 不用电线能通话，
> 世界各地互联网，
> 致富信息早知道。
> 为啥电杆行对行，
> 为啥电线白又亮，
> 农网改造重整理，

乡村用电价格低，

三个代表送民意，

省电节能争效益。

改善生态做计划，

种菜种树没风沙，

山坡上头挖菜畦，

紫花苜蓿沙打旺，

油松柏松钻天杨。

多种树来多植草，

坑坑洼洼，

沟沟岔岔，

圪塄畔畔，

旮旯旯旮，

草多树多利益多，

利国利民利家乡……

贾英才一口气念完，颇为得意地环视大家："怎样，不赖吧?!"

众人含含糊糊，没人鼓掌也无人反对。

这时，王艺站起来说："反映成绩是不错，但我问了一下在其他乡指导节目的几个同行，他们安排的节目也大都是这类东西。我们再排这样的节目，是不是就太大众化了? 很难出新，就没有优势。"

"那你说排啥才跟人家不一样呢?"贾英才反问。

"咱们应反映咱地方特色、风俗人情。"王艺来了兴趣，他把大衣脱下，挥舞着手说，"就拿咱村里的传统民俗来说，比如过大年、剪窗花、包饺子、炸油糕等，都很有特色。"

人们听着，有人在笑："这还叫特色呀，那不成了日常光景了吗?"

"对，正是日常生活，人们才不注意它的美、它的特色。"

"特色在哪里? 说给大伙听听。"金炜明也来了兴趣。

"这样吧，我给大伙念几句听听，先说剪窗花吧。"说着，他摆了个姿势，翘起兰花指，连比画带唱:

> 方寸红纸，
>
> 大千世界，
>
> 剪红窗花，
>
> 世代相传。
>
> 剪出的窗花山水相依，
>
> 传下的窗花福禄相连。
>
> 剪掉忧愁留下心宽，
>
> 剪掉贫穷留下有余，
>
> 剪掉粗糙留下精巧，
>
> 剪掉累赘留下实在。
>
> 面对窗花许个愿，
>
> 窗花里映出春夏秋冬，
>
> 窗花里兆出五谷丰登……

王艺惟妙惟肖的动作、声情并茂的演唱引起了一片掌声。只有贾英才不屑一顾地撇撇嘴。

"再唱唱包饺子。"金炜明鼓励王艺，兴趣挺高。

王艺受到鼓励，更加有了信心，敞开嗓子唱道：

> 嫩绿的韭菜，
>
> 鲜嫩的香肉，
>
> 剁成碎片岁岁平安。
>
> 开心和来精心拌，
>
> 红红绿绿匀又香，
>
> 手擀皮儿圆又薄，
>
> 包进心愿包进祝福。
>
> 放进锅里煮一煮，
>
> 煮得饺水翻腾饺子翻浪，
>
> 煮出个由穷变富翻个身，
>
> 煮出个热气腾腾人气旺，
>
> 煮出个水沸饺熟梦成真，

煮出个团团圆圆享天伦……

"好!"众人叫好,他们想不到,平平常常的窗花、水饺,经王艺的嘴一唱,竟唱出朵花来。于是又鼓励王艺,"再唱唱炸油糕。"王艺便又摇头晃脑唱起来:

> 天下五谷数黍子香,
>
> 三十里的莜面四十里的糕。
>
> 细细的糕面精精地揉,
>
> 揉面揉得心气高,
>
> 包馅包进芝麻糖,
>
> 又甜又香心里美,
>
> 揉好面来旺火上蒸,
>
> 香油滚滚香气飘飘,
>
> 炸出的油糕赛金元宝。
>
> 油糕油糕,
>
> 又高又高,
>
> 吃出福气,
>
> 吃出勇气。
>
> 真好像上楼梯吃甘蔗,
>
> 步步高来节节甜……

众人听着,议论纷纷。

田守义老汉与李梅俏却提出要上老戏,说老戏有人缘,人们能看懂,演员也省劲、熟悉,说有的演员连新台词也记不住,并列举了准备排练的《打金枝》、《杨八姐游春》,还有耍孩调《猪八戒背媳妇》、二人转《走西口》等。

贾英才不同意,说要是《农网改造》不好排,就还排《农田变成水利化》。

商量半天也没结果,最后还是吴乡长拍了板:"咱们来个新老结合,用二人台的老调子唱新词,怎么样?就先来熟练的吧,先上《挂红灯》看看。"于是，两个扮演《挂红灯》中角色的演员便欢快走上场中央，认真排练起来：

正月里正月正，
正月十五挂红灯，
红灯挂在大门外，
单等五哥上工来。
二月里刮春风，
我瞭哥哥在山顶，
猫耳朵莜面窝窝堆满笼，
着急不过人等人。
三月里来是清明，
小妹妹爱扎红头绳，
红头绳扎绿头绳跟，
我问一声五哥喜人不喜人。
四月里下大雨，
五哥放羊在山里，
山沟沟里一个长流水，
多少人里就相准了你。
五月里五端阳，
软米粽子包上砂糖，
红糖白糖和砂糖，
得留给五哥尝。
六月里二十三，
五哥放羊在草滩，
身披上蓑衣手打的伞，
手里又拿着放羊铲。
七月里豆角角白，
咱给五哥做上一对鞋，
做上一对牛鼻鼻鞋，

得得劲劲你瞄妹妹来。

八月里是秋天，

五哥放羊在外边，

受上那苦来赚不下个钱，

我看见五哥他真可怜。

九月里秋风凉，

五哥放羊没衣裳，

小妹妹我有件花袄袄，

改一改领口你里边套上。

十月里立了冬，

五哥放羊在村东，

不爱你的金来不爱你的银，

单爱哥哥好后生。

十一月里三九天，

白毛旋风凉死人，

人家有钱在家中，

五哥没钱赶羊群。

十二月整一年，

五哥上柜算工钱，

算盘一响卷铺盖，

两眼流泪咋离开……

此时，鼓匠冯文等人正躺在邻村办喜事人家安排的窑洞里睡觉。几个人睡不着，就缠着冯文讲讲他跟在鼓匠摊上唱歌的女歌手亲热的事儿。冯文起初不肯讲，但经不住狗蛋磨叨，就干脆添油加醋地信口开河……

说笑完了，几个人又一起算了算今天的收入，他们在积极筹备钱款，正在办理入股小煤窑的事宜。

想着发大财的美梦，几个人呼呼入睡了。

（十五）土帐篷里的密谋

　　农村人过日子虽红红火火，却也是不慌不忙，好像在集市上买了一块美味的食品，舍不得囫囵吞下，而是尝一口再嚼一口细细品尝。

　　这集贸大市场原先是一块开阔的麦地。几年前，政府一声令下，如平地一声雷，方圆几里的大地盘就设铺子、布摊点、搭戏楼、建柜台、划地圈栏，升幌引幡，热气腾腾地蒸出小吃一条街，熙熙攘攘地吵出商品门店一长串。

　　陆占春领着媳妇兰媛媛，拽着小女儿兰花花在人流中穿行。占春今天是为自己开的小卖铺进货的，但他似乎对琳琅满目的小商品并不上心，而是不住地左顾右盼，像是在找寻什么人。女儿兰花花却对什么都感兴趣，尤其是当她走过小地摊时，眼盯着那小孩穿的红花裹肚、小背褡，上面绣着蟾蜍、蝎子、壁虎、蜈蚣、蛇，还有那大红大绿、黄黑相间的老虎头，再看看那形形色色的小面人、惟妙惟肖的小糖人，看得入迷，就把小手指头塞进嘴里，赖着不肯走。兰媛媛没法子，就买一两个小玩艺儿哄哄她。

陆占春经过牲口市场，看看手表，觉得时间还富余，就饶有兴趣地站在旁边看"经纪人"为双方撮合协商牛、羊、骡、马买卖。"经纪人"嘴上不说话，只在袖管中用手讨价还价"捏码子"，都紧抿着嘴唇，显出意志很坚定也很有信心的样子。

眼见日当中午，陆占春便带着媳妇和小女儿来到了一个刀削面摊点。这个摊点紧靠一家小书店的砖墙，用大帆布搭成帐篷，地还是原汁原味的硬土地，只不过是夯坚实了，再洒上点水，用长木条搭成两溜小凳，刀削面的锅灶就搭在帐篷口。一位光头师傅头顶一条湿毛巾，将揉好的面团按放在头顶上，左右两手各执一片特制的白亮亮的削刀，左右开工，手起刀落，只听见"嗞嗞嗞嗞"一阵细小声响，就见一小指宽窄极薄极短的像柳叶般的面片，如雪片、似白箭，"噌噌噌噌"地飞进离身体两米远的大汤锅里，特别是当面团减缩成薄薄一层的时候，他仍闭着眼面带微笑地挥洒自如。兰媛媛看得眼都发直，她直担心削面师傅一不小心将自己白白的头皮当成面片削进汤锅里。

占春见她紧张的模样，就忍不住直笑，说："别瞎操心了，你们南方人不懂这个。"

"啥？南方人怎么啦？"兰媛媛嗔怒地白他一眼，"我们南方人见的世面少？"

"好啦，好啦。"占春已端好两碗汤面，用汤匙舀了一勺肥肉汤，再捞个茶叶蛋，捏点香菜，撒了点辣椒面儿，吸溜吸溜地吃起来。

这时，同村的马叫驴、刘卫红的媳妇韩翠莲、信用社主任石头也前后来到帐篷下，每人要了一碗刀削面，边吃边聊起来。

兰媛媛吃不惯刀削面，她觉得这面吃不如看，自己和女儿就拿个茶叶蛋，站在帐篷口看师傅削面，眼睛却不住地巡视着来来往往的人。忽然，兰媛媛看见池莲花领着儿子朝这边张望，并向这个帐篷走来，她慌忙站起身来，准备截住她。

池莲花却没注意到兰媛媛，当兰媛媛突然迎住她时，竟一时显得有些慌乱。

"哟，是支书夫人呀。"

"哟，是、是嫂子呀。"

"你打扮得漂漂亮亮的，找啥人吧？"兰媛媛看见池莲花就不由得萌生醋意，操着一口流利的南方普通话，目光像扫帚一样"扑扑扑"横扫池莲花身上的土气。

"我、我想找占春，有、有点急事。"池莲花慌慌张张、支支吾吾地说。

"有啥急事，跟我说可以吗？"

兰媛媛话还没说完，只听女儿"哇"的一声哭了，她一转身发现池莲花的儿子正抢了女儿的茶叶蛋吃，还得意地眯着眼睛笑。

猛地，兰媛媛感觉这笑容有点眼熟，但一时又想不起熟在哪儿，便不由得把女儿拉过来，哄着俩孩子说："来，俩小人比比，看谁长得高。"

俩小孩便比试起来，还相互暗中踮起脚尖，互不服气。

兰媛媛却趁机打量俩孩子的长相，发现池莲花的儿子竟有点像……天哪！

池莲花看见了，忙把儿子一拉，顺手给他一巴掌骂道："让你嘴馋！"说着拉着儿子就要走。

这时，帐篷里的人们听到吵闹声，便撩开布帘走出来。池莲花一抬头看见死了男人的韩翠莲也在，脸色就更不好看，她早就听说韩翠莲跟自己的男人贾英才、小叔子贾英龙关系不清不白，虽然她早不在乎贾英才了，但见了面还是觉得有些别扭。

陆占春看了看池莲花没说话。

马叫驴倒是热情："莲花，有事呀？"

"啊，没事，没事，你们忙。"说着，抱起儿子匆匆走了。

占春望着池莲花远去的背影，对大伙说："散了吧，那件事先就那样按商量的办。"

众人便神神秘秘地各自散去，张罗着买年货去了。

女儿缠着兰媛媛要买泡泡糖，也去了货摊。占春独自坐在门口的木凳上，望着来来往往的青年男女，不由得想起了与池莲花相恋的日子……

陆占春、贾英才、池连泉三人从小就是形影不离的伙伴。池连泉的妹妹池莲花仅比哥哥小一岁，打小就跟着哥哥与他们一块玩，又一起念书。池莲花生得好看，人又聪明，陆占春、贾英才都喜欢她，可她却始终偏爱陆占春。那时，他们在离村十里远的乡中学读初中，每天清早披着星星往学校赶，晚上又戴着月牙往回返，在那条乡间小路上，他们拉着手在风里行、雨中趟、雪上滚。随着年龄的增长，两人的感情也如树上的青苹果，酸涩中透出种初熟的清香。

高中毕业后，陆占春、贾英才、池连泉、池莲花几个同学都回了村。贾英才凭着自己的能干与聪明，很快就当上了村基干民兵连长，并且利用工作上的方便，与当时的公社主任拉上了关系。一天晚上，贾英才主动约陆占春到他家喝酒，并告诉占春一件好事：今年冬季征兵，村里只有一个名额，他推荐了占春。

在当时，村里人能当兵的确是件难事，多少人做梦都不敢想。陆占春犹豫了一下，因为他舍不得离开池莲花，两人的关系已不再是秘密，这一离开，就是几年哪。但他又很快高兴地答应了，他知道，这个机会确实难得，趁年轻，自己出去见见世面，等回来再结婚也不迟。当晚，两人围着盘花生米、一碗炒黄豆、几根豆腐干，喝得大醉。陆占春酒后躺在贾英才家的炕上，还不住地喃喃："谢谢老同学，谢谢啦。"

在新兵出发的前几天晚上，陆占春与池莲花难舍难分。前半夜两人在村外防渗渠地小树林里依偎了大半夜，池莲花虽舍不得占春离开，但为了他的前途，她又鼓励占春到了部队好好干，干出番事业来。后半夜，两人冷得实在没法子，就在陆占春叔叔陆旺的安排下，在陆旺的小屋子里温存了半宿。悄悄话一直说得把太阳都吵醒了，睁开惺忪的睡眼从东边摇晃出来。

陆占春出村的那天，池莲花送了一程又一程，山崖畔上的放羊汉见了，便扯开嗓子吼：

　　　　走了三里退二里，

　　　　走了返回扔不下你。

　　　　百灵子麻雀绕天飞，

　　　　扔不下年轻的小妹妹。

　　　　麻子开花尖嘴嘴，

　　　　牵魂线挂住短腿腿。

　　　　风尘尘不动树梢摆，

牵魂线挂住走不开。

喜鹊子落在树干干，

捎书书容易见面面难……

"爸爸。"女儿一声呼唤，把陆占春的思绪从回忆中拉回来，村里的孩子都管父亲叫爹，兰媛媛非让孩子叫爸爸，她觉得叫爹太土。

"时候不早了，该回去了。"兰媛媛望着他说。

"好，咱回家。"占春拍拍她肩膀说，忽又回头问，"刚才，那池莲花找我，没说啥事？"

"事倒没说啥，但她好像有心事。"兰媛媛淡淡地说，"要不就是替她那男人来打探啥情报了吧？嘻嘻！"

"别瞎说，回吧。"占春不再问什么。

女儿一路小跑，兰媛媛便得跟着小跑，望着她修长的身影，占春心里涌出一片柔情……

那是到部队的半年后，陆占春收到了池莲花的来信，那是一张因泪水打湿浸透而显得皱巴巴的半页纸，告诉他：对不起，她与贾英才结婚了。

陆占春犹如当头被敲了一棒，半天没缓过神来，他不相信，他也完全想不通，"她已经……怎又……唉！"他实在不明白是怎么回事，直到今天也没弄明白。

占春心里难受，独自坐在离营地不远的一片树林里，泪水扑簌簌直掉，耳边仿佛又听到了村里老人常唱起的信天游：

青石板栽葱扎不下根，

心中的亲亲合不上婚。

石砌的砖墙刮不进风，

天配的姻缘合不上婚。

忻州的白菜并州的葱，

二人想好也合不了心。

墙头上画马不能骑，

小妹妹怎好是人家的妻。

人家的老婆人家的妻，

扔下个哥哥没人疼。

泪蛋蛋是俺心中的油，

俺不难活呀它不流……

　　经受了打击的陆占春把所有的精力都用在了工作上，由于他突出的表现，很快，他入了党。也就在这时，兰媛媛悄悄来到他身边。

　　占春所在部队的驻地营房坐落在一个山脚下，距营房二里左右是一个典型的南方小村落，兰媛媛就是这个村里最美的姑娘。她的父亲是当地有名的农民企业家。在村里办有鸭场、小型冷库，形成了养、宰、冷冻、加工、销售一条龙。当时陆占春属铁道兵，专业岗位是管理发电机，学到一手修理发电机的好手艺。兰媛媛父亲经营的冷库有几台发电机老出毛病，经常请占春去修理，兰媛媛就被占春英俊的相貌和不凡的手艺所折服。于是，她成了占春发电机房的常客；再加上兰媛媛父亲的企业与占春所在部队是"双拥单位"，常常举行联谊活动，兰媛媛就有更多的理由和机会来找占春了。

　　陆占春也看出兰媛媛的心思，但他每次都很婉转地回避了。因为一来占春心里装着青梅竹马的池莲花，二来部队规定不允许战士与当地百姓谈恋爱。但兰媛媛对占春始终怀着深深的爱恋。占春也在与她一家子的接触中感受到了家乡与当地的差距，同时也认准和摸清了农村发家致富的一些门路和诀窍。

　　在池莲花一纸薄书砸碎了占春爱情梦的同时，也为兰媛媛赢得占春创造了得天独厚的机会。她用爱的温情温暖了占春冰冷的心，治愈了他心头的创伤。

　　从部队复员后，陆占春不愿再回到令他心碎的故乡，加上兰媛媛父亲把他当做儿子看待，视为接班人培养，陆占春在这个不大不小的企业里跌打滚爬，逐渐成为一名出色的管理者和经营者。但随着事业的发展和自身的成熟，陆占春却越发思念故乡的山山水水，想念家乡的朋友伙伴，更挂念年岁渐高的叔叔陆旺。占春自小父母早故，全靠着叔叔陆旺含辛茹苦把他拉扯大，靠全村的乡亲们接济长大成人。每当夜深人静时，他常会苦思冥想，尽管自己现在衣食不愁，但远在故乡的亲人和乡亲们却在承受着贫穷和落后的煎熬，于是他心头涌起一种回家乡带领乡亲们脱贫致富的冲动和愿望。

那也是个月朗星稀的夜晚，占春从冷冻车间回到宿舍，发现兰媛媛早已坐在书桌前等他了。他发现今天的兰媛媛显得很腼腆，她两只手交织在一起像波浪一样揉来揉去，满面羞红，一副欲言又止的样子。他预感到什么，果然，兰媛媛娇羞地说："今天中午，我爸问咱俩想好了吗，什么——什么时候——结婚？"

陆占春凝视着兰媛媛，半天没吭声。

兰媛媛急了，不解地问："难道，你不同意？"

"不，不是，我是……"占春心绪复杂，一时也讲不清楚。

"那，那，啊——"忽然，兰媛媛恍然大悟似地笑了，"你是怕让你倒插门吧？哈哈……"

"瞧你，说哪儿去了，我们当兵出身，啥都不怕，还怕倒插门？"

"那为什么？"兰媛媛忽闪着大眼睛，不解地问。

"媛媛，我想回老家去，你能跟我回去吗？"占春终于吐出了心里话。

"什么？"兰媛媛一时竟以为听错了，"你要回那个穷地方？放弃这里这么好的条件，专门再回那个穷山沟？你是不是发高烧？"

"没发高烧，我清醒得很。"占春静静地望着兰媛媛，"媛媛，要是你真的爱我，你就跟我一块回去，咱们从头创业，怎么样？"

兰媛媛半晌缓不过神来，沉默了许久，才幽幽地说："我也没想过，让我好好想想吧。"

当天晚上，兰媛媛向爸爸述说了占春的打算，她爸爸沉思了许久，对兰媛媛说："也许占春是对的，他是个好男人，是个有正义感、责任感、进取心的男人，好样的。你就跟他回去闯吧。有什么困难，爸爸会支持你们的。"

回到村里，陆占春跟兰媛媛热热闹闹地举行了一场婚礼。他们几乎请了全村所有的乡亲。当然，也给贾英才和池莲花发了请柬，池莲花借口推脱了，贾英才却以干部身份参加了婚礼。

娶亲那天用的是传统的青骡轿子。骡子在前一天要洗刷得干干净净，笼头上带有红缨子、小铜铃。青骡子小步跑起，随着"嗒嗒"的蹄声，小铜铃、车佩环"丁咚、丁咚"作响。轿车上有一个拱形窑洞式的顶罩，两侧与后屏风由许多不同形状的雕花小木格组成。里面罩有不同底色并由各种彩色绣花人物、花卉、珍禽、异兽图案组成的布置。前面有绣花绸缎帘子，分别绣着"凤凰戏牡丹"、"鱼儿戏莲"、"连生贵子"以及各种吉祥如意图案。陆占春先让兰媛媛暂住在邻村一亲戚家里，因兰媛媛娘家太远，就把亲戚当娘家。轿子到了家门，新郎要背新娘下轿，烧一堆火让新郎背着新娘从火上跨过。跨火时众人就唱：

> 烧烧烧，燎燎燎！
>
> 轿里坐了燎宝宝。
>
> 向上看，没弹嫌；
>
> 向下看，一点点。
>
> 不烧咧，不燎咧，
>
> 厨子把肉熬黏咧！

紧接着，随着占春和兰媛媛的脚步，乡亲们往他们身上撒麸子（福字）和金铂银屑彩色纸片，以马叫驴为首的亲朋好友一边撒一边大声唱着：

> 先撒金，后撒银，
>
> 再撒新人出轿门……

交拜礼仪完毕，占春夫妻被送进洞房，脱鞋上炕，新郎新娘同时向炕上撒核桃、枣、花生。

晚上，随着众人簇拥，众人耍房开始。村里口齿伶俐的艺人冯文等将脸用锅底灰抹黑，几个年轻人站在当院，敲锣打鼓，边跳边唱。伴着鼓声歌音，年轻人一拥而上，围住占春和兰媛媛左拥右推，让他们做什么"和尚撞钟"、"火车倒搭钩"等一些又荤又酸的节目。

此时的池莲花正站在村里一块高地上，望着占春家明亮的灯火和嬉闹的情景，她的心在流血。她知道，这是占春故意在气她。想着，她那委屈和心酸的泪水便一颗颗映着月光滚进了脚下的黄土地……

村里的刘告状看到了陆占春、马叫驴和石头他们几个人的神秘聚会，他琢磨着他们肯定在密谋什么，具体是啥他还不清楚。他就把这个情况向大院里的金炜明说了一下。

金炜明说有机会他亲自去了解一下，看看他们究竟搞什么名堂。

（十六）"小媳妇"凉粉凉了

宋小蝶伫立在香水沟村里自家正在施工的六间瓦房前，心里溢满了幸福与满足。一下子起六间大瓦房，这连过去的地主老财们都不敢想。整个房子全是钢筋、水泥打梁，一色砖块砌墙，碗粗的木头作椽，腰粗的整木做檩，红瓦盖顶，瓷砖贴面，连院面将来都准备用水泥硬化，难怪村人眼红得快滴血呀。

想一想过去，再看一看如今，宋小蝶的心中便涌起层层酸甜苦辣的波澜……

儿时的宋小蝶颇有心计，那时家里太穷，过八月十五时，妈给她跟哥哥宋根红每人两个冰红果。宋根红抓起两口就吃了，她却舍不得吃，自己找来些丝线，编个小果笼，把冰果子放进去，挂在胸前，连走路都时不时地闻一下。小伙伴们见她每天果笼里都有两小果，就问她怎每天都有俩呀，她头一摆说她家多的是，引得小伙伴们一阵羡慕。一直等到果子快软了、臭了，她才一小口、一小口地咽掉。连小学的教师都说，将来宋小蝶长大了，一定是个有心眼、爱面子、很能干的女人。宋小蝶心里也对未来的生活充满了向往和自信。

谁知她自己的命运并不掌握在她自己手中，当媒人向她家和燕百合家提出换亲的那一刻，小蝶同百合一样，两人心里的火焰被当头浇了一盆凉水——从头凉到了脚底板。女大了嫁人也不怕，是女人都得过这一关，可她知道，燕忠是个半傻子，虽说还不至于傻到喝尿吃屎，却也别指望他能顺顺当当地从一数到百。但当她回头看看哥哥宋根红支着副拐架，求生不好活，求死不能成，在寒风里颤颤巍巍发抖时，她只能双眼一闭，任由豆大的泪珠从脸颊上滚下，她心里也轰然回响起三个字：认命吧！

成婚后，宋小蝶入主燕家，燕百合搬到了宋家。两个漂亮女人同时嫁给两个残废，我不嫌你驴丑，你也不能嫌我猪黑，谁也未占便宜，但谁也不吃亏，倒也相安无事儿。反正有两个女人在维系、牵制着，摇动辘轳桶动弹，谁也不怕谁嫌，谁也不怕谁跑，两个紧箍咒、两道双保险，日子反倒安稳无比。只是换亲这把锯在两个女人心中，你来我去、我去你来地来回拉扯，锯了多深的伤口，流了多少的鲜血，只有她俩清楚。反正外人也只是叹口气说声："真是两朵鲜花插在了牛粪上，又让猪给拱了。"

嫁到燕家后，宋小蝶感觉到日子越过越难了。燕家人多地少，收入微薄，窑洞也少，两户人家挤在两孔窑洞，加上一个婆婆、两个公公，做起事儿真不方便。两条炕中间只隔一个堂屋，夜深人静，稍有风吹草动，全听得一清二楚，让人直羞得黑灯瞎火也得自个儿捂住自个儿的脸。

尤其是那燕忠，说他半傻吧，男女之事却一点也不傻，而且是无师自通，加上精力旺盛，每天晚上都要把小蝶折腾得咬牙切齿，他自己也兴奋得吱哇乱叫。小蝶用手掐他叫他小声点，他反而高声嚷嚷："你掐我干啥？干啥要小声呀？我舒服嘛！不让我叫，你想憋死我呀。"把小蝶气得只能用被子蒙住头哭泣流泪，很少体验到男女间的欢愉。

后来，小煤矿上跟宋小蝶她哥原先干活的一个工友来看她哥，无意中说起矿上许多新鲜事儿，小蝶心里活动开来，在哥哥工友的帮助下，她与燕忠一块来到小煤矿边上，租了一间小屋，摆弄起了凉粉摊。

那燕忠虽是半傻，却旋得一手好凉粉，这都是他爹走南闯北学下的手艺，还愣是教会了燕忠。燕忠半傻也有半傻的好处，他只要学会了，就始终按工序一道一道做下来，既不会偷工减料，也不会耍奸取巧，凉粉的质量始终保持稳定。宋小蝶手巧脑子活，她自己给那凉粉倒上陈醋，配上豆腐干条条，抓一把莲花豆，舀上辣椒油，再点缀上香菜叶，一碗香喷喷、凉爽爽的凉粉就做成了。有的还外加个茶鸡蛋，再斟上二两小烧酒，直吃得姑娘、媳妇喊香，小伙子、后生叫爽，老头、老太太说棒。从此，"小媳妇凉粉"叫响了这个小煤矿的角角落落，不少矿工出井后连澡也顾不得洗，径直到小媳妇凉粉摊前先吸溜一碗，吃着香甜的凉粉，瞅着好看的媳妇，真叫人从嘴爽到心肝肺。他们吃着喝着，大声说着井底下矿工们交流的荤话黄段子，感觉过得已是神仙的日子。

时间长了宋小蝶发现，这期间有一个干部模样的人很喜欢吃她的凉粉，但从来不像那些矿工讲脏话、听荤段子，只是静静地品尝。有时还经常打包带凉粉回去，也不知是给父母吃，还是给他媳妇吃，宋小蝶打心眼里羡慕这个人的媳妇，真有福气，遇上这么好的男人。

随着"小媳妇凉粉"知名度的扩大，宋小蝶招惹的麻烦也越来越多，这让她始料不及。有的大饭馆客人点"小媳妇凉粉"，他们就让人出来买，有些干脆用桶提，可他们很少给现钱，都推说大饭店一般很少使用小额现金。等积攒了几百块，小蝶去要账，他们一副店大欺客、财大气粗的样子，觉得就为区区几百块钱，不值得一结，等攒多了一次性再给，省得麻烦。不给钱还摆出一副大人照顾小孩业务的派头，让小蝶感谢他们，还不能添麻烦。还有那些街头的小混混吃完凉粉把嘴一抹，抬腿就走人，小蝶想拦住跟他们要钱，反被他们攥住手不放，还色迷迷地挑逗小蝶说："凭啥给你钱？想挣钱，可以呀，陪哥们上床玩玩，肯定给你钱。"直气得小蝶眼泪汪汪。

因此，表面上看小蝶的凉粉摊生意不错，实际上饭店的赊欠压得她难以周转，小混混的骚扰也让她心惊胆战，更凶险的是来自同行的嫉妒和诽谤。那些同行为偷学小蝶家的手艺，常扮作普通吃客来研究"小媳妇凉粉"的秘密。可他们尝来品去，就是摸不准"小媳妇凉粉"为啥这般好吃，认为小蝶无非就是把粉旋好，舍得放调料，多倒油就行。于是他们照猫画虎，猛下调料，咬着牙多倒油，可顾客们反倒被辣得直呵嘴，都喊油大反胃直呕吐。那些同行一怒之下，就造谣说"小媳妇凉粉"里面掺了胶水，筋道得成了连鬓胡吃麻糖用手都撕不断；有的还说调料里偷放了洋烟（罂粟）壳，让人越吃越上瘾。其实小蝶的秘密很简单，她只不过是把辣椒油用上好的鸡油调成，而别人只是用麻油泡辣椒。就这么点秘诀，怎么也算个商业秘密吧，她怎能拱手相让给这些无理取闹的同行们呢？

那是一天中午，烈日当头烘烤，"小媳妇凉粉"摊生意比头顶的太阳还火。小蝶一边忙得给顾客捞粉，切腐干，配调料，一边还与老顾客们笑盈盈地打着招呼。今天那位干部模样的人也来了，小蝶就把粉切得格外匀称，豆腐干切得特别细致。这时，忽然从路边冲出一辆标着工商管理字样的吉普车，嘎吱一声猛地停在小蝶的摊前，接着从车上冲下三四个头戴大盖帽的人员，围上来一脚就踢翻了盛粉的水桶，软溜溜的粉条霎时就爬满一地，活像离了水的乌贼鱼的长须。接着抓起水桶、盆碗乒乒乓乓就往吉普车后的工具箱中扔，小蝶吓得尖叫一声就跌倒在地上。这时，只见那干部模样的人猛地站起来喝问："住手，光天化日，你们抢劫呀？"

"你少管闲事儿，我们是在执行公务！"一个小青年气势汹汹。

"执行公务也得讲究方法吧？这打打砸砸简直像土匪嘛。"

干部模样的人一点也不怯场，他眼盯着执法人员："请问，她犯了哪条王法？"

"据群众举报，她一没办执照，二在粉里掺胶水，三在调料里煮洋烟壳。"执法人员振振有词。

干部模样的人一听，手指着被砸得七零八落的凉粉摊大声说："没执照可以让她补，至于掺胶水、放洋烟壳，你们看见了？还是调查清楚了？总不能不问青红皂白就出手砸摊吧？"

那几个执法人员一看说不过这管闲事的人，忙跑回吉普车里像是找人汇报去了。不一会儿，从车上又下来一位中年大盖帽，他耷拉着脸准备发火，忽看见干部模样的人，忙迎上前笑着说："哎呀，是廖队长，真不好意思，这几个年轻人，不认识您，千万别见怪呀。"

被称做廖队长的人扭头一看，也笑了："原来是王股长，不好意思，只是你的这些年轻人也太……"

"也太野蛮了。"王股长忙接过话茬，又忙对手下那几个人说，"还不快向廖队长赔理道歉！"

"那倒不必，那倒不必。"廖队长摆摆手很大度地说。

"廖队长，"王股长把廖队长拉到一边，附在耳边说，"这是您亲戚呢还是……"

廖队长转过头，见宋小蝶正可怜巴巴地盯着自己，好看的眼神流淌着惊慌无助与期盼。

"是个亲戚。"廖队长出人意料地说，"王股长请关照一下吧。"

"得，好说好说。"王股长一个劲地点头，"过几天，我们先给她办个执照，这样就合理合法了。"

"让她自己去办吧。"廖队长客气。

"别，别，这也算我们上门服务吧。"王股长笑着说，"这也是工商部门一项便民措施呢，您就放心吧。"

王股长一伙跟廖队长打过招呼就开车走了。

宋小蝶眼含着泪走近廖队长给他深深地鞠了一躬，廖队长忙说："别这样，别这样，你赶紧收拾收拾吧。"就完，人就转身走了。

事后，宋小蝶经多方打听才知道，那个廖队长是矿上专管工程的队长，名叫廖大同，在矿上是个实权人物。那个王股长的兄弟正在廖队长的手下工作。

就这样，宋小蝶的"小媳妇凉粉"在矿区一带的名气更大了。工商局给她补发了营业执照，饭店的凉粉钱也逐渐还清了，小混混们吃凉粉也学会掏钱了。同行们一看人家背后硬有人撑腰，也不敢随便给小蝶脸上泼脏水了，小蝶初次享受到有人关照的甜头。

凉粉摊扎了根，生意越做越红火，实在忙不过来，宋小蝶就雇了两个帮手，自己主管调料和收钱，钱越挣越多，自己反而轻松了许多。她每天在家里精心打扮一番，才来到凉粉摊，嘴上在招呼客人，眼睛却瞟着廖大同常出现的那条街，心里无缘无故跳得厉害。廖大同倒是该来就来，说吃就吃，只是他的每次到来都会让宋小蝶越来越感到手慌脚乱，再也没了以前的矜持和从容。有时廖大同吃完凉粉，宋小蝶总会推脱不想要钱，但廖大同总是照付不误。

一天，矿上的食堂采购员来到粉摊上，通知宋小蝶每天中午专为食堂送三百份凉粉。宋小蝶一听觉得头都大了。天哪，三百份得做多少粉才够呀，但她还是抑制住欣喜，悄悄去同行那里拉了几个人过来，家里一摊甩开膀子做粉，街上一摊扩大规模卖粉。宋小蝶干脆当了甩手掌柜，除了每天晚上收款结账，其他的都让别人去干了，整日里轻松自在，实际上她心里对廖大同的感激之情愈来愈浓烈了。她自己知道再不释放一下，迟早会要憋破爆炸的。一天中午，廖大同吃完凉粉后离开，宋小蝶便跟着他走进了一条小巷，宋小蝶见四下没人追上廖大同，红着脸说啥时方便想去队长家看看，廖大同马上说家里不太方便。小蝶一听干脆把装有人民币的信封塞进了廖大同的衣袋，廖大同却又掏出来轻轻放进小蝶的口袋，说："这样就见外了，你挣点钱不容易，快收起来吧，听话。"说完，在她肩上轻轻地拍了拍。宋小蝶感觉到自己的眼泪都快涌出来了，说不清是感动还是无奈。

日子一天天过去了。宋小蝶的街头帆布小地摊消失了，"小媳妇饭店"在马路旁的两间平房开业了。宋小蝶摇身一变成了饭店老板，除了保留特色品牌"小媳妇凉粉"外，她还增加了羊蝎子、五香兔、刀削面以及各种小炒菜。"小媳妇饭店"逐渐成了矿区一景，来的人杂了，各种新闻也多了，许多精彩的故事也就开了头。

不知从啥时开始，宋小蝶发觉了一个怪现象，每月快到矿工发工资的日子时，来饭店吃饭的矿工就多了起来，一些本地或外地来饭店吃凉粉的女人也迅速地多了起来。这些男男女女的筷子在碗里乱搅，眼睛也在滴溜溜乱转。男的看女的一眼，女的朝男的一笑，神色怪怪的。有时候，吃着喝着，几个男的乘着酒性，用筷子敲着碗，唱起了荤曲曲儿：

> 哥哥给你喂冰糖，
> 妹妹小嘴尝一尝。
> 尝完冰糖拉住哥哥的手，
> 哥哥你放开胆子不要抖。
> 二十四眼玻璃四扇门，
> 咱二人打伙计心里头明。
> 白兔子上树蛇盘住，
> 一见真情心就把哥缠住。

　　　　你有心事咱慢慢来，

　　　　一辈子日月咱走开。

　　　　旱地白菜卷不起心，

　　　　打伙计还是趁年轻。

　　　　只要真心不要快，

　　　　天长日久品好赖。

　　　　吃梨要吃香水梨，

　　　　为朋友要为二十几。

　　　　不交三年交两年，

　　　　不图红火图新鲜。

　　　　三年二年不算交，

　　　　黑头就交到白头老。

　　　　年轻为朋友算稀罕，

　　　　老来朋友为甘甜。

　　唱着哼着，这些男人、女人就相互挤眉弄眼，然后就陆续离开饭店走了。后来，宋小蝶听人讲，每到矿工发工资的日子，周围大小旅馆就住满了出门上山的女人。夜幕降临，这些女人就跟矿工们成双配对，滚战一夜。第二天清晨，又都腰里别着一卷钞票，成群结队地离开。

　　后来，听说当地派出所专门在这个时间段扫黄，矿外的旅馆不敢住，就纷纷转移到矿区内，但矿区内也加强了警戒，一般不认识的女人不让进矿区大门。一天黄昏，小蝶哥哥的工友领了几个女人来找小蝶，说是矿上家属，忘带证明了，请小蝶给送进矿区大门，他们听说小蝶跟看大门的人熟悉。小蝶心里琢磨着是家属怎么她们的男人不来接，但碍于工友的情面，她还是起身出门把几个女人送进了大门。

　　次日早上，那几个女人睡眼惺忪地走进"小媳妇饭店"，见到小蝶便每人递给她五十块的钞票。小蝶一时弄不清啥意思，忙又退给她们，想不到她们说这是规矩，不收就是看不起她们，说完就匆匆走了。

　　宋小蝶手里摆弄着那几张五十元的大票，心里感到一阵兴奋与迷茫，她心里一个劲儿地问："怎还有这么好挣的钱？这钱是给我的吗？"想着她抬头环视了一下四周，再没别人，不是给她的还能是给谁的呢？她摇头笑了笑，就顺手把钱塞进了口袋里。

过了一段时间，哥哥的工友又来到饭店，请她找五个女人送进矿区大门。宋小蝶就领了五个找上门来的女人，很自然地以送饭的名义把她们送进了矿区宿舍楼。

就在宋小蝶返身走出矿区大门时，忽然看见廖队长摇晃着向她走来。还没靠近，就看见廖大同忽地扑倒在地，小蝶急忙跑过去，发现廖队长原来是喝醉了，一身的酒气。她费了好大劲儿才把他扶起来，扶着他向矿区走去。

廖大同虽然喝醉了，可还能找到他宿舍的门，宋小蝶刚扶他进屋，廖队长就吐了个一塌糊涂，地上、桌上、身上满是呕吐出来的脏物。小蝶使出吃奶的劲儿好不容易扶他倒在床上，他便呼呼大睡了。

宋小蝶见他醉得不省人事，怕他一个人待着出事，便决定留下来陪他。把屋里吐的脏物打扫干净，把他吐脏的衣服全都洗了，她自己的衣服也被他吐得一身酒气，想洗一下又怕干不了，没衣服换，只好勉强穿着。

半夜时分，她听见廖大同说梦话："他娘的，你连个男娃都养不出，还敢说老子的种不好？你他妈的就不说说你那块破盐碱地？"

宋小蝶听了觉得好笑，后来她实在撑不住了，就伏在他床边迷糊了。睡了一会儿，宋小蝶被身上的臭味呛醒，她忙站起身来，走进洗手间想用湿毛巾擦一擦，她发现里面洗澡的设施挺先进的，便有了舒舒服服洗上一澡的冲动。

当宋小蝶擦着头发走出洗手间时，猛地发现廖大同已清醒过来，正倚在床上望着她这朵出水的芙蓉。她手托着毛巾走近他，想给他擦脸，却被他一把紧紧抱在了怀里，两个人积压了许久的岩浆终于喷发了。

连半傻子燕忠都说，宋小蝶在矿区和村里，简直就是两个人。在矿区上，宋小蝶勤劳能干，待人热情，跟谁都是笑脸相迎，衣着也相当朴素，几乎不戴金挂银，落了个好人缘，买卖也做得好。可一回到村里，宋小蝶立马就变成了另一个人，衣服很新潮，袒胸露背的都敢穿，连说话口音都明显带有了矿区人的音调，比如在每句话的尾声总爱带个"嘎"字，让人一听就知道是矿区来的人。每次一进村，她只要是坐小车回来，就总爱坐在前排副驾驶的位置上，并且把车窗玻璃摇下来，好让人看见她春风得意的模样，也方便她跟村人不停地打招呼。有时在街上碰到亲戚熟人，还要让司机停下车，自己钻出轿车，给女人、小孩们撒几把好糖块，要是男人们多就撒几圈好烟，惹得小孩们常希望在路上碰到她。

宋小蝶每次回村，她心里最想碰上百合，而且是在百合忙乎得满头大汗、推个自行车摇摇晃晃的时候。要是在街上碰不到，她都要把车开进百合家的大院，跟百合聊上几句。

宋小蝶知道，燕百合是个有骨气、有心计的女人，她因为穷被别人侮辱，发誓要致富出人头地，尤其是跟田改兰两人憋着一股子气，两人暗中较劲儿比高低。而宋小蝶自己呢，却是有意无意地跟燕百合比。其实，小蝶心里也希望哥哥生活得好一些，但燕百合不能比她小蝶强，尽管小蝶也常帮哥哥一家做点事、挣点钱，但她一定要比百合有钱、有份儿。每次到百合的大院，她都要指指点点，好像她是这个大院的主人。她从小就怵百合，也不知为什么，就是现在她比百合有钱、有份儿多啦，可她心里还总是有点怕百合，虽说百合对她也一直挺尊重的，但她就怕百合那双眼睛，每当小蝶在大院指手画脚时，百合也总是不怎言语，总爱拿眼睛盯着她看，看着看着，宋小蝶就觉得手也没劲了，人也没精神儿了，嘴巴也懒得吧嗒了。她就觉得百合的眼里有一种东西，这种东西好像是一盏探照灯能看穿她的心底，这种东西又好像是一条绳索，能把小蝶的手脚捆住，这种东西更像一根长长的木棍，能摁在小蝶的头上，一摁就把她的头摁低了。可越是这样，小蝶心里越不服这口气。她也知道，在面子上她已比赢了百合，在心里面，她也一定要把这种感觉和局面扭过来。

宋小蝶在矿区的生意是越做越好了。"小媳妇饭店"她基本算甩手掌柜了，有个亲戚替她操持着，她只管每月收钱就行。那"无本生意"做得也不错。

中午，矿区里的人大都在午休。宋小蝶在屋子里待得有点难受，特别是下面有点痒痒。她想，一定是自己怀孕后活动少，上火了，得出去溜达溜达、下下火，毛驴怀了驹还得天天遛呢，何况人呢。

出了饭店，她漫无目的地溜达了一圈，就没地方转悠了。她用手抚摸了几下肚皮，一下想起了肚里孩子的亲爹，就有一种柔情蜜意涌上心间。她想都没想，转身就进了矿区，来到廖大同的办公室。

宋小蝶一进门，就看见廖大同正坐在椅子上呆愣愣地不知想啥，她轻声走过去，就黏在了他身上。谁想，廖大同一见是她，就猛地一把把她从身上推开，起身进了里面的卧室，坐在床上气哼哼地一言不发。

宋小蝶不知是怎么回事，就忙跟进来摇着他膀子问怎么了。

廖大同狠狠地瞪了她一眼，低声吼道："怎么啦？你还有脸问我？"

"你到底咋啦？"宋小蝶一头雾水，急得都快哭了。

"我——的——球——疼。"廖大同一字一板地蹦出几个字。

"你球疼？"宋小蝶愣了一下，又关心地说，"是不是上火了，要不到医院看看。"

"老子早就看了，是性病梅毒二期！"廖大同的眼睛几乎要喷出火来。

"那，怎么会？"宋小蝶一时想不通。

"是呀，你他妈想想，老子除了你，再没沾过第二个女人。连自己的老婆都没沾过，你说说，是怎回事？"说着，他一转身不再搭理她。

宋小蝶一听噌地站起身来，手指着廖大同吼道："好哇，你竟怀疑我，把屎盆子往老娘头上扣，你还有良心吗？老娘为了给你生个纯种，我多长时间都把大腿夹得紧紧的，连自己男人都不让干，有多少好男人勾引我，我都不动心。到头来，你球疼了怨我？哼，谁知道你又干了多少别的女人，你……"

"好啦，好啦。"廖大同无心跟她吵，他无力地摆摆手说，"咱别扯那没用的，冤不冤枉你，你到医院查查不就清楚了嘛，你敢去吗？"廖大同眼睛盯着宋小蝶，眼睛里仿佛有箭要射出来。

"去就去，没做亏心事还怕鬼敲门？哼！"说着，宋小蝶就真的冲出门去，径直去了矿区医院。

从医院出来，宋小蝶浑身发软，连走路的力气都快没了。她找了个墙角旮旯掏出诊断书看了又看，怎么也不相信上面的几个字——梅毒二期。她常听人说医院为挣钱，把好多妇女病都故意写成性病，让病人大把地花钱。她觉得自己可能是妇女病，医院却故意写成了性病，可又一想，不可能。这大夫是她们一个关系户，她不可能故意欺骗她。小蝶倒真想是大夫骗她，那反倒好了。花几个钱无所谓，真染上这种病可就倒大霉了。她最担心的是肚子里好不容易怀上的孩子，这下可全完蛋了。天哪！难道真有报应这一说吗？

宋小蝶倚在墙角里，头脑里乱糟糟的，一片混响。她双手抱住头蹲在墙角，闭着眼使劲在回忆，问题到底出在哪儿，如果真不是廖大同的问题，那问题真出在自己身上。忽然，她脑海里冒出一道强光，她惊得一下子睁开了眼，她想起前些日子的一天夜里，她做了一个梦，梦见家里的一头牛压在她身上，使她喘不过气来，她使劲地推，可怎么也推不动，挣扎了老半天，她才猛地睁开眼，醒来一看原来是半傻男人燕忠正从身后抱着她，在唏哧唏哧地使劲。宋小蝶一着急，双腿使劲朝后一蹬，轰地一下就把燕忠蹬到了床下。没想到燕忠反而嬉皮笑脸地爬起来说："反正正好射完了，你蹬我还省了我自己下来呢。"气得宋小蝶扑上去左右开弓抽了他几个嘴巴。紧接着，她急忙跑到洗手间蹲了半天，力争把男人那点坏水全倒流出来，后来她反复洗了洗。事后，她又逼问燕忠压她肚子了没有。燕忠发誓说没压，因为他怕压醒了她不让做，只好从后面插入草草了事。小蝶这才稍微放下心来，她主要怕他压坏了肚里的孩子，至于他冒出的那股坏水，也不会影响胎儿的纯洁性了，权当让他在野地里撒了一泡尿。唉，谁让人家好歹也是自己的男人呢？

想到这儿，宋小蝶就基本断定就是燕忠近期那唯一的一次"强奸"，给她传染上了性病。可他有性病吗？一个半傻哪来的性病？她发誓必须把事情搞清楚，宋小蝶想着猛地把诊断书撕了个粉碎，狠狠地朝地上一掷，那纷纷扬扬的碎纸片仿佛就是燕忠被撕成碎片的肉沫。

廖大同跟宋小蝶到饭店把燕忠找到了后院。两人连诈带逼追问燕忠是不是嫖过鸡。燕忠一听火冒三丈，一把就把叉腰立在他眼前的宋小蝶推倒在沙发上。廖大同上前阻拦，三个人就撕打在一块儿。

撕打累了，三人都喘粗气相互怒视着。宋小蝶破口大骂燕忠，唾沫点溅了燕忠一脸："你他妈的半傻了还那么骚，竟敢去嫖鸡？"

"我骚还是你骚？"燕忠不服气，"我就算傻子，可我也是个男人啊，自家的老婆不让操，还不让我操别人？"坏了，燕忠本想打个埋伏，可一不留神就把实底儿端了。

廖大同与宋小蝶一听，明白了：这半傻果然是嫖鸡了。尝到了甜头的燕忠，更是日夜渴望女人的身体。一天夜里，他看着熟睡的宋小蝶又白又嫩的身子，实在熬不住了。他想，凭啥这么俊的老婆别人能睡，自己反而不能睡，不行，今儿个怎么也得用她一回。他怕从上面压醒了小蝶，就从后面插进了小蝶的身体，痛痛快快地自娱自乐了一把。谁料想，就是这一次自娱，竟把性病传染给了小蝶。

明白了事情真相的宋小蝶，扑上去对燕忠又是撕又是咬，最后她软瘫在地上。她知道就是把燕忠活吃了也无济于事了。后来，宋小蝶到医院打了胎。她也懂得，治性病得打多少针，吃多少药，那胎儿要是生下来不是死胎就是残废。打完胎，宋小蝶又跟燕忠闹了一场，她甚至威胁燕忠要离婚。燕忠一听心里才不怕呢，他再傻也明白，这换亲就是把锯，你来我去，我去你来，谁也离不开谁，谁也吃不到亏，也占不了便宜。你说这道那，无非是麻花多拧个褶，没啥了不起的。

哭归哭，闹归闹，得了病谁也得治。于是，宋小蝶、燕忠一起回到了香水沟村里，带回矿区配好的药，每天让村里医生按时来打针输液。后来廖大同也赶来了，他说怕城里人知道，也怕传染家人，就到村里和他们一块治。宋小蝶一听，还酸溜溜地说："哎，到底是人家家人亲，啥时也怕传染了。"廖大同皱皱眉也懒得搭理她。

邻居田改兰发现了这个秘密，私下里给大院起了个"性病疗养院"的雅号，每天看到医生进院打针，她就会装着啥也不知道的样子，顺口唱起了山曲曲儿：

> 吃一回豆角抽一次筋，
> 打一回伙计伤一回心。
> 小月饼顶不上自来红，
> 好伙计顶不住赖男人。
> 为朋友本是圪顶上的牛，
> 绷开缰绳一辈子的仇。
> 榆钱钱开花边边薄，
> 如今的人儿面面上好。
> 来了咱们嘴上说得好，

一出廊门就忘记了。

根脚底下抹拉些泥，

为明白打伙计再不要提。

秋天的夜晚凉飕飕的。遇到矿工们发工资的日子，尽管天气有点凉，可矿工宿舍里却热闹非凡。

宋小蝶领着几个年轻女子趁黑天乘着辆破面包车进了矿区，径直向矿工的宿舍楼走去。路上她还遇到了几个其他"妈咪"领着的几拨女子，但都彼此心照不宣地对视几眼，也不打招呼，各自走各自的路。看来，矿区的皮肉生意还是挺火爆的。就在发工资的头一天，小蝶的手机都快要打爆了，打电话有男的，也有女的，都想提前把"对象"找好，把生意揽上。特别是那些矿工，每到发工资他们就像是过节一样，用他们自己的话说，他们是地下几千米深处四块石头夹着的一块肉，阎王爷随时都在对他们喊，拿命来！如今的矿工就像是当年打仗的士兵一样，一进矿洞就如同上了战场，能否活着回来谁也不敢打保票。尤其是一段时期以来，他们几乎隔几天都能听到哪个矿又发生了矿难，死了多少，伤了多少，有的连尸骨也找不着，他们的腿就直打哆嗦，谁知死神会何时光临到他们头上啊。每天下井时，他们双眼一闭心里无奈地说，听天由命吧。晚上当他们从井下爬出来时，都会眼热心酸地说，我又回来了！心里直给菩萨磕头。

所以，有人说矿工的心灵是被扭曲了的，跟其他人有点不一样。他们挣了钱后，除了留下老婆、孩子的生活费外，许多人都是该吃的吃，该喝的喝，该嫖的嫖，尤其感兴趣的是女人。只有当他们在女人身上驰骋时，他们才体会到做人的快乐。只有当他们把头深埋在女人温暖绵软的胸怀里时，他们才觉得生活原来很美，才感到自己拎着脑袋挣钱值得。他们在其他方面节省点，在女人身上花钱却很大方。有时他们趴在女人身上常会闪过这样的念头：这种享受会不会是最后一次？很快他们又会自己骂自己，真他妈的乌鸦嘴！但动作更显得强劲。

看着那些年轻女人青春活泼的身影，宋小蝶不觉有些伤感。自己虽然长得俊俏，却只是死心塌地地跟了一个男人，忠心耿耿地伺候着他，可近日她感觉到廖大同有点冷落她。原因小蝶也清楚，就是上次燕忠嫖娼染病，传给自己又传给他后，小蝶无奈打了胎，致使廖大同生儿子的希望成了肥皂泡，再加上村里养病期间那场打闹，廖大同对她的热情明显减退。宋小蝶有些伤心，但她也能想通她跟廖大同本来就是露水夫妻，其实连个打伙计拉边套的名份也没有。好了就和，不好了就散，这也很正常。再说人家也没有亏待她，人家给拉了那么多业务，帮她在矿区站住脚、扎下根，又给她在村里盖了那么大、那么好的大宅院，让村里人眼红得快要喷出火来了。自己也没给人家生出个儿子，也没挣下啥功劳，随他的便吧。自己抓紧时间多挣点钱是正事儿，等赚足了钱，就回村里的大院，好好享受生活，比起百合她们已强了百倍，这辈子也知足了。想到这里，她不由地加快了脚步……

当那些年轻的女子们像一条条鱼儿一样轻轻滑进矿工们的宿舍时，里面就传出了阵阵迫不及待的响声。宋小蝶轻轻抿嘴一笑，心里竟然有一阵酸味，不过马上就被一种"成人一美，胜造七级浮屠"的感觉所替代。唉，人活着都不容易，能享受就享受一会儿吧。

正当宋小蝶心里生着无限感慨快要走出楼道时，突然从楼道口冲进来一群警察，其中一个还指着宋小蝶说："那儿有个女的，先把她抓起来。"说着就朝宋小蝶跑来。

宋小蝶猛地停下来，一转身就往回跑，一边跑一边找楼道灯的开关，就一边顺手把开关都给关上了。这里她太熟悉了，开关在哪里她闭上眼睛都能摸得到。楼道里一下子就陷入了黑暗，就在警察们乱喊乱撞的工夫，宋小蝶成功地从另一个楼道口逃脱。但有一点她明白：今天那些姐妹们可完蛋了，肯定个个从被窝里拉出来，等着罚款吧。

宋小蝶正想着，忽然发现楼下也埋伏了警察，看见一个女人慌慌张张从楼里跑出来，断定她是个"地下工作者"，就猛追过来。宋小蝶撒腿就跑，仗着地形熟悉，她三拐两拐，就把那个警察甩在了后面。慌乱中，她发现此处离廖大同办公室不远，就赶忙朝他那儿跑去。

真巧，这天晚上正好是廖大同值班。他见宋小蝶冲进屋里，嘴里说了句："警察追我。"就冲进卧室里的大衣柜里藏起来。

这时，那个警察也追到门前，他敲敲门进来，见廖大同正在书桌前办公，就问："刚才，看没看见一个女人跑到这里？"

"没有啊，"廖大同肯定地说，"我一直在值班，哪来的女人？"

警察一看廖大同是个领导，觉得不会骗他，就用眼扫了一下办公室，说声打扰就出去了。

这时，矿工宿舍里乱成了一锅粥，被抓住的女子有几十个，全抱着头蹲在楼道墙角里，个个衣衫不整、披头散发的，大都怕被拍照曝光，就死死低着头不吭声。

屋里，警察们正审问那些嫖娼的矿工。有些矿工是老油条了，这种场面也见得多了，他们知道无非就是罚几个钱，也不能把他们怎的。于是，有的老矿工还跟警察嬉皮笑脸地耍赖皮。

宋小蝶听见警察从廖大同办公室走了，就从大衣柜里跳出来，但她不敢马上出去，怕警察在外面设埋伏，给她个回马枪，就跟廖大同聊了几句。廖大同劝她不要再干这种事了，她还不服气，心想她这无本的生意不做，去做有本的生意，谁给她钱。但她没心思跟他辩了，她只是在琢磨，是不是有人举报她，不然的话，为啥警察掌握的时间那么准，她不由得怀疑到廖大同老婆的头上。那个黄脸婆早对宋小蝶恨之入骨，巴不得她倒霉早点滚出矿区哩。

宋小蝶把她的怀疑跟廖大同讲了，廖大同却说她口说无凭，瞎猜疑。宋小蝶见廖大同不向着她，心里就生气，说："我得调查清楚，要真是你那个黄脸婆，咱谁都别想好！"

廖大同见宋小蝶目露凶光，心里不由咯噔一下，他知道宋小蝶是个说得出做得出的女人，心里就不由地后悔当初怎么沾上了这个女人。最近他倒是听人说有人举报他与宋小蝶的事了，他心里挺担忧的，就劝说了几句，把她打发回了饭店。

宋小蝶回到饭店，心里庆幸这次的逃脱。一场惊吓使她觉得有点饿了，就叫厨师炒了几个菜，自己点了支烟大口大口地吸了起来。

其实，宋小蝶这次完全想错了，这次她已无法逃脱。原来她就是被人举报的，警察已完全掌握了她的行踪。这次突袭实际上是针对她这一拨人的，那几个女人被抓后，原来也想着罚点钱了事，没想到警察要刨根问底，三绕两绕，她们就把宋小蝶给供出来了。

警察连夜赶到"小媳妇饭店"，将正在睡觉的宋小蝶逮个正着，并从她身上搜出了矿工和小姐联系电话的小本本。经连夜审讯，廖大同也因包庇窝藏宋小蝶被带到公安局。

经过警方几天的调查取证，廖大同被指控包庇窝藏违法人员和侵吞国家财产罪，被作另案处理。

宋小蝶村里那处大宅院也被公安局贴上了封条。

宋小蝶被抓后，因情绪过于激动，精神有点失常。被罚了款以后，获得保外就医，释放回香水沟的家里治病。

百合得知这一不幸的消息后，马上同哥哥燕忠赶着马车到矿上接宋小蝶。小蝶的"小媳妇饭店"也被查封，宋小蝶已无家可归，百合就直接赶到矿区公安局门口接小蝶回家。

马车在山路上吱吱扭扭走着。宋小蝶两眼呆滞，一句话也不说，对百合一路上的宽慰也不理不睬。进了村，路过宋小蝶那座大院时，宋小蝶一下子就从车上跳下来，疯了一样跑到大门前，拍打着门环要进去。百合忙追上去把她拉开。

宋小蝶在百合怀里挣扎着，哭着喊着要进去："放开我，放开我。这是我的家！我要进去，我要进去！"

百合也流着泪说："这不是你的家了。"

"谁说的？"小蝶满目的仇恨，直盯着百合，"怪不得别人眼红，连你也眼红。不是我的？那是谁的？啊？你说啊！"

"贴了封条，就是公家的了。"

"放屁！"小蝶大喊大哭，"它明明是我一砖一瓦盖起的，怎就姓公了？简直是放狗屁！它姓宋、姓宋啊……"

百合忙和燕忠两人连抱带抬，把小蝶抬到马车上，刘贵忙赶着马车朝百合家奔去。

就这样，宋小蝶和燕忠折腾了多年的发财梦破裂了，真是应了那句老话，"辛辛苦苦几十年，一夜回到解放前"，返贫了。

两人一时无家可归，就住在了百合家的两间窑洞里。宋小蝶精神时好时坏，情绪很不稳定。百合就更忙了，除了照料自己的生意，又担负起给小蝶治病。她东奔西跑，进城请大夫，出村求偏方，除了药物治疗外，还要天天晚上坚持叫魂，这叫做土洋结合疗法。每天晚上夜深人静时，百合就在锅台灶前祷告一番，求其保佑小蝶尽快治好病。然后把小蝶的衣服用秤称一称，记住斤两，再把衣服塞进怀里抱着，跟燕忠来到村里的一个十字路口。百合掏出衣服朝地面喊一声："小蝶，回来吧!"燕忠就在后面敲一下小锣应一声："回来了。"两人就起身往家快走。在来回的路上，任何人也不准说话，旁人打招呼也不准应，否则就不灵验了。回到家里，把小蝶的衣服在干热锅上转几圈，再用秤称一下，秤杆稍高一点，就说明魂已叫回。

就在百合、小蝶她们在乡下折腾治病的同时，廖大同也正在被隔离审查，他坐在屋里正在写交代材料。他一个字也写不出来，满脑子却回响着他在村里养病时常听隔壁马五六哼唱的那首山曲儿：

> 半碗碗黄米吃软糕，
> 你不嫌妹妹嫩水水，
> 妹妹不嫌你老混混。
> 霜打红豆红豆吃不得，
> 野汉子伙计伙计打不得。
> 你妈妈生下你这众人爱，
> 哪一个伙计也是一个害。
> 瓢葫芦芦开花头对头，
> 咱二人打伙计结下仇。
> 葱苗苗开花人不见，
> 打伙计就全凭一个拉里线。
> 羊羔羔吃奶跪在地，
> 苦命鬼打不下个好伙计。
> 一辈子没寻下好女婿，
> 六十岁才想起一个打伙计。
> 碗大的灯盏一滴油，
> 再好的伙计打不到头。
> 你要串妹妹门那早点来，
> 半夜三更门有点不好开。
> 半夜想起串妹妹，
> 狼吃狗啃不后悔。

叫一声妹妹我就开开门，
西北风厉害吹得哥骨头疼。
半夜来了鸡叫走，
串门子哥哥就像那偷吃狗……

（十七） 老寺院新风波

为解决农民吃水难的问题，金炜明带领县农信社扶贫开展的第一项工作——打井建塔，就在香水沟村拉开了序幕。

万万没料到，从县里请来的技术勘察人员不偏不正把打井建塔的位置选在了村中央的楼隐寺院里。这一下，农民们的欢呼雀跃顿时变成目瞪口呆了，感恩戴德的热言热语也变成说三道四的冷言冷语了。

香水沟村本来就是中间高、四周低，加上楼隐寺在中轴地带，在这里建水塔是最科学、最理想的场所，可勘察人员根本不知道楼隐寺是村民们心中的"风水宝地"，更不了解在寺院内破土动工给村民们带来的恐慌和惧怕。

楼隐寺建于唐代，据县志记载，这里过去是一座方圆百里有名的寺庙，香火旺盛，"文革期间"破"四旧"，寺庙被毁于一旦，剩下的几座空庙房也被生产队作为粮仓，偌大的庙院断壁残垣，空空荡荡。然而，虽说像去庙空，但庙内墙上斑驳不全的淡蓝色画像，仍在向村民们展示着某种神秘，院角落满是尘埃的蜘蛛网仍在罗织着村民们的梦想和寄托。尤其神秘的是，传说在"文革期间"拆庙时，从庙中天王神座下飞出一条白蛇，惊得一个拆庙人从墙上跌下断了条胳膊。据留在庙里看门的一个还俗老和尚说，这条巨蛇至今仍在寺院中的一棵大松树上。

这松树据专家考证已有千年历史，树干粗大苍老，却不蔓不枝，略带倾斜地直冲云霄，树冠茂密，远望宛如一柄龙头拐杖。老人们讲，早年间，树冠东北方向掉下一支虬枝，村东北的溪流立马就断流了，千年古树百年枝丫，树叶却每年都是新的。多少年来，这寺庙仍是村民们心中的风水宝地，每逢过节或办白事，都要对着空庙敬香叩拜，如今，要在庙里动土，怎不令人胆寒。

村里人便推几个识文断字的老者，由村里有名的佛教徒陈仙领头来乡里找金炜明、巩书记和石主任，因为他们也知道，此次打井建塔是由信用社出资、乡政府组织施工的。他们来找金炜明、巩书记时，碰巧石主任也正在跟他们一起商量施工的事情，几位老者忽闪着缺骨短牙的嘴，向巩书记、石主任讲述着不能在寺院内施工的道理，陈仙代表村人说："在庙院这风水宝地上破土打井，就好像劈腹剖心一样，如果惹怒了神仙，村里坏了风水，不吉利的……"

巩书记站起来给老者们倒了杯水，又一人敬了一支烟，对他们说："打井建塔的位置定在寺院，这是科学，既合理又省钱，不然就得选到远在村外的北山上，那既不科学，又得多铺十五里长的管道，咱哪来那么多钱？这也是信用社造福农民，才集资给咱们办大好事，不然的话，咱们连水都快喝不上了，还穷讲究啥风水呢？再说了，话又说回来，佛祖也是降福民众的，从寺庙宝地流出来的水，也是庇佑大众的圣水。"说着目光紧紧盯住了陈仙的脸，陈仙还想说什么，但看到巩书记威严的脸色和目光，就不敢再言语什么，只在喉咙内狠狠地咽下一口恶气，领着老者们气恨恨地蹩着墙根走了。

打井、建水塔、铺管道在乡村也算得上一件大工程，于是许多乡里的、城里的包工头走马灯似地找陆正、石头拉关系，尤其是吴乡长为让其小舅子包工，找了石头三次，却全被挡了回去，弄得乡长整天气哼哼的。其实他们三人早达成了共识，那就是让本乡农民承建，聘请技术人员把关，这样既省一部分承包费，又让本乡农民挣几个现钱，气得包工头们背地狠骂："那三个真是土鳖，如今这世道，有油水不捞，那还是人吗？简直不是人！"

农闲时节，招工报名开始了，村里的许多青年都报了名，陈仙的儿子也要去报名，却被陈仙挡在屋内，儿子倔得像头牛，左冲右突总算跑出了家门，一溜烟去了。

陈仙气得嘴角哆嗦，咬牙切齿地骂道："在佛门净地上破土，简直是找死！"

开工那天，金炜明、巩书记、陆正和石头他们还象征性地剪了彩、奠了基，锣鼓、鞭炮也亮亮地响了一气，有人说为图吉利，也有人说为避邪，不管怎说，总算正式挖下了第一铁锹土。

谁料想，水塔刚垒了一人高，次日清早就发现塔身上洒了好多血，鲜红鲜红的，让人触目惊心，直骇得民工们半天没人敢上前干活，于是，陈仙一伙人就在人群中嘀咕："是菩萨怪罪了，显灵了，再不停止怕就要出人命了……"

石头听闻后急忙赶来，他不慌不忙地用手指在砖墙的血迹上蘸了蘸，举到鼻前一嗅，嘿嘿笑了："这是鸡血，是谁把这么好的鸡血白白洒在这里？可惜。"他环视一下人群，见无人再言语，便招呼民工们继续干活，说着自己还带头搬着砖登上了木架。

水塔像个粗大的烟囱，一个劲地拔高。就在这节骨眼上，出事了。陈仙的儿子在脚手架上递砖，一不小心，一脚蹬空，从高高的塔上摔下来，当时就断了气，这下可惹了大麻烦。

陈仙趴在儿子身上哭得死去活来，有人趁机火上浇油，说："这下可应验了。"陈仙悲痛欲绝，从地上爬起来，顺手操起根铁镐头，朝水塔根部发疯似地乱刨，嘴里还嚷道："俺跟你们拼了！"很快就有几块砖被刨烂了。

巩书记和石头气吁吁跑来，忙劝阻陈仙，陈仙猛地一头将巩书记撞倒在一堆钢筋上，一根朝天的钢筋棍头就不偏不倚地刺进了巩书记的腰，顿时，血流如注，石头忙找来车把昏迷不醒的巩书记连夜送往县医院。

陈仙仍不肯罢休，又手持铁镐深一脚浅一脚地跑到信用社，砸碎了门窗，石头见劝阻不住，就急中生智取出守库用的狼牙棒，朝她吼道："怎么，想抢银行？想挨枪子啊？"这才把陈仙震得一屁股跌在地上。

巩书记住了院，陈仙每天闹腾着让工程队赔人命，金炜明他们一边打井建塔，一边打起了官司。

经过几个月的加紧施工，水塔终于建起来了，水管也铺到了农民家门口。陈仙撞倒巩书记，使巩书记身负重伤，法院本来是要对她进行处理的，但被巩书记制止了。执法的同志们对巩书记的大度和宽容佩服得直竖大拇指。公家做事也公道，判给了陈仙两万元抚恤金。于是，陈仙一夜之间摇身一变成了名副其实的万元户。在这穷乡僻壤，这无疑是一笔巨大的财富，倒令不少人眼热。

有了钱的陈仙，发誓不吃那水塔流出的水，用她的话讲，那无异于喝血，有了钱，陈仙雇人在自家院子里打了口井，井筒是砖砌的，井台是水泥的，还安上了手压抽水泵，并在井台盖了凉亭，防日晒雨淋，按乡亲们的说法，早年财主也没这么讲究。完工那天，和陈仙一气的老者们都来祝贺，还放了几挂响炮，都说办了件响当当的事儿，很是热闹。

石头按照巩书记在医院的托付，积极忙碌着家家能通自来水的任务，在做通了另外几个老人的工作后，又推开了陈仙的院门。

"老嫂子，把自来水接进家吧，"一进门石头就恳切地说，"您老年纪大了，手压抽水泵费劲，别伤着了身子骨。"

"你们把俺的心都伤了，还在乎这一文不值的身子骨？"陈仙说着给了石头个后脑勺。

她望着村中高高的水塔，就有一口气噎在嗓子眼里，上不得上，下不得下，嘴上又唠叨开了："几辈人不吃自来水，不照样活过来了？哪个不是精精神神？凭啥在风水宝地伤筋动骨？简直是造孽！"

石头一听她把信用社职工捐款和贷款修水塔说成是造孽，气就不打一处来，但他不想与这个老顽固计较，便忍了忍气，默默地背转身走了。

走到半路，他忽然想起忘了一件事，那就是动员陈仙把剩余的钱存在信用社。念头闪过，他明知结果不会乐观，却还是又不由自主地返了回来，他倒不完全是为拉储蓄，他是为陈仙的安全着想。

不出所料，石头还没把话说完，就被陈仙一顿臭骂顶了回来："俺就是喂了老鼠，也不把钱存进你信用社。"

据说，后来陈仙把钱分开藏了起来，用塑料布包着填入闲房炕洞的几千块钱，果真被老鼠啃了个缺胳膊少腿，人们就笑话陈仙咒语灵验，咒儿儿死，咒钱钱毁，把陈仙气个半死。后来，石头听说了，忙主动跑到陈仙家里，帮助她整理剩余的钞票，并亲自跑了趟县城，为陈仙兑换回了面值的一半，感动得陈仙拉住石头哭个不停，但她还是不肯吃水塔的水，只是对石头说："咱啥归啥，俺欠你的情，以后肯定还。"

自来水正式开闸那一天，金炜明、石头领着乡亲们一道去医院看望了巩书记。从医生口中得知，巩书记由于伤势较重，还需治疗一段时间，乡政府工作就暂由吴乡长主持。巩书记嘱咐石头他们要和吴乡长等干部配合好工作，让乡亲们尽快脱贫致富。随后，巩书记又提醒石头，这次村民们寺院闹事事件，除了头脑受封建迷信影响，据有人反映，还受到了一些居心不良的人挑拨，这些人就是那些暗地放高利贷的不法分子，因为他们担心这个扶贫项目搞成了，农民富了，就没人跟他们借高利贷了，断了他们的财路，他委托石头，一定要加紧追查，挖出这股阻止农民致富的恶势力。

从医院出来，石头他们感叹道："巩书记真是个好干部呀，伤那么重还惦记着乡亲们。"

想到日后要与吴乡长打交道，石头又不禁郁闷起来。

（十八）好人竟变成了"钉子户"

田守义跟三女儿田改竹差一点伤了父女感情，事情的起因就是因为家里的土地。

田守义老汉一辈子跟土地打交道，用他自己的话说，他爱土地比爱他的女人还深。记得他爷爷跟他说过，土地就在那里摆着，你可以天天看见它，强盗不能把它抢跑，窃贼不能把它偷走，人死了地还在。地是活的家产，钱全部用光，地却取之不尽。

田守义的祖祖辈辈都是爱地如命、善于经营的农民。据传说村里那座曾经无限风光的"明登天府"就是他们的祖产，只不过随着国家政策变化，它的使用权被划来划去，最后不知所属了。所以当年分到明登天府老房子后，田守义一家始终爱护有加。如今随着时代发展，明登天府从过去的"豪宅"变成了现在的"贫民窟"，许多人都嫌它又旧又破、鬼影出没，大都舍弃了，搬出去喜迁新居了。可田守义一家仍旧不离不弃，守着祖先的气息过日子。所以村里人就私下里议论说，田守义这个地主的后代，还在梦想着光宗耀祖，修复大院的辉煌，照瞎别人的眼睛呢。田守义对别人的叽叽呱呱不理不睬，每次听到后总是微微一笑，继续埋头种地，过好属于自己的日子。

田守义年轻时也学过钉盘碗的手艺，可后来随着人们日子越来越好过，那些破盆烂碗就没人再去修理了。一个碗、几个盆还能值几个小钱？田守义意识到，人这一辈子还得靠种地吃饭踏实。

过去他爷爷在村里算是个知书识礼的人，他懂得对于普通农民而言，土地就是他们基本的生产资料，是他们的生活寄托之所，是世代相传的命根子。早在过去，田守义的祖辈们大都是靠给地主们扛长工维持生计。在土地革命战争时期，田守义爷爷跟随共产党打土豪分田地，初步体验到了"三十亩地一头牛，老婆孩子热炕头"的美好滋味。小日子也过得顺风顺水。后来国家颁布了《中国土地法大纲》，随着土地改革轰轰烈烈地开展，爷爷有了自己的土地，后来全家人省吃俭用，又从别人手里买来几十亩地，成了当地比较有名的土财主。20 世纪 50 年代初，掀起了农业合作化浪潮，建立了统购统销政策，切断了农民与自由市场的联系。成立初级社时，爷爷的土地归自己所有，但由集体统一耕作，按土地比例分配，生活过得比较滋润，家族人丁兴旺，小日子红红火火；成立高级社时，爷爷的土地就全部归集体所有了，自己只留了百分之五的自留地，收入实行按劳分配，全家人口多，日子过得紧紧巴巴。进入人民公社"一大二公"时期，土地重新变成国家所有，爷爷又成了公社的一个普通社员。

80 年代中期，人民公社解体，实行生产承包责任制，田守义主动承包了五十亩土地，准备大干一场。当时村里人大都不敢承包太多，因为承包的土地多，任务就大，负担就重，只求把自己的自留地种好，全家不饿就成。当时田守义家里人也都反对，说承包地太多了，每年得上缴许多提留国税。可守义成竹在胸，不为所动，成了村里承包地最多的一个农民。后来随着时间的推移，守义当时的决策被证明是有远见的。尤其是近年来随着土地承包政策的五十年不变、农业提留国税的取消、农业贴补政策的实行、土地自由出让流转的放开，田守义的大片土地就成了众人眼里的生财宝地了。

村官何晓娜评价田守义说，其实守义老人的种田也是一种修养，他几十年如一日，风吹日晒，甘心受苦，还忍受着自然的灾害，这就是一种修行。他对土地的敬畏和执着热爱，就是一种很高的精神境界。

但人们万万没想到，田守义这么一个土地的挚爱者和守护者，后来却成了一个大农业发展的阻挠者。

那是一个傍晚，田改竹来到明登天府大院里找父亲田守义，说了自己想占用父亲几亩地搞塑料大棚的想法，当时就碰了父亲的钉子。

田改竹知道父亲田守义一辈子就爱种地。他认为既然是农民，就首先应该把地种好，这是农民的本分，其他的都是歪门邪道。有人说现在农民不种地也完全可以，只要发展乡镇企业，占了土地也不要紧，也不怕，发展企业、商业，包括旅游业，赚了钱，可以买粮食吃嘛，而且是现成的食品。但是田守义却不认同这种观点，他觉得这完全是屁话。他说作为一个农民，吃粮食的问题永远也不能靠别人，连李胜利成天都在宣传毛主席发展生产、自给自足的思想。一个农民如果荒了地或者卖了地再去买粮吃，那就是不折不扣的不务正业的废物，奇耻大辱啊。当农民丢失了土地，即使是改良了种子，培育了树苗，也成了种粮无田、种树无山。但是也有人反驳田守义说，现在的农产品价格比眉毛长得还慢，而农资价格比胡子长得还快，国际农产品价格比大胡子还长得快哇，种地实在是无法致富啊。

实行生产承包责任制后，村里把大集体的大片良田按照家庭户数，切割成了无数的小条条、小块块，原来上千亩的大田现在成了一家几分地、一家几亩地，你家种玉米，我家种土豆，这家种小麦，那家种谷子，就是紧挨着的几家田地，也是品种齐全、五颜六色的。犹如麻雀虽小却五脏俱全。原来的集体大农业用的大型拖拉机、播种机、收割机、脱粒机全都用不上了，绝大多数被村干部们贱卖了。有的村民在自己的小田地里，连毛驴都不好用，只能自己脖子上挂个种子包，手持铁锹，一边刨坑儿，一边点种子，几乎返回到刀耕火种的模式，大家各干各的，形形色色，一盘散沙。

田守义承包的五十亩土地其实也是村里村外、东南西北都有，他每年在这里种一片玉米，在那里种一片高粱，在西边种一块谷子，在东边种一片土豆，特别是他每年坚持种产量少、成本高的当地传统庄稼，如莜面和苦荞，就是高粱也分别种植白高粱和红高粱，所以全村人都知道田守义家里的粮仓几乎什么粮食都有，家有余粮，心里不慌。自给自足，无上荣光。

如今田改竹要分他的地去种菜，这就好比割他的心头肉啊，他当然一万个不乐意。后来，田改竹没办法，还请父亲的老伙计李亮出面求情，同时还搬动了信用社石头主任来做动员说服工作，田守义才勉强答应暂时让田改竹借用二亩土地种植塑料大棚蔬菜。

这件事刚刚落停，没想到田守义就又遇到了更大的难题，这就让他不由得发怒了。

前些天，金炜明和石头都上门，竟然动员田守义进行土地流转，说准备在村南边的一千亩地里，开展大规模的日光温室蔬菜种植，还说这是金融系统的精准扶贫项目，要帮助全村人乃至全县人脱贫致富。这就让田守义着急了，他一口回绝了。后来村支书和乡长、乡党委书记都出面做工作，说什么要顾大局、识大体，不能因为一个人而毁了整个扶贫计划云云。有人还夸奖田守义祖祖辈辈在村里就是知书达礼的乡绅，田守义也是人人尊敬的老一辈楷模。可田守义就是紧咬牙关不松口，反正不管夸奖也好，批评也罢，他就是不流转、不种菜，就种粮食。

对于土地，田守义发誓不会放弃。他也看报纸，说一批农民把土地流转给开发商后，也获得了一些现金补偿，同时表面上还给他们转成了城市户口。但是这些人成了城市人后，在城乡结合部住上了楼房，可不能种地了，其他的手艺什么也不会，又闲不住，只能每天上街捡破烂。在田守义眼里，捡破烂就跟叫花子差不多了。

田守义的拒绝让金炜明和石头感觉遇到了难题。因为在这片规划一千亩的田地里，田守义的土地就在正中央，建设日光温室不可能避开或绕开。再说了田守义在村里的威望和影响力很大，如果这个头开不好，以后的工作就更做不好了。还有一些农民为了贷款入股赚高利息，竟然在郝利仁和贺富贵等人的诱导下，把自己的土地使用证和山林证做了抵押。这样，土地流转的权利就落在了郝利仁一伙人的手里，要土地流转，就得郝利仁一伙的同意才行，这就无异于与虎谋皮。让金炜明和石头他们感到震惊和愤怒，甚至是绝望。

这时，村官何晓娜提出了一个新的思路，禁不住让金炜明感觉眼前一亮……

"你也快成地主啦，雇扛长工的哩。"菜贩们在取笑田改竹。

"这有啥稀奇的，咱周围棚里没帮手的菜农都雇了帮工的，不过，大都是四川一带的。有的还是城里的非农户、国家企业的正式工呢。"

"过去农转非难死哩，今天，黄历倒着写了，有的地方非转农都不成了。"

赵壮蹲在菜畦里用小锄给西红柿除草。望着那边有说、有闹、有笑的一伙人，一种孤独感、失落感便忽地涌上心头。他父母都是县国营林场的工人，自己高中毕业后考进省农技校，学的是农牧技术，他是个有耐心、有追求的人，喜欢钻研技术，一心想毕业后到农村干番事业，可他父母看不起农村，不允许他下农村，硬是找关系把他已分配到乡政府做农技员的调令改为到县林业站当技术员。工作两年后，同本单位女工吴丽娜结婚成家。去年，夫妻双双下岗。对于下岗赵壮倒是能坦然面对，其实，他早已厌倦了一天三班倒，像钟摆一样的生活，每天憋在狭小闷热、机鸣震耳的小车间，他的神经都快要承受不住了。他早已准备到农村去，干点自己喜欢干的事情。而妻子吴丽娜却经受不起这个打击，整日以泪洗面，觉得没颜面见人，听赵壮要下农村打工，气得一蹦三尺高，死活不同意，并以离婚相威胁。赵壮到农村后不久，听家人捎话说吴丽娜找到了份好工作，在县城新开的亚龙贸易有限责任公司做公关部主任，据说，凭着她年轻、漂亮、能干，干得风生水起，很得老板赏识。

赵壮记得随朋友初来村里的那天，一时找不到营生，就暂住到村西头燕百合的车马大店里。当时来打工的人有七八个，都无精打采地躺在炕上等人来雇，如今这世界真怪，村里的许多劳力都跑到南方城市打工，留下老婆、娃子守家种地，而县城里的下岗人员却又跑到乡下来找工作，让人琢磨不透。赵壮心情郁闷，便独自来到店院大树下，掏出身上的竹笛，吹起了那令人愁肠百转的《走西口》。

田改竹是信用社主任石头首批选作日光温室蔬菜种植的示范户，费了九牛二虎之力才从父亲田守义那里借来二亩地，又从信用社贷了扶贫款，才闹腾起来。当时，当田改竹随着附近菜棚的几位大嫂走近车马大店时，马上被几个四川民工围了上来，问询营生和工钱，并不住嘴地推销自己，可田改竹没有挑中他们。其实，她一进门就早已注意到独自吹笛的文静小伙，当改竹走到他面前时，赵壮才慢慢放下笛子，他抬头看到的是一位温柔、端庄的素雅丽人，那天改竹只穿一件干净的碎花白底兰花布衫，一双丹凤眼流露出善良、温柔的光泽。赵壮立刻被这双眼睛打动了，他摩挲着竹笛说："嫂子，雇人吗?"

"嗯，管吃、管住，工钱每月四百，怎样?"还未等田改竹把话说完，赵壮早已返身进屋背自己的行李去了。

赵壮住进了田改竹蔬菜大棚东端的小屋，改竹住在大棚西端的小屋，这样既方便食宿又便于看棚护院。没过几天，改竹就发现自己雇对了人，赵壮这小伙原来是个知识分子，对蔬菜的栽培确实有一套理论，就是缺乏一些实际操作经验。他人很勤快、憨厚，又一心一意帮东家，比起那些整天贼眉鼠眼、朝三暮四的外地人强多了。赵壮也发现田改竹虽文化低点，但种菜却很有一套经验，一举一动都有板有眼，两人常相互点拨，配合得很默契，不少日子就在这温暖如春的环境中度过了。特别是近些日子，村里建起了水塔，许多村民也相继从信用社贷了款，陆正主任又多次来大棚，向他征求发展大棚种菜的意见，村里原先不敢伺弄大棚的农民也都建起了大棚，好多乡亲们初次干这营生，没经验，都来向他请教，称他是赵技术员，从未把他当打工的看待，他的处境逐渐好起来了。

过了段日子，赵壮发现田改竹常独自发愣，经向人打问，才知她是个既倔强又令人同情的女人。田改竹今年只有三十四岁，她男人叫贺富贵，是个不安于现状的本事人。早几年在村里当干部，常到外面跑，他发现外面的世界更精彩，便在八九年前就到外面做生意去了，后来也挣了些钱，就回到县城开了新公司。早些年他就想接改竹出去住，可改竹住不惯，一去城里她就头晕、恶心、坐卧不安，老是生病，连个抽水马桶也不敢坐，一坐上去就心慌别扭，大小便也便不出来。后又只好回村里来，说也奇怪，改竹一回村做上营生，就觉得神清气爽，心情愉快，气得丈夫骂她："天生是受苦的命。"后来听说贺老板在外面常跟很多女人鬼混，夫妻感情就越来越淡。田改竹虽表面温顺，却也是自尊心极强的人，她看不惯男人的臭德行，不想沾男人的光，更不花男人的钱。自男人把孩子畅畅接进城念书后，就独挡门面过日子，跟信用社贷款八千块钱，建起了现在的温室大棚，起先自己忙乎，后实在忙不过来，才雇了下岗工赵壮。

山村的夜晚静谧安详，缕缕月影，点点星光。赵壮初来，常听有男人在棚外不远处黑灯瞎火地乱吼：

> 太阳落在山沟底，
>
> 不想别人就想着个你，
>
> 房后等你大半夜，
>
> 天上的星宿都数见，
>
> 前半夜想你扇不熄灯，
>
> 后半夜想你翻不过身，
>
> 想亲亲想得俺迷了窍，
>
> 头枕上脚盆睡了觉，
>
> 想亲亲想得俺迷了魂儿，
>
> 抱柴火跌进那山药窖……

赵壮听得一夜难眠，便不由想起与妻子吴丽娜的缠绵之夜。天亮了他问改竹，昨夜谁在唱。

改竹头也不抬，狠狠地说："野狗！"

赵壮疑惑不解："哪里的野狗？"

（十九）惊世骇俗的生财之"道"

老知青魏仁帮助村民第一次把婴儿送人是救命，后来帮助村民把孩子送人却变成了索命。第一次把孩子送人是女人心不安而魏仁心安，后来把孩子送人却是女人心安而魏仁心不安了。

田守义的二女儿田改兰生孩子富了，这在香水沟村里已经不是什么秘密。

事情的起因在于城里人的旺盛需求。如今城里环境污染严重，城里人工作压力大，导致男女不孕不育现象越来越多。加上有的城里女人们不愿意亲自生孩子，怕影响了自己的体型，就想从农村抱养或代孕。村民也发现，这种事跟种地其实一个样，打下粮食人人都能吃，生下孩子人人都能养。土地种粮没有期限，而人的生育是有年龄限制的，他们要在有限的生育年龄内，把孩子像种玉米一样撒向全国各地。

田改兰年轻，身体也好。她跟何耿红结婚后，几乎是两年一个孩子，一连生了两个女儿、一个儿子。用何耿红的话说，不生儿子不罢休。村里虽然也有计划生育，但是有个不成文的规则，那就是如果没生儿子，就可以一直生，每次象征性地交一点罚款即可。一旦生了儿子，那就对不起，该做绝育手术的做手术，该上避孕环的就上避孕环。田改兰没想到的是孩子多了、负担重了，也养不起了，孩子们吃奶粉、上学都需要钱，尤其是最后生的这个儿子得了脑瘤，需要一大笔钱来治疗。田改兰和何耿红就把第四个孩子托魏仁的儿子华正茂送给了城里的一个富裕家庭收养了，并收取了一笔不菲的"营养费"。从此，田改兰就尝到了甜头，发现和打通了一条与众不同的致富通道，并且得到了村里一些女人们的效仿。

据说华正茂在城里也下岗了，整天游出来摆进去的，魏仁就看不惯，父子关系就紧张。有时候魏仁时常来香水沟村里走走，住上一段时间，华正茂也经常跟着过来看看，品尝一下农家饭，呼吸一下新鲜空气。京城的雾霾太大了，让人大气儿都不敢喘。尽管田春燕也尽量躲着他，怕村里人说闲话，但村里人大都知道他的出身来历，也不把他当外人，一来二去的就跟村里脾气相投的人熟悉起来了，特别是跟郝利仁、徐建兰等走得近。徐建兰的一些生意业务就通过华正茂这条线直接通到了京城。

村里的李胜利也不知道怎么就听说了华正茂和徐建兰的合作生意，几次上门对他们进行了治理整顿，搞得徐建兰敢怒不敢言，背地里捣鼓华正茂跟李胜利干架，说一个村里的，抬头不见低头见，不好直接动手，华正茂一个外地人不用顾忌情面，跟他干。华正茂有几次就跟李胜利吵起来了，如果不是魏仁过来劝阻，差一点就动起手来了。华正茂还发出话来，一定要弄死李胜利这个狗拿耗子的神经病。

田改兰从小学习不用功，让她种地嫌累，各种手艺又不会，就会生孩子。对于她来说，生孩子好比苹果树结苹果，一年一茬，开花结果，果熟蒂落，非常自然，一点也不费劲儿。当地有个乡俗，每当有人家生孩子，就会在家门口挂个标记，提醒外人不要进来，免得"踩"了孩子，就是打扰的意思。挂个红布条，表明是个女孩儿，如果红布条上加挂一本书，就说明是男孩。当然这是过去的封建礼教，只有男孩子才能读书。可田改兰就从来不挂，别人当然也不清楚她究竟生了几个孩子。姑姑田春燕对侄女田改兰的做法相当不满，但她也奈何不了，因为田改兰不超生、不违规，而且跟村支书的关系也处理得好，经常隔三岔五地孝敬一些烟酒，支书就明显地支持她，还鼓励田改兰说应该把业务做到外国去，出口创汇，哈哈哈。

真是没有廉耻了，这就让田春燕很是鄙视。

在香水沟村，有人说种地不如养猪，养猪不如养孩子。这就跟以前的观念不一样了，过去就连墙上的标语也写道：要想富，少养孩子多养猪。现在村里有人通过养孩子赚钱，认为成本低、收入高，既好活又不累。有的女人因为计划生育结扎早或者戴避孕环，就通过悄悄做手术接通输卵管或者取掉避孕环。村里干部看到有人怀孕也是睁一只眼闭一只眼，因为他们知道孩子生下来也不会在当地派出所上户口，不会出现超生现象，田春燕负责的计划生育目标依旧达标。

有了钱的田改兰，家里日子宽裕了，孩子们的生活条件改善了，生病的小儿子也到北京最好的神经外科天坛医院，请一名姓刘的专家做好了手术。日子一天天好起来，田改兰的心情也越发快活起来。女人嘛，营养好，穿戴好，加上年轻，就像一朵盛开的花，在激情中摇曳陶醉。

田改兰的男人何耿红，生性懦弱，身体也单薄。这几年在家外种地，家里生孩儿，确实累得够呛。如今生活好了，自己却变得懒惰了，几乎所有的田地营生都雇人干了，自己却像个地主一样，在田间地头溜溜达达做监工。每当田改兰嫌他不干活好吃懒做，他还振振有词："你看过《动物世界》吗？干活捕猎从来都是母狮子干的，公狮子从来就不捕猎、不干活，它们的任务除了吃肉就是配种，懂吗？没文化！"

田改兰很生气，一擀面棒就把他打出去了。嘴里还骂骂咧咧，"瞧你那点小身量，瘦不拉几的，自己的老婆都伺候不了，还敢给母狮子配种？一口吃了你也不够人家塞牙缝的，得瑟啥！"

其实何耿红这些年的身体一直不太好，就像一只被掏空的公狗，浑身上下肋巴骨一根一根的，走路风大了身子都晃。

父亲何百世是个既传统又迷信的老人，他对儿子的身体很是担忧，经常在家里旁敲侧击地提醒田改兰，日子好了，要对自己的男人好一点，多吃好饭少折腾。

可田改兰对此很不屑，鼻子一哼说："这个家能有今天的好日子，凭什么？还不是凭老娘卖命换来的？就凭你儿子？你说他身体不好，那你亲自问问他，在老娘怀孩子挺大肚难受时，他倒好，跑出去干啥下三滥的事去了？

简直是个混球！"

何百世听了立马就软了。那一年华正茂给田改兰揽了个赚钱的好"业务"，田改兰好不容易才怀孕，整天小心翼翼地呵护着大肚子。何耿红因老婆怀孕，好久不能过夫妻生活，就有点挺不住了。正好那天傍晚，村里马叫驴和几个光棍儿拉他到村外国道上的小饭店喝酒。那个饭店吃饭只是幌子，卖淫却是主业。酒足饭饱，何耿红晕晕乎乎地跟几个老光棍儿和饭店的女人们混战。有意思的是那几个上了年纪的女人们，为了刺激男人们的欲望，竟然把挂历上面大幅女明星的头像裁剪下来，直接贴在了自己的脸上，这样就成了明星脸女人身，招惹得男人们一边喊着这些女明星的名字一边大干，感觉自己太厉害了，竟然把大明星给干了，效果极佳。不料破门而入的公安民警把何耿红几个人从"女明星"身上拉下来，摁在了床上。后来派出所通知田改兰和何百世要么交钱领人，要么公开判刑。田改兰气急败坏，坚决不交钱领人，恶狠狠地骂道："就让这个发情的公狗到大牢里好好治理整顿一下，让他这个狗改不了吃屎的长点记性。"

公公何百世急得直跳高高，不停地打自己嘴巴子，在田改兰面前泪流满面检讨自己，祈求她网开一面，先把他赎出来，免得家丑外扬，丢人现眼，在村人面前、在祖宗灵前抬不起头。

可田改兰就是不掏钱，何百世也没办法，只能干着急。过了几天，其他几个嫖娼的光棍们都交了罚款出来了，只有何耿红还没有出来。何百世没办法，只好求田守义出面说情，田改兰才答应交钱赎人。

其实田守义对自己的这个二女儿很不满意，总嫌她赚钱的路数不正，让人背后指指点点，让自己也脸上无光。有几次他也跟田改兰旁敲侧击提醒过，可田改兰却说："还不是因为穷得没办法嘛，我要是郝利仁的闺女还用遭这罪吗？龙生龙，凤生凤，老鼠的儿子会打洞，我也是跟爹学的，你喜欢种地，我喜欢'耕田'，都是土里刨食的命哪。"几句话噎得田守义眼睛发白，嫁出去的女泼出去的水，一点办法也没有。

田改兰跟徐建兰一起到了派出所，并不急于赎人，而是跟民警讨价还价。其实派出所也并不想把事情闹大，他们也只想罚款完成任务。何耿红家里不来人，他们反而更着急。田改兰早已通过徐建兰的哥哥徐建国暗地里了解了内情，她威胁民警，指出罚款太高，要求降低。民警被她磨得不耐烦了，无奈降低了罚款，让她领人赶紧滚蛋。

一出派出所，何耿红就被田改兰一脚踢在了鸡巴上，疼得他两手捂着裆部蹲在了地上。田改兰扑上去还要打骂，被徐建兰赶忙拉开了，让他赶紧快跑，何耿红赶紧爬起来，夹着裤裆，落荒而逃。

这次事件搞得田改兰生意差点亏了本，孩子生下来送人的"营养费"刚好补了派出所罚款的费用。那几个光棍不知怎么听说何耿红的罚款降低了许多，觉得太不公平，就一起到派出所理论，结果让派出所民警拿出警棍一顿乱舞，吓得光棍们抱头鼠窜。

后来据说是何耿红酒后吹牛，泄露了实情。回家后又让田改兰狠狠收拾了一顿。本来他的身体就不太好，这次又挨了田改兰的一脚，更是软得提不起来了，整天沉湎在赌场酒店，有点破罐破摔的意思。田改兰也没想到，自家的日子富裕起来了，原来挺好的男人却不争气了，天要下雨，娘要嫁人，随他去吧。自己的"业务"只能再寻找其他的男人来支撑了。不过，她心里也盘算着，在村里好好相相面，找几个好一点的男人，也算是改良一下品种吧。

通过这件事儿，田改兰虽说赔了些钱，但由于徐建兰的帮助，跟徐建国的关系越来越亲密起来了。

公公何百世从此对田改兰的怨恨不断加深。虽然表面上还是一家人，公公跟儿媳妇也不能再说出啥出格儿的话，有时候怕她欺负儿子，嘴上甚至说一些比较违心的甜言，但心里的那把利刀总在滴溜溜乱转，摁都摁不住……

（二十）香水沟的"堂吉诃德"

父亲李亮曾经总结过李胜利的性格特征，说他是残、忠、愣劲儿大。他一直长到十几岁都是个性格单纯的人，看见啥就是啥，不会用脑子滤一滤。

那年李胜利十七岁，因为能出个黑板报、写个广播稿，所以享有一点小小的特权，住在大队部的广播站里。

那时年轻，睡得晚。大约晚上十一点多钟，他去上厕所。当时村里家家户户都是在自家后院挖个坑，用玉米秸一围就是茅房。只有大队部场院边上用破砖烂瓦砌了个厕所。蹲下勉强看不见人，站着能边撒尿边与外边的行人打招呼。那晚尿急，李胜利急匆匆奔向厕所，在门口突然惊住了。微弱的星光下，一对男女正面对面"打立杆"（男女站着相交），是旁边院子里的二叔和他的叔伯嫂子。李胜利吓得心跳到了嗓子眼，两人因为太沉浸了，竟然没有发现有人。

李胜利抽身就跑，带着莫名的激动，"抓坏人，抓流氓"的好事可让他赶上了。他三步并做两步朝大队部跑去。急忙敲开了广播站隔壁的门，公社妇联主任侯大姐住在那里。

老侯来村蹲点，住在广播站隔壁，当时也还没睡下。侯主任当时也就三十六七岁，微圆的脸上永远是善良的笑意，一笑露出的那颗金牙更给人亲切的好感，他心里一直对她有"妈"的感觉。

她开了门，看见气喘吁吁的李胜利，脸上露着惊讶。

李胜利说："二叔和他嫂子在厕所耍流氓呢！"本以为她听到后会立即抄家伙走。

她慢慢问："你看清了吗？"

"看清了！"

"是他俩吗？"

"是他俩。"

见李胜利不领其意，老侯突然压低声音厉声说道："睡觉去！"

好在他还不算太傻，虽不解其要，还是转过身去，一腔热情被冷水浇灭，心里很不自在。这时又听见身后传来一句更加严厉的警告："不许出去瞎说！"

两句对话、两句警告使李胜利在朦胧中感觉到了什么，他觉得从那天开始长大了。他第一次意识到世界上的许多事不一定看到的是什么就是什么，还得用脑子滤一滤。但滤不清楚之前，该治理整顿什么就整顿什么。

李胜利的家里后墙正中央，几十年来一直供着毛主席的大幅相片。年轻时，李胜利经常在相片前向毛主席汇报治理整顿的情况。毛主席每次听完他的汇报，都是笑眯眯的，仿佛是对他工作的肯定，鼓励他再接再厉、继续坚持下去。

李胜利就非常高兴，觉得毛主席对他真好，永远只有鼓励没有批评或者不高兴，于是飞身上车，出门继续主动寻找治理整顿的线索。

有人对李胜利的治理整顿很头疼，因为他只要掌握了别人的毛病，那肯定会口无遮拦，竹筒子倒黑豆，干干净净、利利索索、无遮无拦。也有人会通过往他家门口塞纸条或者给他写信，悄悄地给他提供线索，一般不敢直接告诉他，怕他以表扬的方式，直接告诉被治理整顿的是谁提供的材料。

如今这世道，许多人都不愿意或不敢管闲事，绝大多数人都是事不关己高高挂起，怕惹麻烦。有人跌倒了不敢扶，小孩子被抢不敢管，看见小偷下手没人喊，人被车撞了不敢救，怕被讹，怕报复，怕惹麻烦啊。李胜利就从来不怕麻烦，总是像那个堂·吉诃德一样，一个人挺着一只矛，到处戳着别人的痛处。

他还有个特点，他治理整顿从来不依靠任何组织和其他人，也不告状上访，觉得那太耽误事儿，总是自己直接上阵，现场办公，就地解决。尽管有时候让人感觉到啼笑皆非，但也是有奇效的时候。一来是有人觉得确实应该改进，真的就改进了。二来是通过李胜利的治理整顿，有的单位和个人的违规违纪行为引起了执法部门的注意和重视，实际上就无形中起到了揭开盖子暴露问题的作用。因为李胜利做治理整顿的"好事"经常坏了别人的"好事"，也就有暗地里痛恨他的人匿名举报李胜利不具备执法资格，肆意攻击他人的行为是违法行为。但是李胜利认为，世界上的事情只要是正义的就可以做，只要是为人民服务的、为穷人做主的，他都应该义无反顾、勇往直前、永不言弃。有关执法部门也从来没有找李胜利谈话，他们还需要社会上有这样的人，用另一种方法，协助他们治理整顿。有几次反腐部门就是通过李胜利的治理整顿活动得到线索的。

其实也是有人支持他的，认为李胜利是个神经病，本身就不正常，即使他做错了事甚至杀了人，法律也不应该追究责任。本来这也是对他的保护，也使人对李胜利存在惧怕感，不敢随意打骂他、报复他，怕他一时犯病杀了人，还得白死。可李胜利自己很难受，觉得有关执法部门和个人这样对他不公平。他始终觉得自己是个非常正常的人，自己如果做错了就应该受到批评和处理，如果自己做对了，就应该得到鼓励和表扬。

有人对他表达不满，就把他自行车上的红旗标志偷偷拔掉了。李胜利呵呵一笑，自己又用铁皮做了个更大的，并且用红油漆染得更加红彤彤的。

后来信用社的石头动员他作为首批大棚种菜的试点户，他种菜也有了点收入，有人建议他买一辆大摩托车吧，更加威风和省劲。可是他不同意，说摩托车不节俭，速度太快灵魂也跟不上，容易脱离人民群众，他就是要跟广大人民群众在一起，慢慢交谈，一起进步。

有几次别人故意开车和骑摩托车逗他，跟他比赛，他也不服输，骑着红旗飘飘的自行车，在毛主席像章的指引下，风驰电掣般地前进。在公路上开始还一度领先，后来实在追不上，李胜利就把自行车骑到了山上，在山顶上居高临下地向下面公路上的小汽车和摩托车挥舞车上的红旗，大声喊道："有本事上来比试，毛主席说了，不到长城非好汉啊！"

气得那些人只能在山下干瞪眼。

这些年，村里人们确实收入多了，但人们的文化思想却有点混乱，甚至是后退了，至少李胜利是这么认为的。

父亲李亮整天琢磨着的是人的灵魂问题，这就让李胜利觉得可笑。李亮认为人是有灵魂的。魂为云中鬼，遇阴逢冷为形，遇阳逢热为气。魂由血载，以脑为体；血由精传，以男精为体。魂为气，故魂飞；魄为土，故魄散。魂要说话的方式有托梦、附体和通说。人生为阴阳合而为魂魄，人死为阴阳分而为鬼魂。土地养人，人养魂。人死归土，魂归天，故为天地人合一。灵魂可以暂时脱离人体，心不随魂，但心停则魂飞。

许多村民都信佛、拜基督教和天主教，前些年还有被蒙蔽的村民参加所谓的邪教。李胜利也对那些唯利是图的邪教进行了治理整顿，还得到了县里的表扬。有的人还同时信奉佛教、基督教、天主教，还说不就是多烧一把香嘛，菩萨、耶稣和神明总有一个会灵验的。也有的一会儿信奉这个教，一会儿又信奉那个教。其实李胜利倒是觉得他们信奉那么多的教，实际上他们什么都不信。当他们停止信奉所有的教时，并不是说他们什么都不信了，而是什么都信。更有的人所谓信教其实就是拉帮结伙的一个名头。这就让李胜利很不服气。他觉得自己信仰共产党、信仰毛主席，这才是真正的信奉。

李胜利觉得别人的信奉都是有目的的，而信仰应该是没有要求的、无私奉献的。比如有的人信奉观音菩萨是为了求子，有的人信奉关公是为了发财，有的人信奉佛祖是为了升官，有的人信奉耶稣是做了不好的事为求心安，等等。这就让李胜利瞧不起。

有个男村民说自己信耶稣了，就不给死去的爹妈上坟了，他妹妹很生气，说："耶稣让你不孝敬父母？你拿出耶稣的文件来，看看上面哪一条是不让孝敬父母的？你不就是借耶稣的名偷懒、怕花贡品钱吗？"最后还是逼她哥哥去上坟，因为本地流传的乡俗说只有儿子上坟才能收到纸钱和供品。那个男村民没办法，只好提着妹妹准备好的一大包纸钱、水果、肉类及各种楼房、汽车、美女等模型去上坟。他一边走一边看着这些琳琅满目、品相诱人的纸钱和模型说："他奶奶的，人活着的时候穷得啥也没有，死了倒是啥都有了，呵呵，看来人要想富，死了是最好的办法。"

李胜利说自己信仰毛主席就是要一辈子做好人好事，一辈子对一切不正确的现象进行治理整顿。

李胜利有孩子般纯真的一面，他的眼神也曾那样清澈，有如老小孩一般。他的笑容是灿烂的、纯真的，让人眼里发热。他的纯粹在于对信仰的坚守，也在于对细节的苛求。他是一个"起心动念，向善向上"的人，他多有仗义执言，路见不平，拔刀相助。人常说，圣人和疯子隔着一条线，可以浅如鸿爪，也可以深如鸿沟。

许多人说李胜利是一个与世俗无法相融的人物，他自己也经常说："有人说我是这个村庄的一桩丑闻，我倒觉得我是这一片的名人，哈哈哈。"他一直以为，时间长了，这个乡村会习惯他。但后来他发现，自己想错了。

原来李胜利还是信用社的一名村级服务站的代办员。当时他的业务量在全县同类人员中成绩是最好的。在李胜利手里，一直珍藏着一些过去信用社的存折，存折的上面都印着毛主席头像及其语录。他经常把这些老式存折拿出来，想让信用社再重新印刷一下，给客户使用。信用社负责人给他解释说，现在的存折都是全国统一印制和使用，那些老式存折根本就跟现在的业务项目和会计科目不对接，早就作废不能使用了。李胜利就觉得非常可惜，只能经常在营业室给村民们朗读，教育人们勤俭节约，幸福不忘毛主席、共产党，等等。

在香水沟村里，经他手吸收的存款，他会记得具体的起存和到期日期，每当存款快到期时，他一定会上门通知村民，询问村民是取出来还是继续存款，一定问清楚、办利落，利息清清楚楚、一分不少。经他发放的贷款，他会定期催收本金和利息，一分不能少，一天不能超。由于他工作认真，业绩突出，县联社准备给他转成信用社正式工。

人们都说李胜利有点傻，可也有让人刮目相看的时候，他竟然能在村民的婚礼上拔掉欠债钉子户。有一次，李胜利听说欠债钉子户刘小虎要在村里举行结婚典礼，大宴亲朋，就灵机一动，想出了一条妙计。

这天上午，刘小虎家彩旗高挂，红艳艳的"喜"字贴了满街满巷，亲朋好友聚了一院，连门口也挤满了看热闹的村人。鞭炮噼里啪啦响过，刘小虎和新娘拜了天地，宴席才正式摆开。客人们喝酒划拳热闹非凡，这时早已等候在外面的乞丐们争先恐后地闯进门来，全都甩开竹板舞起红绸，扯开嗓子"东家大喜俺小喜，俺给东家道个喜"地吼喝起来。

管事的便忙着给几个喜钱拿盒喜烟打发，叫化子们嫌少就讨价还价，看热闹的就起哄，众人推来拥去，倒也增添了不少气氛。

李胜利早就到了村子里，他把红旗牌自行车停在大门口，就拿了副竹板直奔刘小虎家院门，他扯开嗓子就念喜：

> 八抬彩轿抬凤冠，
> 吹吹打打到门前。
> 新娘下轿贵人挽，
> 两个童儿铺红毡。
> 天地神前摆香案，
> 新郎新娘结喜缘。
> 拜罢天地入洞房，
> 揭开盖头露仙面。
> 亲戚朋友都喜欢，
> 正当午时摆酒宴。
> 喜酒喜饭加喜菜，
> 凤冠莽袍加玉带，
> 饽饽点点配成对，
> 饮酒喝汤又吃菜。
> 炕上坐着那新人，
> 地上站着个举人，
> 天上飘下来仙人，
> 脚踩云端撒金钱，
> 金钱落到喜桌边，
> "东家喜了，哇！"
> 拿出喜钱三百三，
> 要换东家六千六，
> 外带喜酒一大坛。

念着念着，李胜利还真掏出三百三十块，要换东家喜钱六千六百块。村里人都认识他，见他念喜，都说："老李，你啥钱都想挣，不治理整顿了？还念喜来？"

管事儿的认为他在开玩笑，随手拿了十块钱、一盒喜烟、一袋喜糖就想打发了事，没想到被李胜利一竹板就挡了回去，说："去，告诉你们东家，让他亲自把喜钱送来，不然的话……"

管事儿的见李胜利一本正经难打发，怕僵起来大喜的日子给东家丢丑不吉利，就赶紧把新郎刘小虎叫出了屋门。刘小虎一见李胜利要的钱数和架势就明白了：李胜利是趁他大喜的日子来要贷款。于是他强装笑脸，把李胜利拉到墙根下，软中带硬地低声说："老李，咱乡里乡亲的，可别乱来啊，你要惹恼了俺，俺可……"

"俺还怕你不成？"李胜利说着，见众人又围上来，新娘也出门来到近前，于是他就扬起竹板唱道：

竹板那一打响连声，

各位亲朋听分明，

听听刘小虎是怎样（个）人

他做买卖发财是能人，

信用社贷款帮了大忙，

可他致富忘了掘井人……

刘小虎见再往下唱就要露馅丢脸了，忙拉着李胜利进了南屋，双手作揖说："俺的李大爷，你就高抬贵手放侄儿一马吧，侄儿一辈子就办这一回大事儿，再说，新娘家对这桩婚事本来就很勉强，要有点啥闪失，那可就惹下了糊糊。"

"不行，我是先礼后兵，你今天再不还，俺就大闹天宫，进行治理整顿了。反正，俺这老命也不值钱了。"李胜利态度很坚决。

刘小虎见李胜利是吃了秤砣铁了心，加上外面新娘、伴娘已在敲门，让他出去给亲朋敬酒，他也没时间纠缠，只好先付六千六百元，来不及办理手续，李胜利就先给他打了个收条，让他有时间了，凭条再到信用社办理手续。

可后来不幸发生了。原因是几个村民贷款后，做生意也赚了钱，他们想扩大规模，除了一直不还本金和利息，还要求再继续贷款。李胜利则要求他们按制度办理，先按期交利息、到期归还本金，然后再继续办理贷款。几个村民不知是嫌麻烦还是想骗取贷款，反正就是不还，他们还把一个装有现金的红包悄悄塞给李胜利，求他网开一面，不要硬催收就行。没想到，李胜利认为这是侮辱自己，让自己跟他们同流合污，很是愤怒，每天紧追几个村民不放，有几次竟然追到家里不还贷款就不走，惹得村民很生气，言语不和就动手打了李胜利。接着他们反咬一口，说李胜利为了要贷款挣业绩转正，把人往死里逼，还动手打人。

那时的信用社领导为了维护信用社的声誉，平息事态发展，就撤销了李胜利服务站代办员的资格。李胜利转成信用社正式工的事就此泡汤，还失去了信用社村级代办员的这份工作，在村里继续种地种菜维持生活。

李胜利经常说，毛主席教育大家要学会"弹钢琴"，弹钢琴要十个指头都动作，不能有的动，有的不动，但是，十个指头同时都按下去，那也不成调子，要产生好的音乐，十个指头的动作要有节奏，要互相配合……

李胜利尽管不是什么党组织，但由于他善于"弹钢琴"，懂得统筹兼顾，擅长"两手抓"，后来村里就把他当做"救火队"，哪里工作不好做，就让他去做。最后大都因他太认真、太死板、太能得罪人，以失败收场。

过去大集体时期，因为饥饿人人自危，大队就派他看守粮仓。他虽然认真，但从不往歪处想，所以尽管多次在粮仓附近看见徐建兰在出入，走路还一拐一拐的，他压根儿也想不到，那是徐建兰裤裆里塞满粮食撑的；开展计划生育动员女人们做手术请他去做工作；看护山林让他去，看护农田庄稼让他去；乃至后来维护稳定，阻止村民上访，也派他去阻拦。他还跟上访的村民承诺，不用去告状，有啥问题跟他讲，他亲自治理整顿，帮助人家解决问题。有一次刘告状趁着中央开会要去北京上访，路上遇到了李胜利，李胜利拦着他就是不让他出村，说自己可以帮助他治理整顿，可把刘告状气坏了，也把乡政府干部乐坏了。特别是后来被人恶意利用，去治理整顿郝利仁小煤窑乱采滥伐污染环境的问题，被恶狗咬伤，差一点把命都搭进去了。

李胜利听说郝利仁承包了村里一座荒山，按照合同应该是植树和养殖。可人们谁也没想到，郝利仁表面上也装模作样地种植了几棵树，稀稀拉拉的，像老太太的头发，也骗取了县里许多林业贴补。实际上，郝利仁却在荒山里私自采煤。原来他早就提前找人勘探好了，这座荒山下面全部是储量丰富的煤炭。他在自己承包的荒山里私自开采，既逃避了矿山管理部门的审批和监督，又偷税漏税，把村集体的资产和老祖宗留下的宝藏据为己有，大发横财。老百姓敢怒不敢言，村干部装聋作哑，乡政府睁一只眼闭一只眼，谁也不敢得罪这个土财神爷。

有人就把这个所谓的秘密专门跟李胜利说了，李胜利得知这一情况后，觉得郝利仁掠夺人民群众财产，欺骗政府，作弄共产党，实在可恨，就不顾众人劝阻，独自骑车来到郝利仁承包的荒山煤矿门口进行治理整顿。他在门前运用毛主席语录，历数郝利仁条条罪状。保安不知领了谁的命，拎着警棍过来劈头就打。李胜利用自行车进行抵挡。正当保安节节败退时，郝利仁领着大狼狗回来了，他咬牙切齿谩骂着，放出大狼狗就朝李胜利扑来。一瞬间尘土飞扬，鲜血四溅。

事后，姐姐李梅俏找村里和乡政府理论，个个找借口推脱。她又找郝利仁评理，郝利仁反而诬赖李胜利私闯民宅、诬告诽谤，还准备继续对李胜利进一步的"治理整顿"呢，气得李梅俏大骂郝利仁不得好死。李梅俏专门给李胜利买了一把刀，让他去找郝利仁算账，说，"别人打你犯法，你杀人都不判刑，因为你是神经病。"李胜利生气了，冲着姐姐大声喊道，"我不是神经病！"姐姐说，"看看，就敢跟自家人厉害。"

李梅俏让李胜利去打狂犬疫苗，他坚决不去，说他就不信郝利仁的狗毒邪气能够战胜他那一身正气。他坚信这个世界上，正义永远会战胜邪恶。

气得李梅俏拍屁股走人。

对于儿子李胜利的这些事儿，李亮虽然足不出户却都已收进了自己的耳朵，许多人都让他劝劝他的傻儿子不要再做傻事了。李亮听后摇了摇头说："一切皆有天命，这个世界上谁都管不了谁。"李胜利就是个"由头"，当人们想做什么事的时候，就把他当成一个理由；当人们不想做什么事的时候，就又把他变成了一个借口。有人就问李亮，"都说你料事如神，怎么就解救不了自己的亲生儿子呢？"李亮说，"我可以看得清人生，但改变不了人生。"人家又问，"为啥呢？"

李亮幽幽吐了一口气说，"因为李胜利他不信我这一套哇。"

（二十一）暗流涌动

香水沟村信用社主任石头与香水沟村委会贾英才的矛盾由来已久。

事情的起因是村办企业前进砖厂。这个砖厂是十几年前由村集体投资兴办的。当时集体力量雄厚，村里拿出二十五万元，信用社支持了二十万元，投资办起了这个砖厂，占地一百多亩，建烧窑十五孔，盖起了办公室、宿舍、食堂。当时在方圆几百里都是数得上的大厂子，员工最多的时候达到二百多人，每天人喊马叫，车来车往，窑火熊熊，砖垛成行，很是壮观。每年的产量、产值、销售收入都相当可观，为集体创造了不少的财富。

实行生产承包责任制后，砖厂出现了亏损，乡政府以扭亏增盈为由，将砖厂承包给县城来的两个商人。据说此二人很有来头，背靠大树，至于是哪一级的靠山，好多人都不知道。由于承包费便宜，加上私人经营，账目不健全，好多业务都是老板个人一手收入、一手支出，查无实账；同时与工商、税务等部门关系暧昧，偷税漏税，两个外地来的承包人靠着由全村人血汗建起的砖厂，着实肥肥地大捞了几把。身为村支书的贾英才眼见肥水外流，当然着急上火，便经常制造一些小摩擦，给他们使点小绊子，整治得两人出点血，进贡了贾英才几次，但他对这点小恩小惠根本不看在眼里，总琢磨着代表全村人如何把这块肥肉夺回来。

在城里人承包了三年之后，一次砖厂出了事故，一个村民被搅土机咬掉了一条腿。贾英才就抓住机会大做文章。他首先唆使村民家人到砖厂打闹，漫天要价，反正光脚的不怕穿鞋的。有一回，那个受伤村民的女人竟然把屎拉到了他们做饭的锅里，弄得两个城里人焦头烂额。不论城里人靠山再大，但村民们没别的想法，当然也不怕得罪其靠山，靠山就失灵了。另外，贾英才暗中组织了村民到县、乡门口上访、静坐，控告城里人掠夺集体财产、剥削压榨村民的滔天罪行。当时，一个承包人耐不住寂寞，正跟一个村姑明铺暗盖。贾英才利用村支书的身份做工作，收买了这个村姑，在他的精心策划下，村民们在窑洞里把正在炕上兴风作浪的两人捉个正着，那村姑趁机诬告那承包人强奸，闹得城乡皆知、沸反盈天，两个承包人被搞得身败名裂。县里领导不得不下令，终止两人的承包合同，把砖厂归还村里。

贾英才把砖厂收回后，并没有急于恢复生产，而是故意关了门，造成倒闭破产的样子，同时放出风声说，厂子被城里人掏空了，机器老化，破损严重，烧窑倒塌残缺，土场资源丧失殆尽，一副谁干谁赔的阵势。没过多久，厂内就杂草丛生，野兔出没，机器生锈，屋漏窗破，整个成了一烂摊子。后来，由于建材市场景气，附近又没有规模大的砖厂，乡里、客商、村民就呼吁重新开办砖厂。贾英才却不慌不忙，借口缺启动资金、无人愿承包等，拖了再拖。乡里领导着急，亲自找他让他想办法重新开张，他才一副临危授命的样子，张罗起来。他特意从南方请来一位懂技术的商客当厂长，安排自己的娘舅当副厂长。南方人名义上是厂长，实际上只让他分管生产技术，其他的均控制在贾英才的娘舅手里。就这样，他把价值四十多万的砖厂当一个破烂，仅以四万元的承包费转到了他的手心，并授意他娘舅象征性地吸收了几个村民的股份进行了所谓的股份制改造。

就是那时，石头被提拔为信用社主任，新官上任想要干出番事业来。他规范经营，敢闯敢干，在收贷、收息问题上，就盯上了砖厂这块硬骨头。可当他到砖厂说明来意后，却被贾英才的娘舅不慌不忙、不软不硬地顶了回来。原来他把砖厂进行股份制改造后，企业名称也由"前进砖厂"改叫

"胜利砖厂"了，把原属砖厂的债务全推到村委会去了。石头到村委会，贾英才热情招待他，态度也非常好，主动承担债务，只是表明村里穷得叮当响，除了有几间破房，什么都没有，无力偿还贷款，表示很深的歉意，把石头气得半晌说不出话来。他不能眼巴巴地看着二十多万元的资金打水漂，一纸诉状把胜利砖厂告上了法庭。没想到，法庭以当年借款是以村集体为由，把债务判给村委会承担。贾英才手拿着判决书不阴不阳地笑着说，"不行就把村委会的房子和大门卖了，再不行把俺们这几个老家伙也卖了抵债。"石头气得差点吐了血。从此，两人心里埋下了怨种。

还有后来发生的两件事情，把贾英才与信用社的矛盾彻底公开化了。

一件发生在前年春夏时节，正值春耕生产大忙季节，由于连年遭受旱灾，农民手里没有现钱购买春耕生产的化肥。贾英虎就趁机用汽车拉回几百吨化肥，应承赊给村民，以解村民的燃眉之急。但村民很快发现，那批化肥不仅价格比过去高近一倍，而且肥质还不好。农民们没有化验的仪器，当然也不敢说这就是假冒伪劣肥料。但不跟人家赊吧，又没钱买别的肥，只好把怨气和怒火埋在心底，从人家车上往家里搬肥。

陆占春看不惯贾家的做法，就以自己小卖铺的名义掏钱给乡亲们从县里生产化肥的公司拉化肥，但自己毕竟资金有限，就到信用社找石头商量。石头也看不惯贾家趁火打劫，但社里已把县联社批的信贷规模用足，没有资金可放。陆占春就鼓励石头说不能眼睁睁地看着乡亲们吃亏，到县里再争取点规模，帮乡亲们渡过难关。当农民们接过这些救命钱后，欢呼雀跃，纷纷从县里买回了价格便宜质量又好的化肥。一下子把贾家的财路给斩断了。贾英虎气急败坏，在贾英才的授意下，想出个损招，就放出风声：谁从他家买肥就给谁登记排队浇地，谁不从他家买肥，就别想浇地。这一招可够厉害的，好比小鬼手中的大头刀一样锋利无比。谁都清楚，在这水贵如油的黄土高原，不浇地，连种子都种不进去呀，那就连一年的口粮都打不下呀。万般无奈下，许多村民不得不用信用社里借的钱去购买贾家的化肥。贾家人足足地捞了一把，贾英虎还在酒后取笑石头说："笨蛋一个，败将一头，赔了夫人又折兵，整个信用社都是灰溜溜一窝窝、稀汤汤一锅锅。"并用手指了指自己的裤裆说，不如他的老二。

石头又气又忧，气的是贾家狂妄，大发不义之财，忧的是贾家的势力竟能左右全村人的经济命脉，对抗农村金融运作。他没料到，后来发生的事更让他凉气倒吸，义愤填膺。

当时，县联社让香水沟村信用社试点推广钢筋骨架结构大棚。这种大棚有坚固的骨架和基础，棚面弧度合理，采光、保温性能好，抗风压、雪压能力强。但这种结构投资大，一般每一点七亩的大棚需投资七千元。虽说秋收刚过，但农民手里仅仅拿到的是白条，手中无现金买材料。乡政府采取的是"银行贷一部分，村民自筹一部分，村集体投入一部分"的"三三制"方式。有的农民资金不足，贾英虎就趁机放高利贷，利息比信用社高两至三倍，为了打击村里的高利贷活动，石头决定放贷支持村民。但按规定，不能发放信用贷款，两千元以上必须有抵押，而且要求用存折、国库券等有价证券抵押。可农民哪里有存单、国库券？没办法，石头想到了用农民手里的粮款白条作抵押，同时还能吸收存款。

石头只知道这批粮款白条是县农贸公司在村里设点收购的，据称粮款未到账，先给农民打了白条，等账款一到账，即刻兑现，石头用村民的粮款白条作抵押，放出贷款四十五万元，缓解了农民资金压力，打击了高利贷的嚣张气焰。谁料想，过了几个月，石头见县农贸公司仍未兑现，就急着去找公司了解情况。农贸公司负责人说，粮款早被贾英虎领走了。石头这才明白，原来在村里收购粮食是贾英虎与县农贸公司经理及贾英华的儿子合伙干的，而且以贾英虎为主，只不过是借县农贸公司的名义进行收购。石头预感到自己陷入了一个可怕的圈套。

果然，贾英虎他们得知他所欠的粮款白条被信用社作为了贷款的抵押，禁不住喜上眉梢，他找各种借口，迟迟不兑现白条，导致信用社造成白条顶库，违规违纪。石头被县联社记过，并罚了款。石头多次找贾英虎交涉，都被一口拒绝，让他去找县农贸公司，来回踢皮球。后经乡党委书记出面调解，贾英虎竟提出要把抵押的白条转成贷款，来解决信用社白条顶库的问题，把石头气得差一点操刀相向了。

后来，正巧赶上中央三令五申解决给农民打白条的问题。陆占春一个战友转业到了市报社，在占春的暗中帮助下，香水沟村给农民打白条、故意不兑现的事被曝光，引起了市委领导的重视，亲自下令解决白条问题。贾英虎他们抗不住上级的巨大压力，这才极不情愿地分批兑现了白条。信用社才避免了一场风险。尽管乡亲们联名上书，证明石头确实是为农民着想，但石头还是受到了通报批评。信用社与贾家的怨仇结得更深了。据说贾英才暗地指使本姓亲戚、部分有存款的村民不在信用社存款，把存款转到了乡邮政储蓄所，并说信用社风险大，存了款被放了贷，恐取不出钱，而邮政储蓄只存不贷，铁打的保险。还扬言谁到信用社存款，责任田、塑料大棚一律不准浇地。特别是塑料大棚，不能用机井浇地，就只能靠牲畜拉水。那真是又辛苦造价又大，简直就等于渴死，由此导致村民出现了取款高潮，差一点形成挤兑风波。部分村民于心不忍，念叨信用社为农民谋致富的好处，就偷偷去存钱，还一个劲儿地让信用社保密，仿佛那钱是偷来的，差一点成了地下工作者了。同时，县纪检委、人民银行县支行、县信用社及其有关部门都收到署名"革命群众"的来信，揭发信用社主任石头利用职权欺男霸女——说他是"骑上摩托带上羊，村村都有丈母娘"、以贷谋私，建议撤职查办，从重、从严、从快处理。县里真的派出了调查组，进驻信用社查账，一时闹得流言四起，使信用社工作一度陷入了低谷……

也不知是谁竟然跟李胜利说了信用社"嫌贫爱富、为富不仁"的不良习气，李胜利还亲自来信用社进行过治理整顿，要求信用社扶贫济困，不能唯利是图，气得石头跟李胜利大吵一架。后来李胜利得知冤枉石头了，又专门到信用社门前，当众进行治理整顿更正和道歉声明。人们就说李胜利真是条汉子，嫉恶如仇，也能知错就改，符合毛主席的谆谆教导。

分管金融的副县长金炜明来到了香水沟村蹲点扶贫，石头这些天一直跟他在一起到田间地头调查研究，到农民炕头组织动员，石头就有机会跟金炜明汇报了目前基层信用社的困境和委屈，金炜明也借机对基层信用社的经营环境和内部管理的实际情况进行了摸底，琢磨着进行改革创新的新思路……

（二十二）果林深处的暧昧灯光

果园里静悄悄的，阳光懒懒地照着，空气里便流淌出一种暖色。由于园子是封闭的，偌大的园里就难得见到其他人影。韩翠莲漫步在林子中间，看着一群小鸟在树枝上叽叽喳喳，心里便涌起一种说不出的痛楚。

对这片百亩大的果园，韩翠莲是再熟悉不过了。她记得过去园子根本就没有建围墙，村人也自觉，很少有偷果子或把牲畜放进园子的情况。现在贾英龙按照贾英才的意思，在园子外围夯起了大围墙，墙上还布满了荆棘、碎玻璃碴，有一段还拉上了类似电网的铁丝，严防闲杂人等入内。不知谁就在背后给这个园子起了个绰号——渣滓洞。让人哭笑不得。

在韩翠莲的记忆中，这片大果园始建于猴年还是马月，她这一辈人都不晓得了，她只记得爷爷、爹等上辈人，也包括上学时的她，都不断地在园子里补种死去了的果树。自打她记事开始，她觉得村里最美的就是这片大果园了。她从小就和小伙伴们在园子里玩耍，那时的果园真是太美丽了。春暖花开时，整个园里就成了花的世界，梨树花、桃树花、杏树花白得像雪，粉得如云，紫得深沉，红得耀眼，人进到园子里，置身于花的海洋，怀疑自己的呼吸气流都被染成了五颜六色。夏季，浓荫匝地，溪水清澈，大人们在树下锄草，小伙伴们就躲在树丛中捉迷藏，累了就躺在树荫下睡觉；到了秋天，就更热闹了，树上的硕果把树枝都压弯了，村民们忙着摘果子，树上登梯子，树下装筐子，抬着上秤，排队分果，人喊马叫的，像是过节一样。家家户户都能分到几大筐果子。整个村子都飘着果的香气，有的还给外村的亲戚家送去吃。邻村的人们就羡慕得不行，都说："你们村上有福，竟有这么一片宝地。"

冬天的果园更是孩子们的乐园。那时比他们大一茬的陆占春、贾英才、池连泉，以及田守义的几个女儿、池莲花一伙在雪地里扫出一块空地，上面撒些粮食，把用马尾巴毛做成的套板埋在地下，有的趴在雪地上，有的爬到树枝上，专候小鸟的到来。略小一茬的贾英龙、韩翠莲、刘卫红等一伙就在雪地里打雪仗，池连泉他们就轰他们走，硬说是他们的吵闹惊飞了上套的小鸟。韩翠莲等一伙小孩斗不过他们，只好离得远点，心里都骂"南霸天"、"胡汉三"、"黄世仁"，反正，把所有的坏蛋名都加在他们头上了。

韩翠莲和刘卫红的爱恋就是随着这片果园的四季滋生发展。春天开花，夏日成长，秋天结果，冬令蒙霜。儿时的刘卫红、贾英龙都喜欢韩翠莲。贾英龙天生软弱，心里暗恋翠莲却不敢表露；刘卫红性格倔强、大胆，韩翠莲招架不住他强大的攻势。白日里，韩翠莲在河边洗衣裳，刘卫红就借题发挥，站在河边大声挑逗着唱：

> 亲圪蛋下河洗衣裳，
>
> 双膝膝跪在石头上，
>
> 小亲圪蛋。
>
> 小亲亲呀小亲亲，
>
> 把你那好脸扭过来，
>
> 小亲圪蛋。
>
> 你说扭过就扭过，
>
> 好脸要配好小伙，
>
> 小亲圪蛋……

　　韩翠莲便和洗衣服的女人们一道撩起水泼他，泼得刘卫红一身河水。妇女们的笑声便与流水声滚在了一处，哗哗流淌……

　　后来，几个小伙伴逐渐长大了，刘卫红因机灵被村里选为护林员。夜幕降临，刘卫红便把韩翠莲约到果园里，两人在园里搭建的草棚里滚作一团，累了就躺着数星星，明亮亮的星星照得年轻的心一片亮堂。有几次两人激动得不行，竟双双爬上了树杈，在树杈上搂着、亲着。刘卫红顺手摘一颗青杏，塞进嘴里，又嘴对嘴地喂到翠莲嘴里。翠莲嫌青杏酸涩，欲吐回刘卫红嘴里，却被刘卫红坚决用舌头顶住，两人便暗中较劲，一颗青杏被顶来滚去，磕得牙齿咔咔作响。最后杏肉被啃光，只剩下一颗杏核儿，被翠莲一口吐到地上。次日清晨，这颗浸透了男女唾液的杏核儿被树下的蚂蚁当做美味抬走……

　　实行联产承包责任制后，果园被多次层层转包，但不管谁包，都舍不得投资，不打药，不剪枝，不浇水，结几个果子收几个，不结拉倒。没几年，果树就死掉近一半。后来，陆占春回村承包后，既懂技术，修枝剪叶，又引进新品种进行嫁接，同时花钱浇灌、施肥，果园里又繁茂起来。村里见果园起死回生，又有利可图了，就找借口把果园收回来，低价转包给了贾英龙。贾英龙不善经营，果园又日渐荒芜。他就能摘一颗是一颗，能卖一块是一块。村里一位识文断字的老者叹气说："唉，掠夺式的承包白白葬送了村里几代人的心血，真是造孽呀！"

　　"咚——嘎——"天空中不知从哪儿飞过一个大麻炮。这几天，村里有几家人在娶媳妇，鞭炮声不断。看着别人一家人团团圆圆、和和美美，韩翠莲不由得伤心起来，想起已死去的丈夫刘卫红，韩翠莲禁不住泪水潸然。

　　韩翠莲跟刘卫红结婚后，由于刘卫红勤快、能干，很快成了村里的售粮大户和致富能手，乡里曾在全乡的劳模大会上为田守义和他披红授奖。刘卫红也因此信心倍增，雄心勃勃地扩大生产规模，但村里土地缺乏，刘卫红便只好租用了贾英虎的五十亩地，并按照村里的统一规划，种植了玉米籽种。那一年，恰逢天气大旱，村民们怕耽误了普浇节气，争着排队等候浇地。贾英虎瞅准了这节骨眼儿，与县种子公司提出了条件，要求县种子公司在收购籽种时给他百分之一的回扣，否则就不支持县种子公司在村里建立种子基地。不料，县种子公司不吃贾英虎这一套。他们认为在香水沟村建设种子基地是县政府决定的事，他一个小小地头蛇也拦不住道。贾英才恼羞成怒，授意贾英虎通过抬高水价和电费，来阻挠村民们浇玉米籽种苗，导致绝大多数村民耽误了农时，玉米籽种收成锐减五成。

村民们敢怒不敢言，蹲在地头眼看着禾苗被毒日烤得枝叶发黄，心里难过得像猫抓，欲哭无泪。种植大户刘卫红怒气填膺，不顾妻子韩翠莲和父亲刘告状的苦劝，挑头状告贾英虎随意哄抬水费、电价，阻挠村民浇地一事。事情惊动了县里领导，责成县水利局和电业局、物价局与香水沟乡政府协商解决。但不知啥原因，最后事情竟不了了之。刘卫红是种植大户，把整个家底都投入到地里，种子费、化肥费、租地费，加上提留国税，几乎血本无归。眼见县、乡没人替他说话，就与贾英虎等人据理力争，双方发生了冲突，动了手，砸了机井闸盒儿，流了血。当天晚上，乡派出所却只把刘卫红抓了起来，设堂审理，逼问他为什么动手打人，并要求刘卫红赔偿贾英虎医药费五千元、机井闸盒三千元，身负重伤的刘卫红极力申辩是贾英虎先动手打人。整整审讯了大半夜。第二天，韩翠莲到乡派出所要人，派出所却说刘卫红夜里破窗逃跑了。

韩翠莲在家里等了半天仍不见音讯，就忙请亲朋们村里村外到处去找。后来，一位放羊的村民在村后小山沟里一棵小歪脖子杨树上找到了吊死的刘卫红。村里有人便传出了刘卫红畏罪自杀的传言。韩翠莲不相信自己的丈夫会轻易上吊自杀，怀疑是他杀，就一张状纸把乡派出所告到了法庭，但法庭说他杀证据不足，导致事件一拖再拖。

当时是夏末初秋，刘卫红的尸体很快就腐化变臭，在有关部门的协调下，只好先把尸体暂行埋葬。尸体虽然埋了，但刘卫红仍然阴魂不散。据村人说，刘卫红出殡时，家人把他穿过的一双胶鞋扔到了门外火堆旁，准备烧掉，由于负责烧毁死者遗物的人疏忽，这双鞋被漏掉，被村里常年守村委会的马叫驴当破烂捡走。没料到这一捡可拾出了麻烦，马叫驴便被刘卫红的魂勾住了，一下子，马叫驴似乎变成了刘卫红，连走路的模样和说话的声音都像刘卫红。他闯进刘卫红家里，抱住韩翠莲猛亲，把韩翠莲惊得目瞪口呆，她万万想不到一个残疾人竟一下子成了个"流氓"，就吓得大喊救命。

隔壁邻居闻声赶来，两三个青年壮汉竟然摁不住这个马叫驴。马叫驴一边挣扎一边怒斥："放开！真他妈的狗拿耗子，俺是刘卫红，俺来看看俺媳妇，有啥不对？"

人们听着就不由得发愣，这话音也太像刘卫红了。村里的几个老辈人见多识广，就说，刘卫红的魂附到了马叫驴身上，马叫驴说的话其实就是刘卫红的话，村人都叫这种现象为"同说"。

几个年轻人松开马叫驴，只见他从院里玉米堆上捧起几个玉米棒，冲着天空大声呼喊："苍天在上呀，俺不就是为了多打点粮吗？俺有啥罪呀？他们竟然把俺活活打死，还把俺专门吊在树上，说俺是上吊自杀，冤枉啊！冤枉啊！"

人们都惊呆了，感到毛骨悚然，浑身发凉。

人群中不知是谁壮着胆子问了一句："马叫驴，你是咋知道的？"

"你先搞清楚，"马叫驴厉声呵斥，"俺是刘卫红，不是马叫驴！这世上，只有人不知人做的人事儿，没有鬼不知鬼做的鬼事儿。老天爷的眼睛是睁着的。"

听到这儿，韩翠莲已是泪流满面，忍不住扑上去抱住马叫驴失声痛哭，在场的人无不为之唏嘘。

马叫驴用手抚摸着韩翠莲的脊背，痛苦地说："告诉咱的孩儿，这辈子千万不要再种地了，那不是人干的活呀。另外，俺为了种好田地，瞒着你借了乡亲们的钱，全投进地里了。你拿个笔和纸来，记一下，俺死了，但咱不能赖账，不能做欠债鬼。"

韩翠莲赶紧取了张纸和笔，马叫驴便一五一十地告诉她："欠狗蛋家三百块，欠五毛驴家七百块，欠贾玫花家二百五十块，欠马文豆腐铺九百三十块……"

后来，韩翠莲拿着账目去这些人家对账，竟不差分毫，她惊讶得不得了，这是后话。

折腾了半天，人们觉得该送刘卫红上路了，就请来了村里的陈仙。陈仙舀了半碗清水，用几张黄裱纸裹住，点着后在马叫驴身上来回拍打，嘴里念念有词："卫红好玩童，你想说啥就说啥，你想做啥就做啥。完了让娃们给你烧合烧合，你也不要再到处乱走，该上路你就上路，家里你就放心吧，乡亲们会帮衬着，日子会过好的。"说着，她用嘴含了口水，"扑——"就喷在了马叫驴脸上。

　　紧接着，陈仙一边把筷子插进碗里的水中，一边观察着马叫驴的动静。她见水中的筷子立不住，马叫驴还在闹，就知道刘卫红还未上路，便说："你要是累了，俺们送你个马，请你骑着马上路吧。"说着，快速用剪刀剪了个纸马在马叫驴面前烧了。

　　结果，马叫驴还是不听，陈仙立马脸色大变，大喝一声："大胆，不管你是哪来的神、哪来的鬼，你就赶紧回到哪里去。否则，对你不客气。"说着，她一甩手把碗里的筷子稀里哗啦摔了一地，吩咐四个年轻人架起马叫驴的四肢，使劲把他扔到了门外的粪堆上，摔得马叫驴顿时就不动弹了。过了好一会儿，他才缓过气来，颤颤巍巍地爬起来，一个劲儿地问众人："俺怎么就躺到臭烘烘的粪堆上去了？"

　　后来，韩翠莲根据马叫驴提供的线索，到县法院去告状，法官不信，传马叫驴作证，可把马叫驴吓坏了，硬说他根本就没说过，说那是鬼话。法官便笑了，说如果连鬼话都能作证词，那法律还不乱套了？等啥时候捉住"鬼"，让他再来作证吧。

　　从此，公公刘告状就走上了一条告状的路，刘卫红家的田由此就变成了一片荒地。

　　刘卫红去世后，韩翠莲偿还了全部债务，原本富裕的家庭一下子变成了一贫如洗。为了过活，不至于让孩子失学，她不得不接受仇人贾英龙的帮助，真是天大的笑话。后来，正巧乡粮站一位做饭的大师傅嫌工资低，不干了。陆占春与粮站站长关系挺好，就介绍韩翠莲去粮站做饭，每月能有六十多块的收入。后来韩翠莲发现她每次给粮站的干部们做完饭回家，她的小女儿总是喜欢趴在她身上，悄悄地抽动小鼻子，原来她是在闻娘衣服上的油香味哩。韩翠莲望着半年吃不上一点肉末的女儿，心都在滴血。陆占春夫妇也常常接济他们一家，并包下了孩子念书的全部学杂费，生活还能勉强过下去。刘告状成年告状，生活难以自保，就更没力量养活儿媳和孙女，便劝她改嫁，找个好人家。他最不愿意看见儿媳跟贾英龙来往，哪怕是其他任何男人都行。有时他常想怎就逃不出贾家的阴影。

　　实际上，韩翠莲是个清白的女人，村人谁都清楚。刘卫红的死使她由脆弱变得坚强起来。她知道公公告状根本就解决不了问题，她的心里策划好了一个复仇的计划，那就是从贾家内部分解贾家。她觉得贾英龙是个软弱无能的男人，也晓得他一直喜欢自己。她从内心讲也不愿意利用贾英龙，可她又没有别的法子，就与贾英龙保持着若即若离的状态。有时候两人单独在一起时，贾英龙忍不住抱抱她、亲亲她，她也就半推半就，可当贾英龙伸手拽她裤带时，她却坚决抵制。她懂得一个女人只有不被占有，才能保持她的神秘和魅力。弄得贾英龙越发喜欢和留恋她。

　　贾英龙承包了果园后，在园子里盖了五间房，贾英才喜欢园子的清静、安全，常对人说，那是他的别野（墅）。村里人则称那是他的"行宫"。他常领着些女人们作乐，贾英龙烦他但又不敢言语。一次，韩翠莲有事来找贾英龙，恰好贾英龙不在，正赶上贾英才喝醉了酒在房子里睡觉。他本来就垂涎韩翠莲的美貌，趁着酒劲，扑上去抱住韩翠莲又亲又摸，最后还把她压在炕上，使劲扯她的裤子。韩翠莲咬紧牙关才把醉醺醺的贾英才掀翻在地上，故意大声告诉他，她是英龙的相好，警告他放尊重点。贾英才却不屑地说，英龙算老几，他的一切都是靠他贾英才弄来的，没有他贾英才，他贾英龙就是一条淫虫，狗屁都不是。韩翠莲跑出房子，在园子里碰到了贾英龙，把贾英才侮辱贾英龙和欺负她的事添油加醋讲了一遍。贾英龙大怒，这个老实人第一次发脾气，冲进屋和贾英才吵了起来，老实人发脾气更可怕，贾英才被贾英龙唬得半天没敢吭声。

　　"扑棱棱——"一群小鸟从树丛里飞起，把韩翠莲从沉思中拽回来。她走到贾英龙的房屋前，趴在玻璃上看见贾英龙正坐在书桌前不知在写什么。

　　韩翠莲略微用手捋了捋头发，拽了拽衣服下摆，沉了沉气。她自己心里清楚，今天是为了一件大事来的，她必须成功。

　　贾英龙见韩翠莲推门进屋，赶紧站起来让座，看着俊俏的韩翠莲，他搔搔头皮嘿嘿傻笑。两人聊了一会儿过年的家常话，韩翠莲便直入主题，她两眼盯住贾英龙说："英龙，今儿个俺来想求你办件事儿，不知行不行？"

　　"啥事？这么客气。"

　　"俺想跟你借点钱。"

　　"多少？"

　　"两万块。"

　　"两万块？借这么多干啥？"贾英龙睁大眼睛问。

　　"做点买卖呗。"

"啥买卖？能用这么多？"

"干啥呀，审问俺呀？一句话，你肯不肯借吧？"韩翠莲假装生气了。

"不，不是。俺是，俺是——"贾英龙一下显得语无伦次。

"哼，"韩翠莲冷笑一声，"俺知道，你是怕你大哥贾英才吧。"

"哎呀，不，不是——"

"那是怕啥，怕俺还不了？俺给你打借据，还不了，俺把自己卖了还你，行了吧？"韩翠莲像发连珠炮，轰得贾英龙头都晕了。

"哎呀，不，不是，俺只是怕，怕——"贾英龙欲言又止。

"你这么个大男人，怕他干啥？"韩翠莲一脸的义愤，"难道，你真的像村里人说的那样，充其量是你大哥的一个木偶傀儡？他做事的一个挡箭牌？你有自己的事业，你挣自己的钱，凭啥他像管儿子一样管着你，你得有点血性，有点骨气呀！"

"胡扯！"贾英龙被激起火了，"俺凭啥怕他？俺才不是孬种呢。行，两万就两万，俺借给你。"

韩翠莲扑哧笑了，顺手很亲昵地往他脸上拍了拍，"这才像个男子汉，谢谢你，真的。"

"你到底有啥好买卖？咱们可以一块做嘛。"

"是，是那啥——"韩翠莲犹豫了一下，马上转过话头说，"这买卖还没多大的把握，就先别连累你了，不过你要想做的话，完了俺再跟你商量，行吧？"

"唉，好吧。"贾英龙也不再追问，他站起身掏出钥匙从柜子里拿出两万块钱，交给韩翠莲，顺手搂了搂韩翠莲。韩翠莲也拍拍他的后脑勺，说："行啦，大白天的，别让人看见说闲话。"说完，她揣好钱，兴冲冲地走了。

贾英龙望着她的背影，手搔了半天脑袋也想不通，只是嘴里一个劲儿地嘟囔："她到底要做啥买卖呢？他奶奶的，真是奇了怪了，这几天，村里的人们都神神叨叨的，好像都在拼了命地赚钱和弄钱，想钱都想疯了。这些泥腿子，究竟想要干什么？"

（二十三）"二龙戏水"波汹涌

好多人都说，香水沟乡党委的巩书记是个实干加巧干的干部。记的那是几年前，当时巩凡成还是个乡长，全县遭受了百年不遇的涝灾，庄稼泡烂了，村民的许多窑洞也被浸塌了，灾区的情况非常困难和危险。省委书记亲赴灾区一线，来村里视察抗灾工作。那日，省委书记一行准时到达香水沟村，在进村口的树上，他看到了这样一幅对联：

上联：暴雨窑洞塌
下联：灾重口粮缺
横批：有党不怕

省委书记一看这副对联，当时就热泪盈眶，对各级干部和记者们说："听听群众的心里话吧，就是在如此严重的大灾大难面前，我们的人民群众还是发出了'有党不怕'的心声，这就是老百姓对我党的极大信任和高度评价啊！"后来，"有党不怕"在省级乃至国家级报刊的头版头条上刊出，并且大字套红，成为广为传诵的名句。

在省委书记出村的时候，一位老农民手捧六斤六两红芸豆献给省委书记，并祝愿书记本人及全省人民六六大顺，感动得书记忙吩咐秘书收好、保管好，不能少一粒，因为少一粒就不够六斤六两了，那就是丢掉了老百姓的心意了。同时还有一户灾民手捧个大向日葵献给书记，表示老百姓就如向日葵，永远跟着太阳转，永远跟着共产党走。这些在全省传为佳话。

后来，据说这都是巩凡成出色的组织能力，灾后被提升为乡党委书记。乡里还收到了上级增拨的二十万救灾款。

"咚咚锵，咚咚锵……"一阵锣鼓声，巩书记一抬头，原来是村干部领着几个小学生，慰问军烈属和贫困户。众人见了巩书记纷纷打招呼，他每人散了支香烟，就赶紧让他们忙活儿去。

这时，告状专业户刘告状忽然来到巩书记身边，望着远去的慰问队伍，顺口编了几句顺口溜：

又到节日端，

忙坏一群官。

纷纷来出动，

乡村慰贫寒。

张三十斤肉，

李四百元钱。

王二一床被，

麻子一袋面。

送者"体民情"，

受者泪满脸。

报社电视台，

争着拍"焦点"。

年年送温暖，

年年都不暖。

文章表面做，

政绩却"耀眼"。

巩书记听了，心里不是滋味。刘告状见了忙说："巩书记，俺不是说您，您可是好官呀。"

"别奉承俺了，你少上访一次就是关照俺了。最近过得怎样？"

"反正撑不死也饿不着，凑合着活呗，过一天少两响。书记，俺还编了一幅对联，自己感觉还不错。"

"念念，俺听听。"

"这个嘛，上联是羊在山上晒不黑，下联是猪在圈里捂不白。怎么样？"

"横联呢？"

"俺就是俺。"

"哈哈……"巩书记和刘告状同时笑了。

忽然，刘告状压低声音问巩书记："听说，你这次主要负责咱村的机井拍卖这事？"

巩书记看着他点了点头。

"巩书记，俺跟你说句掏心窝子话，"刘告状很严肃的样子，"你可得用党性和良心负责呀。这水跟命一样啊，你是本乡地头的，你心里也知道俺儿子是咋死的，还不是因为这要命的水吗？这要命的水要真是落到黑了良心的人手里去，那要命的就不止俺儿子一个了，那全村不知得有多少人遭殃啊！"

巩书记朝四周望了望，向刘告状摆摆手说："不要吵吵，上级会有安排的。"

"上级？哪个上级？"刘告状似乎有点不相信。

"哎呀，不该你操心，瞎操啥心哩。"巩书记推他走人。

"哪能不操心呀？全村人谁不操心哪？只不过没人敢吵吵罢了。"刘告状一边走一边扭头说。

巩书记被刘告状的一番话说得心里沉甸甸的，低着头、背着手默默地边走边想着。其实，这几天，他无时不在想着村里机井拍卖这件大事。上个月，县政府召开会议，会上分管农业、水利的副县长马力讲了拍卖机井是大势所趋。现在有的村集体已名存实亡，拿不出一分钱来维修机井、维修水利设施，只能走民营化的道路，谁买断，谁投资，谁收益，但如何拍卖由各乡村根据实际情况定。如果有人竞拍，就必须拍卖；如果没有人竞拍，那就只好作价出售。好在听说池连泉要与贾英才叫板，这样才能定起拍价，有可能通过公平竞争提高出售价格，否则，就只能作价出售了，那其中的猫腻可就大了。

正想着，巩书记忽听得一阵汽车喇叭响，一抬头，发现前面一辆红色桑塔纳停了下来。这时，车门开了，原来是贾英才的弟弟——县委常委、县委办公室主任贾英华回村来了。他见了巩书记热情招呼："父母官，辛苦啦。"

"辛苦啥呀？你们都忙大事，咱这八品芝麻官，跑个小腿罢了。"

"哎，巩书记，话可不能那么说，你们最基层的干部可是责任重大啊。最近我听国务院的领导说了：农业兴则国家兴，农民富则国家富，农村稳则国家稳。你们可是处在'三农'最前线的哟。"

"话是这么说，可实际上……"巩书记想诉点苦水，贾英华不愿再讨论啥大道理，话头一转，把手搭在巩书记肩上，靠近他耳朵，自家人似地悄声说："今年村里卖机井的事，你得多支持呀。在县里，我跟马力副县长都打了招呼，他们表示要大力支持。再说了，除了我哥舍得为水利投资，旁人谁舍得？况且别人也没这实力呀。也没啥人竞争，定价时你就多帮助点。咱们都在这圈子里共事，相互也好有个照应，是不是呀？"说着，他很亲热地用手搂了搂巩凡成的肩膀。

"这忙，俺肯定帮，咱谁跟谁呀。只是恐怕不好搞内部定价，因为听说池家兄弟们也要参加竞拍。"巩书记一副作难的模样儿。

"池家兄弟？"贾英华愣了愣，"他们舍得把钱扔到村里？那可是出了名的抠啊。"

"可不管怎说，县上也明文规定，只要有人参加竞拍，就不得搞内部作价。"

贾英华还想说什么，被巩书记打断了，转了话题："哎，你刚回来还未吃早饭吧？去哪吃？要不到俺家喝两盅？"巩书记招呼上级领导。

"我还能上哪吃？回我爹那儿呗。谁能像你？你以为我是乡长呀？哈哈……"贾英华大笑起来。

巩书记听他这么一说，也笑了。因为他知道同僚们最爱跟乡长们开这个玩笑，这里面有一个典故，说的是有一位乡长一天走到田间小路上，发现前面有一老农牵着头毛驴走，可那毛驴不老实，不时地偷啃路旁的庄稼。那乡长正要上前阻止，没想到那老农已踢了毛驴一脚，教训那毛驴："谁让你偷吃庄稼啊？你以为你是乡长哪，走哪吃哪，想吃啥吃啥。"后面的乡长听了，当时就气晕了。

"那，这件事再说吧，不过，你也得多想点法子。我哥他们不会亏待你的。"说完，贾英华钻进汽车，扬起一路尘土。

今年巩书记的心情糟透了。实际上，他这个在中国的最基层跌打滚爬了近三十年的干部，对农民、农村和农业的了解和认知程度几乎没人比得过他。这一段时间，就香水沟村机井拍卖的问题他已经琢磨好久了，甚至到了夜不能寐的程度。而且，这件事情又勾起了他思考多年的问题，那就是关于中国农村集体资产严重流失的问题。

想到这，巩书记心里异常沉重。因为他知道，这些"集体资产"实际上就是村里最具先进生产力的代表，最先进的东西也就是这些东西了。更可怕的是，目前，这些先进的"集体资产"被部分私人占有后，已反过来成为压榨和盘剥农民的有力工具。想到这一点，他不知是因为天冷，还是心里颤抖，周身不自觉地打了个寒噤。

眼下，这件拍卖机井的事可算得上是近几十年来村里的一件大事。因为机井是村里集体投资最大、农民投工最高、付出血汗最多的集体资产了，也可以说是自农村实施联产承包责任制后唯一没有分到私人手里的、最大的一笔集体资产了。特别是这一带地处黄土高原，历来靠天吃饭，水就成了整个农业、农民的命根了。倘若真如刘告状说的那样，那后果他想都不敢想了。

"嘎——嘎——"不知谁家的大叫驴，把巩书记吓了一跳，他伸出手捏捏鼻子，吸了几口冷气，琢磨着是先到陆占春家里坐坐还是先到池连泉家里坐坐。

对于村里正当年的这一辈，他注意到的只有三个人，那就是贾英才、陆占春、池连泉。对于这三个孩子，每个人的性格他都摸得一清二楚。他认为陆占春有"智"和"度"，贾英才有"谋"和"狠"，池连泉有"勇"和"胆"。事实也确实如此，就拿池连泉来讲，就是凭着敢闯敢打，为兄弟打下基础，成为全村首富。贾英才靠计谋和手段强，占据了村里的江山，当了二十多年的村支书，加上早年他父亲在村里救助过一位落难的老干部，在省里、市里都有了靠山。四弟贾英华是县委常委，二弟英虎以承包的名义，占据了村里的砖厂、拖拉机，甚至供销社。乡里几任领导对贾家的派头与势力看不惯，都有过撤掉贾英才支书头衔的念头，可后来却不知啥原因都不了了之了。大概一来是搬不动这个坐地虎，二来也许考虑到即使搬倒了这只坐地虎，其他羊啊、牛啊也不敢坐或坐不稳这把交椅。因为他知道，经过几次调查，村里居然没有人敢出来当干部，乡里也就睁一只眼闭一只眼，马马虎虎过一年算一年罢了，反正谁当乡领导最多也就是几年，何必吃不到羊肉反惹一身膻呢？

对陆占春这个年轻人，巩书记最为看重，他总觉得占春有头脑，做事周全，愿为别人着想，而且稳当。尤其是从外面回来这几年，似乎更加成熟了，成熟得让人觉得他有点过分，也似乎因成熟反而磨平了棱角，有时甚至让人捉摸不透，不知道他在想什么。

巩书记想着，脚就不由自主地迈到了通往陆占春家的小路上。

占春家地处一块高地，院前有一块空地。他复员回家后，先承包了村里的苹果园，整日里修枝剪叶、打药浇水，把果园伺弄得枝繁叶茂，浓荫匝地。可后来村里终止了他承包果园的合同，他只好在自家院外临街的一面盖了间平房，开起了小卖铺。

村里人都知道，占春的小卖铺是全村最不赚钱的，据他媳妇兰媛媛讲，他取的利本来就薄，再加上他仗义疏财，谁家有急事或难事，干脆就不收钱。去年，他还在家里安装了部电话，后屋还摆了许多书，来小卖铺打电话、看书，甚至聊天的人越来越多。村里有电话的人家极少，许多在外打工、上学、当兵的人都记着他家的电话号码。不管三更半夜，也不管刮风下雨，占春两口子成了村里义务通讯员，去西家叫人接电话，到东家帮人传口信。占春夫妻俩人缘愈来愈好。特别是有一次，本村一位在外面打工的年轻人通过占春家电话让村里的几个小青年每人拿五千块钱，说是做什么生意，能挣大钱。占春联想到当时的传销热，马上就意识到这是一个骗局，他劝几个年轻人不可轻易上当。果然那个年轻人因非法传销被公安局抓获，使村里人避免了几万块钱的损失。加上平时占春仗义执言，耐心引导，平息了村民几次纠纷，在村民中的威信也越来越高了。

当巩书记跨进陆占春的家门时，听陆占春正在打电话。

"汪局长，前几天，我到您家里正巧您不在，啊，过几天我再过去一趟，给您准备了点绿色肉制品——大麻雀，哈哈，一点心意，一点心意。"

巩书记听着，目光就不由得停在了地上一盆大麻雀肉上，心想，占春可真是个有心人呀。

占春放下电话，发现巩书记已站在院中，他笑呵呵地忙把巩书记请进了屋里，嘴上还说："不知书记大驾光临，有失远迎，望乞恕罪。"

"你小子，"巩书记点点他脑门，"送礼竟送大麻雀，你也能想得到哇。"

"对，我送礼是靠一个故事启发的。"占春拍拍脑门说。

"啥故事？俺听听。"

"是第二次世界大战时，苏联红军一个连的士兵攻占了希特勒的地下金库。忽然一发炮弹炸来，把出口给封住了。过了一天，士兵们在地下金库发生了哄抢和内乱，但抢的不是黄灿灿的金条，而是抢夺墙角下老鼠啃剩的面包块。因为这时需要的是填饱肚子，而不是金条。所以，我得出一个结论：什么是价值，需要就是价值。"

"那你就给人家送不值钱的麻雀？"

"对，您想啊，现在的干部，他们啥都不缺，就想要个好身体，多当几年干部，多享几年福。所以啥都吃得不放心，越是高档食品他们越怀疑有什么添加剂啦，或是什么饲料、激素催生速成的，对身体极为有害。送他们吃五谷杂粮的麻雀，吃得既可口又放心，所以，我就送麻雀。"

"哈哈，你可真能琢磨事儿。"说着巩书记扫了一眼他的小卖铺，发现除了日用杂货，还有佛像、焚香，连冥钞都有。他来了兴趣，指着一个双手合十的佛像问占春：

"你说说，人们双手合十是在拜佛，那佛自己双手合十又是在拜谁呢？"

"拜自己呗。"占春想都不用想，一边给书记递烟一边说。

"那人拜佛是有求于佛，佛拜佛又在求谁呢？"巩书记点上香烟又问。

"佛在求佛，也就是应了人们常说的那句话——求人不如求己。"

"你的道悟得够深的啊。"巩书记感慨地说。

"不是悟得深，现实就是这样的。"占春也点了支烟，很认真地对巩书记说："您可是在农村最基层干得时间挺长的干部了，咱们就说实在话，党员有党组织，工人有工会，知识分子有科协、技协、文联，做买卖的都有工商联，就连残疾人都有残联，可咱农民有什么？农会有吗？什么都没有。谁替咱们说话？城里人该享的劳保、福利都享受了。农民能享受什么？除了干活辛苦，没有别的。有的受了冤没人管，有的得了病没钱治，农民靠谁？只有靠农民自己。所以说，这几年，我琢磨出一个道理，那就是农民的事还得农民自己来办。您说对不对？"

望着占春，巩书记半晌没说话，心想：这小子，这几年没有白出去闯荡，还真悟出不少道理来。同时，也被他那种为农民着想、替农民思考、为农民奔走呼号的热情深深打动了，他不由自主地拍了拍占春结实的肩头。

忽然，巩书记发现占春书桌上摆着一只大蚂蚁的工艺品，这让他感到新鲜，他端详着大蚂蚁问："怪了，人家都摆老虎、龙、狮子什么的，俺可第一次看见你竟崇拜蚂蚁。"

"对，我最崇拜蚂蚁。"占春语气挺激动，"蚂蚁是小了点，但蚂蚁那种忍辱负重、辛勤劳作，特别是团结奋斗的精神，足以战胜大它们几倍、几十倍，甚至百倍的动物。"

"那，你是想当蚂蚁王了？"巩书记笑着问。

"当不当王无所谓，只要……"占春话音未完，就听见村里高音大喇叭吱吱混响。过了一会儿，传来了村治保主任的话音，原来他在广播昨晚上有人破坏机井的事，说乡派出所正立案调查，并希望作案人早日投案自首，争取宽大处理。紧接着是村支书贾英才气势汹汹的训话。

巩书记真担心贾英才在喇叭上乱讲话，因为他知道贾英才有个毛病，只要他喝多了酒，心里不高兴，就会醉醺醺地打开大喇叭，在上面骂人，而且啥话都敢骂。他全然不顾乡政府所在地就在香水沟村里，也不管乡干部听了是啥滋味。

陆占春和巩书记听着，不由得相视苦笑了一下。

占春替割机井管子的人担心："唉，真是糊涂，那管子怎么说也是村集体的财产呀。"他说着又不解地问巩书记，"您说，农民们除了发牢骚，编顺口溜，动手打架，偷偷破坏发泄，就再没更好一点的表达方式吗？"

"唉，慢慢来吧，几千年都这么过来了，不要急，先把眼下的事干好就不错了。"说着，巩书记话锋一转，"哎，你对村里拍卖机井的事怎么看？"

"我，我怎么看有用吗？"陆占春笑着问，"听说不是贾英才和池连泉两大家族准备打擂台吗？"

"不，不是，俺是说万一、万一……"巩书记一下竟不知怎么说了。

"别万一了，您当书记的，只应说一万才对。"陆占春笑着拉住巩书记的手往屋里让，"咱先过年，喝盅好酒，再拉别的，行不行？"

"你小子！"巩书记点了点他的鼻子，"喝就喝，谁怕谁？喝醉了再说。"

"那不成了醉话了吗？"

"醉话也得说。"

贾英才今天喝得有点多，遇见村人不由得拿斜眼瞧人，吓得村人大老远就有意躲开他。他的心里就泛起一种苦涩和寂寞。走到距村三里多地，来到一片开阔地上，他忽然感到身上发软，便不自觉地跪倒在地，然后又慢慢地仰面躺到了地上。他眯着眼望着湛蓝的天空，感受着田野上吹来的凉风。突然，他一扭脖子，就把脸贴到了地上，用舌尖一下一下地舔着有点发硬的黄土，感觉到一丝土味沁人心脾。

嗅着这可心的土味，他认出了这一大片土地正是归属到贾英虎名下的良田。

说起这片土地，还有一段由来。那是前年，乡里按照县里一位分管农业的县长的意图，在全县山坡上建造万亩白鳞坑种树，重点是选择公路旁的山坡丘陵地带，除草，平地，挖坑，然后在坑外垒上小石块，再抹上白灰。站在路旁一看，整整齐齐的坑、白白亮亮的点穿成线，连成片，很是壮观。但香水沟的山坡上原来就有些小树，虽说不成规模，却也成长多年，绿荫片片，地上草木茂盛，常有野兔、山鸡出没。但这与县、乡规划不统一，便要求除草伐木，统一挖坑植树。起先村人有抵触情绪，贾英才本人也觉得可惜，但又一想：一来得听上级规划，二来可为英虎创造一个挣大钱的机会，别人还专门揽工程，咱就来个顺手牵羊也不为过吧。于是，他下令砍伐了山上所有的小老头杨树，除去杂草。首期工程就由英虎的三台推土机来完成，待一期工程完毕，再由村民人工挖坑、垒坑、刷白灰。

那三台推土机其实只有一台是原装推土机。另外两台是用来耕地的链轨拖拉机，是十多年前村集体统一购买回来的。后来为实用，把另两台拖拉机也改装成推土机，成为冬耕田、夏推土的两用机器。实行承包责任制后，贾

英虎采取先承包后作价的形式，仅仅以几千元的价格，就把三台推土机弄到
了自己手里。村里有活村里干，村里没活就出租给附近的小煤窑推煤。这几
年下来，已赚了不少的钱。村里每年秋收后，都得开展大规模的机耕地，而
村里仅有的两台拖拉机就成了香饽饽，而且是"独家买卖"，所以就很
"牛"，也就有了耍"脾气"、玩"技术"的资本。特别是在耕地时，犁下得
深浅就很有"讲究"。犁下得深，地就耕得深，土质就疏松，渗水性强，保
墒期长，那庄稼就长得旺盛；要是犁下得浅，土质就硬，不利于下种和存储
水分，风一吹，土就干了，庄稼就打蔫，产量就少得可怜。当然，犁下得越
深，拖拉机就越费油，也费车。同时，拖拉机在地头调头时，常常会拉下一
片空地，那就得用铁锹去挖，可就费大劲了。于是，村民们为了让贾英虎和
他雇用的司机们把地耕深耕好，就常常在夜晚拿着烟酒去进贡他们。因为耕
地常常是白天干，晚上也干。其他司机给点烟酒就满意了，而贾英虎却喜欢
女人们来送东西，那他就有机会趁天黑摸摸人家奶子，捏捏人家屁股。记得
有一次，贾英虎偷偷来找贾英才，想让哥哥帮他找个医生看病。原来，在一
个深秋的夜晚，贾英虎把一个给他送东西的小媳妇按倒在玉米秸堆上，拉下
裤子却冻得浑身哆嗦，就又把她抱上了拖拉机驾驶舱里。为了取暖，他发动
了机器，谁料想，两人在翻滚中，他无意中碰踩了一下油门，猛然间，机器
"突突突"一声吼，惊得贾英虎的阳具顿时就软了，好长时间举不起来。后
被村人知道了传为笑柄。就这样，村里人表面上对他毕恭毕敬，心里却恨他
恨得厉害。有几次，拖拉机的链轨上的螺丝钉不知被谁偷偷拧走了十几个，
导致拖拉机瘫痪，花了不少的修理费。

这次，他承包了村里推山造梯田的工程，又大显身手了一把。贾英虎雇
了几个司机，白天晚上在山上干。突突突的机器吼叫声，随着一股股黑烟从
山坡上冒起。由于地势高，声音传得远，村里人听见就心里直骂：真是劳民
伤财呀！那不是在造福，而是在造孽呀！

工程结束后，贾英虎与村委会结算工程款。由于工程较大，贾英虎开价
也较高，一笔账下来，把村会计吓出一脑门子的汗珠。原来，村里账上仅有
的现金还不够支付其费用的五分之一。最后，经两方协商，贾英虎表现出很
体量村里困难的态度，主动放弃要现钱，同意村里把村北一块原属村集体的
几百亩地由他承包，村里按应付他的费用免几年的承包费。另外，村里每年

拨一批义务工给贾英虎，按当年义务工分值折价，由贾英虎支配。就这样，贾英虎不费吹灰之力，就把村集体保留的最后一块原作为试验田的良田抓到了手里。

贾英才想到这，心里有些高兴，也有几许忧愁。高兴的是贾家的实力无人能比，忧的是二弟英虎近几年逐渐财大气粗起来。过去对他唯命是从，近来也有点摇头摆尾不听话了。三弟英龙天生胆小又软弱，他就指望着二弟能帮他了，可二弟除了吃喝嫖赌还不动脑子，说话做事得罪了不少的人。尽管贾英才素日总穿着粗布旧衣，抽着几毛钱的烟，花钱斤斤计较，一副家贫少钱的模样，可二弟却不理解他的苦心。特别是他得到那块良田后，又分片划地转租给村里劳力多又地少的村民，几乎小半村人都成了他的雇农。喝多酒后想骂谁就骂谁，动不动就威胁包地的农民，弄得仇人越来越多，有人背后都叫他"地主恶霸"了。他多次劝英虎不要太张狂，可英虎根本就听不进去，真是有点昏了头。

还有前年，国家修铁路，占用了村里的土地及一眼机井，补偿了费用三十多万元。这笔钱本该用在村集体或支付地上附着物及青苗补助，或用来重新打井。英华的儿子没考上大学，就自己在县城成立了一家什么贸易公司，非要让他入股，挪用了这块耕地补偿费二十万元。虽说也办了一定的手续，但毕竟是自己一人做主投进去的，到现在除了未能兑现承诺的高利润返还，连本金也撤不出来。前些日子，县检察院还派人调查此事，最后让英华出面说情算是搪塞过去了。可最终这钱如何才能收回来？据人传说，英华的儿子把这些钱大多以高息投到了郝利仁的小煤窑上去了，还有一部分炒了股，那要是他把钱投入股市被套牢，可就全完了。

一阵凉风吹来，贾英才禁不住打了个寒噤。他扭了一下身，顺手从地里拔出棵草，放在嘴里嚼着，想着这些年他的不易。人们都知道贾家这几年的辉煌，可这一切还不是靠着他苦心经营换来的吗？想当年自己的爹慧眼识金，把村里一位下放改造的"右派"悄悄地领到家里，给他清洗挨批时被打得流血的伤口，下挂面打鸡蛋给他吃，让自己的娘亲陪他聊天，才使那老干部活得又有了盼头，不至于像别的"右派"一样上吊自杀。

后来，还真是如贾英才所料，那个"右派"干部被平反后，官复原职，又当上了市水利局局长，后又升为市人大副主任，直至几年前才离休。贾家就是上靠他的关照，下凭贾英才的打拼，才成就了如今的"贾府"。当年他设计赶走陆占春，设法压制池连泉，才稳坐村里"宝座"几十年。县乡曾有几任不识时务的领导想要扳倒他这个"不倒翁"，怎奈上有"市领导"的关照，下有自己的手腕与智谋，才没被赶下台来。反而像皮球一样，被打得劲儿越大，反而蹦得越高；又如同被灌注的混凝土一样，越被震动搅拌就越铸得瓷实。四弟英华又被顺利提拔进了县委常委，光宗耀祖，也是靠自己上下打点。贾家要官有官，要财有财，还有什么办不成的事儿？

只是近来，贾英才越来越觉得，在这块土地上，越是有财富就越得积累财富。否则，财富就会变成包袱，成为被人窥视和分割的对象。那个神经病李胜利也不知从哪里得到一丝丝传言，竟然几次口喊着"贪污和浪费是极大的犯罪"，来村委会治理整顿，搞得他心惊肉跳，别的村委会委员们幸灾乐祸，窃窃自喜。就拿这次村里机井拍卖来说，就必须牢牢控制在自己手中，否则即使"金、木、火、土"再多，也会因缺"水"而裂缝遍体，最后贾家的江山就会土崩瓦解；同时他越来越认识到他这个中国最小的官、村里最大的官，当的时间越长就越得当下去，真有点骑虎难下。他甚至不敢想象下台后会是什么结果，就是在今天自己还是村支书时，村人就敢夜里用刀割他贾家的水管子，那他要是下台了，村人还不得用刀割他的喉管子，他越想越后怕……

"喂，英才你没事儿吧？"听得有人喊他，贾英才猛地睁开眼，阳光刺得他一下又忙把眼闭上，好一会儿，他才从地里爬起身，拍拍身上的土，又使劲揉揉眼，才看清眼前站着巩书记。

聊了几句家常话，贾英才就又问巩书记："书记，这次机井拍卖定了吗？是内部定价还是公开拍卖？"

"还定不了。"

"有人参加拍卖吗？"

"下个月正式报名，现在还不太清楚，据说池家兄弟可能参加。只要有人参加，那就得公开拍卖，这可是县里定下的政策。"

"唉，不管怎说，得尽快解决这个问题，不然的话越拖越出问题。你看前几天，就有人割水管了。"说到这，贾英才话锋一转，"案子破得怎样了？派出所怎说？"

"徐建国说还没有多大进展。这案件也不是啥大案，更不是杀人案，派出所人也不急。"

"那不行，再怎么说，那水管、机器也是集体财产吧？怎能想砸就砸，想割就割，如此下去，还不是想杀人就杀人了吗？"贾英才愤愤不平。

巩书记心想：好嘛，你也知道那机器、水管还是集体财产呢，俺以为你真的又把它们当成自家的东西了呢。

"得尽快破案，抓住了一定要狠狠治理整顿一下，否则，快翻天了。"贾英才恶狠狠地说。

"俺知道，有人砸机器、割水管，你心里难受，俺也难受。"巩书记推心置腹地说，"目前，拍卖机井正在紧锣密鼓地进行，人心很重要哇。咱们不能树敌太多，老辈人还常讲，得饶人处且饶人嘛。"

"那，也得讲法律呀。"

"对，只有按法律办事，才能不失偏差。"

"那……"贾英才还要争辩什么，巩书记冲他摆摆手说，"别争了，操那么多心，累不累？看你的脸色不太好看，走吧，咱俩回村去，到俺家再喝两盅去。"

"俺、俺早上也喝得不少了，可没那么大的肚子了。"贾英才拍拍肚子说。

"得了吧，你那肚量，深不见底呢。"说着，两人都笑了，向村里走去。

（二十四）台前幕后"戏中戏"

　　眼看离全县文艺汇演的日子越来越近了。香水沟村文艺队的骨干们正抓紧排练。

　　清早，排戏的人们刚到，屋子里正弥漫着一股浓浓的烟味。

　　排戏的村民演员们陆续到齐，三三两两地嘀嘀咕咕："听说了吗？买机井的主儿们已经有两个报名了。"

　　"啥时报的？"

　　"昨儿个报的。"

　　"都是谁呀？"

　　"你猪脑吧，还用问，你敢报吗？"

　　"噢，那俺明白了。"

　　"噢，你真机灵，两下就猜中了。"

　　"哈哈……"众人就笑。

　　原来，这里面有个笑话，说有一个女人生了个孩子，她的男人打电话问："生了个啥？"

"你猜猜！"女人说。

"男孩。"男人说。

"不对。"女人说。

"女孩。"男人立马改口说。

"哎呀，你真聪明，两下就猜中了。"女人称赞说。

后来，村民们就把"两下就猜中了"用来讽刺相对"一下就猜中了"慢半拍的人。

池连泉的娘张改莲今天也有点心不在焉，手里翻着本又脏又旧的剧本，脑子里却不知想着什么。

这时，贾英才的爹贾德推门进来。

"这老家伙，今儿个可是第一次迟到哇。"田守义老汉打趣他。

"嘿嘿……"贾德不自然地笑笑，略微停顿了一下，悄悄走到张改莲背后，偷偷用手捅捅她。

池母吓了一跳，扭头看见是亲家，用眼睛问：干啥？

贾德也不说话，摆摆脑袋，指了指外面，意思是：出来一下。

贾父表达完意思，就先独自出去了。池母愣了愣，也没弄明白亲家啥意思，也只好抬起屁股推门出去了。

田守义老汉见状，不由得警觉起来。他看了一眼马叫驴，马叫驴会意，悄无声息地跟了出去。

屋外，贾父前面走，池母后面跟，两人一直走到村外的一片很开阔的雪地上，四周没有障碍物，马叫驴跟了半天，一看没有藏身之处，无奈退回了村里。

贾父等池母跟上来，忧心忡忡地说："你知道了吧，昨天竞争买机井报名，只有英虎跟连泉两人。"

"知道了，"池母叹气说，"拦都拦不住。"

"咱老辈人常说，二虎相争必有一伤呀。"贾德抽出旱烟袋，蹲下边抽边说。

"闹不好是两败俱伤呀。"池母眼望着四周田野，长出一口气。

好长时间，两人都不说话，只听得田野上的风在呼呼地刮。池母用手揉揉飞进眼里的沙粒，不冷不热地说："亲家，你把俺叫出来，不会是专门叫风来给俺美容的吧？"

"唉，俺是有个主意，不知你家连泉同不同意。"贾德似乎下了决心掏心里话。

"啥主意？不是吃剩饭长大的馊主意吧？"

"都啥时候了，人家滚油烧心哩，你还东吴招亲哩，竟还有心思开玩笑。"说着，他使劲在鞋帮上磕了磕烟灰。

"说吧。"池母洗耳恭听。

"这个，这个，"贾父有点语无伦次，"咱亲家两家人，可不能搞国共内战，要搞国共合作。"

"扑哧——"池母忍不住笑了，"你有话快说，有屁就放，别猴子念书假斯文了。"

"嘿，就是你能不能叫连泉不要报名参加竞争，因为要是只有一人参加，就可以内定价格，那就怎么好办怎么办。内定后，再分成两片，就是村东村西两片的机井，让英虎和连泉各买一片，这样既避免相互抬价，又不伤两家和气，你看好不好？"

"这主意真好，是你的主意吗？"

"不，不，"忽然，贾德又说，"是，是俺的。"

"俺看是俺那乘龙快婿贾英才的主意吧。"

"哎呀，都火烧眉毛了，你就别缠这问题了，你说行不行吧？"

"行！"池母似乎很干脆，"但有个条件。"

"啥条件？"

"让连泉一人报名，英虎别报名，内定后，连泉分一半机井给英虎，怎样？"

"那怎么行？"贾德一听急了。

"那怎不行？"池母步步紧逼。

"那还不明白？"贾父犹豫了一下又说，"说实在话，要是以英虎名义买，那县里、乡上还不得看英华面子便宜一点？那要是以连泉的名义买，人家才不买你的账哩。"

"噢，闹半天，你们还是以势压人嘛。"池母挖苦道。

"咱俩就甭那么多废话了，你说，行不行吧？"贾德不耐烦了。

"行不行，俺也定不了，得问问连泉。"说着，池母转身走了。

"你得尽快给个回话。"贾德冲着池母背影喊了一句。

池母头也没回。

此时，陆占春骑着摩托车刚从县城返回。村里的山路不好走，再加上有积雪，他显得有点疲劳。不过，他心情倒不错，就像那冬日的暖阳。一路上，他回味着与县水利局汪局长、县信用联社陆正主任一起吃饭的情景，心中翻腾着一种按捺不住的喜悦。

在离村口不远处，陆占春无意中发现，村口站着个女人，远看像池莲花，正不住地来回走动，还不时地张望，像是在等什么人。

占春想避开她，但村里只有这么一条小路，没办法，占春只好加大油门想冲过去。没想到，池莲花早已发现了他，大老远地就冲着他跑过来，挡住了他的去路。

"找我有事儿？"占春问，连摩托车的火也没熄，摩托车还一个劲儿地吐着黑烟。

"没、没事儿。"池莲花吞吞吐吐。

"没事我走了。"说着，占春又拧了一下油门，摩托车吼叫着冒出一股股黑烟。

"有、有点事。"池莲花有点着急，她快速地朝四周看看没人，就说，"占春，你知道吗？贾英才要跟连泉联合，搞内定。"

"什么？"陆占春心头一急，"怎么内定？"

"就、就是两人只让一人报名，乡里就无法搞拍卖，只能内部定价，然后两人事后平分。"

"连泉不会跟他们联合吧！"占春太了解连泉的性格了。

"他是不会跟贾英虎他们搞到一块的。可俺娘也说了，事成之后，各干各的，互不干涉。再说，连泉要是不跟他们合作，他也没法把机井买到手。因为，他一个人根本拿不出那么多钱呀。"

"是这样。"占春略一沉吟，忽然他话锋一转，"这是他们之间的事，跟我说这些，也没啥关系。"

"占春，你就别跟俺打埋伏了，这么多年了，俺还不了解你？"池莲花急得眼泪汪汪。

"你了解我？可我不了解你。"说着，占春轰了轰油门，一溜烟走了。

池莲花叹口气，用手抹抹眼泪，正要离开，却发现占春的媳妇兰媛媛从村口迎面走来。

池莲花正想匆匆离开，却被媛媛伸手拉住，"怎么？学会半道上截人了？支书夫人。"

"嫂子，你千万别误会。"池莲花急忙分辩，"俺只是想、想告诉他……"

"行了。"媛媛打断她的话，"想告诉他什么？告诉他你还想着他？"

"不，不是，嫂子。"池莲花委屈的泪水哗哗地就流下来了。

"后悔了？早知今日，何必当初呀。"媛媛紧逼一步，"你趁早死了这份心吧。"

"呜呜——"池莲花捂住脸，一扭身哭着跑了。

（二十五）农村女和男博士

在田改兰的"带动"下，香水沟村的一部分妇女也加入到生孩子"致富"的队伍里了，逐渐形成了一个产、养、销产业链。

村里有几个光棍，前些年花钱娶媳妇，怕媳妇跑了，每天都得防备着，弄得紧张兮兮的。如今就不一样了，娶了媳妇，只要尽快生孩子，就不怕她跑了。一来是有了孩子拴住了心，二来是反正花钱买媳妇用不了多少钱，媳妇跑了，就理直气壮地把孩子"送人"，有了钱再买媳妇，再生孩子，形成了"良性循环"。村里一个光棍儿娶了一个傻媳妇儿，还是一个高中毕业生，因高考连续五年名落孙山，导致了精神失常。娘家给她看病多年，病情也不见好转，没办法只好白白送给光棍儿当媳妇。光棍儿就把她当做生育机器，几乎每年生一个孩子"送人"，年年有收入，尽管她自己有时候照顾不了自己，有一次竟然把孩子生在羊圈里了。到后来奇迹发生了，随着生孩子次数的增多，那女人竟然慢慢康复了，懂得了生孩子、爱孩子，有几次竟然懂得阻拦男人把孩子"送人"，孩子被抱走后，还嚎啕大哭。有人就说，生孩子好啊，除了赚钱，还治病。

也有人感慨，村里聪明的女人不疼孩子，一个傻女子却懂得爱孩子，世道变了。

刚开始时，村里的妇女和光棍儿们为了生孩子，缺乏怀孕期间的营养以及买媳妇的流动资金，就到信用社想贷款，结果碰了钉子。后来有的妇女们找到郝利仁，以孩子作抵押，立下字句，承诺孩子"送人"后，所得的钱全部归还贷款，并且把剩余的钱全部入股。郝利仁的小贷公司就开始支持妇女们开展业务贷款，贷款项目填写的是养猪。

随着妇女们"业务"的不断发展，大量的"养猪"贷款不断发放，"养猪"的存款源源不断存入了小贷公司。后来有的妇女要把在信用社的存款取出来，投放到利润更高的郝利仁的小煤窑，遇到了信用社人员的阻拦，还提醒妇女们天上不会掉馅饼，一定得预防诈骗。可是妇女们根本不听，跟信用社闹起了矛盾。后来有的信用社员工一看妇女们开始入股真的赚了钱，以凌志为领头的一些人竟然也跟着到小煤窑投资去了，石头拦都拦不住，急得他直骂娘。

城里人发现香水沟村里"输送"出来的孩子们身体素质好，纷纷要求"中间介绍人"华正茂同时开展代孕业务。

田改兰在华正茂的安排下，第一次进城接受私人人工授精。在宾馆，捐精的男方是个精明帅气的中年男人，据说是个博士，就叫他兰博士。兰博士热情招待了她。闲聊中，田改兰问寻了一下人工授精的过程，听说要跟冰冷生硬的器械打交道，她就说自己怕冷怕疼，有点害怕，就想打退堂鼓。

兰博士一看田改兰身体壮实，人也漂亮，就不想把这么好的人选黄了，以为是田改兰想加条件多要钱，赶紧说："只有能把孩子滋养好，怎么办都行，你说吧。"

田改兰支支吾吾半天，终于说出了兰博士也没有想到的办法，那就是反正都是种，如其让机器干还真不如让人干，让男方直接种进去得了，既省事又舒服，还有激情，将来孩子也聪明。

兰博士愣了半天，被田改兰的直率痛快一下砸晕了，一时不知道怎么回答她。他盯着田改兰硕壮的身体和好看的姿色，想了一会儿，觉得田改兰说的是有道理，就点点头说："可以试试。不过千万不能让别人知道，特别是自己的太太。"

没想到，两人第一次身体碰撞就迸发出了火花。兰博士是个高级知识分子，接触的都是城里的知识女性，性生活都是文绉绉的，从来没遇见到像田改兰这样的农村女人，朴实又灵巧，直接又奔放，热烈又粗野，把兰博士折腾得大开眼界，快活又尽兴。两人禁不住就又干了一次。兰博士还从专业的角度开玩笑说，这样的做爱频率，很可能使精子和受精卵及时重复受孕，产生双胞胎。

田改兰一边动作一边喘着气说，村里的那些男人们没情趣，知识分子就是不一样，有文化，把男女性交叫做爱，好听，让人感觉得身体和心里都舒服得美滋滋。

她说："双胞胎更好，你要就都给你，我就权当买一送一。你要是就要一个，另一个也好办，反正要的人多，还得排队呢，哈哈哈。"

兰博士不乐意了，捧着田改兰圆圆嫩嫩的红脸蛋说："一个不嫌少，两个不嫌多，我的品种是博士的种子，高贵而稀缺，凭什么给别人？凭什么?!"说着兰博士使出了农民的劲头……

跟田改兰的"博弈"使他已经深深地喜欢上了这个农村少妇，决心多跟她合作，他再三叮嘱田改兰为了确保他的优良品种的纯粹性，千万不能再跟别的男人性交。田改兰也拍拍自己的肚皮，信誓旦旦地保证，这块阵地只属于他，自己的男人也不能上，一定生出来的孩子全部是小博士。兰博士感动得紧紧搂住田改兰，热泪盈眶。

跟兰博士的交往也确实触动了田改兰的法律意识。她意识到代孕真的可能遇到预订一胞胎，但出现双胞胎甚至三胞胎等现象，这该怎么办？所以她必须想办法应对可能发生的这类现象。她自己上网找了有关方面的法律知识，进行了学习和琢磨，准备运用法律知识来保护自己的合法权益。她甚至提前到县里找了个私人律师当顾问。可她怎么也没想到，她自己的行为本身就是违法的，反而想运用合法的方式来保护自己违法的行为，笑话了。

尤其是一次田改兰听说附近村里有个老中医祖传双胞胎秘方。她就多次到那里打听和咨询，想开发多胞胎。她想反正一只羊是养，一群羊也是养，一个孩子是怀胎十月，两个孩子甚至多个孩子也是怀胎十月，分娩一次生一个孩子痛苦一次，分娩一次生多个孩子也是痛苦一次。但多生产一个孩子就多几万块的利润啊，为什么不多来快走，赚钱高呢？

更加让人吃惊的是，华正茂给村里的女人们带来了"宝贝速成丸"。就像农村饲养肉猪、绵羊、鸡、鸭、鹅、鱼等，通过添加速成剂来催生催长，缩短生长期提高出栏率，降低成本，牟取暴利。"宝贝速成丸"可以缩短女人们的怀孕时间，多生产，多赚钱。

一系列的举措使香水沟村的"优生致富法"项目很快就迈上了一条"又好又快"的轨道。随着村里女人们肚皮鼓起来瘪下去、瘪下去鼓起来，女人们的钱包也越来越鼓鼓囊囊了。

尽管如此，有的人看到村旁一个城里人办的狼狗养殖场，一条纯种外国什么破犬，有时竟然卖价比一个孩子的价格都高，就不服气，难道人还不如狗值钱？奶奶的，太不像话了。女人们就吵吵着要跟华正茂谈判，涨价。

没想到，等她们再听到华正茂的消息时，却是让她们痛断肝肠的晴天霹雳。

（二十六）大幕开启锣鼓急

陆占春正式报名参加竞拍机井活动。

村里几个识文断字的老辈人还煞有介事地在"卧龙岗"进行了"隆中对"，把贾英虎、池连泉、陆占春比作"三足鼎立"，还分析了哪个属魏国，哪个属蜀国，哪个属吴国，并私下里断言哪个胜出，哪个败北。一时间村民们议论纷纷。

年十二的晚上，巩书记正要出门准备到村活动室看看文艺节目排练情况，忽听桌上电话铃响，忙折回身拿起话筒："喂，谁呀？"

"你架子越来越大了，连我的声音也听不出来了？"

"噢，是英华大主任呀，哎哟，不是俺听不出，而是你的腔调变化太大了，是不是又要高升了？"

"别逗我了，说正事儿。"果然，寒暄几句，贾英华就切入正题。

"听说陆占春也报了名？"

"他们这不是成心捣乱吗？一个穷当兵的、开小卖铺的打工仔，能挑得起这大梁吗？真是成事不足败事有余。"

巩书记没吱声，他真的一时不知说什么好。

"他们押金交了吗？"贾英华又问。

"交了。"

"没有让他们退出的余地了吗？"贾英华仍不死心。

"没有。"巩书记回答得很干脆。

"那就骑驴看唱本——走着瞧吧。"说着，贾英华很生气地挂断了电话。

巩书记摇摇头，慢慢放下电话，带上门朝文艺活动室走去。

贾英才得知陆占春正式报名后，又恼又恨。恼的是池家人竟然不愿同贾家合作，一意孤行；恨的是占春竟也敢胡起哄，这一搅不要紧，把他搞内定压价码的计划彻底打破了。他觉得在这件事上再不能摆低姿态了，要拿出气派，打击一下他们的嚣张气焰。但要真正做到十拿九稳，就必须得尽快统一内部思想。晚上，他得连夜赶到果园来找英龙做工作，因为他知道英虎肯定会跟着他全力以赴，可英龙近来有点不大对头，总是吞吞吐吐回避这个问题，赶紧得让他吃下秤砣定下心，这样才能把大局稳定下来。

月光挺亮，只是村里街道上的路坑坑洼洼，加上贾英才喝了点闷酒，走起路来显得有点跌跌撞撞。这街道早就该修了，只是他工作太忙，根本无法注意这些琐事，等有了心情，有了时间，一定得好好修修这街道了，这起码也是全村的门面呀。

就这样想着，贾英才来到了果园贾英龙的房前。隔着玻璃，他望见贾英龙正跟一个女人推扯着，好像他想要做什么，那女的不让做，两人正在较劲儿。贾英才睁大眼细瞧，原来又是那个韩翠莲，心里便有点恼怒，他觉得这韩翠莲太精明、太阴险，像英龙这样的男人根本就斗不过她，英龙要跟她扯在一块儿，肯定会吃大亏。而且，近来听说马叫驴、韩翠莲一伙总是神神叨叨的，不知搞什么鬼。想到这，贾英才心里骂了一声：这些穷鬼，贼眉鼠眼的还想成了精？

贾英龙和韩翠莲忽见贾英才闯进屋来，一时都怔住了。

贾英才逼视着韩翠莲，阴阳怪气地说："黑天半夜的，还串门哪？"

"哟，谁规定黑天半夜不能串门哪？有人光天化日的还串窝哩。"韩翠莲不卑不亢，反唇相讥。

听了这话，贾英才心里不由得一颤。他并不在乎别人讽刺他，而是在意别人竟随便顶撞他，尤其是像韩翠莲这样软弱的女人，竟敢大模大样地嘲笑他，而且是在他的地盘里，这就不能不让他心里发紧。

就在贾英才愣神时，韩翠莲并不理睬他，而是冲贾英龙摆摆手，说了声："俺走了。"就站起身，抻抻衣襟，挺挺胸，推门而去。

贾英龙要出去送送，被贾英才一把揪住，低声喝道："别犯贱，她一个小寡妇，别撞坏了运气，值得吗？"

"俺的事，你别管。"贾英龙挣了挣。

"啥？你的事俺别管？"贾英才瞪大了眼睛，气势汹汹地责问，"俺不管你，你能有今天？嗯？"

贾英龙脑袋拧了拧，歪着脖子不理他。

"俺问你，这几天想通了吗？你说说，拿多少？"贾英才盯着英龙追问。

"多少？俺本来就没多少。再说，俺也不想，不想——"英龙嗫嚅着。

"不想，不想咋了？不想活了？"

"咋不想活？俺是不想去买井。"贾英龙终于说出了实话。

"你……"贾英才竟一时气得说不出话来。缓了好一阵儿，他才推心置腹地说，"兄弟，你不懂啊，咱们不买井，还真的活不好了。"

"啥？"贾英龙不解地问，"咱现在就不错了，咱要啥有啥，还图什么呀？何必再去投资，再去冒险呢？"

"你这不成器的猪脑。"说着，贾英才气恨恨地冲上前，抡起手掌要掴兄弟耳光。没想到，竟被贾英龙一把给挡了回去，由于贾英才毫无思想准备，差一点跌倒在地。

"你竟敢打我？"贾英才没想到，一向软弱无能、言听计从的兄弟今天居然敢还手，他感到一种恐惧，觉得这世道变了，人也变了。

这时，贾英龙也生气了，一摔门出去了。贾英才一屁股蹲在椅子上，发了半天呆，他感觉很伤心、失望。自己的一片苦心连亲兄弟都不理解，还指望别人理解吗？想了半天，他也站起身来，慢慢向果园外走去。

贾英才气恨恨地走出果园，一时竟不知到哪里去，他简直快气晕了。在村街口转了几圈，忽见两个人影走来。只见一男一女走到距村活动室不远的一个十字路口，见四下无人，男的从怀里掏出一件小衣服、一面小铜锣，朝着地面"铛"地敲了一声，同时嘴里喊了一声："山桃，回来吧！"

女的从怀里拿出一杆小秤，另一手提出件小衣服，紧跟着应道："回来了。"然后，男的前边一边敲锣，一边喊一声"回来吧"，女的后面应一声"回来了"，就一直又往家里走去了。

贾英才这才明白，原来两人是在替孩子叫魂，怪不得两人不跟他说话呢。叫魂是农村小孩子们突然受到惊吓，出现的一种病态：行为迟缓，思想呆滞。但医生又检查不出啥毛病，就以为是孩子的魂受到了惊吓或魂被勾走了，需要尽快唤回来。家人就在锅台灶君前祷告一番，求其保佑，再用秤将孩子衣服称一称，记准斤两，前往出事或受惊吓的地方叫魂。在来回的路上，任何人不准说话，不能笑，旁人打招呼更不能应答，否则就不灵验了。回到家，把孩子衣服在干热锅上转几圈，再用秤称一下，秤杆稍高一点，就说明"魂"已叫回。

贾英才看着两人走远，心里稍微平衡了些，他摇头笑笑，竟然心情稍好了点。他正在转身，路旁墙脚下忽地站起个黑糊糊的东西，吓了他一大跳，他刚要骂，却发现原来是李梅俏双手提着裤子站在墙脚下。

贾英才乐了，说："你怎么又随便脱裤子，熬不住了？"

"放屁！"梅俏回骂，"老娘尿了一泡，正巧碰上人家叫魂，怕冲了人家运气，蹲在地上不敢起来，害得老娘蹲得屁股都麻了。"

"麻了？来俺给你揉揉。"贾英才说着就往前凑。

"少占老娘的便宜。"梅俏打了他一把。

贾英才挨了一巴掌，反而好像真的清醒了些似的。他换了一种口气跟梅俏说："听说，听说……"

"听说啥了？有屁快放，你不嫌憋屈，俺还嫌憋屈的哩。"

"听说，你想跟俺，啊，不，跟英虎一块参加竞买机井？"

"是，有过这念头，"梅俏冷冷地说，"可惜呀，人家怎么能看得起咱这二两纹银呢？"语气里不无挖苦。

"真他娘的操蛋，"贾英才骂了一句英虎，又忙说，"现在呢，怎个想法？"

"现在？"梅俏反问了句，脖子一梗，想说什么，忽又把脖子软了一下，转头说，"老娘没兴趣了。"说着，屁股一扭一扭地朝旁边的活动室走去。

贾英才被一口气噎在嗓子眼，上不得上，下不得下，他吐了口臭痰，也朝活动室走去。

此时的活动室，一伙人唱得正欢。

（二十七）挤兑风波

县委会议室里，各银行"一把手"陆续到齐，他们都是被通知来参加共商振兴全县经济大计会议的，分管工业的王副县长和分管金融的金炜明出席。王副县长向大家通报了全县工业形势，并列出了一批需要贷款支持的企业名单，供各银行选择支持，行长们一看名单，都愣住了，这些企业分明都是已停产或面临破产的企业，而且谁都清楚，这些企业根本没有起死回生的希望，可为啥偏要给这些企业贷款呢？行长们一时摸不清头脑。

有一会儿，朱县长笑盈盈地走进会场，并抱拳向在座的财神爷们作了一揖，他很坦白地向大家交了个家底：全县财政吃紧，党政事业单位已有八个月未发一分工资了，老干部们告状，教师们罢课，原因在哪里？是税收不起来啊。今年底，县委要求各有关单位要把税收当做一项既是经济的更是政治的任务来完成，力争税收有新突破，能使全县过一个团结稳定的新年。大伙这才明白，原来，让银行给这些快要关停的企业贷款，并不是为企业搞活注入资金，而是为了收税，行长们都不禁相视苦笑了一下，摇摇头表示不可理解。

接着，朱县长让各银行"一把手"逐个当场表态。表态前，朱县长特意表扬了县联社扶贫项目选得好，带动了全县大棚蔬菜及相关产业齐发展，为支持本县乡镇企业作出了贡献，目的是为大伙树立榜样，却招致了行长们的目光不住地朝陆正身上扫射，目光里有赞许，也有不屑，还有指责。陆正心里暗暗叫苦，在这个场合下表扬他无异于在同行那里树了个众人攻击的靶子。

行长们大都是老资格的银行人了，再加上自己都是条条管理，也就并未把县太爷的话当做圣旨。表态时，有几个行长当场说，现在信贷管理制度改革了，为了防范风险，贷款规模控得很紧，贷款审批权限很严格，要放贷款得上级行批准；同时，也一语双关地希望党政部门在收贷结息问题上要像支持税收那样支持一下银行。

朱县长便有点不悦，把脸拉得老长。他特意点名让陆正表态，陆正很策略地表示，在力所能及的情况下，尽最大努力来支持。但他也没说支持多少，既给了县长面子，又不想惹同行讨厌。同行们嫉妒他，其实陆正心里也很苦涩，别看同行们工作不太尽心，但得到的却不少，因为他们背靠的是国家大银行。就拿今年出席全省先进单位评比活动来说吧，信用社扶贫支农成绩最突出，却未能达标，因为跟同业相比，信用社亏损不少，信用社为国家支农筹资还得自行消化贴补。

这时，会场内行长的手机、呼机此起彼伏，弄得县长很恼火，但他也不便训斥这些财大气粗的财神们，这些人可不同于自己管理的普通的科局级干部，只好草草讲了几句希望见行动的话，便匆匆宣布散会。

金炜明从县政府出来，一路上感慨不已。快到县联社时，只见县联社主任陆正急匆匆赶来、气喘吁吁地说，今儿早上，不知从哪里集聚了一伙人，也不知从哪里打听到，说城关信用社主任凌志被人举报了，正在接受审查，城关信用社的存款被贷出去了，都收不回了，都来取存款，还有人乘机散布谣言说："信用社存款都被骗光了，快要歇业了，有存款就赶快取吧，不然的话，别说拿利息，存款本金也会鸡飞蛋打。"

金炜明他们初步判断，这是有人利用一些不明真相的储户兴起的挤兑风波。他深知面对的困难和挑战的分量，心情异常沉重。要知道，挤兑风潮最易引发社会不稳定因素，处理不好，会严重损害信用社的形象。

金炜明一行人赶紧走进城关信用社营业室，只见营业室柜台的玻璃被打碎，玻璃碴散落满地，几个经警正荷枪实弹守护着柜台。室内堆满了人，大都手里捏个存折，有的蹲着，有的站着，有的坐着，或交头接耳，或冷眼观望，柜台外挤满了取存款的人，柜台里营业员们极不情愿地磨蹭着办理取款手续。县金融监管办杜主任是个爱说敢干的急性子，一看这情景，一下子就站在了室内一把椅子上，尽量通俗易懂地向储户们讲解："在座的各位储户，也许大家不太了解，我们金融单位都有一套保护储户合法权益的保障机制。比方说，你们来取存款，那绝对是存取自由的，有人怕钱被别人取完，自己取不上，那就多虑了，退一万步说，假如信用社现在没存款了，还可以申请动用存款备付金，那可是按存款比例提取存放人民银行的。假如这还不行，我们就搞同业拆借，再退一万步说，如果备付金也用完了，拆借不来资金了，我们还可以向人民银行申请再贷款，也能把你们的存款支付了，更何况，咱们全县存款达二十个亿。乡亲们，你们想一想，发生支付风险的可能性大吗？"说着，她顺手从身边一位储户手里拿过一个存折，看了一下说，"大家看这个储户，五年定期已过了四年，现在提前一取，就破坏了利率，只按活期算利息，少收利息三千块，损失多大呀。"

一席话直说得众人纷纷点头，但也有人仍不相信，叫嚷着说她在花言巧语哄蒙人，有个领头的储户，煽动着众人："不给取存款，就到县委、县政府门前告他们去。"说着一伙人要冲出营业室，金炜明伸手在门口一拦，声音洪亮地说："大家不要乱来，你们要相信我们信用社的实力和信誉，今天，咱们也不用退一万步说话，咱就前进一万步说，从今天起，咱营业室再加一个取款台，大家想取就使足了劲取。不过，我想提醒大家，不要听信谣言，伤害信用社与咱储户多年培养起来的感情，损害储户的利益，从而达到某一小撮人的险恶用心。"接着，金炜明冲众人一抱拳，说，"各位老少爷们，烦劳大家传个话，凡是过去直至今年在信用社入股的社员，都可带上股金证来信用社分红，这既是信用社对各位社员的回报，也是今年规范信用社的一大内容。我们合作金融就要体现合作制的特色，密切信用社与社员的鱼水关系，欢迎各位在今年信用社扩股工作中踊跃入股，我们将在贷款优先、利率优惠的基础上，按时分红，共同把我们的信用社办得更好。"

金炜明的一席话把大多数人打动了，他们都说："这样红火的信用社，哪有歇业的迹象？分明是谣言。"有的就把存折揣进怀里，笑着走了，但还有人疑心重重。

这时，人民银行县支行高自强行长沉稳地朝四周的储户们笑笑说："谁说信用社的钱用光了？我以中央银行的信誉担保，绝对没有此事！同时我向大伙介绍一下，农村信用社是经咱人民银行批准的合法金融机构，信用社还要发展壮大、更好地承担起支农服务，成为新形势下农村金融的主力军。希望大家不要听信传言，该存的就继续存，想取就马上取，信用社将竭诚为你们服务。"

经高行长一做工作，人们都相信信用社不会歇业关门，存款也很安全，便大都放心地散去了，还有一些人将信将疑地观察了一会儿，也都慢慢散去，那几个趁机起哄的人早已不知溜到哪儿去了。

金炜明和高行长、杜主任等人马上在信用社开了个小会，根据信用社员工及几个村民储户反映的情况，大家初步判断这是一次有组织、有预谋的冲击信用社的行动，据说有的村民已经把取出来的存款转移到几个小额信贷公司了，还有的说要入股到二龙沟煤矿去。还有凌志这个人生活腐化，不守规矩，据有人反映整天跟贺富贵和郝利仁这些人混在一起，需要查明情况，防止出现问题。目前全县金融情况比较复杂，县委、县政府维护稳定的要求又高，如果这种局面继续下去的话，形势比较危险。金炜明让金融办杜主任他们准备共同研究处理这件事情的方案。

金炜明和陆正回到香水沟，信用社主任石头骑着摩托进来了，他进门也不下摩托，提着摩托把子就跃过了大门槛。差一点跟刚刚进门的金炜明他们撞上了。

陆正火冒三丈，呵斥石头："城关信用社出了这么大的事情，你听说了吗？还不严加防范？你倒好，不坚守岗位，还骑个破车到处乱转，你、你……"

哪料想石头大大咧咧一笑说："其实，这种事儿经常发生，没什么大不了的。就是有人嫉恨咱们信用社，背后捣鬼。我刚才就是找他们算账去了，他们才派人撤了。其实，他们今天的挤兑阴谋不是只针对城关信用社，还有香水沟信用社。你以为刚才跟那些人讲道理管用了？哈哈哈！"

金炜明几个听了有点吃惊。陆正听了，也不觉一愣，说："那、那你说说，怎么回事啊？"

"不急！不急！"石头笑着说，"这里面阴险诡异得很，寡妇死儿，说来话长。咱们先吃饭，有时间咱们慢慢聊……"

（二十八）危难之中显真情

　　金炜明和陆正、石头几个人站在富民煤矿坑道口，看着一溜小煤车拉着块块乌金欢快地驶向洗煤场，他们在欣慰之余，心里又在隐隐作痛。这个煤矿被信用社依法收回转包出去后，经营效益十分看好，过去下岗的五百多名农民职工中，有将近四百多人重新上了岗，剩余的百十来号人又全建起了蔬菜大棚，各得其所。现在这个煤矿日产原煤二百多吨，由于煤质好，在市场上供不应求，在承包人罗亮承包时，根据协议规定，他们还承担了煤矿过去的债务，如今，除了每季给入股的股民分红外，还偿还了信用社将近三分之一的贷款和利息，而且还使附近运输专业户受了益，他们有菜拉菜，没菜就运煤，整日车轮转个不停。

　　望着乐呵呵干活的职工们，他们心情十分沉重，最近接到通知，国家为了保护资源和环境，决定撤并关闭"五小企业"（小造纸、小发电、小水泥、小煤窑、小炼钢企业），他们哪里知道就是这样一座好不容易才起死回生、前途看好的好矿，又面临着第二次被迫停产、关门的危险，而另一座由郝利仁承包的滥采滥伐、管理松散、每年偷税漏税的煤矿，却在有些人的庇护下仍在苟延残喘，欲断不断地吞咽着一口幽幽残气儿。甚至据说忽悠了许多人投资入股，企业的风险和负债像滚雪球一样，越滚越大了。

金炜明和陆正几个人现场商量了一下怎么办，决定由陆正出面，去乡政府先交涉一下。陆正转身跑下煤场，自己开着车一个急拐弯就向乡政府驶去，车轮掀起一股股煤尘。

车子驶进了乡政府大院，陆正跨下车，大步朝巩书记办公室走去，一推门，他愣住了，发现乡党委、乡政府一班人齐刷刷地全坐在沙发上，进门还听见在激烈地争论着什么，一见陆正进来，却忽然一下子安静下来，谁也不再说话。因为离县政府规定的停产时间只有两天了，他们必须作出最后的抉择。

巩书记见陆正来了，忙起身把他迎进屋里坐下，吴乡长也礼节性地给他倒了杯茶水。

"怎么，正开会？"陆正问。

"是呀，你来得正好，我们头疼得不知该怎处理呢。"巩书记手抚抚头皮为难地说。

"为难啥哩？是关停压产的事吧？"陆正开门见山地说。

"是又咋样？你又来做主了？"吴乡长半开玩笑半嘲弄地说。

"做主怎啦？咱们当干部的，就是管事儿的，该做主时就做主。"众人见陆正套用了句歌词"该出手时就出手"，觉得挺幽默，便都笑了。

"陆主任，情况你也知道，咱们香水沟乡只有两座煤矿，县政府下了死命令，必须关停一座，你看这……"巩书记深深地吐了口烟说。

"该关就得关，这是国务院的命令，谁也抗拒不了，但得看哪个该关，哪个不该关。"

"这还用说嘛，哪个矿对乡财政收入有利，就该支持哪个。"吴乡长语气很坚定。

"你说哪个有利？"陆正反问道。

"这不明摆着吗？谁的孩子听谁的话，谁管的煤矿对谁有利。"

"你的意思是说富民煤矿没利？"陆正盯住了吴乡长问。

"当然有利，"吴乡长朝众人一笑，"那是对你们信用社有利，谁不知道他们都打了三分之一的贷款本息，喂谁肉谁不说好呢？"

"吴乡长！"陆正正色道，"你不脸红？乡集体欠下的债、拉下的糊糊，别人为你们擦屁股，你竟然还说风凉话，你的良心哪里去了？"他又环视了一下众人说，"你们哪位不清楚，富民煤矿替乡政府还了那么多贷款，上缴政府的税是乡办二龙沟煤矿的五倍，还解决了当地四百多名农民职工的就业问题，带动了全乡相关产业的发展。而二龙沟煤矿名义上是承包的荒山种树，实际是在荒山里逃避矿产开采和环保审查，滥采滥伐，污染环境。明明盈利，却做假账虚报数据，偷税漏税，私下里大分红利，中饱私囊，哪里还谈得上利税？还有现在二龙沟煤矿私下里忽悠许多人投资入股，市场和资金风险越来越大。大伙说句掏良心的话，哪个贡献大？哪个该停？"

"这倒也是实话，可毕竟……"巩书记话未完，吴乡长就猛地站直起来，大声嚷嚷说："毕竟还有一条原则，那就是个人服从组织，局部服从全局，"停了一下他又补充道，"个体服从集体，这是连李胜利每天都在宣传学习的哇，哈哈哈！"

"你别拿集体这个问题压人。"陆正毫不让步，"优胜劣汰，这是自然法则，谁也抗拒不了。"

众人正在唇枪舌剑，忽然门外响起了摩托的轰鸣声，只见罗亮从车上飞身下来，大步走进门来，他二话未说，从公文包里掏出一张纸，啪地拍到桌子上。

众人探过头一看，原来是县税务局、工商局、乡镇企业局、民政局等单位联名保举罗亮所领导的富民煤矿的联名信，上面还有朱县长签发的一行大字——此矿不能停。很简单，言外之意，那就是只能停二龙沟煤矿了。

吴乡长一下子蔫了，头一歪，手一摆，边朝门外走边说："世道变了，世道变了，一个堂堂的乡集体竟然闹不过一个个体户。"

巩书记提醒他："老吴，你是个党员，可不能信口开河呀。"

吴乡长也猛然醒悟到这话如传出去对自己不利，便再也不敢吭声了，但是他突然想起陆正说的二龙沟煤矿动员全县许多人投资入股的事情确实存在，就连自己的老婆也被小舅子动员投资了十几万，如果真的停产了，那后果不堪设想啊。想到这，他的脊背不由得一阵阵发凉……

（二十九）坐"井"观虎斗

清晨，香水沟村外的土路上扬起一溜尘土，三四辆小轿车颠颠蹦蹦地开进了村。里面有县委办的、县水利局的、县农业局的、市拍卖公司的，还有司法局公证处的。他们全都是参加明天香水沟村机井拍卖的，因为这次拍卖是全县机井拍卖的试点，因此县里各部门都高度重视，派来精兵强将，以确保拍卖活动顺利进行。

贾英华的车开在最前面，他坐在前排副驾驶的位置上，以便让村民们都看得见。本来汽车进村后，有一条直通乡政府的大路，贾英华却指挥司机在村里绕了一个大圈子，才摇晃着进了乡政府大院。

吴乡长领着乡、村两级干部，早已迎候在门口。下了车，大伙直拍身上的尘，嘴里还嚷嚷这讨厌的土。吴乡长一脸的歉意，好像这土是他扬起来似的，就忙着端水递毛巾，让大伙洗尘。

贾英才领着几个村干部把早已选好的肥羊按在一个小凳子上，宰了，鲜红的血流了一小盆，还咕咕地冒着热气，准备给客人做午饭。

　　客人们洗漱完毕，吴乡长领着大家到地里实地察看机井。田野上埝大坑深，小汽车底盘低不好走，吴乡长就准备了两驾马车，想请领导们坐马车去。但上面来的领导们你看看我，我看看你，谁都不愿意坐马车，一来嫌脏，二来也颠得厉害，有人干脆建议步行，顺便还锻炼身体，于是，一行人便朝村外走去。

　　出了村，一行人便分兵两路，一路向村西，一路向村东。村西路由吴乡长陪同，村东路由贾英才陪同。因为村东机井多，贾英才又熟悉情况。

　　每到一井，几个人便趴在井沿探头朝下望望，量量井管的尺度，询问一下打井的年代、浇地的面积等。贾英才一一作答，但在场的村干部心里都明白，他都把打井的年代、受损程度夸大了，把出水量、浇地面积缩小了。这样就有利于把拍卖价的起价往下压。但村干部们都默不作声，任凭支书大人巧舌如簧，左右逢源。

　　察看完机井，两路人马一先一后回到乡政府大院。乡政府的食堂里早已炖好了羊肉、土豆，摆了满满三桌，贾英华端坐在坐北朝南的主席位上，招呼大家坐好，并端起酒杯，讲了几句开场白。众人便乒乒乓乓碰杯畅饮。席间，吴乡长见众人喝得兴致挺高，就走到贾英才旁边提议是不是请村里的演员来唱几段小戏，助助兴。贾英才沉吟片刻，说今天就免了吧，明天就要正式拍卖，拍卖成功后准备大唱一番，好戏还是留在明天吧。吴乡长听后，也觉有理，尽管心里有点不悦，表面上还是说："行，行，明天就明天吧。"

　　众人正喝着、吃着、闹着，忽然，食堂的门被推开，只见村里的刘告状突然出现在门口，众人一时愣住了，不知他要做什么。贾英才一看是自己村里的人，马上站起来问："老刘，你找谁？"

　　"就找你。"刘告状不卑不亢。

　　"有事？"

　　"当然有事！"

　　"有事以后再说，你不看这么多领导，正忙着嘛。"贾英才沉下了脸。

　　"不行，俺来向你讨债。"刘告状提高了嗓门。

　　"啥？讨债？"贾英才一时糊涂了，"俺啥时欠你的债了？"

　　"你欠俺儿媳妇的债，你日弄俺儿媳妇，说要给五十个义务工的钱，可你一直没给。特别是你们还欠我儿子刘卫红的一条命呐！"

"嗡"的一声，贾英才的脑袋一下就晕了，他万万没想到，素日里这个八棍子打不出个响屁的老实疙瘩，今天居然故意在关键时刻出他的丑，这太可怕了。一时间，他竟然愣在那里，脑子里一片空白，不知道该如何收场。

这时，众人都在交头接耳，他甚至听到了有人低声说："听说过做别的欠账，这玩女人竟然也能赊账，哈哈，嘻嘻——"

贾英才紧握双拳，恨不得立马把这可恶的拐子砸翻在地。可他浑身又没一丝力气，只能眼睁睁地盯着刘告状，用目光威慑他。

可刘告状竟丝毫不动，像只长了两条腿的野兽，稳稳地钉在门口，眼里闪烁着冷飕飕的光。

这样僵持了几分钟，吴乡长忙从椅子上站起来，走到刘告状跟前说道："老刘，有话好商量，今天你就先回去，完了俺们给你解决，行不行？"

刘告状听了，竟一言不发地转身走了，只是拐杖落地的声音特别响，像是利器叩击着地面。他本来就是要出贾英才的丑，想给陆占春他们在县里的领导评委面前增加形象分，至于解决儿子的不白之冤，他已经不抱啥希望了。

"好啦，大家继续吃吧。"吴乡长在替贾英才打圆场，"村里的一个难缠户，故意找碴儿，没事，吃吧。"

众人又继续喝酒，可贾英才早已气恨盈胸，他当了几十年的村干部，像今天的事还是第一次发生。想着，他的后背不由得冒起一阵阵凉气，他觉得肯定有人在背后捣鬼，自己如果再满不在乎，就要处于被动的地位。他再也坐不住了，向贾英华招招手，弟兄两个走出了食堂，在一个僻静的墙角聊了老半天。

下午，村民们传言，说村里会开车的狗栓被派出所叫去审查了，据说派出所怀疑他参与了割井管、砸机器的破坏活动，要他老实交代，特别是让他交代谁是主犯，也就是幕后策划者。

也有人说，狗栓在派出所拒不承认，还说要告派出所无故抓人，侵犯他人身自由权，双方闹得挺僵。派出所说这个案子到了关键时刻，通知村民近日不要随便出远门，要随时接受讯问，一时间，闹得人心惶惶，大有一种山雨欲来风满楼的紧张气氛。

第二天，香水沟热闹起来了，用村民的话说，比过大年还红火。香水沟村民正经历着几十年、几百年从未经历过的事。清晨，全村的男女老少几乎倾巢出动，陆陆续续聚集到了村委会大院。青壮年们聚在大院内，占好地势，正三三两两地谈论着。老年人怕挤，趁早倚了墙根，瘪着缺骨短牙的嘴巴，东一句西一句地说着家长里短；小孩们趁着人多，便在人群中捉起了迷藏，大人们屁股后、两胯间都成了他们藏身的好去处。

村委会大院里的树枝上，小鸟们好奇地注视着地上的热闹，它们很久没见过这种场面了。过去大集体时，经常开大会，人们倒也见多不怪。自从实行联产承包责任制后，就很少开这样的大规模会议了。后来就是开会，也得靠义务工来维持，即来开会的，就记一个义务工，不来的就扣一个义务工；就是来些人，也都显得冷冷落落的，应付差事，根本就热闹不起来。

陆占春站在人群中，兴奋地观察着乡亲们的情绪，心里涌动着一种说不出的激情。这时，韩翠莲急匆匆挤进人群里，把他拉出，颤着嗓音说："开会前，你最好先躲一躲。"

"为什么？"

"刚才、刚才，我听见贾英龙他们悄悄打电话，"说着，她四下望了望，"说派出所要找你的麻烦。"

"找我的麻烦？"占春禁不住笑了，"我又没犯法，找啥麻烦？"

"哎呀，"韩翠莲急了，"他们还不是找碴儿，想干扰你参加竞拍嘛。"

"那更不能躲了，"占春并不惊慌，"有麻烦就不能躲，越躲越麻烦，总得去面对、去解决。"

正说着，县委办、县水利局、县农业局、市拍卖公司等有关人员在贾英华的带领下，很有气派地进了村委会大院。在村民们的夹道目送下，进了村委会办公室，等时间到了，才准备上主席台就座。

陆占春刚和韩翠莲说完话，就见派出所所长徐建国带着两个民警走进了大院，径直朝占春走来。占春静静地迎着徐建国，想看看他究竟干什么。

"占春，正巧要找你。"大老远，所长徐建国就打招呼。

"有事请讲。"

"事倒是没啥大事，就是想请你到乡派出所去一趟，想找你了解点情况。"说着，所长扔掉烟头，用脚在地上拧了拧。

"现在？"占春回头看看主席台，"现在恐怕不行，你看，竞拍马上就要开始了，有什么事，会后再说吧。"

"那不行，"徐所长似乎早料到占春这样说，"我们也是例行公事。昨天，不是就审问狗栓了吗?"

"怎么? 是狗栓供出我做什么了吗?"

"是、是，那倒也不全是，"徐所长话有点含糊，"主要是有人揭发你参与策划了破坏机井一案，我们得进行审查，请你协助我们执行公务。"

"什么?"陆占春睁大了双眼，"我策划了破坏机井? 有啥证据?"

徐所长摆摆手，说："参与没参与，现在还不能肯定。证据嘛，正在找，所以我们要进行调查，请跟我们走一趟吧。"

"不行，你们这简直就是非法拘役，破坏'竞拍'。"占春大声争辩。

"对，这简直是专门捣乱。"乡亲们也被激怒了。

这时，村委会办公室里面的人们也听到了外面的争吵声，一行人鱼贯而出，站在门口朝这边观看，有人还抬手看表，离开拍的时间不远了。

徐所长面对愤怒的人群，半闭着眼睛不吭声，他的任务只是把占春带走，让他不能参与竞拍。

就在这僵持不下的关键时刻，刘告状唰地站在了主席台上，只见他高举起手臂，朝台下的徐所长一指说："徐所长，你就不要诬蔑好人了，俺明确告诉你，割机井管子的，就是俺刘告状。"

此话一出，整个大院反倒安静下来了，人们惊异地盯着刘告状，还是第一次看见有人主动承认违法、自投罗网的。

看着人们目瞪口呆的模样，刘告状反倒哈哈大笑起来。

"你说你作案，有啥证据?"徐所长似乎不愿让刘告状当嫌疑犯。

"证据? 你们真是开国际玩笑，"刘告状大声呵斥，"你们抓占春，人家问你们有啥证据，你们答不上来。俺投案自首，你们反而问俺有啥证据，大伙说说，可不可笑?"

"太可笑了。"众人嚷嚷。

"刘告状，你别太张狂了。"徐所长恼了。

"俺张狂，还是你们张狂?"刘告状索性扯开棉袄，露出胸膛，一副天不怕地不怕的样子，"你们摸着良心问问，俺独生子刘卫红被人活活打死，人命关天的大案，你们啥时过问了? 而一桩割点破管的小事儿，你们反倒上心上肺，天理何在？原因何在？”

“你、你——”徐所长气得一时竟说不出话来。

“俺告诉你，”刘告状拍拍胸脯，“俺好汉做事好汉当，水管是俺割的，证据都在俺手里，割管的刀子、砸机器的石头几块俺都记得，总共八块，不信就去核对。不过，俺割管子，俺不丢人，俺割的是自己的管子，俺们出力出汗，那机井有俺的一份，俺割的就是属于俺自己的那一小截儿。话又说回来，俺割管子是有罪的，可霸占管子的人却成了管子的主人。老祖宗说过‘窃钩者诛，窃国者为诸侯’，这公平吗？这合理吗？”

徐所长见刘告状已是破罐破摔了，就不敢再引他发怒，忙叫手下人把刘告状带回所里。刘告状甩甩手说：“不用带，俺自己走。”

在刘告状走出大院时，他的目光与占春对视了一下，眨眨眼睛，笑了笑，昂首走了。

“毛主席说，开会要事先通知，像出‘安民告示’一样，让大家知道讨论什么问题，解决什么问题，并且早做准备。有些地方开干部会，事前不准备好报告和决议草案，等开会的人到了才临时凑合，好像‘兵马已到，粮草未备’，这是不好的。如果没有准备，就不要急于开会。”顺着声音，大家看见李胜利推着红旗招展的自行车进了会场，他大声说，“召开这么重要的会议，竟是乱哄哄的，简直就是无组织、无纪律。”

“准备好了，组织好了，马上开始了。”吴乡长赶紧出面答复，紧接着在主席台上喊话，“请大家安静，请各位领导入坐，请竞拍的人选到前排就座。”

主席台上的人依次坐定，在主席台前又单独摆了张桌子，上面放着一块木板样的东西，还有一个大槌子，负责拍卖的拍卖师是个模样挺胖的人，正摩拳擦掌地站在桌后，准备一试身手。

坐在前排的三个报名人这时却只有两个人，一个是贾英虎，一个是陆占春，而池连泉等人早已坐到了占春的身后。贾英才一看就明白了，他怎么也没想到，池连泉这个王八蛋，早把股入到了陆占春的名下，不觉心里一沉，心里升腾出不祥之感。

拍卖的第一项是县里提议新加的内容——竞拍人演讲。主要是听一听竞拍人竞拍的动机和拍下机井后的做法，因为这拍卖机井，不仅是经济上的大事，也是政治上的大事。

首先，贾英虎站起来演讲，他把准备好的稿子熟练地背了一遍，主要讲了买机井是为了统一管理、方便村民、造福村里、牺牲个人的利益、保护集体财产等。待他讲完，会场上只有零零星星的掌声。

当轮到陆占春演讲时，陆占春并没有大讲特讲，只说了两句话，那就是"农民的财产农民管，自己的事情自己办"，反而赢得了热烈的鼓掌。

拍卖开始了。

"十二万。"贾英虎率先报价。

"十五万。"陆占春还价。

"十六万。"

"二十万！"

"二十二万。"

"二十四万。"

"二十六万。"

"二十八万"……

"四十万。"当贾英虎喊出这个数字时，不由得回头看了一眼贾英才，他知道这是大哥交代的最高价，因为超过这个价，就无利可图了，也买不起了。

"四十五万。"陆占春反而拉大了距离，喊出了天价。

"四十六万。"贾英虎不甘心，他也不再看大哥的眼色，一咬牙又举了一次牌。

"五十万。"陆占春一下子把贾英虎逼到了绝路，贾英虎再也不敢举牌了。

"五十万，五十万。还有没有？"拍卖师兴奋地高声催促。

这时，贾英才看出了陆占春今天是势在必得了，他要趁机给陆占春哄抬价码，想到这，他快步走到贾英虎身旁，把牌子从英虎手里抽出来，又稳稳地举了起来："五十五万。"

"五十六万。"陆占春喊道。

"五十七万。"贾英才接着喊。

陆占春看透了贾英才的恶作剧。于是就放慢了举牌的速度与节奏，装出有种犹豫、底气不足的样子。这样，就反而给贾英才增加了压力，他生怕价格到了如此之高时，自己喊出价牌，而占春一旦不再举牌，那这超重的包袱就会落在他的肩上，那他就会倾家荡产。所以当占春喊出"七十万"的高价时，贾英才再也没了举牌的勇气了。

"七十万，七十万。"拍卖师更加兴奋地喊。

"七十万，七十万。"

"七十万一次。"

"七十万二次。"

"啪——"随着木槌落下，拍卖成功，一槌定音。

"请陆先生到办公室里交款办理手续。"拍卖师说。

"不，就在这里办。"陆占春说着，从包里掏出一沓钞票，交到主席台上，这时，池连泉、田守义、燕百合、唐麦穗、韩翠莲、李梅俏、陆旺、马户、马叫驴等人依次把款交到主席台上。

贾英才他们没想到有这么多人站了出来，加入了陆占春的队伍里，他止不住一阵的心惊肉跳。

过了一会儿，统计员报出款数："四十五万整，还差二十五万。"

这时，贾英虎又流露出幸灾乐祸的笑意，心想：牛皮吹大了，看你们怎么收场。

这时，人群中走出了信用社主任石头，他手里捧着两张支票，当场宣布："这是香水沟村八十二户村民联户担保，并用机井抵押的贷款——二十五万元整。"全场爆发出震耳欲聋的掌声。

这时，田守义老汉领着早已准备好的村里戏班拥进会场，就地当台为村民们唱起了传统红火戏《十五观灯》：

> 正月十五闹元宵，
> 挂灯结彩真热闹。
> 街上人多又说笑，
> 狮子滚绣球扮得好。
> 狮子灯老虎灯，
> 花猫捉鼠做得精。

五颜六色凤凰灯，
西瓜灯萝卜灯，
带得叶叶红茵茵，
白菜做得包心心。
说说笑笑，哭哭闹闹，
嚷嚷叫叫，蹦蹦跳跳，
说说笑笑，哭哭闹闹，
嚷嚷叫叫，蹦蹦跳跳，
听不清楚是啥声音。
忽然踮起脚后跟，
眼前旺火是红彤彤，
烟蓬雾罩，噼里啪啦，
忽东忽西，忽高忽低，
烟蓬雾罩，噼里啪啦，
忽东忽西，忽高忽低，
热气腾腾地上了劲。
千门万户尽彩灯，
星罗棋布层叠层，
红红绿绿，花个生生，
喜个蹦蹦，笑个盈盈，
红红绿绿，花个生生，
喜个蹦蹦，笑个盈盈，
照得今年五谷丰。
看完红火回家转，
浑身疲劳愿担承，
跛个脚脚，拐个腿腿，
湿个腕腕，腿个肚肚，
跛个脚脚，拐个腿腿，
湿个腕腕，腿个肚肚，
好像是浑身抽了筋……

拍卖结束后的第二天，陆占春和池连泉从乡政府出来，两人边走边聊，脸上流露出掩饰不住的喜悦。

走到离村外不远的路上，忽见池莲花从乡医院匆匆出来，猛抬头，看见了哥哥和占春，她忧郁地看了他们一眼，点点头说："昨晚，贾英才病了，说是胸闷气憋，医生正给他输液。"说完，就低头从他们身边走过。

走了几步，她又迟疑了一下，转过身把池连泉喊了过去。占春站在原地，也不知他们兄妹俩说什么。

过了一会儿，池连泉折回来，使劲在占春肩上拍了一把，说："真服了你！"

"服我啥？"占春不知何故。

"你知道刚才莲花说啥？"

"我又没长顺风耳，怎知道？"

"她说贾英才不服气，一是想自己打深井，二是以村集体的名义要修水渠。"

占春淡淡地笑了。

"你怎就猜到老贾的花花肠子呢？"池连泉禁不住问。

原来，昨晚上，占春找到池连泉，把他寻思好久的想法告诉了他，他要赶紧把村里的水渠作为机井的配套工程买下来，他担心贾英才会利用水渠做文章，卡他们的脖子。因此，他们一大早就赶到乡政府，当着县水利局、农业局的两位局长及吴乡长的面，陈述了理由和要求，几位领导觉得有理。为使这个全县的试点不出差错，领导们当场拍板，使占春他们以承租的方式，拿到了水渠的使用权和维修权、保管权，解除了后顾之忧。占春和池连泉禁不住舒了一口气，边聊边向村外的防渗渠走去。

"你说，贾英才要打深井，那咱们的井就会断水，成了枯井，怎么办？"池连泉禁不住又问。

"这不碍事。"占春说，"水法上明文规定，在每口正在使用的机井五百米之内，不准再打第二眼井。咱们村外的机井，井与井相隔都不足五百米，他是无法插进去的。"

"噢。"池连泉拍拍胸脯，放心了。

"咱俩明天去看看英才吧。"占春提议。

"……好吧。"池连泉勉强答应了。

在快到防渗渠时，他俩远远望见田守义老汉正扶着一棵树，不知想什么。

此时的田守义老汉眼望着这万米防渗渠，心潮起伏。对这条大渠，他太熟悉了，可以说，他就是这条大渠从无到有、从新到旧的见证人。

这条渠是香水沟村与邻村阳明堡村的分界线。多年来，一直划分不明，导致每年洪水来临，为了抢水，两村发生过大大小小十几次械斗，造成了七八个村民伤残。那打斗的场面至今想起来仍让人不寒而栗。其实这两个村不少人是亲戚，但为了村里利益，不得不咬着牙、闭住眼打，不然，会在村里抬不起头。打斗致使两个村仇恨加深，到后来几乎老死不相往来。

"农业学大寨"那年，县里出面，替两村划清了界线，在两村交界的大沟里，筑起一个分水岭。洪水来时各分一半引进各自村庄的土地。为了充分使用这股救命水，当时村里决定把这条沟建成一个万米防渗渠，发动全村男女老少齐"参战"，到山上拉石头，出资买水泥，开展了轰轰烈烈的造渠运动。每天天不亮，村民们就排着队上山采石。一时间炮声轰隆，村民们用马车拉、拿筐子抬，用肩膀扛，举着火把，扛着红旗，唱着革命歌曲，把一块块石头拉到了水渠旁。村里的工匠们就拉起水平线，一块一块往上垒，水渠就一米一米延伸开来。

一次，田守义在运石头时，不慎被车上掉下的石块砸坏了腿，正在热恋中的对象刘樱花连夜赶来看他，甜蜜的爱情竟使他忘记了疼痛。为了不落下任务，刘樱花还主动与村里的姑娘们一块上山拉石头，替田守义完成任务，一时间在村里传为美谈。

经过全村人的辛勤劳动，历时两年时间，村民们在水沟里建起了一条长龙。整个水渠分为一条主渠、两条辅渠。建桥洞六座。同时在渠内外种植了八行钻天杨树。每逢夏秋时节，渠道里水流潺潺，绿树参天，浓荫匝地，花香鸟语，成了远近闻名的风景。

看见占春和连泉两人过来，田守义老汉忙从沉思中缓过神来，当他听说已把水渠的承租合同签订后，他高兴地咧开嘴嘿嘿笑个不停，还问何时开始修渠。

望着这残缺不全的水渠，陆占春也陷入了沉思……

　　小时候，这条大渠就是他们小伙伴游戏的乐园。他们打水仗，捉迷藏，在树荫下敞着小肚皮睡大觉，其乐融融。念书时，这里又成了他们学习的好场所，尤其是读高中时，占春和池莲花有机会就会跑到这里。两人并肩坐在渠边上，挽起裤脚，把脚伸进水里，任水流冲刷、抚摸，两人有时见四下无人，还紧紧靠在一起，你考我，我问你。累了，就仰起头，望着从树隙中洒下的阳光在大气中生成的五彩晕圈儿，想象着长大后美好的生活。尤其是在占春参军的前几天，他俩几乎每天晚上都要在这里约会。

　　那是深秋的季节，渠里落满了树叶，两人走在上面，只听得脚下一片沙沙声，仿佛两人满腹的知心话总也诉不完。走累了，两人就依偎在树干上，紧紧拥抱着，亲吻着。银色的月光照在这对年轻人身上，偷听着他们的窃窃私语，分享着他们的温情……

　　实行家庭联产承包责任制后，水渠成了无人疼爱的弃儿。贾英虎承包机井后，只用渠不修渠，就连修水利的义务工也被他当做劳务券，用在了别处。村民们每到洪水来临时，就各自在渠内打顶头，拦小坎，随意劈开渠道，把水引入各自的地里。一时间，防渗渠被割开了几百个口子，水流不畅，淤泥沉积，涵洞堵塞。渠下游的村民见不到水，就与上游的村民争吵、打架，一时间乌烟瘴气。特别令人心疼的是水渠边的参天树木，被村委会砍了一批又一批。村里人也抢，外村人也偷，本来整齐均匀的树木被砍得豁牙打口，参差不齐，残根断枝满地。

　　村里人看着心疼，但没有办法。特别是占春，望着自己的爱情树也被砍掉，心疼不已，那是过去他和池莲花两人经常依偎的一棵大树，上面还刻满了两人的悄悄话、爱的誓言。只可惜这渠、这树是集体的，集体的又被演化成个体的，集体穷得无法修缮，个体却只刮金不投入。只能眼睁睁地看着渠一段段坍塌、树一棵棵消失。

　　"占春，占春！"忽听远处有人喊，占春抬头一看，原来是吴乡长领着几个人朝他走来。

　　走到跟前，占春看清那是邻村阳明堡的几个村干部。吴乡长介绍说，他们几个村干部一来取经，二来想跟占春商量并购邻村机井和水渠的事儿。

　　原来，邻村阳明堡的机井和水渠由于年久失修，有的机井塌方，有的机井配不了套，水渠也都破旧不堪，村集体无钱维持，想学香水沟村把机井拍卖了。可村里又没有有钱的大户，村民们拿不出，就想让占春兼并收购邻村的机井，统一修理，统一管理，能让农民浇地，或者干脆让邻村的农民用香水沟的机井浇地，合理收费。

占春听后，笑笑说："这得让我跟股东们商量，因为这不是我一个人的事儿，也不是一个人能说了算的。等商量好了再答复你们，行不行？"

来人忙说："不忙，不忙，你们商量好了再议。"

一伙人站在地头，望着这残渠，吴乡长问占春："这破渠，你打算怎么投资修理？难道你还有富余的资金？"

"没有，一分也没有。"

"那怎办？"

"我想好了，还是老办法，让全村的父老乡亲们入股，有钱的出钱，有力的出力，大家修，大家用，大家管。"占春和盘托出自己早已想好的招儿。

"你可以呀。"吴乡长感慨地说，"你要把大伙都绑在你这条战车上呀。"

"意思对，但话不对。"占春真诚地说，"我们就是要把乡亲们团结到一块，自己干事，干自己的事。"

"是啊，俺当了这么多年的乡干部，还是第一次见识到，集体办不到的事，让你个人办到了，不容易呀！"吴乡长望着茫茫田野，感慨万分。

"不，不是我个人能办到的，其实还是集体办到的，只不过这个'集体'不是名义上的那个'集体'，而是全村有血有肉的乡亲们组成的自己说了算的'集体'，有了这样一个集体，就没有办不成的事。"

沉默了一会儿，吴乡长又问："你说，这么大的难事，你为啥能办成？"

"因为大伙支持我。"

"那为啥就支持你呢？"

"很简单，就说这批机井吧，别人是要自己独占，而我是让大家占。"

"那么好的事，你开始为啥要秘密进行呢？"吴乡长问。

"这个问题简单。"占春问吴乡长，"您听说过《道德经》的故事吗？"

"愿闻其详。"吴乡长一本正经地说。

"那我就班门弄斧，用一个故事回答您这个问题。据说，孔子读了无数遍《道德经》，但始终不明它的真谛在哪儿。一天，他向老子请教。老子就张开嘴巴让他瞧，问他嘴里有啥。孔子看了半天，说除了舌头已别无其他。

老子就说：'对了。为啥牙早没了，而舌头还在？就因为牙是硬的，而舌头是软的。'孔子这才明白，原来《道德经》的真谛是'以柔克刚'。也就是说，我一开始就明着干，那遇到的阻力会更大，姿态低一点，就稳妥一点，阻力小点。"

吴乡长听了连连点头。

占春又问池连泉："你在城里打工时挤过公共汽车吧？"

"还用问？经常挤。"

"有没有体验过变心板的感觉？"

"啥叫变心板？"

占春说："所谓变心板，就是公共汽车门口的脚踏板。当一个人还未挤上车，没踩到脚踏板时，他就会朝上喊，再往上挤呀，上面还有地儿呀！可当他一旦踩到脚踏板时，马上就会向下喊，别挤了，里面没空儿了！也就是说，不管是哪种人，当他们得益的时候，他们的观念和思想就会发生变化。"

"俺明白了。"池连泉听了不由得自言自语。

"走吧，文艺汇演彩排快开演了。咱们得为咱村的演员们鼓鼓劲去。"

吴乡长一说，众人便迈开大步往村里戏台赶。

当赶到戏台门口时，正巧赶上香水沟村代表全乡参加汇演的节目开场。这是一折要孩儿剧《猪八戒背媳妇》，讲的是猪八戒在巡山路上偷懒，孙悟空变成美女惩罚他的喜剧。

走近台前，只见台上马户扮的猪八戒、李梅俏扮的美娘子唱得正欢。

男：哎，媳妇呀，我要你个美娘子呀！

女：哎，相公呀，我嫁你个美相公呀！

合：郎才女貌天配成啊！

男：巴儿崩，

女：啊哈嗨，

男：小娘子！

女：猪相公！

合：欢欢喜喜往前行，

啊哈嗨……

男：你上梳油头黑靛靛，

　　下穿罗裙板正正，

　　柳叶弯眉细盈盈，

　　猫儿眼睛水灵灵，

　　不搽脂粉香喷喷，

　　不涂胭脂红澄澄，

　　满口银牙白生生，

　　头戴鲜花粉腾腾。

　　哎嗨呀，哎嗨呀，

　　天下美女第一名呀。

　　哎嗨哟。

合：哎嗨哟，哎嗨哟，

　　迈开大步快如风。

男：巴儿崩，

女：哼哈哼，

男：小娘子！

女：猪相公！

合：说说笑笑往前行，啊哈嗨……

女：夫妻回到高老庄，

　　高老庄上务农忙，

　　扁豆花茬多上粪，

　　老婆汉子把家挣，

　　恩恩爱爱度光景，

　　好日子数不清。

　　哎嗨呀、哎嗨呀，

　　甜甜美美过一生。

　　哎嗨哟。

男：我前引，

女：我后跟。

男：小娘子，

女：猪相公，

男：巴儿崩……

女：哼哈哼……

合：欢欢喜喜往前行，

往——前——行。

哎嗨哟——

（三十）树欲静而风不止

转眼就到了仲夏。

为解决土地分散、不利于大棚征集占用的问题，金炜明及信用社的石头支持动员农民陆占春等采取代耕代种、联耕联种、土地托管、股份合作等多种形式自发流转土地，种植绿色大棚，形成规模优势；对始终愿意坚守传统农业的田守义等农民进行引导，对传统农业和特色产业的土地进行相互流转和整合。同时通过新旧机井及灌渠的规划整合，合理配置水利资源，形成了"传统杂粮农业"和"特色蔬菜产业"的"二龙戏珠"格局。

在信用社的大力支持下，菜农们的资金、土地和用水问题都得到了解决。于是，更多的农民加入到大棚种菜的行列，特别应该提到的是李胜利这个老菜农，也正式加入了新菜农的团队，开始了他颇具特色的种菜生活，引起了另一轮的传奇和风波。

蔬菜基地以香水沟为中心，很快地向四周辐射，登高远望，一片片白色大棚宛如无数朵浪花起伏在绿海中，甚是壮观。菜农们大都住到了大棚旁的小屋。这里便又成了一个新的村庄和院落，每到夜晚，到处是锅碗瓢盆和人的嘈杂声。但近日菜农们的心情并不好，如同这闷热的天气一样，使人烦躁憋气。人们因蔬菜销路不畅，急得坐卧不安，可除了干摇扇子外，一点主意也没有。

真是应了老人们常讲的那句老话：种菜难，卖菜更难。

今年的菜长得十分旺盛，菜贩又压价极低，贱卖吧，干赔钱，不卖吧，有的菜搁得时间长都快烂掉了。许多菜农心里就搁不住，蹲在大棚里洒几掬眼泪。

尤其是离县城较远的香水沟，蔬菜积压尤为严重，金炜明、陆正心里着急，多次找县政府、农副产品收购部门商讨此事，并向朱县长建议尽快出面为乡亲们找销路，但一时没有着落，就让石头先想办法应应急，解决菜农们眼下的困难。

金炜明还专门去了几趟县里的保险公司，特别是几家涉农的保险公司，商量为农民和农业保险的问题。

石头主任和村干部商量时，便端出了自己想外出卖菜的地方——首都。把几个村干部吓了一跳，他们估摸着县城就差不多了，几个泥腿子竟要上北京？石主任便讲了上北京的道理："上县城也行，可人家层层剥葱，咱自己挣得就少得可怜，北京人多，吃菜也多，干脆，自己直接找买主，岂不多挣？"

供销社得知他们要上北京，也挤着要参加，说找找老关系，兴许还能做笔贩菜的买卖。石主任觉得供销社按理就是做这个的正宗行当，多一个伙伴多一分力量，便同意了，可后来才觉醒：他错了，多了供销社恰恰多了一分麻烦。

庄户人过惯了日出而作、日落而息的生活，乍一出门，才感受到了那句老话：好出门不如赖在家。单说路上，半路上车，人多得像蚂蚁，站没站处，坐没坐处。后半夜，一伙人实在困得支撑不住了，几个村干部便学着别人的样子，找张旧报纸，铺在别人的座位底下，爬进去，款款地躺一会儿。石主任开始感到不好意思，一个信用社主任怎好做这样的动作。可后来，他困得实在站不稳脚跟，便也把脸一抹，钻了进去。可他的运气不好，正躺着，前面座位上不知谁的臭脚伸下来，随着车来回在他眼前晃荡，呛得他赶忙掉过身去，谁料想，迎面就冲来一股臊尿，浇得他差点背过气去，他大怒，猛抬头想骂，头却撞到了座顶，一下撞得清醒了，骂谁去？人家也不知道座下有人，再说，这尿肯定是带把儿的童男尿，女孩儿尿肯定洒得七零八落，只有男孩尿才像水枪。管他哩，童子尿还能治病哩，想着他迷糊了。

朦胧中，他听得座上有女人说："座下好像有老鼠响动。"他咧嘴一笑，心想：你错了，老子不是老鼠，是人人供奉的财神爷哩。想着，他入梦了。

到了北京，石头自告奋勇领着大伙找到了过去打过几次交道的一家农贸公司。中午，一伙人早早来到公司门口，却发现门还上着锁，人家正午休哩。几个人便骂骂咧咧地蹲在门口打瞌睡。石头心里琢磨着事，就睡不着，独自一人到周围的菜市场转悠去了。

他来到一家菜摊前，接连给摆摊的老头子递了几根好烟，乐得老头儿屁颠屁颠的。石头操着半生不熟的普通话，跟老头拉呱起来。

当他从菜市返回，才发现他们几个都已进了农贸公司。他找到一伙人时，瞧见村干部、供销社主任乐得正要在合同上签字，他快步走过去，抓起合同纸一扫，就发现他们被人家捉了大头鳖，便把纸朝桌子上一扔说："不行，这里我说了算。"公司负责人扫了他一眼，不屑地撇撇嘴，心想：你算什么东西？他们是土鳖一群，你就是土鳖一个。

当公司负责人慢腾腾报出收购价格时，石主任一口就顶了回去。他把蔬菜从进京到批发直到零售的价格讲了个一清二楚，还讲了夏冬两季菜价的区别，把公司负责人说得愣住了，心想这土鳖哪来的信息。原来，石主任早从菜市上老头儿的嘴里探听得清清楚楚。

接着，石主任又把自己的菜夸了个天花乱坠，惹得公司经理舍不下这块好肉，只好重新签了合同。

一伙人走出公司大门，掐指一算，惊得张大了嘴巴，妈啊，仅这签合同，石主任就比他们的合同多挣了几万哩，便佩服得不行，硬合伙请石主任下饭馆。喝到高兴处，石头唱了一曲山歌，大伙就势还点了几个好菜，着实风光了一场。

事情进展顺利，第一批蔬菜由供销社牵头运到了北京，菜民们便整日眼巴巴等着回款。谁料想半路杀出个程咬金，让供销社一棍搅糊了满锅汤。

原来供销系统由于经营不景气，便掀起了一股转产养猪风。供销社拿到手一部分县社拨来的养猪款，买来了仔猪，却缺少购买饲料的款，就挪用了菜款。原打算等向信用社申请贷款后周转开再还，不料，消息没捂严，被菜民们打听清楚了，菜民们都非常气愤，成群结队来找供销社要钱，供销社一时实在无法偿还，菜民们便动手抢猪娃抵债。

据亲眼见者说，那天，猪场成了战场。起先供销社的职工不让逮猪，双方发生冲突，后由于菜民人多势众，抢猪娃行动得手，有的猪耳翠嫩，被撕下一片，疼得用小脑袋直撞人的脚拐。等石头赶来劝阻，也被失去理智的人们推了个滚儿，气得他大骂："我怎就不是乡党委书记，不是派出所所长呢？财神爷？屁的财神爷，你们用着了就喊财神爷，用不着就推打。"一席话说得一些人又把猪娃放进了圈里，可近一半猪娃已不知去向。

事后，供销社也从信用社申请贷上了款，抢猪仔事件也进行了处理，但供销社运菜的事却再也得不到信任，运菜就被迫中断。就在人们一筹莫展的时候，离家出走达五年之久的罗山桃回来了。

罗山桃坐着辆顺路的小四轮，突突突地颠簸在山路上。外出五年，罗山桃已出落得丰满挺拔，不再是过去那个憔悴、疲惫、任人宰割的羔羊，眼睛里闪烁的不再是胆怯、惊恐，而是放射着泼辣、大胆，灵活中也不乏掺杂着狡黠。当年，她从村里出逃，先后流落到北京、珠江，最后在深圳打工四年，做过保姆、钟点工、送报工，但做的最长的是卖菜。她忍饥挨饿，奔波颠沛，致使怀胎三月的婴儿流产了。流产后的山桃有了种死的感觉，却又有了种生的希望，颇有心计的山桃不像其他小同乡，在工厂里像囚徒一样、机器一般地转动，她既要挣钱养活自己，还渴望自由自在，最终她选择了卖菜。时间长了，她有点想家，一次一位种菜大嫂的话提醒了她："我们种菜的这么辛苦，还不如你们卖菜的挣钱哩。"是呀，自己家乡那么多菜，菜价却是这里菜价的十分之一。这里竞争激烈，营生也难干，假如她回去搞蔬菜贩运，岂不更好？于是，这个构想一直在她脑海里盘旋，一次她在菜市上偶然碰到一位在北京结识的菜贩，攀谈中他们沟通了信息，北京菜贩鼓励她回去自己搞贩运，向他提供菜源，他可以帮忙批发。终于，她下定决心，千里迢迢回来了。

这次回乡的罗山桃与五年前出逃的罗山桃可不一样了，五年前是因为贫穷、主宰不了自己的命运而出逃，今天是满怀信心靠致富改变自己的命运来了。村子渐近，亲不亲还是故乡的土呀，这就是五年来让她日思夜想却又不愿面对而魂牵梦绕的村子哟！泪水模糊了双眼，透过泪帘，她仿佛又看到了自己的从前……

"啪——"牧鞭一扬，夕阳被甩到了山那边。村外古道上，刚下学的小山桃蹦跳着走来，刚转过山弯，就被岩石后跳出个愣头愣脑的后生搂住了细腰，山桃吓了一跳，闪在路边定睛一看，是刘小虎，自己的小夫婿，便脸一绷，问："干啥？别死皮赖脸缠俺。"

刘小虎嘴一撇，满不在乎地说："怕啥？你是俺媳妇，俺爹说了，就得缠住你，要不，你将来要是考上学校，还不把俺给一脚蹬在山崖下。"

"你爹心眼儿坏了一胳膊深。"山桃气得跑了。

山桃长得眉清目秀，又伶俐又乖巧，村里人都说山桃是个好闺女。

罗山桃家穷，山桃爹重病在炕，田地营生无人过问，一溜挨肩的弟妹像群叽叽争食的山鸟。一日媒婆上门，说让刘小虎做上门女婿吧，包揽山桃家的田地营生，刘小虎家穷，也莫收彩礼，待山桃大些就成亲。山桃娘征求山桃爹的意见，山桃爹什么也没说，只是长长地放了个响屁，山桃娘用手扇扇臭气，思谋了半天，点了头。

小溪日映斜阳，夜浮冷月，那年年关，山桃爹再没见上春天的绿叶，就随着雪花入土了。

家不可一日无主，媒人也就堂而皇之地踏进了罗山桃家的门槛。山桃娘也起了改嫁的念头。

刘小虎爹更为着慌，因为山桃娘改嫁，山桃势必也得跟着走，那小虎几年的苦力就白受了，自家传宗接代的大事也就成了泡影，于是，在媒人出门必经的高粱地里，刘小虎跟他爹截住了媒人，边打边骂："你要再敢给山桃娘说媒，小心你的狗头。"媒人极不体面地抱头鼠窜。

随后，刘小虎爹大模大样踏进了山桃家门，说："亲家母莫慌，有俺在，啥也甭怕。"山桃娘见亲家直勾勾的目光舔着自己，竟脸热心跳起来。

山风依旧吹，小溪依旧流。许多日子过去了，有人说，眼见刘小虎娘拉扯着刘小虎爹从山桃家出来，低着嗓子骂："不要脸的东西，勾引亲家母，简直是牲口。"刘小虎爹恼羞成怒，抬手扇了老婆一个耳光，骂："你他娘的，真是头发长见识短，不识大头小眼儿。"山桃娘也追出来喝斥："亲家母，可不敢乱嚼舌头呀，小心你家小虎成了光棍一条。"小虎娘虽自觉理直气壮，却又胆怯心慌，不得不忍气吞声落荒而逃。

秋收过后，山桃家收成见好，山桃娘打酒煮肉"犒赏三军"，刘小虎直喝得浑身奇痒。他爹一个劲儿地朝他使眼色，他便趁着朦胧月色，壮着酒胆，闯进了山桃的房间。山桃的房间便响起了一阵杂杂乱乱、息息喘喘的响声。

山桃妈刚想摇晃着起身，就被小虎爹一把搂倒在炕沿上。

没过几个月，山桃站在老师门外，用手拽了拽衣襟，往平抚了抚微微隆起的小肚，喊声"报告"，向老师提出退学。

老师惊得眼珠子比镜片儿还圆。这么好的学生怎说退学就退学呢？山桃没说什么，给老师深深鞠了一个躬，默默地走了。之后，山桃便跟刘小虎小吃喜（不领结婚证）成了亲。

那年的农闲之时，却又是多事之秋，小虎爹最终嫌山桃妈是个累赘，话里话外流露出让山桃妈改嫁的意思，山桃妈恼了，跳起脚骂道："你诡计得逞，就想把俺扫地出门，休想！俺要改嫁，山桃也得跟俺走，反正他们也没领结婚证。"

小虎爹慢声细语地回应："反正山桃和小虎生米煮成了熟饭，她生是刘家人，死是刘家鬼。"

双方发生了争执。两家的亲戚都帮了腔，也动了武，山桃可遭了殃，今天被娘家抢去，明天又被婆家夺回，像只受惊的羔羊被叼来叼去。一天早上，山桃刚蹲在茅厕上，就被埋伏在外边的婆家人架了双臂抢了就跑，山桃连裤子都未来得及提，露着光光的、白白的屁股一路欲哭无泪。事情闹到村委会，村委会出面调停，让山桃自己说，究竟跟谁。

山桃哭了，哭得好伤心，她没说跟谁，而是趁人不注意，在一个月黑风高之夜逃走了，逃到哪里了谁也不清楚。

刘小虎家也托人找了几回，觉得实在没指望了，才又凑钱娶了个四川媳妇，没过几天，川妹子就跑了。后来，赶上石头动员村民贷款搞大棚种菜，便趁机以种菜为名，从信用社骗取贷款两千元。罗山桃回来后，也给了小虎两千元钱，算是了结了这段孽缘。

　　外出时山桃对什么都充满着仇恨，她恨这里的山水、这里的人。在外面闯荡几年，渐渐地觉得故乡的土、故乡的人还是那样难以割舍、值得留恋。她明白了一个道理：乡亲们的不幸、自己的不幸都是因为一个"穷"字，人穷了就连自己的命运都主宰不了。这次回来，她就是立志要帮乡亲们致富。

　　愿意种地的就流转成大田一起种地，愿意种菜的就流转成大田一起种菜。大农业发展改变了土地的种植格局，将原本一盘散沙的农民又重新归拢到了一起。山桃回村不久，就着手张罗运菜的事情。她先到各大棚走了走，发现这里的菜产量大、质量好，价格又便宜，确实是桩好买卖，乡亲们正愁着出不了手，见山桃准备运菜，就积极支持，都说："山桃这几年可算不白出去，开了眼界，长了见识，能干大事了。"

　　可山桃并不轻松，她外出打工只带回来两万块钱，要买辆半成新的卡车也得六七万块钱，钱从哪儿来？最后，山桃还是把目标瞅在了信用社主任石头身上。石头比山桃大几岁，可按村里辈分，应是山桃长辈了。其实，石头早看出山桃是个人才，正想支持她运菜，乡亲们手里的菜出售不了，贷款也偿还不了，他正着急呢。可当山桃找上门来时，他却又一副公事公办的派头："有存折抵押吗？"

　　"废话，有存折还用贷款呀？"

　　"那不行，你总得有点担保才行啊。"

　　"拿俺自己。"

　　"你自己怎能担保？"

　　"还不了，俺就嫁给你。"

　　"你，瞎说啥？"石头有点着急了。

　　"实在不行，俺把自己卖了，总能还清吧。"

　　说归说，最后石头提议，让所有种菜户联名担保，把担保款数分摊到各户头上，山桃运菜时，优先照顾为她担保的，共放贷四万多元，帮助山桃买回辆半成新的"东风140"。

　　狗栓是村里唯一会开车的人，便顺理成章地当上了司机。前几年，狗栓从部队复员回村，一直没有找到开车的营生，精明强干的后生只好受雇于人，开着一辆破面包车往返县里和香水沟村，赚几个小钱，勉强度日。家里穷，就给他订了门亲事，是换亲，就是狗栓的妹子嫁给圪蛋，圪蛋的妹子嫁给狗栓。这种婚姻不合法，但在穷乡僻壤也司空见惯，见多不怪了，习惯了，也就合理合法了。狗栓对这门婚事很不满意，他觉得自己当兵回来，还得靠妹子换亲，觉得很是羞愧。

一切准备妥当，山桃便正式搞起了蔬菜贩运。石主任也帮衬着山桃收菜、装车，山桃常用一种温情的目光注视着他。

买卖做得很顺利，山桃把蔬菜往北京一拉，那位早已约定好的熟人便把菜全包了，还常夸菜质好，惹得其他商贩也来跟山桃套近乎。几次下来，山桃便挣了不少的钱。随着买卖的做大，山桃的名气也逐渐大起来了。村里人的蔬菜卖得好，价钱也高，人们都很满意，都夸山桃是个能姑娘。

人一出名，便啥话都有了，有人传言说："山桃和石主任搞到一个被窝里去了，要不，石主任能贷款给她？"也有人说："山桃在北京还有几个相好的，要不菜怎能卖得那么快？"

山桃对这些流言从不理会，每天照常忙着做买卖，忙着挣钱。

雨滴儿汇成雨丝，颤颤悠悠地下。山桃装好车，为赶路不顾下雨，就催着狗栓开车出发了。同车的有进京考察蔬菜市场的石主任、三个装卸工、两个上北京买衣料的本村姑娘。石主任和山桃坐在驾驶室里，其他人都挤在装菜车厢靠挡风板的一角，躲在遮雨的大苫布下，嘻嘻哈哈闹成一团。

半夜时分，由于雨大路滑，汽车陷进了泥坑里，怎么也拔不出来了。山桃便说："就地休息，赶天明了有车拉一下再说吧。"

司机狗栓为让山桃他们能斜躺一下，就下了驾驶室，钻进后车厢的苫布下挤去了。

驾驶室里只剩下山桃和石主任了，他俩一左一右每人靠个车门斜躺着，只有一块毛毯两人便合盖着。山区的夜晚四周一片沉寂，外边的雨声和车厢年轻人的打闹声在这静谧夜空更是清晰可闻：

"哎哟，谁的爪子捏俺的奶子了？好疼哇，该死的。"

"呀！谁的蹄子不老实？踢俺屁股了。"接着便是一顿拳头乱捅的声音，"咚、咚"。

"哎哟，别打了，你看你净打正经地方，把俺的蛋子都快打烂了，哎呀。"

石主任和山桃听着也禁不住笑了。

过了一会，听得狗栓哼起了山歌：

> 山顶上刮风树林林响，
>
> 临走你才把俺心卷上，
>
> 黄河水深路途又远，
>
> 牵魂线挂住你怎走远，
>
> 二套牛车你慢慢游，
>
> 真魂魂跟在你车后头……

两人听着，忽听车厢后一声惊呼："哎呀，快看那边地里有个灯笼鬼。灯一闪闪地飘过来了，快藏哇。"吓得车厢一阵乱动，大概是姑娘们都躲在后生的怀里了。山桃也不由地一转身，猛地靠在了石主任身上，紧紧抱住了他。

"别这样，"石主任惊慌起来，但怕外面听见，只好暗中使劲往下推山桃，压低声音说，"你没听见村里人议论咱俩？还敢胡来。"

"不怕，俺就是感激你，喜欢你，与其让你背黑锅，还不如俺真给了你。"

山桃说话的声音越来越激动，石主任怕让车厢里的人听见声音，就猛地把毛毯蒙在了两人头上，在毛毯里石主任劝她："俺是你长辈，让人知道笑俺哩。"

"俺不管，你没娶，俺没嫁，怕什么?!"说着，她反倒把舌头硬填进了石主任嘴里，使劲吮吸起来，双手还不住地抚摸他的胸肌，石主任被山桃那温热柔软的躯体烫晕了。

当山桃伸手去解他裤带时，他一激灵又猛地清醒过来，忙用手按住山桃的手。

山桃流泪了，她哽咽着说："你就这样嫌俺?"

"不是的，俺不能毁了你，你还年轻呀，你不见狗栓多爱你呀！"石头抚摸着她的头发，尽量使她平静下来，"再说，俺也不能对不起改梅呀。"

"又是改梅，你对她那么好，她真有福气。"

"嗵、嗵"，忽然有人敲着驾驶室车顶喊："山桃，山桃，给往外扔盒香烟，冷得不行了。"

两人赶紧挪开身子，不再说什么，只是默默地对视着。

天亮时分，山桃拦了辆过路的卡车，把车子拉出了泥坑，又颠颠簸簸地上路了。

斗转星移。终于听人说，山桃和狗栓相爱了。事情起源于一次意外惊险。

那是一个黄昏时分，狗栓和山桃卖完菜驾车往村里返。走到一处盘山路，山高树密，人迹罕至。山桃见四周无人就示意狗栓停车。她跳下车去方便，忽然，从树林里窜出四个蒙面歹徒，手持火枪、匕首，把狗栓和山桃团团围住。歹徒们把火枪顶在狗栓脑壳上，用匕首抵住山桃的脖子，另一名歹徒爬上车搜出一小沓钱，嫌少，又对狗栓拳打脚踢，逼他交钱，狗栓只喊："没有！"山桃担心狗栓被打坏，不得已说："俺给你们拿。"说着，在另一歹徒的挟持下，从驾驶室座椅下掏出一沓钞票交给了歹徒，说："就这些了，全给你们，行个方便吧。"其实歹徒根本想不到，颇有心计的山桃早把大部分货款藏到一条破麻袋里，同其他装烂菜的袋子混在一起，扔在了后车厢里。歹徒们得了钞票正要逃走，忽然一个歹徒色迷迷地盯住山桃丰满的身躯，手肆无忌惮地在山桃乳房、屁股、裆部摸来揉去地说："这娘们也真够水灵的，陪爷们玩玩？"说着，他让两个歹徒按住狗栓，自己和另一名歹徒拦腰扛起山桃就往树林里跑。

山桃哪里肯让，在歹徒背上又抓又咬，两腿乱踢，嘴里直喊救命。

狗栓被两名歹徒紧紧摁倒在地，枪口顶在头顶上，稍有不慎，就会脑袋开花，但他一见歹徒要轮奸山桃，不顾顶在头上的枪口，猛一挣，挣脱歹徒的手，冲上车猛地抽出车摇把，同两名歹徒搏斗起来，持枪歹徒正要开枪，被狗栓一摇把将枪扫落在地。狗栓仗着在部队学的擒拿格斗技术，使两名歹徒一时难以得手。刚走近树林的歹徒见状，又跑过来对付狗栓，忽然，一名歹徒拦腰抱住狗栓，一起摔倒在地，另一名歹徒赶上，朝狗栓身上猛刺两刀。

这时，山桃已挣脱那歹徒，连滚带爬拼命地跑上公路高喊救命。

正好有一辆吉普车从拐弯处开了过来，几个歹徒一见有人来了，忙丢下狗栓逃窜进树林。

　　山桃和吉普车上下来的人们忙抱起倒在血泊中的狗栓，加大油门朝山下的医院赶去。

　　在医院，由于抢救及时，狗栓脱离了生命危险。山桃守在他床边，把狗栓的手贴在脸上，泪水流满了脸庞，她因半路让狗栓停车而内疚不已，更为狗栓舍命救她的举动而感动不已。望着昏睡中的狗栓，她喃喃地说："狗栓哥，俺、俺嫁给你！跟你真心过一辈子！"

　　狗栓脱离了危险，赢得了山桃的爱情，却也掀起了轩然大波。

　　虽然爱情是人类最美好的感情，但他们不行。因为狗栓毕竟是订了婚的人，而且是换亲，山桃一"插足"就等于毁了两门亲哪，老辈人常讲："宁拆三座庙，不拆一门亲哪。"村人纷纷说："山桃可真是个狐狸精，拆散了刘小虎人家不算，又想拆散狗栓、圪蛋两家亲哪，真是造孽呀。"人们就说，山桃是个坏女人。

　　石主任暗地里鼓励山桃，不要让这世俗的偏见打垮。可山桃每当背转身子，让脊梁顶住人们的手指和冷言时，总不由伤感地想："穷时，俺主不了自己的婚事，如今富了，怎竟仍然主不了自己的事情哪？"

　　后来，刘小虎见山桃卖菜发了财，便也用山桃给的几千块钱，加上从信用社骗取的贷款，凑乎着买了辆半新旧货车，也跑起了运输，据说也挣了钱。许多人一看，原来卖菜挣钱多又省力，也都张罗着准备买车跑运输。

　　不过，据菜农们反映，现在大棚用地、用水解决了，可又出现了一个新的问题，那就是用电的问题。以前大棚就是个照明用电，现在大棚里增添了增温、保温设备，原有的线路、变压器、电量来源都成了大问题。金炜明他们得知这个消息，责怪自己想问题没有统筹兼顾，正在想办法替乡亲们解决，据说难度很大，人们都忧心忡忡。

（三十一）"露水夫妻"的烦恼

唐麦穗昨晚梦见媳妇儿贺果枝了，他已经足有半年多没见到她了。

尽管自己在村里跟郝月娥临时搭档，生活过得也是有滋有味的，可还是时常会惦念贺果枝，觉得她一个女人在外面更不容易。有时候想起来她和田耿义在一起，心里还是免不了酸溜溜的。所以他总是找各种机会多碾压郝月娥，觉得这样就不吃亏。郝月娥早已看穿了他的小心眼儿，暗自失笑，心想：得，老娘就将计就计，让你小子好好伺候。

其实，贺果枝在城里打工这么长时间没能回去，不是说不缺男人的缘故，至少她还想孩子啊。关键是她遇到麻烦，不能回村里，怕让人们看出来，因为，她怀孕了。

这可怎么办？如果是跟自己的男人怀孕了，那是小事一桩，这可是"野"男人啊。村里对他们在一起过过"夫妻"生活，还是可以理解的，反正就是一阵微风，来无影去无踪，不留下一丝的痕迹。但是有了孩子那就大不一样了，那就留下了证据和永久的伤疤，会缠绕她一辈子不得安宁。她心烦意乱，终日六神无主的。

　　田耿义得知后，开始也是惊慌失措，怕让村里人知道了戳脊梁骨哇，就吞吞吐吐、推推靠靠，让贺果枝觉得他是怕负责任，关键时刻就不如自己的男人掏心掏肺了。实际上田耿义是想到把孩子打掉，自己就得掏流产费了，这就让他心疼不已。

　　两人商量来商量去，想到的办法是，要不流产打胎，要不生下来溺死，要不偷偷放在医院或者福利院或者派出所门口，让人抱走。但不管是哪一种方法，都让两个人感到心烦意乱。于是两人又相互责怪对方不小心，给自己添乱。两个人过去的那点温情和激情，正在一点点地消失。

　　没想到，有一天，村里的"老亲戚"华正茂来到工地看望村里的老乡，还请大家改善伙食，大块吃肉，大口喝酒，着实热闹了一番。

　　酒足饭饱之后，华正茂却单独把田耿义和贺果枝叫了出去，在一个茶馆聊天。就是这一聊聊得两人心惊肉跳。

　　原来这次华正茂就是专门来找两人商量，帮助他们处理怀孕及分娩后的事情。两人相互对视，都在疑问是谁把这么隐秘的事情泄露出去的，是两人其中的一个，还是其他工友发现了泄露出去的。

　　华正茂见状笑了笑说："不用再怀疑和纠缠这个问题了，我会替你们绝对保密的。现在关键就是替你们分担解忧了，一不用流产痛苦，二还可以增添意外的一大笔收入。别的你们不用考虑，你们俩的任务就是好好保养，特别是贺果枝需要时还可以暂时辞了工地的活儿不干，给你找个地方专门休养，等待把孩子生下来，出手后拿钱回家，多好，哈哈哈。"

　　两人一听禁不住破涕为笑，尤其是贺果枝，多日来一直悬着的心终于放下来了。两人禁不住对华正茂千恩万谢。

　　华正茂走了。没想到却留给了田耿义和贺果枝一个难题，怀孕了，孩子归谁？或者是谁拿大头？两个人私下里争得不可开交。看看，临时夫妻就是临时夫妻，关键时刻心就不是一条的了。

　　田耿义认为孩子是自己种下的，当然应该拿大头。就像种地，什么种子就产什么粮食，种下玉米肯定不会产出高粱。贺果枝觉得田耿义就是"借种"，顶多给他个"料豆钱"，就像村里的驴配种，是叫驴的种子，产下的驴驹子当然归母驴的主人，也就是归她这个"母驴"。

田耿义不同意，更不服气。他忽然想起自己在银行办理银行卡取款时的一个笑话儿。银行的取款机和银行卡发生了争执，取款机说取出的钱款应该归自己，因为这些钱款是从自己肚子里出来的；银行卡说这些钱款本来就是自己卡里的，卡插进去，钱款才会出来，卡不插进去，钱款就不会出来。如此一来，田耿义认为，自己就像银行卡，贺果枝就像取款机，谁插卡，谁取钱，钱款当然应该归属自己，依此类推，孩子应该归属自己。

后来，考虑到贺果枝作为女人，受的罪大苦多，还考虑到以后可能继续合作，两人各退一步，达成协议：六四开，贺果枝六，田耿义四。

田耿义是比较满意了，可贺果枝觉得还是便宜了他，既好活又赚钱，好事都让他占了，心里就琢磨着，这次没办法，就认栽了，下次得寻找一个只享受"播种"的快乐、不分享胜利果实的男人，捞上几次，干脆就回村里跟自己的男人唐麦穗踏踏实实过好日子。想到这，贺果枝禁不住笑了。

贺果枝觉得她的想法科学合理，没想到还是给她带来了灾难。

村里的马叫驴跟张桂花一开始还遮遮掩掩，后来就发展成了明铺暗盖。村里的人们也见怪不怪了，可张桂花家里的那两条品种差异巨大的狗，却因为马叫驴捂死了它们那个虽说是怪异却是亲生的狗崽子，跟他结了仇，马叫驴对此浑然不觉。不是他麻痹大意，而是他骑惯了高头大马，根本就没把两条狗放在眼里。狗眼看人低，人眼看狗更低。

每次马叫驴悄悄到张桂花家里幽会，两条狗都是怒目圆睁，大叫大咬，恨不得挣脱铁链子活活生吞了他。马叫驴和张桂花不明白，觉得马叫驴经常来，按理说也应该熟悉了。加上马叫驴还经常带来他骟驴阉猪的"下水"，施舍给两条狗改善伙食。但两条狗毫不领情，该吃吃，吃完了再咬。这就让马叫驴非常生气，经常骂道："看看，人常说有喂不熟的狗，真他妈的是喂不熟的狗。"

一日，村里的一条野狗疯了，到处流窜作案，村里人们都避之唯恐不及。没想到，有一天，这条疯狗突然就窜到了张桂花院子里。当时张桂花正在菜园子里摘菜，没想到疯狗突然就扑上来了，吓得她一屁股就摔倒在菜地里。这时，只见她的那条大狼狗猛地挣脱了铁链子，迎头截住了疯狗，两条狗立刻就撕咬在一起。最后，还是张桂花家的大狼狗勇猛，把那条疯狗咬死了。

按理说，这下大狼狗应该立功受奖，因为它除了解救了主人张桂花，还为全村人除了害。

谁晓得，过了些日子，事情却朝着相反的方向发展了。疯狗是死了，可全村人觉得张桂花的大狼狗跟疯狗撕咬得血淋淋的，肯定也被染上了疯狗的病毒，推断大狼狗也应该成了疯狗。张桂花经过一些日子的观察发现，大狼狗一切正常，根本没有丝毫疯狗的迹象。可人们不相信她，觉得她是为了保护她的"恩狗"，故意隐瞒了事实真相。于是，群起而攻之，要把大狼狗置于死地。

张桂花请马叫驴出主意帮助大狼狗躲过这一劫。没想到，马叫驴反而倒劝张桂花，反正村里人肯定是要杀掉它的，不如赶紧把大狼狗卖到县城里的狗肉馆，一定能卖个好价钱，省得最后弄个狗财两空。其实马叫驴心里早就想除掉大狼狗而后快了，每次悄悄来家里，它都是大叫大咬的，搞得自己心惊肉跳，惹人心烦。

张桂花不同意。她觉得村里人都太不仗义了，疯狗在村里到处乱转咬人，他们谁也不敢打。大狼狗帮助他们咬死了疯狗，他们却恩将仇报，要把它当做疯狗打死。这人心还不如狗心呢，狗没疯，人却都疯了，还把狗也逼疯了。起先她想把大狼狗偷偷放了，让它逃一条生路，可是每次她把大狼狗解开，赶出院子，大狼狗就是不明白主人的好意，就是不走，赶出去又跑回来。

张桂花没了办法，心想：狗狗呀，给你活路你不走，非得走死这条路啊。只好在一个深夜里让马叫驴把它绞死，连夜拉到县城里卖了。那根长长的狗鞭被马叫驴专门剜下来，挂在了院里的树枝上，等晾干了下酒，好给自己再壮壮阳。

马叫驴绞杀大狼狗，别人没看见，张桂花也不敢看，可是偏偏让小母狗看见了。小母狗时常看着那树上随风飘摆的狗鞭，竟然流泪了。

除掉了大狼狗，马叫驴再来张桂花家里时，就无声无息了，特别得方便自由。那只小母狗没了大狼狗的撑腰，就是解开了狗链子，也乖乖闭上了它的嘴。

一个中午他趁着村里人都午休，就在张桂花家院子里一处比较隐蔽的柴草堆上解开了裤裆，让自己那硕大的"驴鞭"裸露在暖洋洋的阳光下，恣意享受着热辣辣的抚摸。自己也渐渐舒服地打起了呼噜。

"哎哟！"随着马叫驴的一声嚎叫，他感觉到了一种刺痛，从睡梦中惊醒，却看见那条从来不入他法眼的小母狗竟然趴在他的裤裆，死死地咬住了他的鸡巴，鲜血从小母狗的嘴巴里汩汩流出。

马叫驴一声怒吼，就从柴草堆里跳起来，两手死死掐住小母狗的脖子往下搋。没想到小母狗死不松口，马叫驴就转着圈子想把小母狗甩开，小母狗就用嘴叼在马叫驴的鸡巴上，呼呼转圈子。

马叫驴一看不行，赶紧用两手死死地掰开小母狗的嘴巴，抓住它的后腿，使劲儿往院子里的石头上抡，终于把小母狗摔得脑浆迸裂，鲜血横流。

这时，张桂花出来看见了，吓得一声尖叫就晕倒在地上。马叫驴也顾不上救她，赶紧咬着牙提起裤子，爬到叫驴的背上，向村里的赤脚医生徐建兰家里跑去。

徐建兰恰巧正在家里午休。马叫驴冲进屋里，一下子就把裤子脱了。徐建兰迷迷糊糊地睁开眼，一看马叫驴赤身裸体立在面前，裤裆鲜血横流，吓得一骨碌就站起身来。

马叫驴痛苦地说："救——命！"

徐建兰哪里见过这个阵势，已经吓得浑身乱颤，忙问："咋的啦？是张桂花咬的？"

"是狗。"马叫驴已经说不出话了。

徐建兰赶紧翻出了酒精和纱布，哆哆嗦嗦替他简单地胡乱裹了裹，就催促他说："我这里也就这样了，你赶紧到县城医院去。"

说着，徐建兰打电话给村里的狗栓，让他赶紧开车送马叫驴到医院。

马叫驴临出门，还咬着牙跟徐建兰说："保密呵！"

"命根子都没了，还要脸皮，要脸不要命？早知如此何必当初呢。"说着，徐建兰把那一堆血糊糊的药棉球和纱布一股脑扔到了垃圾箱里，又一脚把它踢到了墙角。

（三十二）咱两人相好一对对

田改竹的蔬菜大棚火红起来了。

下岗职工赵壮脑子灵、技术好，在改竹手把手的精心传授下，很快就掌握了大棚菜的基本管理和经营方法，并且凭着他在技校学的知识，不长时间就超过了改竹和周围种大棚菜的农民，成了方圆几十里有名的技术人才。于是，改竹的大棚就热闹起来，人们有了难题就纷纷来找赵壮，比如，什么病虫害、新品种的科学栽培方法等，每当人们围着赵壮叽叽喳喳问个不休，赵壮嘴手并用忙乎着给乡亲们讲解时，改竹总是不由地用种怜爱的眼神望着他，想着他心灵手巧、待人体贴、勤劳憨厚，脑海里就禁不住闪现过一种令人兴奋又羞涩的念头：俺要是有这样的男人该多好！但一想到这些，她就不由得双手遮面，摸一摸自己发烫的脸颊，羞得心跳得像小兔在蹦，再加上赵壮总是抽空儿从众人的包围中探过目光，用含情带笑的眼波向她会心地打招呼，改竹就更越发心慌意乱起来。

赵壮从进大棚的第一天起，就意识到自己的选择对头。女主人改竹从不把他拿打工的看待，而是当做弟弟一般地呵护。她手把手教他种菜的技术，当他一下不明白时，就总狠狠地用眼剜他一下，这目光常使他想起儿时姐姐教他识字的眼睛和他初进工厂师傅那明硬暗温的眼神，他就非但不怕，还常想看到这种目光。他身体壮，饭量大，她怕他吃不惯乡下的土饭，总是尽量调剂出可口而花样多的饭菜，看着他狼吞虎咽的模样，她就欣慰地笑了，这笑容又使他想起了母亲看他吃饭的情景，他觉得女人所有的优点——善良、勤劳、美丽与温柔都集中体现在改竹身上了。他不止一次问自己：当初找对象，怎就只懂得在城里那些温室的花朵里挑来拣去，就不懂得到这田野里寻找这朵自然盛开的朴素美丽的花呢？

月光亮亮的夜里，在其他大棚帮工的外地人难以入睡，就学着当地老年人常唱的山曲，排忧解闷：

> 半碗碗凉水冻成冰，
> 什么人留下扛长工？
> 瓢葫芦开花头对头，
> 扛长工不如个烂箩兜……

赵壮听了，总是微微一笑，他不明白别的帮工为啥总是一股烂腔调，他心里却总是有种说不出的愉悦和希望。他闭着眼，回想着起初改竹教他时嫌他营生做得笨，总喜欢用手打他的手背，他总有一种想伸手捉住她的冲动，忽又觉得不妥。在工厂时，人常说"师傅如父"，这里就应该说"师傅如母"了。可他总有股憋在心头的活水，想流却不能流，就坐起身，吹起了竹笛。

夜深人静，赵壮竹笛的声音随着皎洁的月光，潺潺流进了改竹的小屋，听着这熟悉的曲儿，她听出是本地山曲《隔墙的哥哥难捞探》，就顺着竹笛的音律，在心里默默地哼唱起来：

> 一圪抓山果果二三颗，
> 小妹妹爱哥哥心难活，
> 大把子蘑菇拌凉菜，
> 小妹妹爱哥哥把心病害，

听见哥哥在门前唱，

小妹妹取碗心里慌，

天天见面天天想，

哪一回也从头到脚打量遍，

四眼子缸子两眼眼烂，

叫人家妹妹难捞探……

后半夜，忽然雷声大作，刚入睡的改竹从梦中惊醒。只见天上乌云密布，狂风大作，飞沙走石，改竹抓了把衣服捂在心口，猛地想到该出去看看，可千万别让大风把大棚上的草帘卷走。当她穿好衣服走出门外，只见各家大棚上已站了好多人，手电光在空中划来射去，呼男唤女地喊叫着、忙乎着。她快步来到大棚前，闪电光中，她看见赵壮正忙着用石头压草帘，她忙跑过去用身子压住草帘，好让他腾出手用绳子捆牢。正忙碌着，忽听棚顶"嘶啦——"一声响，一片草帘被风从棚顶上掀起，正急速地翻动着，马上会有被卷跑的危险，赵壮忙从大棚后面土墙上爬上棚顶，费了好大劲儿才把草帘用绳子固定好。这时，杨树叶大的雨点正噼里啪啦地砸下来，改竹急得在下面喊他快下来。他被雨点砸得睁不开眼，手电光里，改竹见他在墙上打了个趔趄，像要跌下来，忙张开双臂护迎他，两人撞个正着，抱着跌到了地上，雨已像脸盆倒水一样倾泻而下，两人却已什么也不觉得了。昏迷中，两人在雨中紧紧抱在了一起，任雨打风吹，两人也无法分开。风雨声中，只听得改竹呜呜地哭了，又一个闪电光亮中，只见改竹一把推开了赵壮，爬起来跌跌撞撞跑回了小屋，赵壮仰面躺在泥水地里，摊开四肢，闭着眼任凭雨水浇打……

那次，金炜明副县长、县联社陆正主任来到大棚考察，当他们问赵壮有何好的想法时，他就把自己思谋了很长时间的想法大胆地讲了出来。原来，赵壮发现钢筋支柱的大棚足有两米多高，而一般蔬菜中高秆菜种得却很少，也就是说，大棚的上半部空间的光和热都浪费掉了，于是他设想着做个立体种养的试验，大棚的地面立体套种蔬菜，上部养花卉。这一想法立即就得到他们的支持，因为这样既避免了浪费空间，同时花卉的价格要比蔬菜的价格高得多，能成倍地增加农民的收入。

改竹听了赵壮的想法，没说什么，只是高兴地笑了，然后抿住白白的牙齿，使劲儿点了点头。按照陆主任的安排，石头又给改竹追加了五千块贷款，赵壮从县城里亲自买回了各种名贵的花卉种子、花盆，以及吊盆用的拉绳、铁圈儿等设备，赵壮就投入了紧张的试育工作中。

经过一段时间的观察试验，赵壮发现韭菜对光照强度要求十分严格，耐荫性较强，生长期间要求较高的土壤湿度，与其他作物间作，对其生长发育影响较少。韭菜与大架黄瓜实行间作，可在基本不减少黄瓜产量的条件下，增收一茬韭菜，或在韭菜减收很少的条件下，增收一茬黄瓜。采用温室或塑料大棚栽培，隔 2~3 畦韭菜间作 1~2 行黄瓜，韭菜可采用中、小拱棚栽培。以黄瓜为主的，一般亩产黄瓜四五千公斤、韭菜两三千公斤，以韭菜为主的，一般亩产韭菜七八千公斤、黄瓜两千公斤左右。就这样他先后试验成功了黄瓜间作韭菜、葱头复种芹菜、秋黄瓜间作平菇、春黄瓜套作夏豆角等立体套种方法。

在金县长、陆主任、巩书记和石头等人的支持下，套种方法很快在菜农中推广开来，巩书记还亲自在乡政府会议室组织开办了大棚种菜培训班，附近的农民都抽时间来听赵壮讲科学种菜的课，一时间，掀起了科学种菜的热潮，赵壮也成了人人尊敬的名人。

赵壮培育的名贵花卉相继开放，进入大棚，下部是层次分明、绿茵茵的各种蔬菜，上部吊着五颜六色的花卉，景致特别好看。在金炜明的帮助下，这些花被运进县城，不到半天就被抢购一空。回来一算账，收入是去年同期的三倍，这一下可不得了，改竹和赵壮在方圆百里成了能人。乡里、县里还组织全县的大棚专业户来香水沟改竹的大棚开现场会，田改竹和赵壮两人忙得都快晕了。

一天晚上，改竹把赵壮叫进小屋，从柜里拿出八千块钱放到桌子上推给了赵壮，赵壮愣住了，不解地问："工钱你已给了，你这是啥意思？"

改竹笑了，望着他说："算奖金还不成？"

"啥奖金，我不要。"赵壮扭转了脸。

改竹拉着他坐下说："俺琢磨好了，你拿这些钱再建个大棚，自个儿干，你是个人才，老给俺打工，太亏、太委屈你了。"

"吃亏也好，委屈也罢，俺——愿——意。"赵壮一字一板地说。

"没出息。"改竹气得也扭转身子不理他了，眼泪便在眼圈里打转儿。

赵壮走过来，双手扳过改竹肩头，两眼深情地望着她说："改竹，你再建个大棚，扩大再生产，我支持你，但咱不要分开，一块儿干，好吗？"

改竹也只好点点头，眼泪却再也控制不住，哗哗流了下来。

改竹的女儿回村度假，一推门，见妈妈跟一个叔叔正商量着什么。她就注意地看了几眼，猛发现这个叔叔好面熟，又一时想不起来，就眨巴着眼睛努力回忆。改竹见女儿一副若有所思的模样，忍不住爱怜地拍拍她的小脑袋，问："想什么哪？"

"我觉得这叔叔好面熟，不知在哪里见过？"

改竹和赵壮都笑了，改竹弯下腰对她说："说梦话哩，你们今天是第一次见面，怎就面熟呢？"

"噢，我想起来啦，"女儿跳着脚说，"是在吴阿姨家里墙上挂的大照片上看见过。"

"吴阿姨？"赵壮和改竹都愣住了。

"是呀，她叫吴丽娜，是爸爸的秘书。"

两人什么都明白了，只是不明白天底下竟有这样巧的事情。

赵壮啥也没说，默默地垂下头干活去了。

夜晚，天有点闷热，大棚里就更显得燥热。赵壮索性脱光了膀子，只穿了短裤、二股筋背心，闷头干活。改竹望着他那结实隆起的肌肉，细细密密的汗珠闪着亮光，心里便有一种莫名的躁动，这时，棚外又有人闲着无聊地在唱山歌：

> 咱把那决心拿起来，
> 把咱这不好活要扔开。
> 要穿蓝来一身蓝，
> 好比那孔雀雀戏牡丹。
> 要穿白来一身白，
> 好比那白萝卜串了苔，
> 山圪瘩上头两块砖，
> 咱俩打伙计解心宽……

改竹听着，心里一阵抽搐，她再也忍不住了，一甩头发，扑上去就从背后搂住了赵壮。赵壮浑身一震，他没有吃惊，仿佛知道这事迟早要发生一样，只是用双手抚定了改竹的腰身，一弯腰，从后背顺势一个倒栽葱，就把改竹放倒在韭菜畦里，接着两人相拥着倒在了菜畦里，于是棚里就响起了一粗一细的喘息声，中间夹杂着幸福的呻吟……

（三十三）有人背后射暗箭

清晨，人民银行县支行高行长领着稽核股股长来到了县联社，一进门，高行长就拍拍陆正肩头说："我找你了解点情况。"

陆正一听，心里就明白了八九分，他知道，那件事迟早会被察觉的。落了座，陆正边给两人沏了茶，心里边琢磨着如何把那件事说明白。

果然，不等陆正开口，高行长就开门见山地说："最近行里收到一封揭发信，揭发香水沟信用社乱发储蓄纪念品，搞不正当竞争，有这回事吗？"

"有！"陆正很干脆地回答。

"有？……"高行长倒被陆正的直率愣住了，缓过神来说，"有，你为啥不阻止？这明显是违规的嘛。"

陆正并没有正面回答，先给每人散了支烟，点燃，猛吸了几口深深地吐出几口烟雾，像是吐出一大口闷气，又好像下了什么决心，他把烟猛戳进烟缸说："行长，其实这件事早就想跟你报告，更重要的是报告一下这件事背后的事情。"

高行长静静地听陆正汇报，才发现还有比这件事更为严重的事情。

那是一天下午，陆正在办公室忽然接到石头打来的电话，电话里石头焦急地反映了一个重要情况。原来县里为达到"户户有棚，村村有车，乡乡办厂"的目标，下硬命令，要求各村配备十辆运菜卡车，村里的部分人见罗山桃、刘小虎等人买车贩菜挣钱，来钱又快又省力，本来就想买车，还有一部分人是被村里指定为运菜专业户的，可这些人手里都缺资金，就到信用社来贷款，石头因为联社下达的贷款规模已满，不能绕规模放贷，遭到了这些人的指责："你们信用社不是专门支持种菜、运菜、加工菜的吗？为啥俺们急需贷款，却又不给贷了？这不是说着一套，做的另一套吗？"

石头耐心地向他们说明信用社内部管理制度和信贷规定，但他们听不懂，也不管这些规定，闹得不欢而散。

后来，石头打听到有的人不得已借了高利贷，利息是信用社的三倍。他又气又急，打电话请示陆正，想要些规模缓解一下运输户的困难，同时狠狠打击一下那些放高利贷的人，不能让他们的阴谋得逞。

陆正听说后，心里也是又气又急。气的是县政府搞什么形式主义，不切实际抓名利政绩工程；恨的是那些猖獗的放高利贷的家伙们乘人之危，吸老百姓的血汗，扰乱了金融秩序，诋毁和损害信用社的声誉和利益，急的是如何解决这一难题。

石头见陆正沉思，忍不住又说："实在不行就再放几个贷款超点规模，咱以后再弥补吧。"

陆正下意识地点点头说："但关键还得有抵押的手续，信用贷款是无论如何也不能再放了。"

"拿什么抵押呢？存折？国库券？"石头着急得大声嚷嚷，"农民有存折还用贷款吗？这也太不实际了。"

"那不行，购车贷款不是一般的小额贷款，少则几千，多则几万，不抵押绝对不行。"陆正语气非常坚定。

电话沉默了一会儿，忽然，石头又惊喜地喊了起来："有了，就叫他们拿供销社给他们打的绿豆白条抵押吧，等变了现那可是跟现金一模一样的，跟吸收存款也没啥俩样，真是一举两得呀！"

"好是好，可供销社啥时能变现？变不了现怎么办？"陆正提出了自己的疑问。

"不会的，每年都变现挺快的。"

"可以考虑，但一定得抵押。"陆正又一次强调。

就这样，为解运输户们的燃眉之急，石头又放出去了二百万元贷款，同时也抵押了二百万元的绿豆白条，心想这可是百分之百的抵押了。没想到，供销社早把绿豆运销到了外地，却就是迟迟不兑现收购农民的绿豆白条。据有人透露是供销社听说农民把大多数绿豆白条抵押在了信用社，便故意不兑现，只给那些没有抵押的白条兑现。急得石头像热锅上的蚂蚁，能不急吗？那么多的绿豆白条放在库里，几乎跟白条顶库没啥两样呀，这可是严重违规的呀。石头他们多次找乡供销社和县供销联社交涉，都推诿不给答复，最后才提出要求把抵押在信用社的那些白条欠款变成给供销社的贷款，这可把两人气坏了，这不是乘人之危、无理取闹吗？双方僵持不下。

由于信用社抵押绿豆白条投放贷款有点猛，资金一下子显得紧张起来，为吸收资金，确保支付，支持蔬菜生产，石头不得已采取了有奖吸储活动，没想到却被人告发到人民银行县支行。

有人怀疑是香水沟农行营业所告发的，因为同行是冤家。

也有人怀疑是县联社副主任袁生贵干的。因为老袁原比陆正资格老，本该坐头把交椅却坐了二把椅。老袁原来是农行干部，放弃了国家银行的优厚条件，主动划转到信用社，最主要的目的就是想要安排几个子女，没想到陆正一上任，就严格执行上级的指示，严禁职工子女接替班，空出的自然减员指标专门接收大中专学生，目的是为改善信用社员工学历结构偏低的落后现状，提高信合员工适应新时代发展的要求，这就无形中打乱了老袁的计划，老袁也曾提出这方面的要求，都被陆正婉言拒绝，因为他不能开这个头，否则，改善信用社员工知识结构的计划就会付诸东流，这就导致了老袁对陆正的不满。据说，最近一段时间，县检察院正在加紧调查农行与联社关于毛皮厂贷款纠纷的原委，同时还在调查县联社盖大楼的经济问题。

陆正听了人们的猜测和议论，微微一笑，摆摆手说："没有证据，千万不要乱猜，这样会影响团结，咱们有违规的地方，咱该挨罚就挨罚，该改正就纠正，至于其他问题，咱心里踏实着哩，身正还怕影子歪？"

众人见陆正这样的态度，也都觉得有点自作多情，就不再乱猜了。

高行长听完事情的原委，微微叹了口气，说："石头同志的做法出发点是好的，也是为了保护农民和信用社的利益，同时也狠狠地打击了那些高利贷，对于那些扰乱金融秩序、损害农民利益的高利贷，我们人民银行也负有清查不力的责任，但石头搞有奖吸储确实是不对的，我们得坚持原则，功过分清，该罚还得罚。经我们初步研究，决定给石头同志记过处分，并罚2000元。"

"高行长，该罚的我们也认了，并且我们联社特别是我应负主要责任，"陆正诚恳地望着行长说，"但是，那笔坑人的绿豆白条，咱人民银行可得出面帮助清收啊，因为据调查那些绿豆款是从农发行贷款收购的，现在，也只有人民银行出面，才能让农发行协助截收。"

"行，这本来就是我们的职责。"说着高行长拨通了县农发行的电话，从行长不住满意点头的面部表情看，这件事有了解决的希望。

高行长放下电话，陆正激动地握住行长的手说："关键时候，还是咱人民银行主持公道有权威呀，有这棵大树，还怕咱信用社不好乘凉吗？"

"滑头，少说恭维话，事情还有点复杂，不过我已告诉农发行，维护农民利益、不向农民打白条是咱们的责任，要求他们先实行'清贷挂钩'的办法，就是供销社不还贷款不能再贷款给他们，万一不行，就强行从银行截留扣除。"

高行长笑着点了陆正一指头，随即脸色又严肃起来，"但是还得给你们部署个重要任务，那就是你们信用社熟悉农村，要协助人民银行查清那些放高利贷的人员和资金来源，从我们掌握的情况看，这伙恶势力越来越猖獗了，已严重威胁到我们农村金融秩序的正常运转，如处理不好，会出大乱子的。"

"Yes。"陆正痛快地接受了这个任务，其实，这也正合他的心意，他早已视那伙恶势力为眼中钉了，有了人民银行的支持，他决心要铲除这颗危害社会的毒瘤。陆正就把郝利仁如何忽悠村民们非法集资的套路跟高行长汇报了一下。

据说郝利仁的豪言壮语是："心胸有多大舞台就有多大，胸怀有多大事业就有多大。"他给内部员工开会的内容是："你们谁有钱，放在银行和信用社又没多少利息，放在咱们单位，给你们利息，让你们得点利，把你们都扶持起来。"据了解，他对员工说的给利息，即 10 万元以下的每月给 2 分利息，10 万元以上的是 3 分，比银行利率高出好几倍，也就是老百姓常说的高利贷。他们为了鼓励公司员工集资，实行的是利滚利的方式循环计算利息。而事实上，二龙沟煤矿的员工们将资金投放进去之后，基本上就没有取出来过，按照利滚利的方式在里面升值。在巨大的利益面前，二龙沟煤矿的集资范围很快就突破了内部的限制，越来越多的员工带着亲朋好友投资入股，对此郝利仁是来者不拒。

陆正他们经常组织员工深入村里普及金融知识，提醒村民们民间借贷与非法集资的借贷关系是高利贷，是不受法律保护的。但前期高额的利息、巨大的诱惑和暴利，加上连许多政府机关的公务员和金融单位的干部员工都纷纷投资入股，更让人们觉得有利可图，不顾一切，铤而走险了。其实县里也有一些涉嫌非法集资的公司，并非一开始就想诈骗，而是公司在经营过程中确实碰到了缺少资金的难题，申请不到银行贷款，只能铤而走险转向民间借贷，以高额利息筹集民间资金。

"是啊，我也听说了一些情况。不过，我得提醒你，"高行长又不无担忧地告诫他，"咱们也绝不能小瞧了那股势力，形势复杂得很，尤其是你们信用社，正处在前沿阵地上，可得做好打硬仗的准备呀。"

两人闲聊了一会儿，最后又把话题扯到了香水沟信用社滥发纪念品一事上来，高行长说："听说你们联社内部有人怀疑或猜测是谁揭发的这件事，你好好教育一下，没这个必要嘛，这样不利于团结。再说，这件违规的事件本来就是事实哇，不管是谁检举，我认为都是负责任的，做得对，你说呢？"

"那肯定是。"陆正笑着说，"您不会认为我是个小肚鸡肠的人吧？"

"哪里。"高行长拍拍陆正的肩头说，"我只想提醒你，千万要加强班子的团结建设，有些事情要考虑到方方面面，多考虑和照顾一些同志们的情绪。"

"谢谢您的提醒和指教。"陆正见行长要告辞，随即客气并不失礼貌地把行长一行送出了大门。

回到单位后，陆正反复琢磨着高行长的话，他在反省自己在哪些地方做得不太恰当，想到联社的团结问题，他又不由地想起前些天，他处理副主任袁生贵的情景。

那是一天上午，田晓华从街上回到联社，气呼呼地向陆正反映说："真气人，信用社的脸都让他们丢尽了！"

"啥事？你这么生气。"

"还啥事呢。"田晓华手指着大街说，"你上街去问问吧，老百姓骂有的信用社与其说支农，还不如说在坑农哩。要想贷款就得让农民买他们的化肥，否则就不给人家贷款。这也太过分了吧！"

"竟有这样的事？在哪里？是谁？"陆正拍着桌子站了起来。

"你到城关社看看就知道啦。"田晓华气咻咻地说。

本来陆正要求各社发放化肥专项贷款，是为解决大棚种菜的施肥问题。在一次县里召开的科技会议上，市科委的一位专家介绍了一种专门适用于日光温室的化肥，陆正听后很感兴趣，特意让各社放贷支持菜农购进这种化肥，没想到却发生了这样的事情。

当陆正气冲冲赶到城关信用社院内时，发现院内真的堆满了化肥。一些农民正不情愿地往马车上装化肥。

陆正拉住一位农民，问："你贷了多少款？这化肥怎么卖？"

"贷啥款呀？"农民气愤地说，"说是贷款，其实俺们连贷款都没摸过。信用社只给俺们办了张贷款借据，现金他们早就扣留了，只让俺们凭借据来拉肥。化肥价格又比别处贵十五块哩。不买也得买，这不是坑人嘛……"

陆正早已被气得双目喷火，朝人群中大喝一声："这是谁的化肥？给我滚出来！"人群中走出两个人，他们不认识陆正，还挺牛气地说："我们老板不在。"

"谁是你们老板？"陆正指着那两人吼道，"把这破化肥给我扔出去！"

那两人见陆正要动真格的了，才不情愿地招出这批化肥的主人竟是联社副主任袁生贵。

陆正一听愣怔了一下，马上上车回到联社，把袁生贵叫到了办公室。

听了陆正一连串的责问，袁生贵脸红了红，叹口气说："陆主任啊，人常言'靠山吃山，靠水吃水'。干哪一行吃哪一行。你说我这快退休的人啦，钱没多挣，还有两个子女工作无着落，我得为他们留点生活的后路哇。咱不能贪污，也不能受贿，更不能做违法的事，只好利用本行业这点方便，做个顺手小买卖，没想到那两个合伙人竟随便乱提价，我不知道……"

"老袁，这仅仅是种'方便'吗？如果我们人人利用这种'方便'，那农民还能信任咱们？信用社的信誉、信合人的良心……"陆正难过地说不下去了。

"陆正，我错了，我去叫他们把化肥拉走，把化肥款退给菜农，把贷款发到农民手里。"说着，袁生贵站起身要走。

"再向菜农们解释一下。"陆正停了一下又说，"我亲自去吧，向菜农们道歉。"

"哪能让你去道歉，我去吧。"袁生贵拦了几下没拦住，就一同上了车。

车上，陆正问袁生贵那两个合伙人是谁，袁生贵只说是供销社的张主任。

"咱信用社还有没有人参与此事？"陆正追问。

"有我也不说了，让我一个人担个骂名算了。"袁生贵叹了口气幽幽地说。

（三十四） 祸起萧墙

田改兰家里富了。

男人何耿红也学会享受生活了，田地的农活全部雇人干了，自己就专门种田改兰的那块"宝地"了。后来田改兰嫌弃他"种地"的家伙不称心，他就逐步退出主力地位了，反正浪费别人的还省下自己的，也懒得费心费力，由田改兰自己折腾去吧，只要挣了钱就行。何耿红自己就买了辆二手夏利汽车，每天开着村里村外显摆。上午打麻将，下午喝喝酒，晚上摸摸马路边洗发店小姐的酥胸。前些天还投资入股了郝利仁的小煤窑，只等着坐享红利吧。村里的李亮有一次专门跟何耿红说过，动物哺乳后代是一种本能，不是美德，也不会索取啥，而人却认为孩子是自己的私人财产，并从孩子身上索取回报，这是不对的，孩子是借父母身体而来，不是为父母而生的。可惜，这番话对于何耿红来讲，无异于对牛弹琴。

徐建兰的生意也越做越会做。有几次，村里几家女人生孩子，徐建兰就主动承揽了接生任务，说自己是正规医疗机构，不像别人的草台班子，明里人都知道这是暗指田春燕。徐建兰在接生时，经常遇到孩子不健康或死亡的，她就建议家长赶紧把孩子扔掉或低价"送人"，她说孩子不健康就很有可能是残疾孩子，一辈子不得好活，对家长、对孩子都是终身的负担，所以长痛不如短痛，快刀斩乱麻，一辈子清净。其实，一些孩子是因为刚刚出生，加上徐建兰故意处置不当，容易给人造成身体不良或快要死亡的误区。徐建兰就安排村里的一个专门吃死人饭的光棍汉，说是把孩子抱走扔了或者送到县城医院门口让人抱养。实际上徐建兰都是让光棍汉悄悄把孩子送到了县城的一个地方，有人专门接应，把孩子转移了。

田春燕几次觉察到了徐建兰的行踪和意图，有几次还跟徐建兰吵了几架。徐建兰竟然还说是自己办好事积德行善，同时帮助田春燕计划生育不超标。把田春燕气得够呛。

如今的村里有点乱。在外面打工的许多村民都陆续回村了，都说外面的营生不好干，有时候辛苦了一年，连一分工钱都拿不到手。听说村里人们靠种菜、运菜、种地都致了富，就都想返乡创业。

田耿义和贺果枝都先后回到了村里，各自回到各自的家门，就此各自恢复各自在家里的角色和地位。唐麦穗和郝月娥也就迅速归位。各自记着各自的好，但谁也不亏欠谁。

但听村里人说，贺果枝回来后，老吃药，好像是治疗性病方面的。据一起外出打工的村里人说，有一次华正茂给贺果枝介绍了一笔业务，为城里一个犯罪被判刑的人人工授精代孕，收了一大笔钱，也染上了病。

田耿义倒还正常。

过了一段时间，许多人都说好久不见华正茂回村里了，有人着急找他，有的是业务繁忙，有的是催要"货款"。魏仁几次回村，村里人跟他问起华正茂的行踪，他都躲躲闪闪没有正面回答，有人心里就不由得泛起了疑惑。

没多久，村里人就传言华正茂被公安局抓了。据说是贩卖婴儿，更有人说，据公安局内部消息，有的人贩子竟然贩卖婴儿的器官，有的人贩子把孩子转卖给孤儿院，孤儿院再转卖给外国人，包括残疾儿童都要，层层赚钱。还有的毒贩子居然用婴儿的身体贩毒。

这下可就炸了窝。村里许多女人们都曾经把自己亲生的孩子"送人"，当时是想着，自己家里穷，给孩子找一个富裕的人家，也算是对得起孩子，自己还能增加收入补贴家用。想一想，如果自己的孩子被一层层贩卖了，有的身体器官还被移植贩卖了，那不就是造大孽了吗?! 孩子虽然自己没有亲自抚养，但毕竟是亲生骨肉啊。如果孩子们真的如传言所说，那就无异于晴天霹雳啊，雷劈了自己，劈了人贩子，都不解恨哪。现在的人怎么人心变得那么狠哪！

何百世老人是村里公认的老实人。一辈子任劳任怨，逆来顺受，是那种蚂蚁都舍不得踩死、绕道走的角儿。村里人都知道他最大的爱好和心愿就是自己的家族人丁兴旺。因此当年他的父亲给他起名何百世，就是希望自家的后代人丁兴旺。开始，他带头鼓励儿媳妇田改兰多生孩子，特别是多生男丁，即使被罚款也不怕，自己主动替儿子、儿媳妇交罚款。后来儿子、儿媳妇孩子多了养活不了被迫送人，却意外得到了一笔不少的"营养费"，从此成了生孩子的"专业户"。

这就让何百世老人觉得意外，有点措手不及，也让他感觉到了绝望。

"啥事都有定数！"这是老人的口头禅，也是他做人做事一直信奉的真理。在他看来，一个人的一生都有定数，同样，一个家族的后代也是有定数的。田改兰把自己家族的后代一个个都"送人"了，那就等于把何氏家族的后人都卖光了。虽然何百世老人多次苦口婆心劝说过儿媳妇，可眼睛里都快伸出手来的小两口，把一个老实巴交的老人的话根本就当成了耳旁风，东耳朵进西耳朵出。这可让何百世老人气恨不已，最终他忍无可忍，作出了让他自己都不敢想的举动，震惊了世人……

（三十五）洋钢琴和土唢呐

陆正这几天心情很不好。

香水沟二龙沟煤矿的郝利仁非法集资风险爆发，郝利仁连夜跑路不知去向。

许多投资入股的城乡居民砸了郝利仁的别墅和煤矿，举着白色条幅堵在县委、县政府门前上访，黑压压的人群水泄不通，讨还血债的口号此起彼伏。有的甚至站在县委办公楼楼顶，威胁要跳楼自杀，要求尽快抓住郝利仁，讨回血汗钱。有的扶老携幼，手举着被骗后倾家荡产、无法生存的状子，恳求政府为民做主，救死扶伤。县委书记、县长在大院门口被包围，上不了班，也出不了门，后来在公安武警的帮助下才突出重围，在公安局直拍桌子，要求县里公安执法部门尽快破案解决问题；同时要求严加防范，坚决阻止受骗居民到市里、省里甚至北京上访告状。

郝利仁非法集资案件涉及贺富贵和城关信用社主任凌志，两人被抓，案件正在调查。

案件的执法人员进驻城关信用社，进一步调查凌志的犯罪事实。陆正作为亲戚，采取了回避政策。市信合处和人民银行县支行、银监办也派了稽核、监察人员参加调查工作，这无疑更加重了他的思想负担。他心里憋着一肚子气，窝着一腔怒火，放也没法放，诉又没处诉，连家也不能回，一回家凌兰就哭就闹，搞得他身心疲惫不堪，心乱如麻，又不自觉地向文化馆走去。此次上官益也受到了牵连，被取保候审，送进了禁毒医院，他又如何面对上官云呢？

陆正走进文化馆院内，发现院内比往日更加寂静。他走近上官云的门前，发现门上着锁，看门的老头佝偻着腰在默默地扫着满院的落叶，见陆正投来问询的目光，便抬起那张满是沧桑的脸，声音沙哑地说："上官去了北街鼓匠摊上唱歌挣钱去了。"

陆正愣住了。上官的抉择大大出乎他的意料，按上官的秉性，让她跟鼓匠唱戏讨吃，就是八台大轿也难请去的。忽然，他明白了，是因为上官益，他默默地低下头走出了院门。

一阵冷风吹来，他不由得用手紧了紧大衣。说实在话，对于凌志和上官益的事，他至今还在深深自责，深感自己没有尽到职责。对于凌志，他走上迷途也不足为奇，但对于上官益，他总觉得上官益是个受害者。他也曾想过帮上官益一把，可查这个案子的是上级行派来的稽核、纪检人员，自己很难插手，他知道，上官益是上官云生活的希望和支柱，上官益吸毒，跌倒了，上官云自然就万念俱灰了。他猜测，上官云被逼卖唱，定是为赚钱给上官益治病，唉，人到了没办法的时候就啥办法也能想出来了。

年轻时，上官云跟李胜利有过一段感情，后来因为两人性格不对路，就不再来往。李胜利已经把上官云当做一辈子的女人，他要永远忠于自己的爱情，不管上官云爱不爱自己。在陆正看来，李胜利的爱其实就是一种"愚"爱。尽管陆正和上官云也相知相识，交往了一段时间，但由于家庭成分问题，两人最终还是没有走到一起。陆正是个文艺爱好者，特别喜欢听上官云那行云流水般的琴音。在这个小县城里，上官云就像一道高雅靓丽的风景，让他爱慕不已。他凭着自己的感觉，觉得上官益应该是自己的儿子。想到这，陆正心里不由得一阵阵心痛。

陆正顺着北街没走多远，就听到了架子鼓、唢呐声。到了跟前，他见一家院门楼上挑着白幌，身穿白色孝服的人出出进进，院墙边用木棍搭了个简易戏台，台上还安装了扩音喇叭，摆满了架子鼓、电吉他、拉号、笙、锣、鼓、唢呐，台下围了一圈子人，指指画画等着看热闹。一通锣鼓响过，班主先站到台前，表演他的拿手戏——捉老虎。只见他嘴吹唢呐，左手按眼儿，右手却以迅雷不及掩耳之势拔下了唢呐头，把它当做老虎，在唢呐杆上旋转翻腾，忽上忽下，忽前忽后，忽左忽右，矫若游龙，快如疾风，什么老虎上山、小虎下山变幻多样，铜光闪闪，使人眼花缭乱。忽然，一个饿虎扑食，人们见唢呐头迎面飞来，不由得往后一缩身，吓得低头躲避，一眨眼，却又见那唢呐头已稳稳当当地套在了唢呐杆上，呜里哇啦地吹起来。

"好！"人们齐声喝彩。

"真是他娘三辈没儿，绝了！"

接着又出来一男一女两人表演二人台《打樱桃》。

男（唱）：想妹妹想得手腕腕酸，

　　　　　　拿不起筷子端不起碗。

　　　　　　哎哟，三天没吃半口饭，

女（白）：三天不吃饭还能受得了？

（唱）：想哥哥想得心慌乱，

　　　　　半后晌想起个吃早饭，

　　　　　哎哟，煮饺子下了一锅山药蛋，

男（白）：你连个软硬也不摸一摸。

（唱）：想妹妹想得着了慌，

　　　　　蒸莜面坐在水瓮上，

　　　　　哎哟，蒸了半天冰巴凉，

女（白）：锅口和瓮口不一样，还摸不出来？

（唱）：想哥哥想得迷了窍，

　　　　　吹火火吸住了火苗苗，

　　　　　哎哟，差点儿把妹妹嘴烧了。

男（白）：烧哪儿了？让哥哥看看。

说着捧住妹妹嘴就乱啃乱亲，众人齐喊加油。

陆正夹在人群中看着，觉得虽有些黄，但也不失幽默，也就随着笑了。他也想把烦恼抛在脑后，故意笑得很响。

过了一会儿，上官云出场，当她报出戏名《刘干妈探病》时，场下的人们不高兴了，他们纷纷叫嚷："不听素的，不听素的，要唱就唱荤点的，唱《十把摸》，唱《十把摸》吧！"

上官云作难地扭头望望班主，希望他出来解围。班主却装作没看见，眼闭着就吹起了《十把摸》的调子，上官云只好跟另一个男唱手唱起了《十把摸》。起初，上官云被男唱手摸得羞愧难当，眼泪便在打转转。陆正看得难受，但也不便作声。台下观众不满意，嫌上官云的表演不到位，就起哄，要轰她下台。

上官云也忽然看见了台下的陆正，手脚就更显得迟缓僵硬，当男唱手唱着"一把摸到妹妹的臭水沟"时，手使劲摸到了上官云的阴部，她再也忍受不了，一扭身哭着跑下了戏台。

陆正随着上官云一前一后来到文化馆院内，进了屋门，两人谁也不说话，上官云给他倒了杯水，就打开琴盖，使劲弹起钢琴来。

陆正点了支烟，默默地坐在沙发上，静静地听她疯狂地弹琴。湍急的琴声发泄着上官云的激情和无奈，也冲刷着她的羞辱与委屈。这些日子，她总是在思考一个问题：国家经济发展，各行各业都进步，但文化事业却在走下坡路，是什么原因呐？是这一代文化人无能，还是文化体制不适应市场经济要求？但她找不出答案。陆正知道，文化馆已五个月没发工资了，她还得承担着上官益住院治病的高额费用。想到这，他不由得生出无限的愧疚和怜爱，自己该为她做些什么呢？

忽然，门被撞开，只见鼓匠班的班主鼓着一付大鼓匠脸，瞪着双满是眼屎的灰蓝眼，一步跨进了上官云的屋门。他看见有人在座，也不避讳，一屁股跌在上官云干净的床上，伸直腿，鞋也不脱就横躺了上去，陆正一看，心中蓦地像被猫抓了一把，他明白了这个"鼓匠脸"和上官云的关系，但他简直不能相信，在他心目中那么多才而又圣洁的上官云，竟然能屈身于一个这样乞丐样儿的人。

上官云也看出了陆正心中的愤怒和不快，猛站起身来，喝斥班主："滚起来，死猪样躺在这里算啥样子？"说着，抚了抚被鼓匠压皱的床单，拍了拍上面的尘土。

"哟嗬，今儿个怎一本正经起来了？""鼓匠脸"撇了撇嘴，"别在这里充圣母娘娘了，你今天砸了俺的牌子，还没跟你算账哩。"

"啥牌子？简直就是耍流氓！"陆正手指"鼓匠脸"骂起来。

"干啥？""鼓匠脸"乜斜了一眼陆正，"俺认识你，大名鼎鼎的财神爷，可俺们不求你贷款你就不值钱。说白了，你那钱是公家的，俺的钱是自己的。"说着，他从怀里抽出一沓钞票，猛甩在床上，"俺的钱能给上官益治病，你敢吗？不敢就少在俺面前摆穷酸样儿。"

陆正怒不可遏，猛指着"鼓匠脸"吼道："你、你滚开！"

"滚？你滚还是俺滚？""鼓匠脸"一脸的不屑和得意，反而赖在床上伸展开四肢，装出一副惬意的样子。

陆正再也忍不住了，冲过去就把"鼓匠脸"从床上像拎死猪一样给拽起来，没想到，上官云这时却一反常态地冲上前，猛地把陆正推开，板着脸说："你少管闲事，你走吧。"

陆正一下子愣住了，揪"鼓匠脸"的手也不由地一松，眼睛瞪得溜圆，像不认识似地盯住上官云，上官云把脸一扭，脸上既没有羞耻，也没有怒愤，很平静地望着窗外。

"鼓匠脸"一看这阵势，知道上官云向着自己说话了，就更加得意忘形，从地上爬起来，整整衣衫，又重新躺到了床上，还故意哼着歌，乜斜着陆正，向他示威。

陆正呆呆地站了足有两分钟，才猛然又回到现实中。他终于明白了自己并不是个受欢迎的人，上官云也并不把他当做什么人，她早已是钱迷心窍，她早已同那些下流之辈同流合污了，她……

陆正再也想不下去了，手脚僵硬地推开门跌跌撞撞朝门外走去。上官云望着他离去的背影，再也克制不住心中的悲愤，眼泪顿时涌出了她忧伤的双眼，一伸手把钢琴上肖邦塑像狠狠地摔在了地上……

（三十六）绿菜苗竟爱听音乐

有人说，李胜利真是个神经病，至少种菜也是跟人不一样。别人种菜，几乎全部都上化肥、打农药、喷除草剂。李胜利不，既不上化肥，全部用农家肥，也不喷农药和除草剂，导致菜虫出没。李胜利要坚持传统的种菜手法，培育纯粹的绿色蔬菜，绝不靠染色素和催熟剂害人。他的绿色蔬菜出了名，附近的许多人都来预订，价格反而比其他的菜农还低，惹得一些菜农对他很有意见。

更让人发笑的是，李胜利在日光温室里种菜，竟然还给蔬菜听音乐，并且放的是《大海航行靠舵手》。有时候李胜利还专门给蔬菜朗诵毛主席诗词。

事情也真是奇怪，也许是蔬菜们心情舒畅，尽管不用化肥、农药、催熟剂，却长得苗壮茂盛，销量大增。跟他一起种菜的村民们销路不畅，就想沾沾他的绿色蔬菜名气，跟他商量，把大伙儿的蔬菜都以李胜利的名义出卖，给他提成，被李胜利一口回绝。

有一天，李胜利卖菜回来，发现自己温室里的蔬菜都打蔫了，后来才发现，原来有人趁他外出，故意给他的蔬菜打了除草剂，气得李胜利在大棚附近治理整顿了好半天。大棚邻居赵壮跑来帮忙，建议李胜利赶紧给蔬菜打一种抵消除草剂的农药，可以让蔬菜重新焕发生机。李胜利也断然拒绝了，自己连夜把蔬菜砍掉倒进了沟里。这一次足以让李胜利半年的心血和汗水付诸东流，损失惨重。

赵壮也替他惋惜，对李胜利是又佩服又可惜。他终于明白了别的菜农富得流油而李胜利穷得流血的原因了。

这天阳光很好，大棚里一片葱绿。田改竹和赵壮正在往钢筋架上吊花盆。改竹手托盆鲜花正闭着眼凑到鼻前去嗅，赵壮见她一幅痴迷的模样，忍不住悄悄地在她额头亲了一口，改竹猛睁开眼，腾出一只手拍打着他的胸脯，嘴里低声说："谁让你偷着亲，谁让你偷着亲。"

正打闹着，忽然，大棚口门帘一撩，钻进个蓬头垢面的男人，改竹伸长脖子细瞅了瞅，愣住了，手一软，"咚"的一声花盆掉在了菜地上。

赵壮不认识来人，只是奇怪地看着改竹，她低着眉头把手在衣襟擦了擦，低声对赵壮说："他、他回来了，俺、俺得去打点一下。"说着手忙脚乱地去了。

赵壮这才明白，原来是贺富贵回来了。

原来，贺富贵的皮包公司被查封后，法院没收了他的所有财产。他被行政拘留后，还被进行了罚款处理。吴丽娜也被拘留起来，这次回家就是凑钱交罚款的。

傍晚，改竹趁空儿跑进了赵壮的房间，跟他说了贺富贵的来意。

"你不能给他钱，那可是你的血汗钱。"

"可、可他也正有难处，他说俺要是不帮他，他就上吊去死。"改竹手搓着衣襟说。

"你们不是离婚了嘛？再说，他、他那种人会上吊？"赵壮气愤地指着那边小屋说。

"离婚是口头说的，也没真离，怎说他也还是孩子他爹。"

"那、那你准备把钱给他？那还不是肉包子打狗?！"

"他说，交了罚款，他就能回村里住，安安分分做庄稼人。"改竹说着，不安地望着赵壮。

"那你还打算跟他过？"赵壮紧盯着她问。

"你、你容俺再想想。"改竹作难得眼泪汪汪。

赵壮心一酸，他不再说什么，只是冲改竹摆摆手，让她回去。改竹用手抹了抹眼泪，低着头匆匆走了。

晚上，村里几个本家亲戚来看贺富贵，改竹就炒了几个菜，让大伙一块喝酒，还专门来叫赵壮过去一块喝几盅，赵壮说啥也不过去。

赵壮走出小屋，清楚地听到贺富贵在炕头上吆五喝六地喝酒，还说什么："那个打工的不过来，就算啦，别叫啦，说到底，他也是个扛长工的。"

赵壮的心猛地被刺痛了，转身回到小屋，拿出竹笛，来到离大棚不远的树林里，吹起了哀怨的曲调。

不知是巧合，还是有意戏弄，有人在夜里吼起了山歌：

> 青石板栽葱扎不下根，
> 心中的亲亲合不上婚。
> 石砌砖墙刮不进风，
> 天配姻缘合不上心。
> 忻州的白菜并州的葱，
> 咱二人纵然好也没喝过交杯盅。
> 墙头画马不能骑，
> 小妹妹怎好也是人家的妻。
> 人家的老婆人家的妻，
> 扔下俺那哥哥没人理……

过了几天，有人说赵壮要走了。

村人传说，贺富贵本家同姓同族的人往赵壮小屋里扔了石块，砸碎了玻璃，还传话让他滚出这个村。也有人说，贺富贵听到了什么风声，揪住改竹的头发按倒在炕灶旮旯狠命地打，赵壮见了上前拦阻，俩男人又撕打在一起，听说是贺富贵吃了亏，因为他长期吸洋烟，虚了身子没力气。改竹谁也没偏向，只是蹲在地上捂着脸哭。

还有人证实，根本没这回事，是赵壮提出要走的，改竹苦拦都拦不住。

不管怎样说，反正赵壮要走倒是确切消息。

信用社主任石头听了，来到了赵壮住的小屋。

"听说你想走。"

"是的。"

"为啥？"

"不为啥，我只觉得我待在这里不合适。"

"那你喜爱的营生呢？金县长和陆主任希望你搞出名堂，帮帮乡亲们哪，你忍心半途而废吗？"

"不会的，我不会半途而废的，更不会辜负金县长和陆主任的期望，我只是想换个环境。"

"那也好。只是希望你不要走出俺的管辖范围，咱俩的合作还得继续下去。"

乡亲们听说赵技术员要走都赶来挽留，赵壮被乡亲们淳朴的友情感动得流了泪。

赵壮离村的那天，半村子人都来送行，只是没看见改竹的身影，此时，她不知正躲在哪里流泪呢。石头帮他捆了行李，放在牛轱辘车上，要送到山那边的村子去。

牛车出了村摇晃着上了道，赶牛车的老头坐在车辕上，甩了个响鞭，小曲便随着鞭声骤然响起：

> 甜不过那冰糖辣不过蒜，
> 好好的朋友鬼打呀那散。
> 雪圪蛋砌墙冰盖呀那房，
> 露水的夫妻不久呀那长。
> 大大的灯盏满满一灯油，
> 长长的火焾子燃不到头。
> 大菽荠开花花扎呀那根，
> 牵牛花开花那一早的晨。
> 穿衣镜照人真又呀那真，
> 花篮篮打水那一场的空……

　　石头听着，起先还有滋有味地摇头晃脑，后来就觉得不对劲了，他看了看赵壮，悄悄在老头的大腿上拧了一把，老头才意识到曲对口人不对头，就不好意思地哼了几声，狠猛打起牛来了，"你这偷懒的死牛，看俺不打死你。"

　　石头望了望远处的塑料大棚，多像蓝天中的片片云朵，又像绿海里的点点白帆，看看身边一声不吭的赵壮，一股留恋之情涌上心头，也禁不住清清嗓子，唱了起来：

> 窗棂开花帘朝外，
>
> 真心眊你你不在，
>
> 槐树树来结槐花，
>
> 街门上遇见你没说话，
>
> 你在那圪梁俺在沟，
>
> 有那个心思咱摆摆手，
>
> 豆角开花弯回来，
>
> 不想走了你返回来……

　　返乡后的贺富贵，开始还真有点金盆洗手的决心，还帮着改竹料理了几天大棚，可没过几天发现割了一茬菜才卖几百块钱，还不够他过去的一瓶酒钱，二茬菜还不知等到啥时才能再长成，心里烦闷，在大棚里憋得转来转去像困笼里夯拉着尾巴满屋子乱窜的狼。过去花天酒地、灯红酒绿的生活，如今却是粗茶淡饭，每天在大棚里憋一身臭汗，再加上欠外面的债催得紧，他又一次咬咬牙偷偷地重操起了"老本行"。他每天晚上，召集三里五村的赌徒们狂赌，自己则在旁边及时"放红"牟取暴利。改竹的大棚小屋在村外旷野上，正好成了赌徒们偷赌的理想场所，每天棚里屋外出出进进尽是些贼眉鼠眼的货色，大口喝酒，随地吐痰，哈欠连天，脏话连篇，整个大棚被折腾得乌烟瘴气。改竹拦了几次也没拦住，气得整日以泪洗面，心中更加思念出走的赵壮。

　　一天夜晚，乡派出所得知赌徒们又在大棚里赌，便组织了几个民警来捉赌。当民警冲进大棚外面的小屋时，赌徒们惊得四处逃窜，有几个慌乱中窜进了改竹的大棚里，没命地躲藏，把大棚里的花卉蔬菜践踏得遍地狼藉，追跑中，花盆也被砸了，西红柿也烂了，黄瓜也断了，甚至有几处塑料棚面还被捅破了。最后，民警居然又在大棚深处的一块菜地上惊起了一对"野鸳鸯"，原来是一男一女两个赌徒正在"顶卯"（女的输钱不出现金，让赢钱的男人沾点皮肉便宜），两个人连裤子也没来得及提起，就被逮个正着。

事后，有人怀疑是改竹告的密，可又一想，改竹那么软弱根本做不出来，后来人们才弄明白，原来是罗山桃卖菜回来发现有人聚赌，便悄悄报了案，替改竹出了口恶气。

（三十七）风云突变

接到县委宣传部通知，说这天上午省扶贫办组织的记者采访团到清河县采访，总结清河县联社扶贫经验，推广清河县委、县政府在香水沟乡兴建蔬菜基地的做法。

在去县委的路上，金炜明心情沉重。他意识到自己的许多想法和做法被扭曲了，他的扶贫计划是切合实际的、可行的，也是有效的，但没想到县政府会盲目地扩大生产，一哄而起上企业，忽视了销售这一重要的市场环节。尤其是今年入秋以来，由于蔬菜销路不畅，加上脱水蔬菜加工厂遍地开花，菜农们大量的蔬菜被以先收购后付钱的方式收购进各个加工厂，更没想到，外贸政策突然有变，脱水蔬菜出口受限，国内也仅有几家方便面调料厂订购了一些，其余绝大多数产品都积压在厂内。全县各脱水蔬菜加工厂由于没有统一的组织领导，各自为政，在一些个体客商面前相互诋毁，竞相压价，形成了内讧，加上产品质量低劣，多数厂家产品滞销，堆在仓库里发了霉，更严重的是，收购农民的白条子兑不了现，使农民们致富的希望成了泡影。

进了县委宣传部会议厅，省扶贫办的记者们早已摆好了摄像机，摊开了采访本，正在听朱县长大谈建设蔬菜基地，富裕一方农民的经验。只见朱县长打着手势，介绍着本县出于耕地少、天气寒的实际，制定了"户户搭棚、村村买车、乡乡办厂"的战略措施，据统计全县已建大棚1004个，购进运菜车223辆，兴建脱水蔬菜加工厂25个，初步形成了产、加、销一条龙以及菜、工、商一体化发展的新格局，使农民的年人均收入由3800元提高到18000元，有15个乡镇提前脱贫，加入了小康行列……

金炜明听着觉得浑身不自在，心里倒佩服朱县长的镇定自若。对于今年全县的蔬菜生产和销售形势，朱县长不是不清楚，但为了宣传县政府的政绩，当然也为宣传自己的政绩，不惜说假话、套话、空话，而且一点也不脸红。据大家传言，县委书记要调到市里任职，朱县长马上就要升任"一把手"，难怪朱县长的积极性这么大哩。

朱县长正讲着，忽然门外一阵吵闹，会议厅里的人都禁不住侧目注视着门外，只见玻璃门外人影晃动，像是工作人员在阻拦什么人。

不一会儿，工作人员登上主席台，趴在朱县长耳边嘀咕了几句。朱县长脸色一下子严肃起来，忙对坐在旁边的宣传部长交代了几句，便匆匆离开主席台向门外走去。路过金炜明座位时，朱县长向他伸手挥了挥，金炜明觉得又像打招呼，又像招呼他出来一下，略一思考，他也起身跟了出去。

一出门，金炜明便看见门外堆满了黑压压的人群，有几个领头的喊一定要见朱县长，朱县长忙向农民们招招手，示意大家安静一下。几个领头的见朱县长出来，便当场提出了要求。原来这些都是来自各乡的菜农代表，他们手握着一沓沓白条，要求县政府出面，督促各脱水蔬菜加工厂兑现。朱县长忙向农民们解释今年国际国内脱水蔬菜市场的困境，请求菜农们宽限一段时间，以大局为重，克服一下暂时的困难，待政府和各厂想办法后，一定及早兑现处理。

金炜明站在台阶上，望着菜农们捏着白条、裂茧遍布的手指，有的还缠着胶布，渗出斑斑血迹，菜农们黑瘦的脸上皱纹纵横，他们饱经了风霜，辛苦了一年，不知流了多少汗水，得到的却是几张白条，而且是根本没有指望兑现的白条，他的心不由地一阵发紧。

朴实善良的菜农们听了朱县长的解释和承诺，便再也说不出什么，只是默默地对视了几眼，他们相信朱县长的话，因为朱县长是代表县政府的，每个人心里都怀着兑现的希望，把那些白条小心翼翼地重新放进贴身的衣袋里，慢慢地转身走了。

为避开省里来的记者，朱县长没再回会议厅，而是回到小会议室休息处。他又让刘秘书召集了县乡镇企业局局长、几位在会场的脱水蔬菜加工厂厂长，共同研究如何处理兑现菜农们手中白条这件事。

众人一时无语。朱县长让几位厂长发言，他们也只是一味地抱怨市场，埋怨政策，人人诉苦、发牢骚，简直是一副束手无策的样子。

朱县长不高兴了，猛地站起来，指着厂长们喝斥："都闭嘴！你们只知道抱怨，牢骚满腹，有困难才需要你们解决，啥问题也没有还用你们干啥？现在是问你们如何解决这棘手的问题，主要是如何办。"

众人面面相觑，一时连话也没有了。

朱县长把探询的目光向金炜明射来，金炜明便把自己这几天来的全部想法讲了出来："我觉得现在关键不是国家政策的问题，而是我们存在的技术设备差、产品质量低、缺乏统一的销售渠道等问题，一哄而起缺乏规模优势，各自为政、小打小闹，一遇风吹草动当然难以承受市场的冲击。我建议，关闭一些作坊式的小企业，把几个技术设备好的企业兼并，成立集团公司，形成'船大抗风浪'的优势，再由县政府牵头，全县统一组织销售公司，拓宽销售渠道，占领市场。"

朱县长听了不住地点头赞同，而其他小厂长们听了都呲牙咧嘴不同意，他们每人都有一把小算盘，现在他们都好不容易熬成了一厂之长，兼并了，谁管谁？谁说了算？

会上确定，现在当务之急是各厂派骨干力量赶紧外出找销路，催回款，解决农民的白条兑现问题，如果农民再次上访，那就不好办了。

对于金炜明提出的建议，朱县长说要把意见带到县委会上研究后再作决定。

中午，县委办的人通知金炜明去县招待所陪记者吃饭，金炜明没心情，独自回单位了。

（三十八）小煤窑前的闹剧

　　郝利仁跑路后，县里的法院对其企业和财产进行了判决及拍卖处理，尽力为上当受骗的人们把损失降到最低。其中通过资产评估，对二龙沟煤矿进行了拍卖，富民煤矿的矿长罗亮收购了煤矿。香水沟乡政府对此持不同意见，因为按照收购协议，主要是优先偿还信用社的贷款和当地村民的集资资金，原属二龙沟煤矿的主管单位乡政府却得不到补偿。

　　县里专门成立了"打非吸办"（即"打击非法吸收民间资金办公室"的简称）。朱县长和金炜明组织研究，要求各有关公安和金融单位严厉打击非法集资活动，但也不能"一刀切"，对具有一定实力、有土地等资产而暂时资金周转困难的企业，在政府的积极协调下，贷款银行要做到不抽资、不压贷、不上浮利率，并通过转贷、展期等办法，帮助其渡过难关，促进当地经济稳定健康发展。

　　金炜明还通过法院的法律程序，协助村民把郝利仁过去非法抵押村民的土地证和林产证重新返还给了村民。

昨夜一场暴雨，清晨的空气显得有点清冷，微风吹来，树叶还沙沙地往下滴水。县法院的两名法官、县联社的田副主任、信用社的石主任按规定如期赶到二龙沟煤矿办理移交工作。

当县法院和县联社的人赶到煤矿门口时，发现门里门外已站满了人，石头记得这些人大多数是原煤矿的职工。他心里纳闷，职工们怎会知道今天要办移交，又怎一下子来了这么多人，连过去一直不上班的老弱病残都支撑着来了，看来有人已事先做了手脚。

大门朝里紧锁着。汽车停在门口，司机一个劲儿摁喇叭，也没人给开门，人们都抄着手冷冷地注视着他们，仿佛在怒视着一伙来犯之敌。一名法官走下车，一边从公文包里掏判决书，一边问人群："你们的领导在吗？吴乡长、杨矿长来了吗？"

"没来，有啥事跟俺们说吧。"

"跟你们说顶事儿吗？"法官很不客气。

"怎不顶事儿？俺们是企业的主人，你敢看不起劳动人民？"人群里有人在挑衅，"你们今天是来没收俺们的煤矿吧？凭什么？"

"不是没收，法院按照法律程序已把煤矿判给信用社抵贷款，同时偿还部分村民的部分集资款项。"

"你们替信用社卖命，吃了不少好处吧？那可是印钱的地方哇。"又有人在七嘴八舌附和。

年轻的法官一听火了，指着说话的几个人"谁再造谣诽谤，小心把你们扣起来。"说着又转身问，"谁是看门的，把钥匙拿出来。"

看门的老头冲出人群扬扬手中的钥匙，愤愤地说："钥匙在这儿，不给你，你还能把俺给坐禁闭了？"

"拿过来！"法官边说边朝老头儿走来，并一把揪住了钥匙，而老头则向后挣扎，人群中有人顺势喊："法官打人啦！法官打人啦！"

人群呼地朝门口涌来，法官和老头被人们挤倒在门前的泥水里。"打狗日的，他们不让咱活，跟他们拼啦！"

"砰——砰——"汽车玻璃被砸碎了。

"不能这样，这样做是违法的。"另一名法官和田副主任、石主任喊着冲进人群往外拉法官。

"打呀，全不是好东西！"人群中有人又喊。田副主任、石主任身上也挨了拳脚，田副主任头发也被揪散了，身上干净的衣服被弄满了泥水。石主任的脸上被人抓了一把，渗出了殷红的鲜血。

这时，吴乡长、杨矿长不知从哪里钻了出来，跳着脚大喊："都住手，都给我住手！"

人群渐渐地静下来。吴乡长叉着腰训斥："你们这么多人来干嘛？想上班吗？下辈子吧！有什么意见可以向上级反映嘛！这样打打闹闹的成何体统？啊——"

"笛——笛——"随着急促的喇叭声响，一辆汽车飞驰过来，吱一声停在了门口。陆正从车上跳下来，转身从车上扶下两位年近七旬的老人，同时，从另一面车门走下一位西装革履、气度不凡的中年人。

"爹！"吴乡长脱口而出，他看见从车上下的一位老人竟是自己的父亲吴万里。

"你、你还记得你爹?！"老人抖着手指着地上的碎玻璃和满身泥水的法官、田副主任、石主任，哆嗦着嘴唇说，"你还是个乡长哩，你看你竟干些啥？"

"爹，这是职工们干的，我是来阻拦他们的。"

"你瞎说，这些人还不是你昨晚上打电话叫人找来的?"

"你、你老眼昏花了吧？爹，我是干部，怎能干这种事儿?"吴乡长涨红了脸急忙辩解。

"你、你咋老是跟信用社过不去呢？你知道你的命是怎来的呀?"说着，吴万里老人从衣袋里掏出一张纸，抖着手展开，展现在人们面前的是一张发黄的借据。"大伙看清楚了，这是一张信用社的借据，一张四十年前的借据，它只有三十块钱，可它救活了你们吴乡长一条命哪。四十年前，你们的乡长只有五岁，得了急性病，俺四处借也没钱抓药，是当时的信用社主任陆海，也就是陆正主任的父亲，"说着，他拉住身边的另一位老人，抹着泪说，"及时借了俺这几十块钱，买了几副草药，才捡回他一条小命啊。"

吴乡长愣住了。过去，他只知道自己小时候得过一场大病，是几副草药救了自己一条命，却不知道这几副草药是用信用社的贷款买来的。

吴老伯抹了抹泪花，又说："这三十块钱的贷款俺一直没有还，每年只打利息，不是俺不守信用，俺是舍不得这张借据呀，在俺心目中这不是一张普通的小借据，它简直就是一张救命符呀。"

在场的人听着，无不为之动容。

沉默了一会儿，人群中有人说："吴老伯，您说的那是过去的信用社，现在呀，人家硬是要夺咱的饭碗哩。"

"谁说信用社要夺大伙的饭碗？"陆正高声问道。

"这是和尚头上的虱子，明摆着嘛，煤矿虽然一直停产，可它就算是只空碗也还有只碗，有个指望，如今，你们把它卖了，那简直就成寡妇死了儿子，没指望了。"

"你错了！"陆正拉着那位一块来的中年人登上一个水泥台阶，激动地说，"乡亲们，咱们煤矿关门已经挺长时间了，它每停一天就会加剧亏损，只有让它转起来，才会变成'一只会生蛋的鸡'，所以，只有通过信用社把它收回来，再转卖出去，它才有希望转起来。"

"收回去当然对信用社有好处，你们只考虑信用社的利益，跟咱农民有啥关系？"不知谁在人群中嘟囔。

"这话说得实在。"陆正笑了，"我们是在乎信用社的利益，因为只有信用社办好了、壮大了，才能更好地支持农村经济，但是，我们更多的还是考虑到企业和农民的利益。现在我向大家介绍一位全市出名的农民企业家罗亮同志，从今天起，他就是这个煤矿的新领导。"

人群一下子都把目光集中在罗亮身上。罗亮同志望了望大家，声音颤抖着说："乡亲们，我罗亮搞了这么多年企业，像陆主任他们这样一心一意支持企业、关心农民职工的干部还真是不多。大家也许想不到，我在向信用社购买这座煤矿时，他向我提出三个条件，啥条件呢？"大伙相视一下等着罗亮的下文。

"一是规定购买煤矿的款可以分期付，为啥要分期付呢？这样就使我有充足的资金来尽快地启动恢复生产的程序；二是必须在原有农民职工中择优上岗，这样就使大家又获得了重新上岗的机会；三是企业盈利时必须给原入股农民分红，让大家增加收入。大家说，这样的政策咱拥不拥护？这样的财神好不好？"

"好！好！拥护！拥护！"众人激动地嚷成一片。

"好，我宣布，本矿从明天开始正式恢复生产！"罗亮同志郑重宣告。

"哗——"人群中掌声响成一片。

这时，天放晴了，暖暖的阳光透过雨后清新的空气，把大地照得一片亮堂。

吴乡长耷拉着脸，走近陆正说："你小子，怎想起搬我爹来了，害得我丢人现眼。"

"我早看出你要设置障碍，这叫'卤水点豆腐，一物降一物'。"陆正笑了。

"你的鬼心眼儿比蜜蜂窝还多。"吴乡长半阳半阴地搭腔，心里想，咱们就骑驴看唱本——走着瞧吧！

（三十九）风雨夜血案

今年雨涝。香水沟乡一带遭受了几十年不遇的涝灾。金炜明和当地的农村金融机构一起忙着抗灾救灾，发放贷款，帮助村民购买抗灾救灾物资，渡过难关。

凌晨，陆正的房门被猛地推开，只见田晓华泪流满面地闯了进来，泣不成声地说："快、快，石头被、被杀害了……"

"啊?"陆正惊呆了，过了好一会儿，他才缓过神来，"快，快说，被谁杀的，报警了吗?"

田晓华难过地点点头。

等陆正和公安局刑警队的人赶到现场，现场周围已围了不少人。

香水沟派出所的干警正忙着保护、勘察现场。陆正同刑警队长一起走近石头的尸体旁。只见石头斜躺在小河河面上，肚子上一个血窟窿，流出的血把河面染了一大片，一夜风雨虽冲淡了不少，但仍渗出一种深红，阳光下显得十分刺眼，触目惊心。

一辆旧摩托陷在河水里，已被砸得斑驳不堪，陆正仿佛看到了石头受伤后痛苦挣扎的情景，他流着泪，想上前抚摸一下石头，被派出所所长拦住了，他说："据现场查勘、分析，凶手很可能是本地人，并且相当了解石头的行踪，奇怪的是，据法医判断凶手并没有给石主任以致命伤，而是石主任负重伤后，失血过多昏死在河面上的。可以说，凶手并不想置他于死地，而是以抢钱为主要目的。"

一阵摩托车声响，信用社的小马飞奔而来，一下来，他就扑倒在现场旁，泣不成声。他是早晨才听说石主任被害的，他边哭边向公安人员讲述说，昨天下午，他跟石主任转了两个村，及时发放救灾贷款九千多块，这几天救灾，信用社资金挺紧张，石主任和他又连夜到大棚菜农们那里收回了一万五千块贷款，傍晚，晚饭也没吃，这几天下雨，石主任就让他先回家，为安全起见，他自己想连夜把钱款送回信用社，谁料想会发生这等惨事。

一名刑警勘察说，石头手上满是油污，地上还有拆卸的摩托车零件，看来是摩托陷在河水里熄了火，他是在修理摩托车时遭受的袭击。

随后赶到现场的公安局局长立即布置任务，成立专案小组，要尽快破案擒拿凶犯，追回钱款。

专案小组设在了县联社，陆正觉得应设在香水沟，那里离现场近，办案调查方便，可公安局的人执意要设在县城，大概考虑到村里的生活条件太差吧。每天中午、晚上来食堂吃招待饭的公安车辆停了半院，有的是专案组的，有的陆正都不认识，说是专案组同行打电话让他们来吃饭的，并跟陆正解释说："破案工作涉及局里许多有关股室，哪个环节工作上不去，都会影响破案。"陆正只好苦笑着说："应该，应该，只要能抓住凶手，破费点也值。"

基层派出所的干警十分辛苦，日夜奔波在附近村庄。专案组人员每天听取派出所干警电话汇报破案进度。一日，专案组的一位负责人说，据可靠情报，犯罪嫌疑人有可能逃到了深圳，可能偷渡潜逃，需要警方出外追踪。陆正听了一愣，心想，罪犯只抢了两万块钱，跑到深圳偷渡可能吗？但又不便明说，再说贻误了抓捕时机，可担当不起，只好让会计提出差旅费，让公安人员连夜出发。

过了几天，南下的公安人员回来了，说排除了犯罪南逃的可能，有可能向北方大草原逃窜，于是又向北追踪了几天。

会计趁专案组人员不在场，拿出机票、宾馆费、饭费让陆正过目，悄声嘟囔说："石头被抢走两万块，可不到半月，咱的费用就超过了两万五千块了，这案子赔钱赔痛了，还不如不破。"

"胡说！"陆正压低声音喝斥会计，"废话少说，破案要紧。"

几天过后，公安人员拘留了杀害石头的凶手，并当即进行了审讯。在强大的攻势下，凶手不得不低头认罪。

原来，在村里偷放高利贷的头目就是郝利仁，幕后操纵策划者是贺富贵。他们放高利贷的资金来源主要是从城关信用社凌志那里骗取的贷款，还有从乡镇居民手中骗取的非法集资。

据罪犯交代说，他们因赌博输得一塌糊涂，就借了高利贷又赌，又栽了进去，被高利贷的人逼得走投无路，得知石头连夜收贷的消息，就授意他们埋伏在石头回信用社的必经之路进行抢劫。他们趁他半路修车时，从背后用木棍打昏了他，抢到提包一看没钱，就又搜石头的身体，发现他把钱都藏在了内衣的大口袋里，几个人就手慌脚乱地扯石头的衣服，石头醒过来，拼命反抗，其中一名歹徒用匕首划他衣服时，由于他死不松手，就在他肚子上扎了一刀，趁石头不省人事，才把钱抢走。

后来据公安人员讲，起先贺富贵百般抵赖，只交代放高利贷一事，死不承认参与杀人一事，关键时刻是因修水塔而死了儿子的陈仙出来作证。

原来，陈仙死了儿子之后，整个空荡荡的大院就剩下她孤身一人，每到夜里就害怕得瑟瑟发抖。后来，贺富贵一伙因在大棚赌博"放红"被惊散，就把目光瞅准了陈仙的独院。陈仙素日与人少有来往，院里清静安全，几次贺富贵派人登门求租那几间空房都被拒绝，她不愿与他们这样的人交往。贺富贵就心生一计，派人半夜里装神弄鬼，吓得陈仙吱哇乱叫，无奈中，陈仙点了头。贺富贵一伙就常在夜里到陈仙这里偷赌，陈仙劝过几次，可每次贺富贵都扔几张钞票给她，说是房租红利，弄得她赶也不敢，住也不是。

那天夜里下着雨，她半夜上厕所，披衣走到院中，发现贺富贵租的房间人影晃动，耳听贺富贵说："弄了半天，才搞来一万五千块，太少了，那剩下的钱怎还？"声音虽低，但夜深人静，她仍听得清楚。

案发后，她又念起石头曾帮她兑换残币，她才有了后半辈子养老金的好处，当她听说贺富贵死不认罪时，就鼓起勇气主动到派出所作证，贺富贵做梦也没想到，自己在江湖闯荡了大半辈子，竟栽在了一个孤寡老人的手里。

（四十） 真魂魂跟上你走了

塞外的深秋，一片枯黄。只有光秃秃的黄土丘陵与满目沧桑的古烽火台，孤寂地凝视着田野里发抖的枯枝败草。早年，寒冷使当地的农民大都躲进了土窑洞的热炕头上，或闲得爬在炕上看地上墙角的老鼠打架，或抠着臭脚丫斗嘴抬杠，或咬着耳朵传闲话，或在晚上跳人家墙听别人房，或敲别人门装狗叫惊人家睡觉，被人家臭骂一顿又落荒而逃……

如今在信用社的支持下，当一排排整齐的大棚像一个个硕大的蘑菇鼓起来挡住了外面的风寒，创造了一片绿色时，农民们才真正体验到勤劳与富裕的关系。一些专家来此考察后称赞道：这是一次北方农业的革命，它创造出寒冬里有春天的奇迹，彻底打破了夏忙冬闲的传统，延长了劳动时间，增加了农民收入。尽管农民们嘴上笑着说，他们是芳四姐的命、十二个月的忙，可当一茬茬蔬菜换来一沓沓钞票时，他们心里就乐开了花，就常念叨陆正和石头的好处。

对于石头的牺牲，多数人认为他是个英雄，是为了保护集体财产而英勇献身，但也有人颇有微词。上级来的调查组中就有人认为：他独自一人押钞，违反了双人押运的安全保卫条例。另外，不少人反映他的生活作风有问题。鉴于此，上报"石头为金融卫士"的请示迟迟没有批复。有意思的是，香水沟信用社一下子同时住进了两个工作组，一个是整理石头先进事迹的宣传报道组，一个是调查石头工作失误和生活作风的监察组。

可石头的尸体总不能一直停在那里呀，于是，陆正决定先下葬，追悼会待上级批复下来再开。

老百姓听了可不干，纷纷来找陆正，责问他为啥不给英雄开追悼会，盖棺了还不能定论。陆正眼含热泪向乡亲们做了解释，乡亲们听了，头摇得像拨浪鼓，嚷嚷说："公家咋这么多的穷讲究、穷规矩？那好，你们公家嫌这怕那，俺们老百姓不怕，俺们就给石主任盖棺定论——他是英雄！我们要给他配阴婚，开追悼会，你们管不着！"

陆正不便说什么，只是紧握住乡亲们的双手，任凭眼泪流个不停。

以罗山桃为代表的乡亲们征求了石头家里的意见，也征求了改梅的意见，一致同意为石头配门阴婚。人们都流着泪说："石头生前尽为乡亲们着想，没享过什么福，死后也得给他成个家，让他在地下也有个伴。"联社的员工们得知后，有人认为不妥，觉得有损于石头的形象。陆正听了摆摆手说："民心不可违哪，由他们去吧。"

正巧，前些日子，燕百合联系了往来司机，想给她父亲配阴婚，联系好了一个死去的单身女人，就先让给石头了。就这样，乡亲们捐款集资，从山外一村里买回一位刚出车祸死亡的二十多岁少女的尸骨，停在了村外小棚里，等待同石头一同下葬。

开追悼会的这天，老天也仿佛知人意，飘起了连阴雨，田野、村庄白茫茫一片，洒落的雨点像满天的白纸花，阵风卷过，天地间霎时竖起的风飘带如同硕大的白纸幌，在天空中荡来荡去。

灵棚前摆满了各式各样的花圈，其中最精美、最别致的一个大花圈是改竹和赵壮等菜民们制作的。人们从花圈上花的颜色和香气就不难发现，这个花圈所有的花都是真正的鲜花，也就是大棚里立体种植的鲜花。

灵桌上陈列着各种供菜，有许多都是未加工的新鲜蔬菜，有的菜上还沾着露水，在棚内电灯的映照下，一闪一闪地泛着荧光，像颗颗饱含深情的泪珠。

供销社送来了乡下人没见过的供品——烤整乳猪。据说，这是他们专门从县城定做的，乳猪通体呈白色，上面浇了白糖，闪闪发亮，猪身两侧刻了两行大字：清正廉洁，无私奉献。

金炜明和陆正等人以私人朋友的身份参加了追悼会。

开追悼会前，煤矿罗亮矿长拉了一车砖赶来，说这砖是专门用煤换来的，要给石头垒一个结结实实的砖坟。陆正见状上前阻拦说："你们的心意领了，可要这样做，会给他添麻烦的。"

"啥？"罗矿长瞪大了双眼，"人死了还有麻烦？简直是天大的笑话，俺才不管那一套。"

陆正叹口气，在这些"土八路"面前，他总是显得软弱无力。

追悼会开始了，既无悼词，也无仪式，只见上官云领着闻名全县的鼓匠班子，在灵棚前搭起台子，她指挥着中西结合的乐队竟奏起了《安魂曲》。

哀乐声中，只见乡镇干部、信用社职工、农民、煤矿工人、菜农等黑压压跪倒一大片，抽泣声、哀乐声随着雨花漫天飘舞。

忽然，人群中一阵骚动，只见山桃跌跌撞撞闯进大棚，泪流满面地点了三炷香，磕了三个头，双手把香举过头顶，插到香炉里，喃喃地说："石头，你怎连招呼不打就走了呢？俺也没机会报答你的恩情了。生前，俺给你两样东西你不要，今天，俺也只能给你生前你不要的一样东西啦。"说着，她从怀里搜出一沓钞票，就着蜡烛就点。

信用社人冲上去，夺下她的钞票说："山桃，不能啊，烧人民币是违法的呀！"

"你们别管，违法俺自己承担！"山桃喊着，被信用社职工们拉进屋里了。

李胜利来了，他推着红旗自行车，径直站在石头的灵前大声朗诵，用一段毛主席语录纪念他："以中国最广大人民的最大利益为出发点的中国共产党人，相信自己的事业是完全合乎正义的，不惜牺牲自己个人的一切，随时准备拿出自己的生命去殉我们的事业，难道还有什么不适合人民需要的思想、观点、意见、办法，舍不得丢掉的吗？难道我们还欢迎任何政治的灰尘、政治的微生物来玷污我们的清洁的面貌和侵蚀我们的健全的肌体吗？无数革命先烈为了人民的利益牺牲了他们的生命，使我们每个活着的人想起他们就心里难过，难道我们还有什么个人利益不能牺牲，还有什么错误不能抛弃吗？"

改梅领着一男一女两个孩子，披麻戴孝，知情人就指点着说，那个男孩就是石头的亲儿子，改梅跪在灵前呜呜咽咽哭起来：

> 庙前庙后瓦扣瓦，
> 可怜妹妹失了你。
> 红鞋绿鞋都穿过，
> 穿上白鞋最难过。
> 青山羊下下双羔羔，
> 一对对扔下俺单爪爪。
> 心上难活街上站，
> 过来过去是人家的汉。
> 公鸭子飞走母鸭子吼，
> 恩爱的伙计携手不到头。
> 一对对白鹅水上浮，
> 人里头数不过俺命苦。
> 阳婆落在山畔畔上，
> 眼泪流在脸蛋蛋上。
> 你走阴曹你管你，
> 扔下俺在世上活受罪……

众人正抹眼泪，忽见田守义身穿白羊皮袄，头扎白手巾，手拿快板，也哭着唱起来：

> 小山雀飞在圪针上，
> 你病疼在俺心上。
> 泪蛋蛋是那心中的油，
> 俺不难活它不流。
> 吃一次豆角抽一次筋，

交一次朋友伤一回心。

羊羔羔吃奶双膝膝跪，

咱俩结成干兄弟。

苦菜开花黄腊腊，

你走了俺心灰塌塌……

陆正再也听不下去了，转身冲出人群，独自向野外走去，越走越远，直至被雨花淹没……

按照当地的习俗，在死者出殡的前一天，要进行告庙仪式。如今的村里大庙大都已经倒塌或是被拆除了，人们就在过去大庙的遗址上凭空祭拜。也许祭的就是记忆，拜的就是心中的神灵。

鼓匠和戏班子狂吹猛奏，歌舞飘摇。演出的大多是欢快喜庆的曲调，人死为大，丧事喜办，入土为安，生死狂欢。这暗含着人哭着出世、笑着入世的哲理。

次日出殡后，从坟地回来的孝子贤孙们，都必须要经过大门口摆放的一盆水里洗手，水盆里还放着一把刀，洗手后，就表示从此与死者阴阳两隔、刀割水清，永不来往。

燕百合和罗山桃等乡亲们为石头配阴婚，是通过她熟悉的一个汽车司机，联系好了一个女子的尸骨，并已商定支付女方彩礼钱六千元整。她已向那司机预付了定金两千元整，其余的四千元在女方送来尸身时结清。石头下葬那天，配阴婚的女方来了两个男子，直接把"新娘"的尸身送到了坟上。两人拿了"聘礼"四千元就想匆匆走人。山桃觉得奇怪，因为按当地的乡俗，女方一般都会派人来"送亲"，并且会一直在现场等到下葬合坟完毕后才挥泪洒别。燕百合和山桃问那两人女方家人为啥没来？那两人支支吾吾说女方家人怕伤心过度就不亲自来了，委托他俩送来。说完两人就匆匆忙忙跳上一辆三轮摩托一溜烟走了。山桃觉得这事有点纳闷，但因下葬人多事杂忙得晕头转向，也就在脑子里闪了闪便抛到脑后去了。下葬完毕后，众人将所有的花圈、长钱纸、引魂幡，以及金童玉女、汽车、别墅、电视机等纸扎，统统烧光。

过了一些日子，邻省的和当地的派出所民警找到燕百合和罗山桃家追查她们给石头配阴婚的事情。原来邻省村里一个去年被煤车撞死的二十多岁的女青年尸骨被盗，据警察侦查作案人就是那天送尸身的那两个男人。据他们交代，警察就顺藤摸瓜找到了罗山桃家。现在那两个盗尸人和中间牵线搭桥的司机已被拘留，燕百合和罗山桃听后惊得目瞪口呆，半晌说不出话来。

燕百合和山桃到了派出所，民警例行公事地查问了一下她们买尸身配阴婚的过程，与司机和盗尸人交代的几乎一样。民警又征求了一下男女双方的意见，双方都表示后事由两家协商处理，民警就负责处理那两个犯罪的盗尸人，不再开棺取尸了，因为依据当地乡俗随意动尸惊魂对双方都不吉利，后事就由两家自行处理。

燕百合后来才知道，她请司机买个女尸身，这个司机便又委托其他人帮忙，开价四千元。司机委托的中间人找到村里常年给死人抬杠送葬的那两个男人，没想到他们为了净赚四千块，索性就在燕百合和山桃要求送尸身的前一天晚上，偷偷挖开了邻村一个被煤车轧死的女青年的坟墓，把尸身连夜送了过来，并谎称是替女方家人跑腿。巧合的是，警察在调查中发现，被配阴婚的女子竟然还是帮百合联系女尸的司机撞死的。警察就忽发联想，说那个司机是不是为了卖尸而故意制造车祸的。这下可把司机吓坏了，连呼冤枉。后经调查，警察认为司机作案的时间不符，因为他是在燕百合跟他联系之前撞人的，这才排除了连环作案的可能。

燕百合和罗山桃向女方家人赔礼道歉，并且说明了自己的想法：这本来是件好事，两个孤魂在地下也有了伴。可没想到中间出了这么大的波折。但不管怎么说，这事生米已做成了熟饭，不管是阳亲还是阴亲，反正两家已成了事实上的亲戚。山桃把警察追回来的六千元钱又转交给女方家，算是给女方家的"彩礼"。女方家又提出男方岁数过大，与女方不相匹配，提出增加"彩礼"两千元，山桃赶紧应承。

阴婚风波才算初步平息。

（四十一）柳暗花明

　　燕百合为了摸一摸菜市场的行情，也为了多赚些钱，就在县城菜市场的一角租了个摊位卖菜。

　　刚开始几天，百合有点不习惯，菜市场里人挤人、人挨人，嘈杂声一片，空气又极不好，各种菜味跟牛肉、羊肉、鸡肉等味混杂在一起，呛得百合直流眼泪。这对于呼吸惯了清新空气的百合来说，真是受罪了。

　　几天过去了，百合也渐渐适应了这里的环境和顾客。随着她一手称菜一手收钱，她也逐渐明白了生意是怎么做的，钱是怎么挣的了。经过一段时间的揣摩，百合发现这些城里人总喜欢寻找什么"绿色蔬菜"，她不觉一笑，心想蔬菜本来就是绿色的，为啥还要找什么"绿色"？后来她才发现越是菜叶上有小洞洞的蔬菜，人们越喜爱。原来人们以为这种蔬菜上的农药少，才会有虫咬的小洞。越是没有一个小洞、又绿又亮的蔬菜，人们就怀疑是洒过农药，或是用有毒药水泡过、洗过的。她看城里人挺可怜，花钱买菜也吃不踏实，不如村人自家地里种自己碗里吃的放心。想一想，她觉得城里有的地方还真不如农村好，难怪城里人整天说乡下总比城里好哩。所以，燕百合就主要出售李胜利和自己大棚里的绿色蔬菜。

就这样，一晃一个月就过去了。

一天，自己摊位的蔬菜不够卖了，就和几个菜贩子到郊区的蔬菜大棚里去进菜。到了那里，百合发现那一带全是蔬菜大棚，虽然已是寒冷的冬天，寒风凛冽，可当百合走进大棚时，竟发现棚里比春天还春天，到处是绿茵茵、嫩生生的蔬菜。在帮菜农割菜时，百合竟然在菜畦旁发现了几苗苦菜，百合在村里自小吃苦菜长大，娘从小就跟她说苦菜不苦，还能败火。因此她一看见冬天里还有苦菜长大，就喜滋滋地拣了几十苗苦菜。菜农贩子笑着说那苦菜都是野生的，附近的棚里挺多的。

回到菜摊上，百合一边卖菜，一边抽空把苦菜拣好了，顺手放在一旁，等下班后回到住处自己调了吃。有一位老大娘走过来买菜，她一眼就发现了那一小堆嫩生生、绿茵茵的野苦菜，她不由地伸出手拨弄了几下。这时又有一位五十多岁的男子也来到菜摊前，他也看见了那一堆野苦菜，他二话未说，两把就把那些苦菜抓到了自己的菜篮子里。那位老大娘一见急了，忙从那男子的菜篮子掏出苦菜，还说那是她先看见的，她已决定要买下了。那男子说他也要买。百合本来想说这野苦菜不卖，是她拣来自己要留着吃的，但她一看那两人快要吵起来，只好劝说这种苦菜不能多吃，每人各拿一半正好，这才平息了一场争吵。

望着两人如获至宝的情景，百合忽发奇想：既然城里人这么喜欢这些山野苦菜，自己何不到郊区大棚多收点，肯定能卖好价钱。于是，第二天，百合又起了个大早，赶到郊区的大棚里，动员菜农们把棚里野生的苦菜挑了卖给她。菜农们自然愿意，连这些野生的草都能卖钱，他们又何乐而不为呢？不一会儿工夫，百合就收集了三四十斤野苦菜。

回到菜摊上，百合把这几十斤野苦菜拣了拣，又用清水洗了洗，不一会儿就被抢购一空。后来还有人打听到这摊位上有野苦菜，就跑来问寻，还表示愿出高价买，只可惜再高也没货了，因为货少才又显得金贵呢。

百合找到了一个挣钱的窍门。她每天一大早就去收苦菜，早上赶回来，忙着拣菜、洗菜，还在地摊上竖起块小木牌，上写"野苦菜专卖"。一时间生意火爆，天天供不应求，顾客们就跟她预订。她按顺序排队，照顾好这些专爱吃苦菜的人们。

　　百合的野苦菜专卖生意越来越红火了。

　　一天上午，百合刚从郊区收菜回来，就看见摊前站了一位衣着华贵、满身珠光宝气的年轻女人，不买菜也不说话，只是一个劲地盯着她看，百合被她盯得有点不好意思，就出于礼貌问她："大姐，来点苦菜吗？"

　　"菜？"那女人嗤着鼻子笑了一声说，"这也叫菜？那是草。"

　　"草？"百合愣了一下，不由地点点头笑笑说，"对，也是草。"

　　"你知道草和菜如何区分吗？"那漂亮女人又问。

　　"那、那怎区分呢？"百合可真不知道。

　　"那我告诉你。"漂亮女人在摊前来回走了两步说，"同样的植物，人吃了就叫菜，兔子吃了则叫草，明白了吗？"

　　"对。"百合听了觉得人家说的既有道理又有趣，她笑着说，"大姐真有意思，来点吧，吃了既美容又下火。"

　　百合的"野苦菜专卖"生意越做越红火了，原本百合盘算着再租两组柜台，让苦菜也大大方方、敞敞亮亮地走上柜台，省得它们可怜巴巴地躺在地上的犄角旮旯里，仿佛真的天生就是苦菜的命。可由于苦菜菜源缺乏，量少挣不了太多钱，再租两组柜台就加大了成本，卖菜的挣头就会减少。郊区蔬菜大棚里的野苦菜毕竟有限，再加上也不是人家菜农的主要品种，人家有时间了就拣点，忙起来就顾不上了，有的拣了也自家留着吃了，这么好的苦菜，谁不爱吃？于是，百合就不由地想起了村里满山遍野的苦菜，挑也挑不完，吃也吃不尽。想想那么多的苦菜在山野里自生自灭了，百合心疼得不行，可村里谁能想到，这些平时连猪都不爱吃的东西，到了城里却成了香饽饽、钱串串了。前几天，百合忽然冒出一个想法，那就是动员村里的乡亲们上山拣苦菜，她来负责收购出售。可又一想，那春、夏、秋三季山里、地里满是苦菜，可到了这滴水成冰的冬天，村里除了狂风大作、飞沙走石，就剩下黄乎乎的一片了，哪里还有苦菜的影子？

　　百合每天躺在床上想着家乡苦菜，实际上也想家了。这段时间的买卖确实不错，也挣了几个钱。可百合并不快乐，她不喜欢这种城里的生活，这里没有一出门就瞭见山和沟的敞亮，只有一块几尺见方的小地摊属于自己，稍微往旁边挪一点，就会有人跟她急。尽管每天她脸上浮着笑，可回到家里脸上却是一脸的倦容，很少有亮开嗓子笑一通的时候。那地摊周围全是冰冷冷、湿淋淋的水泥，只有她两脚站的那个地方是干的，因为周围只有她这个村里来的人心里还有股真诚的热气。有时候她应付城里那些挑剔买菜的老太太都快招架不住了，她们哪怕是一根杂草叶也得剔除，蹲在百合面前挑来拣去的，百合的心都快被她们翻动的手搅烦了，恨不得抓起一把菜扔给她们说：快别剔了，我送给你一把，不收钱，免费，好吗？周围也没有亲戚朋友，每天卖完菜就只能在出租房里待着，憋得她都快成了哑巴。

还有燕百合看不惯有些城里的女人，她亲眼看见几个城里女人刚从狗肉馆出来，不小心踩到一条宠物狗脚上，吓得大声尖叫、花容失色，差一点就要晕倒的样子。有的在胸前比画着"十字"，有的念着"阿弥陀佛"，一个劲地抚摸小狗，像母亲抚摸孩子一样。百合就奇怪了，城里的女人刚刚对待小狗像儿子，转身却能满嘴油舌地吃狗肉。啧啧，咱村里人可做不到。

也就在这个时候，宋小蝶从村里打来个电话，借口说宋根红病了，让百合回家，还说要是百合不回去，小蝶也要回娘家去了。这让百合感到挺意外的。本来这买卖做得挺顺当的，挣钱也可以，这让她半途而废，岂不太可惜了？再说了这回村去啥钱也挣不上，那债务几时能还清？那一家老小吃啥喝啥？可要不回去，宋小蝶跑回娘家，那岂不又等于拆散了人家？自己该怎么办呢？

后来回村后，百合才听说是村里有人在宋小蝶耳边乱嚼舌头。有人说百合在外面眼面宽了，见的好男人多了，那本来就是个废物的宋根红在她心目中岂不更成了废物点心？也有人说百合这女人本来就心高胸野，在大地方待长了，九头牛也拉不回来了。更有人说百合在外面挣钱多是好事也是坏事，好事是能还"饥荒"了，坏事是女人一旦有了钱，就会变心，把全家老小全甩了云云。宋小蝶听得头皮发麻、发紧，她回想了一下自己的经历，可不是吗？女人不都跟她一样吗？坏了，坏了，得赶紧想法儿把百合拽回来。日子穷就穷点吧，穷了穷过，也还算是个完整的家，富了可就不一定还是个完整的家了，于是，宋小蝶就打电话让百合回家。

百合回到村里后，首先就开始还债。走在街上，乡亲们见了百合大都会问："百合，又去还债了？"

"对，又去还债了。"百合笑吟吟地说，仿佛还债在她心目中是一件最开心的事。她还常跟人说，"我天生就是个还债的命。"百合嘴上是这样说的，心里也是这样想的，她觉得她这辈子欠别人的太多了，也许是上辈子自己就欠下别人的了，上辈子没还完，这辈子接着还，要不怎会是这样的命运呢？她觉得欠好多人的，她觉得凡是欠人家的就是对不起人家的，对不起人家的就得还债。但百合这人认命却不认输，自己既然是还债的命就应好好还债，不能偷懒，不能破罐子破摔。而且她有信心把债还清还好，让别人说不出半个"不"字来。

在村里的几天，百合还跟村长闫福到乡里找了一次巩书记，巩书记很热情地接待了她。百合讲了她在城里的所见所闻，也讲了讲她的一些想法。她想让乡里动员乡亲们在塑料大棚特别种一些苦菜等山野菜，这些菜由她收购并出售。至于她是只在城里设摊卖菜呢，还是一起同乡亲们种大棚菜，再联系城里的菜摊主卖呢，到时再说，反正不影响给乡亲们卖钱就成。同时她还计划建个苦菜罐头厂，夏天做好了冬天也可以到城里卖。

巩书记听了百合一番话，不由得对百合刮目相看，心里暗暗佩服百合的眼光、胆识和她吃苦耐劳、百折不挠的精神，忙说好好跟乡亲们合计一下，争取把这项目作为致富的龙头项目，通过百合这条线连接城乡，架起一座共同致富的桥梁。

燕百合还特意找到了李胜利。她让李胜利就专门种苦菜，她知道只有李胜利才能确保绿色，全部由自己来包销。跟别人的品种不一样，也省得别的菜农挤兑李胜利。

李胜利一口应承，表示要下定决心，排除万难，大干一场，争取更大的胜利……

（四十二）山高人为峰

　　庄户人啥苦都能吃下去，可一遇到文化技术活儿就烦恼。自赵壮被逼离开香水沟，这里菜农们的景况就一天不如一天，遇到几场病虫害，如番茄早疫病、菜豆枯病、油菜霜霉病等，损失了不少。有人虽去山那边的饮马河乡请教过赵壮，但毕竟没有过去那样方便了，蔬菜的质量和产量也明显不如过去。这一带大棚出产最多的是黄瓜，而黄瓜有一种"黄瓜疫病"，俗称"卡脖子"、"秃头"、"死秧"，常成片死秧和烂瓜，黄瓜茎、叶和果实均可受害，但以蔓茎基部及嫩茎节部发病较多。茎部病多在节处发生，初害部呈暗绿色水渍状，后溢缩变细，有时几节同时发病，使病部以上瓜蔓萎蔫，最后全株枯死。叶柄症状和茎部相同。被害叶片多在叶缘和叶柄连接处产生不规则水渍状暗绿色大斑，天气潮湿时，病斑扩展很快，常造成全叶腐烂。近地面瓜条易得病，病部出现暗绿色凹陷斑块，潮湿条件下，病部表面产生稀疏白色棉絮状菌丝体。

　　赵壮用"长春密刺"、津杂 1 号、青鱼胆、北京刺瓜治疗，药到病除。

他还教乡亲们注意，畦面不要积水，降低土壤水分，以控制病苗蔓延。同时他提醒菜农们浇水前发现中心病株应立即拔除深埋，如发现疫病，还需及时喷药，药剂有 25% 瑞毒霉可湿性粉剂 600 倍液、75% 百菌清或 64% 杀毒矾 M8 可湿性粉剂 500 倍液，连喷 2~3 次。

看看，如此人才，怎能舍得放弃呢？

据说赵壮在饮马河乡又发展起来一大批温室大棚，除了沿用香水沟的上种花、下种菜的做法外，还在大棚内加了大暖气片，彻底改变了过去北方因温度不够而不能生产开花蔬菜的传统，同时引进了大量的开花作物品种，蔬菜品种比过去翻了一番，产量也比过去增加了两倍。

山桃和狗栓从北京回来也说，人家饮马河的蔬菜无论是品种还是质量，在北京都很受欢迎，而香水沟的生意越来越不好做了。于是，村民们就萌生了再把赵壮请回来的念头。起先想让改竹出面说说情，可改竹不肯，她感到自己对不起赵壮，跟他见面惭愧得很，尽管自赵壮走的那一天起，她无时不在想念他，盼望他能早点回来。

没办法，村民们只好推荐了五六个代表前去饮马河请赵壮。

在饮马河的温室大棚里，他们找到了正在忙碌的赵壮，赵壮见到乡亲们很是高兴，也越发勾起他对香水沟改竹的挂念，可他觉得自己一时还不能回去。一来自己在饮马河开辟的事业刚刚开始，而且正在走向兴旺，不能半途而废，二来自己又从城里领来了近二十多名同厂的下岗工人，还需要自己照顾，更主要的是改竹还没有表态，他就不能回去，因为他实在忍受不了那种爱的熬煎和折磨。饮马河乡的菜农们知道了香水沟菜农的来意后，很是气愤，他们觉得香水沟人在危难时期抛弃了赵技术员不够义气，更意识到赵技术员被抢走面临的损失，便对香水沟来人怒目相向。

香水沟人认为赵壮是他们培养出来的技术员，因情况特殊才离开香水沟的，现在情况不一样了，就应该回去，觉得有理走遍天下，便也不甘示弱。最后，赵壮劝也劝不住，双方动起手来。毕竟香水沟人少，要不是赵壮拼命劝阻，可就吃了大亏了。

几个代表回到香水沟，乡亲们一看他们鼻青脸肿、气恨恨的模样，就知道事情没办成，情急之下，乡亲们不得不把目光对准了改竹。

其实，改竹也很焦急。自从贺富贵回来，自己花钱替他还了债，也就觉得自己尽了为人妻的责任，从道义和良心上得到了一些安慰，尤其是贺富贵回来后仍恶习难改，参与杀害石头兄弟，被判无期徒刑，与他离婚后就更觉得这辈子与他的缘分走到了尽头，心里对赵壮的思念就如大棚里的青苗一天比一天高，思念之情也一日比一日浓。但她了解赵壮的性格，她不开口，他是不会主动回来的，赵壮也不会无缘无故地丢下饮马河的乡亲们，这该怎么办？她在苦苦琢磨着。

村里贺富贵家族的人也有许多是菜农，他们认为贺富贵已是另一个世界上的人了，也就不再庇护他了，而且他们也认识到过去对待改竹和赵壮的不公平，也来劝改竹，让她把赵壮接回来，自己好好过日子，也为乡亲们造造福。

思来想去，改竹决定还是悄悄去见赵壮一面。乡亲们听说，都高兴得不得了，纷纷自告奋勇愿为她当保镖，最后选了五六个精壮后生护送，又挑了辆好马车，马摘了铃铛，还在马蹄子上裹上棉布，乘着夜色，悄然出发了。

到了饮马河，找到赵壮的住处，几个后生把改竹送进赵壮的房间，便忙散在四处站岗，酷似当年地下党接头。当改竹突然出现在赵壮面前时，两人什么话也没说，一下子就拥抱在一起，把委屈和思念都化成了泪水，尽情地流淌。要不是外面有人，他们都恨不得把对方生吞活吃进肚里。

正当两人沉浸在重逢的喜悦之中，外面忽然响起一片嘈杂声，赵壮知道，这些日子饮马河的乡亲们怕他离去，早对香水沟人有所防备，一定是被他们发现，忙跑出屋外，果然，香水沟的几个人已被饮马河的人围了起来，正对峙着。

赵壮怕闹出事情，忙大喝一声："谁也不能再胡来！你们要是再乱来，我就马上离开，回城里去。"

这一嗓子可真顶用，乡亲们都清楚要是把赵技术员气跑了，那就谁也捞不到好处，于是，谁也不再乱动。

改竹等人在赵壮的护送下出了饮马河，在村外小道上赵壮抚摸着改竹的头发安慰她说："不要着急，咱们想个两全其美的办法，总得让双方的乡亲都满意才行嘛！"两人洒泪挥别。

后来，香水沟和饮马河的乡领导都出了面，也协商未果，因为谁也不愿放弃赵壮这个帮乡亲们脱贫致富的"宝贝"。最后，还是山桃在外闯荡有经验，她亲自找到了金炜明副县长。

开始，金炜明也没个好主意，他手托腮帮想了半天，忽然茅塞顿开。为解决这个难题，要指导当地金融单位发放专项贷款，积极支持菜农和当地企业及外出务工农民返乡兴办企业，进行脱水蔬菜加工，发展蔬菜系列小商品，开展蔬菜深加工，促进蔬菜的就地加工增值转化；利用贷款，引进生产设备，招聘大批技术员，鼓励农民工返乡创业，解决农民工夫妻两地生活及留守儿童、老人独孤生活等问题。如果由县政府出面把两个乡的菜农们组织联合起来，统一经营管理，信用社再贷款支持扩大经营生产，形成规模经营优势，岂不两全其美？他高兴得一拍桌子马上站起来去找朱县长。

朱县长听了金炜明的设想，非常支持，当即两人拍板。

经过几天的筹建，香水沟和饮马河两个乡成立了"香饮蔬菜责任有限公司"，并选举产生了董事会，下设两大部，生产技术部主任由赵壮担任，负责两个乡的蔬菜生产技术指导，运销部经理由山桃担任，负责蔬菜的销售和运输，并在北京成立销售办事处。县联社及时发放贷款一百万元，支持购进大型运输卡车五辆、地称一台，并在两乡交界处盖起一溜平房十间，作为公司办公地点，形成了"农户＋基地＋企业"的产业结构模式，实现了生产、加工、销售一条龙发展。

公司正式开业那天，热闹非凡，县、乡两级政府领导，以及北京蔬菜批发公司负责人、信用社代表全部出席了开业典礼。一时间会场内锣鼓喧天，彩旗招展，公司还特邀了县有名的鼓匠艺术团前来助兴，只是，人们没有见到名角上官云，不知啥原因，这次她没有来。

典礼完毕，朱县长在金炜明和陆正的陪同下，特意接见了赵壮，鼓励他继续为乡亲们的科技兴农事业多作贡献。陆正趁机笑盈盈地问："啥时吃你和改竹的喜糖呢？这件大事也该提到日程上了吧？"

赵壮使劲儿点了点头。

其实，赵壮早有此意，只不过他和吴丽娜的婚姻还没正式解除。过去他几次回城找她办理离婚手续，可都因见不到吴丽娜没有办成。这次，他想抽空进城找到她尽快办理离婚手续。

"香饮蔬菜责任有限公司"成立后，实力倍添，名声大震。据山桃从北京回来说，公司的蔬菜品种要啥有啥，数量要多少有多少，质量要多硬有多硬，啥时要货啥时就能送到，北京方面的公司非常满意，已挤跑了外省的几家蔬菜批发商，买卖越做越兴隆，就是北京办事处的人手太少，忙不过来，想从公司派个有能力、有经验的人作伴。可一时又找不出来，只好说等有了合适的人再说吧。

一天黄昏，赵壮正在大棚里监测温度，他带来的一个旧工友走进大棚说："赵哥，嫂子来了。"

赵壮头也没回，仍在观察，说："哟，你不是刚回家嘛，这么快就喊我吃晚饭了。"

原来他以为是改竹来了，现在虽说他跟改竹还没登记，但人们都默认了他们的关系。

"不，不是……是丽娜嫂子……"工友不知该如何说好了。

"啥？"赵壮一回头，看见吴丽娜面容憔悴，披头散发，满身灰尘，双手提个提包垂头站在门口，他愣住了，他没想到吴丽娜会来找他。

看到吴丽娜深陷的眼窝，赵壮就知道她在受审期间一定吃了不少苦，他的心不由地隐隐作痛，但一想到她与贺富贵鬼混带给他的耻辱，心底就又腾地升起一股怒火，便冷冷地说："你来干什么？"

"我、我来找你想……"吴丽娜嗫嚅着。

"找我？找我离婚？好！现在就签字。"说着，他从身上口袋里拔出钢笔向吴丽娜走来。

"啊，不不，不是的。"吴丽娜连连后退。

"啊，不是找我，那又是来追贺富贵了吧，哈哈哈！"赵壮竟大笑起来。

"赵壮，你不要这样，这次来，我是想求你原谅的……"

"原谅？好说，当原谅已没有什么意义时，那原谅是最容易不过的了。"

"赵壮，你听我说，"吴丽娜泪流满面，"你也知道，咱俩同时下岗，家里没有收入，你当时又找不到工作，我是没办法才去贺富贵那里应聘的，吃了人家的饭，我、我就身不由己了，呜……"说着，她竟给赵壮跪下了，"我从拘留所出来，家里人都不要我了，看在夫妻一场的情分上，你就原谅我一回吧。"

"赵壮，饭好了，快回家吃饭吧。"说着，改竹一撩门帘走了进来，她看到眼前的情景，惊呆了，她不知那女人是谁。

赵壮一扭头，大步走出门外。吴丽娜哭着喊："赵壮，你打我骂我一顿吧，我吴丽娜对不起你呀，我没脸活下去了。"

改竹听罢这才明白，原来这个女人就是害人精吴丽娜呀，她气不打一处来，恨不得上去狠狠扇她几个耳光，可她没有这样做，只是冷冷地瞧着她从地上爬起来，跌跌撞撞跑出门外。

听到摔门的响声，改竹猛地惊醒过来，她想天已黑了，这女人人生地不熟的，出了事可就不好了，忙跑出门外，拉住了要寻死觅活的吴丽娜。

吴丽娜拉着改竹的手抽泣着说："好心的大姐呀……"

"不要叫俺大姐，"改竹平静地说，"俺就是贺富贵原来的老婆田改竹。"

吴丽娜一听，羞得挣脱改竹的手又往外跑，正好撞在从外面进来的罗山桃身上，改竹忙叫山桃拦住她，山桃一边拦住吴丽娜一边问改竹这是谁。

当山桃得知眼前这女人就是赵壮的妻子、贺富贵的姘头时，气愤得拳头握得叭叭响，她猛地一摔吴丽娜，吼道："让她走，让她去死，她还有啥颜面活在世上。"说完，一转身头也不回地走了。

改竹一看山桃倔脾气又上来了，就知道指望不上了，只好自己亲自拉住吴丽娜，把她带到自己屋里。

整整一夜，改竹屋里的灯一直没熄，人们也不知道她们说了些什么，赵壮在院子里转悠了半夜，几次想进去，可又一直没有进去，他也不清楚这两个女人究竟说了些什么。

第二早上，改竹从屋里出来，径直来找山桃，山桃仍在生她的气，不愿搭理她。

改竹也不计较，笑笑说："你不是说北京办事处缺帮手，缺个见过世面、能说能干的人吗?"

"你想去?"山桃笑了，"那太好了。"

"看，你又取笑俺，"改竹一戳山桃脑袋，"俺连家门也没出过，拙嘴笨舌的，种菜还行，哪敢上北京耍嘴皮子，别让人贩子拐走就不错了。"

"说正经的，俺给你推荐个人。"

"谁呀?"

"吴丽娜。"改竹平静地说。

"啥?"山桃瞪大了眼睛，"你神经病啊。"

"山桃，她也是个女人，是一个苦命人，现在她走投无路，咱不收留她，她能去哪里呀，再说，她能说会道，能打会算，见过大世面，是块做买卖的料，你就收下她吧。"

"不，俺怎能跟她这种女人共事？"

"这就由不得你了，"改竹一边说一边走，"俺找董事会去说。"

事后，吴丽娜真的被派到北京办事处当销售员去了，赵壮为此事还跟改竹吵了一架。当赵壮问起改竹啥时准备婚事时，她叹口气，悠悠地说："等等看吧。"

很多人都没想到，吴丽娜这个曾在浊流中挣扎过的女子，竟也确实练就了一套过人的公关本领，在后来的业务中，她带领打工返乡的田耿义等人，深入北京各大菜市场、饭店、建筑工地、居民区等地，帮助乡亲们占领了首都好几个大市场。尤其是几次买主故意赖债拖延菜款，都是吴丽娜挺身而出帮乡亲们追了回来，据说也付出了很大的代价，但吴丽娜很淡然，因为她是在用行动向赵壮和乡亲们表示她要痛改前非，重新做人。面对一些风凉话，她都能坦然对之。

当有人问她何时与赵壮破镜重圆时，她却很坚定地告诉人们，她要主动跟赵壮离婚。

（四十三）夜幕下的殊死搏斗

　　田改兰的阴道被缝受伤后，身体状况一直不好。村里的赤脚医生徐建兰跟田改兰的关系不错，经常来家里聊天。田改兰经常噩梦连连，梦见许多小孩子尖牙利嘴地扑向她，抓心挠肺，经常从梦中惊醒，浑身汗水浸透，颤抖不已，失魂落魄。公安局来人调查孩子送人的事情，搞得田改兰心惊肉跳，得了抑郁症。关于田改兰阴道被缝一案，公安局进行调查时，田改兰一家子却不配合。改兰一家既不报案，也不要求调查凶手，因为明明知道凶手是谁，只怕张扬出去更加羞愧，真是哑巴吃黄连，有苦没法说。公安人员也就顺水推舟不了了之，俗话说得好，民不告官不究嘛。

　　徐建兰悄悄告诉改兰一个秘诀，就是让田改兰给自己的阴道晒太阳。其实这些都是马叫驴教她的。马叫驴现在已经是一个废物了，尽管他的生殖器还是勉强保留住了，却已经是软绵绵的，像一截小猪肠。村里的女人们都已远远躲开了他，他的手指"口"形焦距相机，又成了"我可啥也看不见"了。

田改兰不太相信，只是在家里没人时，把裤子脱光，支开两腿，让自己的阴道暴露在阳光之下。晒了一会儿太阳，田改兰觉得确实是麻酥酥、热辣辣的，有点舒服的感觉。但是太阳不是经常有，而且家里也不是经常没人，她晒晒太阳就显得有点精神，不晒太阳就有点郁郁寡欢、少精没神的，得上了日光依赖症，半死不活。

男人何耿红最近更是急火攻心，眼睛里充满了血腥。原来他被郝利仁洗了脑，瞒着田改兰，把她近年来生孩子"送人"的钱几乎全部拿出来投资入股了二龙沟煤矿。原本想着分红利、揩肥油，天上掉下个大馅饼，可是万万没想到，郝利仁竟然是非法集资，携款潜逃。让何耿红跟其他人一样，美梦像肥皂泡一样破灭了。好大的气球竟然禁不住一枚小小的细钢针。何耿红人财两空，赔了夫人又折兵。就是这枚小钢针，刺中了何耿红的心尖儿，挑破了他的神经，他疯了。

疯了的何耿红却崇拜起了李胜利。每天跟在李胜利红旗招展的自行车后面，高喊："治理郝利仁，整顿二龙沟！治理二龙沟，整顿郝利仁！"

李胜利也不嫌弃何耿红，每天把大棚的活计干完，就骑上自行车，还把何耿红带在后座上，两人一起去助人为乐做好事，一块摇旗呐喊治理整顿。

众人就朝着两人的背影指指点点："瞧瞧，一对神经病！"

有人问徐建兰："何耿红的病能治好吗？"

"能！"徐建兰回答得很肯定。

"怎么治？"

"让他死。"

"为啥？"

"因为不管什么病，死了就好了。何耿红的病根子就是为了钱财。为了钱财生，为了钱财死。活着时人为财死，死了后财为人活。他死了，可以给他烧纸钱啊，一张鬼钞就是一百万，一烧就是几个亿，还有豪华别墅、美女香车，要啥有啥，想啥来啥。"

"哈哈哈。"众人大笑。

后来事实证明，徐建兰的话理论上是站得住脚的，可事实上是错了。因为何耿红疯了却还活着，田改兰没疯却死了，是自杀。

有人不解，问李亮。

　　李亮沉吟了一会儿，说这很正常。田改兰没疯，就懂得痛苦，当承受不起时，就会想到用死来解决，一死百了嘛。而何耿红疯了，就不懂得痛苦，因为疯子是最快乐的，疯子是不会自杀的。

　　这天清晨，金炜明和巩书记刚刚从乡政府出来，就看见乡派出所所长徐建国骑着摩托飞驰而来。

　　他一见巩书记就说，村里寺庙院里的水塔出人命了，经常在寺庙院里拜佛的陈仙死在了水塔下面，现场初步勘察好像是服毒自杀，还有遗书。奇怪的是水塔井盖钥匙却卡在她的嗓子眼。

　　县公安局刑警队的警察已经到了现场。

　　巩书记说："我去看看。"说着就跨上徐所长的摩托车后座，飞驰而去。

　　当案件真相大白时，全村人禁不住魂飞魄散。

　　原来凶手就是郝利仁，谁也没想到，他竟然要置全村人于死地。

　　案件的起因还是因为郝利仁的非法集资。

　　郝利仁非法集资被公安部门破获后，他携款仓惶出逃。在邻省的一个林场里，他惶惶不可终日，每天心惊肉跳，被噩梦惊扰，一有风吹草动就感觉魂飞魄散，神经几乎到了崩溃的边缘。

　　郝利仁听说附近集资受骗的村民追讨了几次，一看找不到他，便在两个神经病李胜利和何耿红的鼓动下，每天都在郝利仁的别墅前治理整顿。他俩还到县公安局要求公安局要有作为，尽快捉拿郝利仁归案，清退村民们的血汗钱。这就让郝利仁恨得心里磨刀霍霍。心想，村里人不让他活，他就不让村里人活，干脆就来个鱼死网破、同归于尽，临死拉个垫背的，村里人死光了，看谁还追债。

　　想好了作案手段，郝利仁就在一个月黑风高的深夜，潜到寺庙院里。他见四下无人，就敲碎了机井房的玻璃，钻进去找到了水塔上面铁皮盖锁子的钥匙链，抓住铁梯就往上爬。

　　没想到，他刚刚爬到第一个格子，就被刚出庙门的陈仙看到了。她大声喊道："是谁？要干啥！"

　　郝利仁不理会，就想赶紧往上爬。陈仙快步跑来一把就抓住了他的脚脖子，使劲儿往下一拽，就把郝利仁扯下来，摔倒在地，同时把他身上背的大塑料袋抓到了手里。

陈仙一看是失踪多日的郝利仁，也吓了一跳。灯光下，陈仙看见了郝利仁手里挂着的钥匙链，她认得这是水塔上面蓄水池铁皮盖锁子的钥匙。

陈仙问他："大半夜的，你想干啥？"

郝利仁竟然嘿嘿一笑说："村里水塔的水不干净，他想撒点漂白粉，消消毒，杀杀菌。"

陈仙迟疑了一下，把手里的塑料袋举到鼻子前闻了闻，觉得特别呛鼻子难闻，好像是杀老鼠的毒药，一下子警觉起来。

就在陈仙一愣神儿的时候，郝利仁突然猛扑过来，把陈仙死死压倒在地。

陈仙拼命挣扎，大喊大叫。混乱中，陈仙用手指抠破了郝利仁的脸，扯下了郝利仁手里的钥匙链，猛地塞进嘴里，一口就吞下去了。

郝利仁一看恼羞成怒，抢过陈仙手里装着毒药的塑料袋，撕开，一下子连毒药带塑料袋都捂到了陈仙的嘴巴上，一直捂到陈仙中毒咽气。然后跑到机井房里，找到一张废纸，伪造了陈仙的自杀遗书，就是控诉石头和村委会把水塔建在了寺庙院里，破坏了风水，因果报应，等等。

随后郝利仁连夜潜逃。

事发不久，公安人员抓到了郝利仁。通过陈仙指甲缝里血迹的 DNA 比对，认定他就是杀害陈仙的凶手。得知案件真相的村民们后怕不已，都在心里感谢陈仙。如果没有她的舍命相救，全村人就会中毒，个个死亡。当然也包括住在明登天府大院里的金炜明，包括乡政府里面的干部。

可见，世界上最可怕的不是能够预料到的"可怕"，而是"后怕"！

（四十四）口里夺食

　　冬日的阳光温和地罩在山坡上，改梅正在菜园里忙着修剪果树，儿子铁蛋腿夹树枝当马骑着遍地乱跑。石头牺牲后，改梅失去了精神上的支柱，缺少了生活上的依靠，她整日沉湎在对石头的思念之中，显得郁郁寡欢。乡亲们让她说出铁蛋是石头儿子的真相，希望县联社能够照顾一下。陆正也有这个意思，可石头那个"卫士"还没批下来，县里就不好定夺，再说，石头不在了，铁蛋是谁的亲生儿子现在也很难说清了。

　　改梅一边修剪一边眯着眼凝视苗壮的枝条，心里掠过一些欣慰。去年果树全部开花挂果了，而且硕果累累，地膜坑养的猪、鸡、兔都成群了，塑料大棚每年收入也不少，想着以后全家就指望这承包的几十亩荒山，改梅心中又是欢喜又是担忧。前几天，村里干部上山通知她回村委会商量如何续签承包合同，究竟怎么包，她心里可一点儿底也没有。其实，久居荒山里的改梅已很少知道村里的事儿了，她也不清楚村里正在搞土地二轮承包，按国家规定，土地承包三十年不变，部分需调整的承包合同正在调整。

以前郝利仁一伙老惦记她的荒山果园。好在他已经完蛋了，改梅想着禁不住松了口气。可是她做梦也没想到，还是有人已盯上了她承包的那绿树满坡的荒山了，因为荒山下面是滚滚的乌金哪。

贾英才的亲戚们见改梅的荒山日渐变绿，树也结果了，猪也出槽了，羊也肥壮了，心里就堵得慌，他们四处放出风声，说改梅的荒山实际上是石头承包的，如今，石头已经死了，就应重新承包。再说，山是国家的山，要承包也得轮着来，怎能让一人独占？

李胜利在村里听说，心里很是气愤，他骑着自行车来到荒山，找到了正在果园里忙碌的改梅，他把听到的消息告诉改梅，改梅一下子又惊又气，半天说不出话来。改梅男人正从坡上下来，改梅便跟他商量怎办，他却说："咋办？那咋办？人家可都是村干部的亲戚哩，你说咋办？"

改梅男人嗫嚅了半天也没说出个子丑寅卯，改梅气得不再搭理他，他就又低着头干别的营生去了。

这时，从坡下冲来一伙人，改梅和李胜利一看，正是想夺改梅荒山的贾家的几个亲戚，他们一上坡，就咋咋呼呼地嚷嚷："改梅，这荒山原来是石头承包的吧？既然他不在了，就应充公了，就该重新承包，你不该一人霸占集体财产，是吧？"

"啥！荒山本是俺承包的，凭啥说是石头包的？"改梅愤怒了。

"你凭啥说是你承包的？"来人不甘示弱。

"凭啥？俺有合同，是俺签的字！"说着她转身冲进窝棚拿出了合同书，往他们面前一展，"睁大眼看看，白纸、黑字、红印哪一点是假的？"

来人一时哑语。

"就、就算你承包的，可也不能只由你一人包吧，这风水轮着转，好处大家沾，山是公家的山，坡是集体的坡，凭啥只准你一人包，就不准别人包？"

"包？你们咋原先不包？现在眼红了？"改梅的眼泪哗地流了下来，透过泪帘，她仿佛又看到了她跟石头跑亲串友借钱筹集资金忙承包，也好像看到了自己一家人在荒山秃岭上栽树、浇水、开荒地、垒猪舍，还看到了石头与自己扛石块被磨得血迹斑斑的肩头和烈日下耕作被太阳晒得通红的脸。如今，刚见点收成，就有人来抢夺自己的果实，她怎能不气愤？怎能不伤心？

这时来人又继续刁难："你有合同算啥？过去的合同不算数，早作废了，你没听说，现在上头让搞土地二轮承包，二轮承包你懂吗？就是进行第二次重新承包，既然是重新承包，那过去的东西不就算没用了吧。"

"咋是这回事儿呢？"改梅一下子拿不准政策，因为山外的世界她早已陌生了，她把探询的目光转向李胜利。

李胜利大声回击："简直是胡扯，二轮承包是啥意思你们懂不懂？二轮承包是继续承包的意思，谁敢说作废原先的合同那他就是违法。"

老李一席话震得一伙人面面相觑，一时没了言语。

忽然其中一个膀大腰圆的汉子又跳出来叫嚷："你个神经病懂个啥政策，尽是一片胡言。咱们别信他那一套，问她改梅答不答应，不答应咱就来硬的。"

"啥硬的？你们还想吃人不成？"老李怒目相向，"俺看你们无法无天，该治理整顿了！"

"嗬，你个神经病，还怕你不成？石头走了，你想接班？哈哈……"人们哄笑起来。

"给他们点颜色瞧瞧。"几个人说着就从腰间拔出砍刀，朝改梅的苹果树扑去，手起刀落，几棵小苹果树就被拦腰砍断应声倒地了。改梅心疼得一下子竟瘫倒在地上，老李怒吼一声，推着自行车就朝砍树人猛扑过去，几下就把砍树人撞得满地乱滚。

几个人恼羞成怒，一起朝老李围攻起来，其中一人还骂着："你他妈的，不是动口不动手吗？怎么还动起了车子？你他妈的说话不算话啊。"趁老李不备，举刀朝他腿上猛砍，改梅吓得一下子昏死过去。

这时，一辆吉普车开足马力冲上山坡。车还未停稳，就从车上跳下几个人来，人们一看呆了，巩书记、陆正和乡派出所所长从车上走下来。

原来是田改竹和赵壮在村里听人议论说，几个村干部的亲戚上山逼改梅转包果园去了，才忙跑到乡政府找领导出面阻拦，正遇上巩书记和陆正下乡，众人忙跑上山来。

陆正和巩书记扶起改梅，关切地问她伤着没有，改梅只是一个劲儿地指着李胜利的腿说："老李，腿、腿……"原来，她认为老李的腿被砍断了。

李胜利大声笑了起来："放心，圪泡们不敢真砍，专门朝俺车上砍，没事。"

改梅这才放心。

这时，派出所所长已把几个砍树打人的村民带到了巩书记面前。

"简直是胡闹！"巩书记额上的青筋蹦起，"你们究竟想干什么？"

"俺们、俺们也想承包荒山……致富……"其中一人还想狡辩。

"想致富？就靠掠抢别人的劳动果实？简直是土匪作风。"巩书记大声喝斥。

"荒山那么多，你们可以通过自己辛勤劳动来承包，来致富嘛，缺资金，信用社可以支持你们嘛。"陆正也不无生气地告诫他们。

"别跟他们啰嗦了，"派出所所长怒气冲冲地说，"你们知道犯了什么罪吗？"

"犯罪？不至于吧？"几个人你看看我，我看看你，"俺们只是想吓唬吓唬她……"

"吓唬？你们已经犯了侵犯别人财产罪和故意伤害罪，二罪归一，你们已经够蹲监狱了。"

"扑通"几个人就给领导们跪下了，"俺们该死，俺们该死，饶了俺们这一次吧，树，俺们赔，俺们赔。"

改梅也忙跟巩书记给他们求情，"千万别抓他们，都是乡里乡亲，拖家带口的，不容易呀，树俺也不用赔，要是他们想承包别的荒坡栽树，俺还可以送他们树苗。"

"改梅呀，"巩书记紧紧握了握她的手，"你可真是太善良了。"说着，他抱过铁蛋儿，疼爱地用胡子拉碴的脸挨挨铁蛋的小脸，铁蛋嫌胡子扎，就使劲用小手推他的脸，"石头，可真是农民的好财神呀，可惜呀，可惜呀，他走得太早了。"望着远处排排整齐洁白的大棚，巩书记沉浸在对石头的怀念之中。

"啥时你再派个像石头那样的好主任到我们乡工作啊？"巩书记期盼着说。

"田晓华怎么样？"陆正望着远处说。

"她、她不是来县里挂职、镀金的吗？"巩书记直截了当。

"是的，以前是。"陆正望着远处绵延起伏的黄土丘陵，长长吐出一口气说，"可现在，她不这样想了。她变了。"

"变了?"巩书记愣了，"是啥能让一个千金小姐甘愿到咱们一个山沟沟来吃苦?"

"就是因为石头。"陆正抽了支香烟，喷出一缕浓浓的烟雾，"石头的死对她触动太大了。她也没想到，当今社会还有像石头这样的信合人。"

巩书记点点头说："就是这样的环境，她能顶得下来吗?"

"我相信，她能。"陆正神色凝重，"这个丫头有一股劲儿，特别是她要以石头为样板，行!"

（四十五）佛从来就不说话

冬天的塞北，灰蒙蒙、黄秃秃的一片，没有什么色彩，除了能在各村的大棚里见到浓郁的绿色外，其他的地方只是一种单调的灰黄色，但这里的人们却能躲在这单调的色调里面，编造胡侃出复杂的故事。

经历了不少的风风雨雨，眼看着快要步入年关了，陆正思谋着过几天轻松的日子，没想到，平地传来一声闷雷，岳父凌致远被拘留审查了。这多少有点出乎他的意料，这时，他想的最多的是岳母，她连续两次遭受如此沉重的打击，一个人孤独无助，怕有什么闪失，他忙亲自驾车，把岳母接到了自己的家，希望老人家能过个不太冷清的年。

谁料没过几天，陆正家忽然来了几个县法院的执法人员，他们进屋察看了看，就亮出了查封房子的封条，原来，法院已查明，这所岳父给的房子和凌志住的房子全是当年皮毛厂厂长雇人建的，两处房子造价共六万元，算是厂长送给凌致远的一份礼物，凌致远当时也推辞过，但实在推辞不了，房本的户主都办成了自己一儿一女的名字，再一想自己马上就退休了，给儿女们留点家财，也算是一种最后的补偿吧，也就半推半就地接受了。

凌兰倒是好像早有准备似的，神色平静地打包东西，准备离开。这时，一名法官又拿出一张搜查证，要搜查这所房子，原来有人状告陆正的事情也有了眉目，凌志为了有立功表现，主动提供了陆正受贿的线索，据凌志交代，包工头到陆正办公室送礼被拒绝，想到陆正家又不认识，便请凌志带路，是他悄悄地领着包工头子去认识的陆正家门，自己却没进去，但他知道包工头送了一尊金佛像，今天是两桩案子一块办了。

凌兰蜷缩在沙发角里，她的精神世界已塌坍了，她天天担心的事情终于发生了，法官在屋里搜了搜，就转到供佛像的地方，一名法官静静地观察了一下，就上前用双手慢慢地捧起了佛像，顿时一尊金光闪闪的佛像出现在众人面前，这时，凌兰忽然从沙发上起来，冲上去抓起"真佛"像狠狠地摔到了地上，嘴里还念叨着："我每日供奉膜拜着你，可你这真佛也不灵验，不保护我们一家，我白供奉你了！"说着，搂住母亲，娘俩哭成了泪人。

一名法官走过来，蹲下身子，轻轻把金佛捧在手里，很小心地用手拭了拭它身上的土，站起身来，对凌兰语重心长地说："它确实是真佛，你每天烧香念佛，知道佛的旨意是什么？佛也是主张惩恶扬善的，人做了善事，佛会保佑的，但人如果做了错事、恶事，它也来保佑，那它真的就不是佛了。你应该知道，佛是不会受贿的。"

一席话说得凌兰又似乎有所悟，她不由地点点头，又把"真佛"从法官手里拿过来，说："我再拜它一次，行吗？"

法官很大度地点点头。

凌兰就把佛又摆在了香案上，毕恭毕敬地拜了三拜，然后她很镇静地对法官说："现在，我在佛祖面前发誓，我收金佛的事，陆正一点也不知道，全是我自己干的，还有一点，我想说明白，当时我确实以为是镀金做的工艺佛，请你们明察。"

"我们会查清的，我们不会冤枉一个好人，但也绝不会放掉一个坏人。"

这时，陆正推门进来，看到这种场面，他愣住了。

当他弄清事情的原委后，竟呆呆地说："怎么会是这样？怎么会是这样……"

凌兰和母亲又搬回母亲家，陆正不愿去岳父家住，就独自回到了联社宿舍，他就想单独处一处，静静地想一想。

一时间，这件事在县城传得沸沸扬扬，陆正家被查封，搜出金佛像的事也越传越神了，这对面临规范联社民主选举的陆正来说可真是当头一棒哪。

（四十六）不想走你就再回来

最近，县里召开"两会"。许多人大代表都提议案，发现问题解决问题，李胜利也参与其中。有人告诉李胜利不是人大代表，不能提议案。李胜利不吃这一套。他说："第一，我从始到终都是代表人民，所以我的人大代表不需要选举，我就是天生的人大代表，随时随地可以提意见，只要意见都是为人民服务的就行。第二，我也不提什么议案，我的议案就在心里，当众说出来更痛快。"

李胜利说："我们应当相信群众，应当相信党，这是两条根本的原理。如果怀疑这两条原理，那就什么事情也做不成了。我们应该走到群众中间去，向群众学习，把他们的经验综合起来，成为更好的、有条理的道理和办法，然后再告诉群众，并号召群众实行起来，解决群众的问题，使群众得到幸福。"

李胜利"治理整顿"的重点放在了香水沟村退耕还林的农业补贴问题和郝利仁无手续承包荒山乱采滥伐背后的腐败问题上。他在"治理整顿"这两个问题的演讲中，把许多事情的内幕和细节都说得清清楚楚，这就让许多人感到恐慌。人们都不知道他一个精神病是怎么知道这些内幕的。其实事情的真相是有人专门给他提供了一份秘密材料，是从他家的门缝里塞进去的，当然是匿名。也许这个人是想揭露这些问题，自己又没有胆量，就透露给李胜利，让他出面揭发。

有人说李胜利就是被人当枪使了，关键是李胜利不这么想。他觉得这是人民群众对他的极度信任，觉得自己重任在肩，就是要给人民群众当枪使，一定不能辜负群众的期望。他还按照材料提供的信息，重点去实地核实，结果还真是差不多，这就更加增添了他的信心。

村里一些村民们还表示，要跟李胜利一起并肩作战，关键时刻需要他们出面作证或者一起上街"治理整顿"他们都去。他非常高兴人民群众觉悟的提高和进步，拍拍胸脯表示村民们的事情他都管了！但是他根本没想到，他抛出来的不是两个苹果，而是两个重磅炸弹啊！

事情的进展出人意料。原来许多答应跟他一起到县城人大会场"治理整顿"的村民，那天都没有跟他一起去，只有疯子何耿红手舞足蹈地坐在他自行车后面。后来有的村民喝醉了酒吐露了真相，原来是有人深夜到他们家里，一手拿着钞票，一手拎着铁棍，问他们是敬酒不吃吃罚酒呢，还是吃敬酒不吃罚酒呢。大家当然都愿意"吃敬酒"，何况是送上门的"敬酒"。只有李胜利没有收到"敬酒"，"罚酒"也没有，因为人家知道他"敬酒"、"罚酒"都不会吃，那就给他吃"棒棒酒"。

那天的天气有点阴沉。李胜利和何耿红刚刚走到半路上，就被一伙留着板寸发型、浑身刺青的泼皮拦住了去路。他们恶狠狠地盯着李胜利说："你他奶奶的，不是经常治理整顿吗？今天爷爷们也治理整顿一下你这个老刺儿头。"说着，挥舞铁棒就把李胜利打倒在地，棍棒齐下，霎时间，李胜利就成了一个血人儿，滚落到了两旁的沟里。何耿红虽然是个疯子，一看棍棒齐下不好玩儿，赶紧抱着脑袋跑了。

一伙人把李胜利自行车上的毛主席像章一股脑抢走，把红旗拔下扔在地上，然后把自行车用铁棍砸成了麻花饼。

有人看见躺在沟里的李胜利，到派出所报案。当他姐姐李梅俏和徐建国，以及几个派出所民警闻讯赶来时，李胜利已经气息奄奄，昏死过去了。

　　李胜利被抬回家，赤脚医生徐建兰给他进行了清洗包扎，总算捡回了一条命。

　　后来，李胜利被送到了县医院住院治疗。金炜明回县城开会，在街上正好遇到了魏仁。魏仁是专门到医院看望李胜利的，两人就一起到了医院。

　　进了病房，看见李胜利躺在床上，李梅俏正急得打转转。原来李胜利需要输血，医院缺血，正让家属自己找人献血呢。

　　几个人一问，金炜明正好跟他的血型一致，就跟着护士抽血去了。

　　李梅俏笑笑说："这下子李胜利该聪明点了，县太爷的血都给他了，呵呵。"

　　魏仁抿着嘴，听了，啥也没说。

　　派出所对案件进行了侦破，但是一直没有结果。其实派出所懒得为一个神经病下工夫还得罪人，再说派出所过去也经常被李胜利"治理整顿"，不跟他算账就算不错了。

　　许多人觉得这件事也许就这么过去了。可是谁也没想到，李胜利的伤病刚刚好一点，能够勉强走路，就自己又把自行车修好了，准备再次出征县城人大会场。有人告诉他，县里的人大会议早已结束，人大代表们全部回去上班了。李胜利说，不管哪个，自己就在人大会场外面进行"广场治理整顿"。姐姐李梅俏劝他不要再折腾了，他还用毛主席的话教育她，气得姐姐甩门而去。

　　然而，就在李胜利准备出发的头天晚上，有几个人闯进了他的家里。

　　这伙人好像不是上次打他的那伙流氓泼皮，而是非常文绉绉的，看上去好像很有文化。他们提出要收购李胜利收藏的所有毛主席像章。几十年来，李胜利收集了近两百个款式各异的毛主席像章，这些像章被他视作珍宝，用毛巾擦拭得发亮，一部分被他小心地装在一个布袋里收藏。这些红色纪念品曾在几十年前被人随意丢弃，却在最近几年成为了利润丰厚的文物。据古玩店的老板们说，一个质量较好的毛主席像章如今可以卖到几千元。如果成套，价格更高。一些外地顾客曾有人想要购买李胜利的像章，却被他狠狠顶回。他只会偶尔挑选一两个送给为他看病的医生或曾帮助他的人。

　　对于这伙人的无理要求，李胜利当然不会答应，而且他还想用毛主席的语录教育批评他们。

可是这伙人似乎对他的谆谆教诲不太感兴趣，见给钱他不要，便硬"拿"了。几个人翻箱倒柜，把李胜利收藏多年的毛主席像章几乎全部搜了出来，装进了他们带来的箱子里。尤其是上官云亲手送给李胜利的那枚精美的像章，李胜利眼睁睁地看着被人抢走了。他愤怒无比，挣扎着要跟这伙人拼命。奈何他人老体弱，根本就不是这伙人的对手。

这伙人一拥而上，抱住他的手，让他把家里供奉在书桌上的毛主席大瓷像亲自抱在怀里，然后几个人又要把他的手强行扳开，想让毛主席的大瓷像专门从他的手中脱落。李胜利明白了他们恶毒的意图，就拼命抵抗，只见他怒目圆睁，双手颤抖，青筋暴起，想死死护住毛主席的瓷像。

"嘎巴"，终于，李胜利的双手被生生扳断，随着"嘭"的一声巨响，毛主席的瓷像被摔在了地上，碎片四溅。

就是这一声巨响可真的把李胜利的神经砸碎了，是他亲自把自己的偶像砸碎了啊！他的大脑轰然坍塌成为一片废墟，瓦砾遍地。他的灵魂像一缕青烟被飓风吹散。他大叫一声，真的疯了。

一伙人一看他们的目的达到，不慌不忙地撤了，只留下李胜利一个人跪在地上，手已经捧不住东西了，他把脸埋在毛主席瓷像的碎片里哀嚎。碎片划破了他的手指和脸庞，鲜血在碎片中浸漫开来。

次日早晨，菜农们发现李胜利没有按照约定交蔬菜，就到他家找他。一进门，却看见李胜利在自家种满苦菜的菜地里，用一根红裤带将自己挂在了两米高的大棚支架上。大伙赶紧把他解下来，却发现他的尸体已经僵硬了。

人们发现，在这个十余平方米的阴暗小屋里，李胜利给这个世界留下的全部遗产是一堆瓷像的碎片、五本泛黄起皱的《毛泽东选集》、一本贴满了百余幅毛主席照片的影集，以及六幅装有相框的毛主席画像。

李亮听说儿子李胜利的事情后，却是出奇得平静。他说："我儿子是一个与世俗无法相融的人物，他是这城乡一带的笑料。他就像一根鱼刺一样，扎在很多人的嗓子眼儿。现在，终于从那些人的嗓子眼儿拔出来了，别人踏实了，大家也踏实了。实际上，他解脱了，我也解脱了，挺好的。"

有人说赶紧得督促公安部门破案，把凶手绳之以法。李亮长叹一口气，幽幽地说："其实那些人也算不上凶手，因为他们没有直接杀人。他们杀死的是李胜利的灵魂，这才是他们想要的，杀人不见血，抓住他们又能如何，顶多就是个抢劫。高明啊!"

也有的人说，从某种意义上说，李胜利已经走得挺远，也走得挺纯粹了。他那种布道的成就感和殉道的不甘心轮番上演，如冰与火一般奇异共存。李胜利有着"拷问人类灵魂"和"一个都不宽恕"的态度，以"时代最炽烈的火焰"的姿态战斗着。他如堂·吉诃德式地"一个人在战斗"，挥舞着长矛，刺向天地。社会就视他如空气、怪物。上帝把人变成好人就是对他最好的奖励，上帝把人变成恶人即是对他最大的惩罚。

对于李胜利的死，人们开始唏嘘感叹，慢慢地偶尔谈起，现在已逐渐淡忘，如蚁般的生活也从未因此缓顿片刻。失去了李胜利，香水沟仿佛少了一角风景。而风景可以再造，但李胜利那一身戎装，以及骑着挂满毛主席像章和红旗飘飘的自行车的形象恐怕永不会再看到了⋯⋯

李胜利家人没有给他开什么追悼会，就在李胜利出殡的前一天，按照当地的习俗，家里人也没请什么鼓匠，就是用大喇叭反复播放《太阳最红毛主席最亲》、《东方红》、《北京的金山上》、《山丹丹开花红艳艳》、《学习雷锋好榜样》、《三大纪律八项注意》等歌曲。

这天的香水沟村里好热闹，村里村外的路上车来车往、人喊马叫的，好像是赶集或是过节。原来除了亲朋好友来祭拜李胜利，村里几乎是全村人出动，都祭拜他。特别是还有来自县城的许多人，都自发来祭拜李胜利，这可让许多人没想到。这些人有的是听过李胜利演讲茅塞顿开受到教育的，有的是在李胜利"治理整顿"有些单位和个人后得到益处的，有的是在街上被人欺负被李胜利及时解救的，等等。

村里的一些老人也来了，田守义搀扶着李亮。魏仁也从北京赶回来，他特意到明登天府大院里，把金炜明叫上，一起来祭拜李胜利。

金炜明一边走一边回忆，他刚刚住到明登天府大院里时，一天他在院里遇到了李胜利，李胜利也不管他是什么副县长，拦住他教导说："我们共产党人好比种子，人民好比土地。我们到了一个地方，就要同那里的人民结合起来，在人民中间生根、开花⋯⋯"

祭拜时，孝子贤孙们磕头，亲朋好友们有的鞠躬，有的烧纸。不知道为什么，魏仁领着金炜明一起在李胜利的灵前跪下，还认认真真、仔仔细细、实实在在地磕了三个头⋯⋯

（四十七）庄稼汉的"信天游"唱也唱不完

　　冬日的香水沟，原本颜色单调的黄土地如今又增添了色彩。一种是白色大棚里的绿色，一种是黄色山坡上的蓝色。

　　经过几个月的奔波，金炜明跟北京一家光伏发电公司联系，引进了光伏发电产业。过去光秃秃、灰溜溜的山坡荒地上，铺满了蓝格莹莹的太阳能采光板，在太阳下熠熠生辉，菜农们的大棚用电问题解决了。

　　香水沟村山上的明代土长城上、原野上连绵起伏的古汉墓群旁、楼隐寺的古松树下，以及田改竹的绿色蔬菜大棚和花卉采摘园里、田守义的农业示范园区内、明登天府的大院里，人来人往。从全国各地来香水沟旅游采风的人们逐渐增多，金炜明协助当地村民搞红色旅游加绿色采摘的"农家乐"红红火火发展起来了。

　　在县金融监管办的会议室里，金炜明和当地人民银行、银监办、农业银行、农村信用联社、邮储银行、农业发展银行、村镇银行，还有保险和证券等金融单位负责人在讨论研究。与会人员决定采取联合贷款和相互担保的方法，实施银团贷款，支持引导陆占春、罗山桃等菜农及企业组建集团经营，支持以蔬菜生产、加工、运输、销售及农超对接为主的绿色蔬菜基地，形成占领清河县周边及京津冀蔬菜市场的规模优势。

金炜明跟人民保险公司、大地保险公司、平安保险公司等负责人具体协商，为全县的农业和蔬菜产业投保入险，保驾护航，替村民们防范风险，为村民们旱涝保收创造条件。

这次会议，金炜明还特意把证券部门的领导请来了，他详细地介绍了以香水沟乡为中心、辐射全县的绿色蔬菜产业的发展经过及其远景。证券部门的领导听了也很感兴趣，表示今后密切关注蔬菜集团公司的发展，支持其做强做大，经过股份制改造，申请上市发展。

会上，金炜明还专门说起了前一段时间民间非法集资的事情。他说："农村发展普惠金融，就是要惠及农村金融及各种农民合作社，协调农村金融资金互助。特别是要处理好二龙沟煤矿非法集资的遗留问题，重点要帮助原来靠投机入股破产的村民，农金部门要想方设法大力扶持这部分村民，使其重新投入到农业和蔬菜的生产中去。目前许多外出打工的农民都纷纷返乡创业，这些都是好的现象。这些村民在外打工多年，见过世面，也积攒了许多经验，要发挥他们的作用，实现大家共同富裕的目标、精准扶贫的目标，就是一个也不能少，一个也不能落下。"

会后，参会人员一起又驱车来到了香水沟村实地考察。

天蓝莹莹的，太阳暖洋洋的，山野一片安静。

到了村里，乡政府和村委会干部一起来迎接，随同大家走走看看。

村里原来许多破旧危险的土窑洞都被拆掉了，一排排新房盖了起来，村里村外的几条马路也硬化和拓宽了。明登天府里面的住户也都搬迁到了新房子，经过修整，成了当地民俗居住展览馆。金炜明组织发动金融职工捐赠的"乡村书屋"也建立起来了，书架上满登登的全是农业科技、乡土文学等书籍，还有电子书屋也同时开通，农业市场信息网络为村民们打开和联通了外面的世界。村里的文化广场也建起来了，还安置了不少健身器材，许多村里的男男女女们早晚还在跳广场舞，据说村里有几个哑巴和失明的村民也跟着跳。大伙儿都乐了。

金炜明一行人想到村民的新房子里去看看，到了几家却发现根本就没有人。几个在街头晒太阳的老人们笑呵呵地告诉他们，村民们都在大棚里忙乎着呢，那里面枝繁叶茂的，满眼都是绿呢。

巩书记说，现在的村民们确实忙得很。乡政府还专门从县里请来老师给村民讲温室大棚的种植知识，怎样防治病虫害，人们白天干活忙，就晚上加班学。一时间忙得手脚不停，脑子也忙起来，今天琢磨着怎样种好菜，明天思量着如何卖个好价钱。嘴上喊着忙死了，手脚却不肯停下来。还引进了什么"名、特、优"，实现了什么"精、细、嫩"。有的一家就盖了好几个大棚。还有的村民靠着过去冬闲练就的好嘴皮，竟然坐火车、乘飞机，走出去搞推销了。

吴乡长还讲了个真实的故事。说有个外出销售的村民，回来一进村就兴奋地问人："你们谁在天上尿过尿？"

人们一愣，反问："谁能在天上尿过尿？那得是孙悟空、王母娘娘吧？哈哈……"

"俺就在天上尿过尿！"

"吹吧，你？你以为你是神仙呀，会腾云驾雾了？哈哈……"

"不吹，俺是不会腾云，也不用驾雾，可就是尿了。"

"在哪儿？"

"飞机上呀。"

一阵大笑。

巩书记介绍说，乡里成立了蔬菜集贸市场，还在市场旁边建起了脱水蔬菜厂和蔬菜罐头加工厂。土地流转后，发展大农业了，统一规划，规模经营，原来许多手工活也被大型的播种机、收割机等替代了，地里用不了那么多的人，许多人就纷纷进厂当了职工，整日里穿着干净的工作装，用过去那双沾满泥土的手按在印满洋字码的按钮上，指挥着一条条的流水线。一个人就赚了种地和做工两份的钱，心里美滋滋得不行。

有时村里孩子吃着方便面，忽然大叫起来："爹、娘，你们看，这小袋里的干菜叶上面写着咱村脱水蔬菜厂的名字啊！"于是就自豪得不行，吃得更香了，嘴吧咂的声音更响了。娘便上来拍一下孩子的脑门说："吃饭声音别太大，不文明。"

村长闫福兴冲冲地领着大家指指点点，不停地说："看，俺们香水沟变了样！变了样！"

县里金融监管办的主任看了，有些感慨，说："我以前一说起新农村建设，马上就想到的是让农民进城，住高楼，建工厂。现在我逐渐明白了，其实社会主义新农村建设，不是逼着农民离开土地家园上楼，而是从根本上建设适合农民自己的'新'农村，同时还要吸引城市居民到乡村就业和生活。农民将成为农业工人，或者是职业农民。也不知我的感觉对不对？"

金炜明笑笑说："不管是啥事儿，只要你感觉好，就对了。"

众人也乐了。

大家又往前走，要到日光温室去看看。

人民银行县支行的高行长望着村外那一排排宛如朵朵白云的大棚和厂房林立的脱水蔬菜厂，兴奋地说："看来，咱们的金融扶贫路子是对头的，效果不错呀。"

金炜明听了，说："什么话也不能说早了，更不能说满了。扶贫仅仅是开始，乡亲们的致富还需要时间啊……"

这时，山上放羊老汉沙哑的歌声又跳过深沟、越过山岗，忽忽悠悠地飘了过来：

> 深不过那黄土地，高不过那个天，
> 吼一嗓子信天游，唱唱咱庄稼汉。
> 水格灵灵的女子，虎格生生的汉，
> 人尖尖就出在这九曲黄河边。
> 山沟沟里那日月，磨道道里那个转，
> 苦水水那个煮人人，泪蛋蛋漂起个船。
> 山丹丹那个可沟沟里，兰花花开满山，
> 庄稼汉的信天游，唱也唱不完。
> 东去的黄河呀，北飞的那个雁，
> 走西口的那个哥哥啊，梦见可瞭不见。
> 山涧涧那个流水呀，两条条那个线，
> 死活咋的那个好上呀，死活就咋的那个断。

山丹丹那个可沟沟里，兰花花开满山，
庄稼汉的信天游，唱也唱不完……

2016 年 3 月初稿
2016 年 7 月二稿
2017 年 1 月三稿
于北京金融街